二見文庫

愛の弾丸にうちぬかれて

リナ・ディアス／白木るい＝訳

EXIT STRATEGY
by
Lena Diaz

Published by arrangement with HarperOne,
an imprint of HarperCollins Publishers
through Japan UNI Agency,Inc.,Tokyo

ありがとう、チェルシー・エンメルハインツ、わたしの〝これは提案じゃないんだけど〟を気に入ってくれて。

ありがとう、ナリーニ・アコルカー、わたしがどれほどクレイジーになれるか、ほかの人には内緒にしてくれて。（待って、わたしったら今、口に出して言っちゃった？）


この本を、わたしを愛し、サポートしてくれたwww.KissAndThrill.comの仲間たち全員に捧げます。とりわけ、さまざまな段階でこの物語を読み、すばらしい洞察と提案をしてくれたサラ・アンドレ、ケアリー・ボールドウィン、そしてグウェン・ヘルナンデスに感謝します。

ありがとう！


最後に、わたしのヒーロー、ジョージ。

愛しているわ。

愛の弾丸にうちぬかれて

登　場　人　物　紹　介

サブリナ・ハイタワー	社会奉仕財団の責任者。 鉱業会社のオーナーの孫
メイソン・ハント	秘密組織〈イグジット〉所属の暗殺者。 元陸軍特殊部隊員
シプリアン・カルデナス	〈イグジット〉の最高経営責任者
メリッサ・カルデナス	シプリアンの娘
ビショップ	シプリアンのアシスタント
ケリー・パーカー	シプリアンの前任アシスタント
エース	〈イグジット〉所属の暗殺者
ブライアン	サブリナのいとこ
トーマス・ハイタワー	サブリナの亡兄
ラムゼイ・テイト	〈イグジット〉所属の暗殺者。 メイソンの親友
デヴリン・ブキャナン	かつて〈イグジット〉に所属していた暗殺者
エミリー・ブキャナン	デヴリンの妻。元刑事
エディ	〈イグジット〉システム・セキュリティ部門の責任者
ストライカー	〈イグジット〉所属の暗殺者
ピアース・ブキャナン	デヴリンの弟。元FBI捜査官
ローガン・リチャード	ピアースの友人。 フロリダの田舎町の警察署長
ジャッカル	テロリスト

一日目——午後十一時

1

月明かりに照らされたリビングルームへそっと足を踏み入れたサブリナは、ソファの肘掛けをつかんで体を支えようとした。だが、血にまみれていたせいで右手が布地の上を滑り、堅木張りの床に両膝をついてしまう。こらえる間もなく、くいしばった歯のあいだから苦痛のあえぎがもれた。

サブリナはその場に凍りつき、焦点を合わせようと目を細めながら部屋の奥の暗がりを探った。侵入者が三メートル以内にいるなら問題ない。細部まではっきり見える。だがそれ以上離れると、壁紙のぼんやりしたしみにしか見えないかもしれない。

今の音を聞かれただろうか？　外の廊下を歩く足音が、あるいは靴がきしむ音や服のこすれる音が聞きとれないかと、必死で耳を澄ませる。だが何も聞こえなかった。普通なら、侵入者があきらめて出ていったと考えていいかもしれない。けれどもサブリナの場合、特に悪夢のようなこの六カ月を思えば、この静けさは、角を曲がったところで男が今にも襲いかかろうと待ちかまえていることを意味した。

右の上腕がずきずきと焼けつくように痛むので、サブリナはコロニアル風の鎧戸《よろいど》の隙間からさしこむ月光に腕をかざした。実際に感じているほどひどい傷かどうか確かめようとしたのだ。傷は予想以上にひどかった。五センチほどのギザギザの裂け目から血が肌を伝って流れ、床にしたたり落ちた。

サブリナは左手を傷口の上に置いて指で圧迫すると、強烈な痛みに声をあげてしまわないよう歯をくいしばって口をつぐんだ。出血をとめなければ。しかし、このリビングルームで傷口を縛るものを探しても無駄だ。コロラド州のボルダーからノースカロライナ州のアッシュヴィルまで、はるばる国を半分横断して持ってきたアンティーク家具のうち、残っているのはソファとウイングチェアだけなのだから。ほかの家具はすべて、さらには自分で描いたスケッチの一部まで売ってしまった。私立探偵に祖父の捜索を依頼するのにかかった途方もない金額と、それ以上に法外な弁護士費用を支払うためだ。

今着ているカロライナ・パンサーズのチームロゴ入りのナイトシャツなら、止血帯として使えるかもしれない。だけど下着一枚で侵入者と対決するのはごめんだ。ナイトシャツは絶対に身につけたままでいよう。

ショットガンがあればよかったのに。たとえほとんど見えない状態でも、散弾を飛び散らせれば、少なくとも侵入者に傷を負わせるくらいはできるはずだ。だが、有罪判決を受けた重罪犯に銃の所持は認められていない。そして優しいいとこの計略のせいで、今のサブリナはまさにそれ——偉大なハイタワーの家名に泥を塗った重罪犯だった。祖父がサブリナとして何年もかけて集めた銃のコレクションを、彼女が独断で売り払ったと司法取引を通じて認めさせられたのだ。

彼女はふたたび目を細めた。ベッドルームから逃げだす前に、せめてめがねをつかんでおくべきだった。しかし階下の物音にびっくりして目覚め、暗闇のなかをやみくもに動いたので、そばのテーブルにのっていたものをすべて払いのけてしまったのだ。めがねも、携帯電話も、そしてランプも。ランプはテーブルから落ちて粉々に砕け、床ではね返った破片のひとつで腕を切ってしまった。壊されたランプが仕返しをしたのかもしれない。

それでもサブリナは、侵入者が裏階段をのぼっているあいだにこっそり正面の階段を使い、なんとか階下へとおりてきた。だが、玄関ホールまでたどり着かないうちに闇のなかで侵入者が動く音を耳にし、彼がすでに一階に戻っていると知ったのだ。今のところ、追いかけっこは自分が勝っている。しかし、もう隠れる場所がつきてきた。そろそろ家の外へ逃げだすべきだろう。

戸口へと慎重に移動しながら、彼女は長い廊下の向こうを凝視した。壁の手前に見えるあの黒い影は飾りテーブルだろうか？　それとも、しゃがんで待ちかまえている男？　誰も跳びかかってこないのを確認すると、サブリナは運を天に任せ、できるだけ物音をたてないように走った。右手にある玄関ホールへの入口が手招きしているようだ。彼女は急いで角を曲がり、壁に体を押しつけた。激しく打つ脈が耳のなかでうなりをあげている。

見られただろうか？　侵入者はどこにいるのだろう？　ゲストルームのどれか？　それとも書斎？　左手で傷口を押さえながら、サブリナは大理石のタイル張りの玄関ホールを足早に進んだ。

こちらを嘲笑《あざわら》っているかのような、役たたずの警報装置の前を通りすぎる。武装した警備員が駆けつけるというから料金を支払ったのだ。それなのに今夜、警報装置は作動しなかった。ベッドルームで非常ボタンを押したときでさえ。

角の向こうからゴツンと鈍い音がして、恐怖に襲われた。いつのまにこんなに近くまで来たのだろう？

サブリナは急いで玄関ドアの安全錠をはずすと、ドアノブをぐいと引いた。開かない！

さらに強く引っ張る。けれども同じことだった。彼女は肩越しに後ろをさっと振り返り、鍵を確認し直してから、もう一度引いてみた。ドアは、まるで外から釘《くぎ》づけされているかのようにまったく動かない。こみあげてきたいらだちと恐怖によるうめきを、サブリナは懸命に抑えこんだ。

考えるのよ、サブリナ。考えなさい。

キッチンへ走っていくこともできる。玄関ホールの奥だから、それほど遠くない。それに、大理石のアイランドカウンターの上には包丁立てが置いてある。だが、ベッドルームから走りでるときに二階の手すりからちらりと見た男は、まるで警備員のような体つきをしていた。警報装置が作動していれば、送りこまれてきたはずの警備員のような。そんな男と格闘して、勝てる見込みがあるだろうか？　おそらく、最後はナイフを向けられるはめになるに違いない。刺されることを想像したとたん、喉もとまで胆汁がせりあがってきた。やはりキッチンに行くのはやめよう。

ガレージは？　メルセデス・ベンツがとめてある。でもキーはバッグのなかだ。物音を聞かれたり姿を見られたりすることなく、こっそり二階へあがってキーをとり、ガレージまで行けるだろうか？　たとえそれができたとしても、ガレージの扉は開けるのに時間がかかるし音もうるさい。ここへ引っ越してきてすぐに気づいた、いらいらすることのひとつだった。ガレージも却下。ほかにどんな選択肢があるだろう？

サブリナは玄関ホールの反対側へ走り、ダイニングルームへ続く廊下を見わたした。床から天井まで届く、大きな窓ガラスがはめられている。けがをしていなかったとしても、開けるのは難しいだろう。彼女は肩を落とし、しぶしぶ受け入れた――ドアからしか外へ出る方法はなく、玄関以外の唯一のドアはリビングルームにあり、つまりは、つい先ほど物音を聞いた方角へ行くしかないことを。

考えすぎて恐怖のあまり動けなくなる前に、サブリナは長い廊下を進み、スピードをゆるめないままリビングルームにたどり着いた。たちまちあたたかい空気が押し寄せてくる。フレンチドアのガラスが割れているのだ。目が覚めたのはガラスが割れる音のせいに違いない。ガラスは、まるで死にいたらしめる堀であるかのように、大きな弧を描いて床に散らばっていた。また傷を負うとしても、それで外に逃げられるならしかたがない。痛みを覚悟して自らを奮いたたせ、彼女は足を踏みだそうとした。次の瞬間、たくましい腕にウエストをつかまれて体が宙に浮く。サブリナはびっくりして悲鳴をあげ、手足をばたつかせた。

「おろして！　放してよ！」

侵入者はもがくサブリナを無視すると、軽々と肩に担ぎあげた。男の腕が鋼鉄の帯のように腿を押さえつけてくる。信じられないほど力が強い。

サブリナは、ナイトシャツが頭まで滑り落ちてこないよう、けがをしていないほうの手で押さえ、もう一方の手で男の背中をたたこうとした。だが、けがの痛みで充分に力が入らない手では、どんなにがんばったところで、笑ってしまうほど貧弱な攻撃しかできなかった。ただひとつ残された武器を使うしかないと、彼女はシャツの上から男を嚙《か》んだ。少なくとも、嚙もうとした。シャツの生地そのものは薄かったのだが、男はその下にもっと厚いものを着こんでいた。防弾ベストを。サブリナは驚いて目をしばたたいた。武装した警備員をベビーシッター代わりにせざるをえない環境で育った彼女には、男がシャツの下に着ているものがなんなのか正確にわかった。どうして防弾ベストなんて着ているの？

男が何をしているか見ようと、サブリナは身をよじった。

「何が望みなの？」

「望みは静かにしてくれることだ」深みのある声にはわずかに南部訛《なま》りが感じられるが、命令することにも、相手をそれにしたがわせることにも慣れているような、威厳に満ちた鋭い口調をやわらげる役目は果たしていない。

男は割れたガラスを踏みながらフレンチドアに近づき、あいているほうの手をのばした。ドアと枠のあいだに木製の楔《くさび》が挟まれていた。玄関のドアが開かなかったのもこのせい？どちらのドアも楔でとめていたのだろうか？　いったいどうなっているの？

男が楔をゆるめると、木がきしむ音がした。

「お願い。お願いだからおろして」こうなったら恥も外聞もない。おろしてくれたらなんでもするとでも言おうか？　だがサブリナがそう考えたとき、楔がぽんとはずれ、ドアが開いた。れんがのステップを駆けおりる男の肩にあたって体がはずむたび、肺から空気が押しだされる。男は三角形のプールをまわりこむと、庭の境界線であり、ブルーリッジ山脈の丘陵につながる林へ向かって、芝生の上を全速力で横切りはじめた。

サブリナは顎が背骨にたたきつけられないよう、男のシャツを握りしめているしかなかった。ひと足進むごとに彼の肩が腹部を圧迫し、肺から空気を押しだす。呼吸するのも難しかった。たとえ命がかかっていたとしても――おそらくそのとおりに違いないのだが――叫び声をあげることは不可能だ。

ナイトシャツはどんどんめくられてTバックの下着があらわになり、素肌に湿った空気を感じる。男の顔からほんの数センチしか離れていない肩の上で、ほとんど裸の下半身がはずんでいることに気づき、サブリナは顔がかっと熱くなるのを感じた。屈辱の涙がこみあげてきて目がちくちくする。だめ。涙をこぼすわけにはいかない。彼女はまばたきしてこらえた。被害者のようにふるまえば、被害者になってしまう。内心でどれほど震えあがっていようと、この男に弱みを見せてはいけない。

林に入っても、男はスピードを落とさなかった。低い位置で広がった松の枝に、むきだしの肌をこすられるに違いない。サブリナは身がまえたが、どういうわけかそうはならなかった。木々がとぎれて開けた場所で男がついに足をとめる。こんなに林の奥深くまで来るのは初めてだ。まだ借家の敷地内にいるのか、それとも裏手の自然保護区にまで入ってきたのか、それすらもわからなかった。ようやく深呼吸できるようになったものの、助けを求めて叫んでも無駄だ。近隣のどの家からも離れすぎていて、声が届くとは思えない。

突然、男がサブリナを立たせて手を離した。頭に集まっていた血がどっと足のほうへ流れ、周囲の景色がぐるぐるまわりはじめる。彼女は酔っ払いのようにふらついた。男がサブリナのヒップをしっかりと、けれども驚くほど優しくつかんで彼女を支える。見知らぬ男の手が素肌に触れるのを感じたとたん、サブリナはパニックに襲われた。男を突き放し、よろめきながら後ろへさがる。あたたかい風が腹部をかすめ、はっと息をのんで自分の体を見おろすと、ナイトシャツがウエストのあたりでめくれていた。彼女は急いでシャツを腿のなかほどまで引っ張りおろし、男に不安げな視線を投げかけた。ありがたいことに、男はサブリナの格好には興味がなさそうに見えた。手首につけた、かなり大きな腕時計らしきものをチェックするのに余念がないようだった。

男は彼女を見おろすようにそびえ立っていた。もっとも、サブリナは背が高くないので、ほとんどの人はそうなるのだが。やり手の強盗や誘拐犯が着ているような黒いズボンに黒いTシャツを身につけた男は、筋肉質でがっしりとした体をしていた。荒々しいたてがみを思わせる濃いブラウンの髪が肩にかかり、角張った顎と頬骨を縁どっている。顔写真ではかなりのハンサムに見えるに違いない。映像記憶能力という、ときに厄介でときにありがたい力があるから、もしこの先、面通しで容疑者の確認をすることになっても、苦もなく彼を選びだすことができるだろう。頭のなかに記憶した姿とまったく同じの正確な似顔絵だって描けるはずだ。しばらくぶりでなまっているだろうが、この男を刑務所に入れられるなら、喜んで腕に磨きをかけよう。

死ぬほど危険ないい男。

彼を描写しようとして、そんな言葉がすぐさま心に浮かぶ。ぴったりだ。とりわけ、腰のホルスターに大きな銃——おそらくグロック22だろう——をおさめているのを見れば。〝戦闘用タッパーウエア〟と揶揄《やゆ》されることもある、ほとんどプラスティック製のグロックより、かたい鉄の感触が好きなので、サブリナ自身はシグを使っていた。どうやらこの誘拐犯は銃の趣味が悪いようだ。

「血が出ているじゃないか」男の言葉に、彼女ははっとして彼の顔に注意を戻した。

さしのべられた手を避けてすばやく後ろにさがると、サブリナはふたたび傷口を手で押さえた。「わたしにさわらないで」本当は今にもヒステリックに叫びだしそうだったが、できるだけ勇ましく、何も恐れていないかのように言い放つ。生きのびたいなら、冷静さを失ってはいけない。

男はいらだたしげに眉をひそめたものの、彼女に近づこうとはしなかった。代わりにまた腕時計を確認し、不快そうに口もとをぴくつかせる。「先へ進まなければならないんだ。予定より遅れている。任務の遂行が危ういと判断されたら、彼らはきみを殺すためにほかの誰かを派遣するだろう」

サブリナは、顔からすっと血の気が引き、全身が冷たくなるのを感じた。任務？ わたしを殺す？ でも待って、この男は〝彼ら〟とか〝ほかの誰か〟と言ったわ。それに、たとえ一瞬でも、わたしのけがを心配しているようだった。ということは、危害を加えに来たのではないのかしら？ もしかして、わたしを守ってくれようとしているの？

胸に希望が広がり、くいしばった歯のあいだから震える息がこぼれた。本当に危険人物でないなら、この人はいったい誰なのだろう？　わたしを憎んでいる人物といっても、いとこのブライアンしか思いつかない。でも、殺そうとまでするかしら？　まさか。そんなことをしたら彼が本当にほしがっているもの――祖父の遺産を手に入れるのが遅れるだけだ。

それなら何？　ブライアンはこの前やってのけた仕打ちより、もっとひどいことを計画しているの？　彼が何かをたくらんでいることにわたしの兄嫁であるアンジェラが気づいて、警告するために人をよこしたのかしら？　この見知らぬ男は、わたしが身の危険にさらされていると誤解して、過剰に反応しただけ？

「あなたは〝彼ら〟と言ったわね。誰のこと？」パズルのピースをつなぎあわせようと、サブリナは問いかけた。

男が肩をすくめた。知らないのか、それとも貴重な時間を説明に費やして無駄にしたくないのだろうか？

「ひょっとしてアンジェラに送りこまれたの？　ブライアンのことでわたしに警告するために？」彼女は引きつった笑い声をあげた。「たしかにブライアンとは裁判で争っているのだから、わたしに不満を抱いているでしょうけど、殺そうとまでするかしら？」頭を振る。「あなたは誤解しているわ。彼はわたしに死んでほしいとは思わないはずよ。問題を複雑にするだけだもの」

サブリナは口調に苦悩がにじむのをどうすることもできなかった。これまでずっと、ブライアンは自分と同じように祖父を愛していると思っていた。だが彼は、行方不明の祖父を捜す手助けをするどころか、遺産を手に入れるために祖父の死亡が宣告されるよう画策している。

「おれはブライアンもアンジェラも知らない。だが、誰かがきみを追っているのはたしかだ」〝死ぬほど危険ないい男〟は距離をつめ、もう一度彼女を担ぐつもりなのか、身をかがめた。

サブリナは後ろに跳びのき、右腕の痛みを必死でこらえながら、体の前で両の拳を握りしめた。「わたしに触れたら、そのタマを蹴りあげて喉につまらせてやるわよ」

今度は男が驚きに目をしばたたく番だった。彼が口もとをこわばらせるのを見て、サブリナはたちまち軽率な発言を後悔した。銃を持っている男を怒らせるのは得策ではない。

張りつめた沈黙をなんとか埋めようと、彼女は急いで口を開いた。「さっきからずっと、〝彼ら〟とか〝誰か〟とか言っているけど、あなたはわたしを守るためにここにいるのよね？　わたしは、うちの家族以外の誰かに追われているの？　彼らはわたしを傷つけたがっているの？　それともあなたが家を、あるいは対象を間違えたとか？」まるで最初のパラシュートを開くのに失敗したスカイダイバーが、ふたつ目のパラシュートに手をのばすときのように必死に、彼女は最後に挙げた考えにしがみついた。

男は、ばかなことを言うなというように首を横に振った。「彼らはきみを傷つけたがっているわけではない、ミス・ハイタワー。死んでほしがっているんだ」

サブリナは鋭く息をのんだ。新たな恐怖が胸にこみあげる。「そんなこと、どうしてわかるの？」彼女はささやくように言った。

「それはおれが、きみを殺すために彼らに雇われたからだ」

2

一日目——午後十一時二十分

メイソンは、木々のあいだを走って逃げていくサブリナ・ハイタワーを見ながら首を振った。殺す予定だったことを本人に告げたのは、明らかにまずかった。もっとほかに言いようがあっただろうに。だが自分にとっても、抹殺するよう命じられた相手を殺さないのは初めての経験で、どうも勝手が違ってやりにくいのだ。

サブリナのように小柄な女性はきっと従順で、すぐに怯《おび》えるだろうから、したがわせるのは簡単なはずだとメイソンは考えていた。とりわけ彼女は裸足《はだし》にナイトシャツ一枚で、めがねもかけていないのだ。サブリナのベッドルームの床で見つけためがねは今、彼のポケットに入っていた。たいていの人間が彼女の立場に置かれれば、メイソンを見て、ただ身をすくませていただろう。自分の倍ほどもある男にシャツの上から嚙みつこうとするなど、小さな戦士さながらにふるまったりせずに。まったく、〝タマを蹴りあげて喉につまらせてやる〟と彼女に脅されたときは、必死で笑いをこらえなければならなかった。サブリナに勇気や度胸があるのは間違いないが、そのことは——残念ながら——彼女の魅力を増加させただけだった。

サブリナを担いで裏庭を横切っていたとき、セクシーで丸みを帯びたヒップが顔のすぐそばで誘うようにはずんでいることを意識したとたん、欲望がこみあげて頭に靄《もや》がかかったようになり、手の下のやわらかな腿の感触以外は何も考えられなくなった。そもそも、あの空き地で立ちどまるつもりなどなかったのだ。あれはふたたび脳をまともに働かせられるよう、彼女とのあいだに距離を置こうとして必死になった末の行動だった。それなのにサブリナはその計画を台なしにした。矢継ぎ早に質問を投げかける彼女の胸の頂《いただき》は、ナイトシャツ越しでもわかるほどかたく張りつめていて、思わずよだれが出そうになった。それだけではない。背中のなかほどまで流れ落ちるまっすぐな黒髪や挑戦的なブルーの目に、すっかり心を奪われてしまったのだ。

メイソンは悪態をついた。サブリナに平静を失わされるとは、愚かにもほどがある。もっとも、動揺する理由がないわけではない。陸軍時代からの友人であるラムゼイが、サブリナの罪状に疑問を抱いたからだ。正確に言うなら、ラムゼイの友人たちが、だが。元執行人《エンフォーサー》とその妻は、まだ証拠はないが、〈イグジット（EXIT）〉からくだされたサブリナの抹殺指令《イグジット》は疑わしいと考えている。

メイソンはこれまでずっと、エンフォーサーとしてイグジットのために働き、中央情報局《CIA》だの連邦捜査局《FBI》だのといった従来の国家組織では埋めきれない、いわば安全保障の欠陥を補うような内容の仕事に、誇りを持ってとりくんできた。もちろん、依頼に応じはするものの、殺しが楽しいわけではない。しかし何十人、何百人、あるいはたったひとりであろうと、罪のない人間の命を守るために邪悪な命を始末するのは、メイソンにとってどうしても必要なことだった。もしかすると未然に防げたかもしれない凶悪犯罪が起こるのを、ただ待っているのは我慢できない。自分が何もしなかったせいで、救えたかもしれない人々を死なせるのは許しがたいことだ。

ただし、それはターゲット、すなわち抹殺する対象が、イグジットの指令に記載された告発に関して本当に有罪である場合に限る。

メイソン自身は、ラムゼイの友人たちはいい加減なことを言っているだけで、自分たちの主張を立証はできないだろうと確信して……いや、願っていた。もしサブリナが無実で、今回のイグジットの抹殺指令が間違いなら、ほかの指令も間違っていた可能性が出てくるからだ。つまり、自分が過去に始末した人々も、実際は無実だったかもしれないということになる。そんな展開は考えるだけでも恐ろしい。

メイソンは手首につけた多目的情報端末でＧＰＳ追跡装置を確認した。サブリナを担ぎあげたときに彼女のナイトシャツにとりつけておいた小さな発信機は、強く明確なシグナルを発していた。どうやら彼女は真西に向かっているようだ。都合がいい。

ゆっくり走りはじめてから、メイソンは腕時計型の情報端末で位置を確認し、携帯電話をとりだした。「本部へ。応答願います」

携帯電話からカチッと音がする。「こちら本部。どうぞ」

「ターゲットを追跡中。そちらへ向かっている。十分で到着予定。どうぞ」

「追跡中？　ターゲットを確保していないのか？」

メイソンは奥歯を噛みしめた。自分の行動について誰かに問いただされるというのもまた初めての、そしてまったく不愉快な経験だった。しかも問いただしている相手は、ラムゼイがお膳だてしたあわただしいミーティングで、ほんの二時間前に初めて口をきいた男なのだ。今回の任務の遂行に待ったをかけることになったミーティングで。

メイソンが連絡を入れず、死亡の証拠となる写真も送っていないので、おそらくイグジットはすでに、サブリナを始末するために別のエンフォーサーを派遣しているだろう。ドアのガラスを割るという、ずさんな方法をとってまで行動を急いだのは、それが理由だった。すばやくなかに入り、ほかの誰かが現れる前に彼女を安全な場所へ連れださなければならなかったのだ。だが、その決断は間違いだった。サブリナにこちらの存在に気づかれてしまい、家のなかで彼女を捜しまわるはめになり、時間を浪費したのだから。

今やメイソンはキャリアを――さらには自分の命を危険にさらしていた。それというのも友人であるラムゼイが、噂《うわさ》と謎に満ちた過去を持ち、組織から離脱した元エンフォーサーを信用しているからだ。ラムゼイはその離反したエンフォーサーと何度も一緒に仕事をしたかもしれないが、メイソンはこれまで一度も顔を合わせたことがなかった。信頼を築く基盤となるような、共有できる過去が何もないのだ。だがそれでも、もしかすると無実かもしれないサブリナを死なせると思うと我慢ならなかった。だからメイソンも、さしあたり協力することに同意したのだ。

「ただ目を離さずにいてくれればいい」メイソンはぴしゃりと言った。「彼女のほうがこちらより先に道路に出るだろうから」そして、デヴリン・ブキャナンの返事を待たずに電話を切った。

またしても丸太につまずいて倒れ、サブリナは両手と両膝を強打した。もういや。いらだちもあらわに地面をたたく。ベッドルームから走りでる前に、あと数秒費やしてでもめがねを探せばよかったと考えるのは、いったい何百回目だろうか。

彼女は背後に立ち並ぶ木々をうかがい、あえぎながら何度か深く息を吸いこんだ。転ぶ直前に聞いたのはなんの音だったのだろう？　足音？　今は何も聞こえない。まるでサブリナを追う危険なハンターの存在を感じたかのように、夜鳥や虫までもがいっせいに鳴くのをやめてしまった。

〝死ぬほど危険ないい男〟であろうと、わたしを殺そうとするなら、それなりの報いを受けさせてやる。簡単に思いどおりにはならないわよ。

腕の傷や膝の打ち身が刺すように痛むことを覚悟しながら、サブリナは勢いをつけて立ちあがり、ふたたび走りはじめた。苦しみに耐えて進むこと数分、木々がとぎれ、何かほかのものがちらりと見えてくる。道路だろうか？　うちの裏手にある保護区をくねくね曲がりながら通っているブルーリッジ・パークウェイ？　希望に突き動かされて、彼女はふらつきながら前へ駆けだした。

木々のあいだを突き抜けて開けた場所へ出る。すると月明かりを浴びた黒いリボンのようなアスファルトの道が広がり、わずか数十センチ先には標識が立っていた。やったわ！　サブリナは標識をつかんで寄りかかり、荒い呼吸を整えようとした。誰かやってこないかと道路に目を凝らす。この風光明媚《めいび》なパークウェイには、昼となく夜となく観光客が通るはずなのだ。

お願い、お願い、お願い。

右手のほうでヘッドライトが光った。どこからともなく現れたように見える黒っぽい車が、猛スピードで坂をのぼってくる。運転手がこちらに気づかずに通りすぎてしまうかもしれない。サブリナはあわてて道路に飛びだし、車の進路をふさぐ位置に立つと、けがをしていない腕を大きく振った。

甲高いブレーキ音が響く。ほんの一メートル足らず手前で、ハマーが地面に鼻先を突っこみそうな勢いで急停止した。

サブリナは運転席側のドアへ駆け寄ってガラスをたたいた。ハンドルを握っていた男性が、隣に座る女性を一瞥《いちべつ》してからウィンドウをさげる。男性がドアに腕をかけると、たくましい胸板に彫られたタトゥーの輪郭がシャツの袖越しに透けて見えた。ダッシュボードのライトが顔を照らしているので、サブリナの腕の血に視線を向けた男性がきつく目を細めるのがわかった。

顎をこわばらせ、怒りをにじませた険しい表情は、あの〝死ぬほど危険ないい男〟の顔つきとよく似ていて、サブリナはたちまち警戒心を抱いた。自分が救いを求めようとしているこの男性は、使わないときにサングラスをよくそうするように、何かハイテクの双眼鏡らしきものを頭の上にのせていた。

夜に双眼鏡を使う理由は？

おそらく、防弾ベストを身につける理由と同じだろう。

罠《わな》だわ！　心が警告の叫びをあげる。サブリナは急いで一歩後ろにさがった。そうよ、道路に着いたちょうどそのときに車が通りかかるなんて、そんな運のいい目にあったことはこれまで一度もない。ハマーはずっと待ちかまえていて、林からふらふら出てくるわたしの姿を見てからヘッドライトをつけたに違いないわ。なにしろ〝ラッキー〟は、頭に〝アン〟をつけない限り、わたしとは絶対に結びつかない言葉なのだから。祖父を誘拐したのと同じ人たちという可能性はあるかしら？　今度はわたしを追っているの？

「助けが必要なようだね」男性が言った。

サブリナはさらに一歩あとずさりして首を横に振った。「あの、別の人と間違えたみたい。ごめんなさい。どうぞ、行ってください。わたしが……待っている人は、もうすぐここに来るはずだから」今にも誰かが姿を現す予定であるかのようにパークウェイの先に目を向け、道路の端へ戻ろうとした。

車のドアがバタンと音をたてる。サブリナははっとしてハマーを振り返った。

助手席にいた女性が、サブリナに危害を加えるつもりはないと言わんばかりに両手をあげながら、ボンネットをまわって近づいてくる。月光を浴びた顔には親切そうな笑みが浮かんでいて、サブリナはためらった。もしかして、間違った結論に飛びついてしまったのかしら？　彼らは本当に通りすがりの無害な人たちで、わたしを追ってきた男と結託しているわけではないの？

「どうぞ」女性が運転席の後ろのドアを開き、サブリナを手招きして乗るように促した。「あなたの腕、血まみれよ？　病院へ連れていってあげる」

サブリナは腕の傷に目を向けた。まだ血がにじみでているようだ。女性に視線を戻すと、彼女はサブリナの肩越しに何かを見つめていた。

はっとして後ろを振り返る。

だが、突然のびてきた腕にがっしりとつかまれたかと思うと、覚えのあるかたい体に背中から引き寄せられていた。

「いやよ！　放して」サブリナは激しく身をよじり、男から離れようともがいた。「助けて！」女性に向かって声をあげる。

だが、女性は気まずそうに顔を赤らめるばかりだ。

あたってうれしくない直感もある。

サブリナは自分をとらえている男のブーツを踵で思いきり踏みつけ、体をねじって彼の腕から逃れようとした。

「やめろ、サブリナ」南部訛りのあるゆっくりした口調で命じられる。もちろんその声には聞き覚えがあった。「自分を傷つけるだけだ」

「あなたも傷つけられるなら、それだけの価値はあるわ」サブリナは吐き捨て、男の腹部をめがけて肘を突きだした。

男が右腕を彼女の胸の下あたりに巻きつけて両手の動きを封じる。つぶれるかと思うほどきつく押さえつけられると、サブリナは足以外まったく動かせなくなってしまった。必死で後ろを蹴りつづけているうちに、彼女の右の踵が男の向こうずねを強打する。

はっと息をのむ音がして、男が体を脇にずらした。

「こんなことはしたくなかったんだ。選択の余地をなくさせたのはきみだからな」彼が嚙みつくように言う。

サブリナは男が何かに手をのばすのを感じた。銃？　たちまち体に緊張が走る。悲鳴をあげようと大きく息を吸いこんだとたん、不快な甘いにおいのする布が鼻と口に押しあてられた。

いやよ、いや、いや！　サブリナは抵抗し、なんとか息をとめようと試みたが、血管を伝ってひどい倦怠感《けんたいかん》が全身に広がっていくのがわかった。男が使った薬がなんであれ、ききはじめたらしい。彼女は車の男性と女性に、助けてほしいと目で訴えた。

男性の表情は石のように冷たい。女性は唇を噛んで顔をそむけてしまった。

「暴れないでくれ」サブリナの耳のそばで低い声がささやいた。「抵抗をやめたほうがきみのためになる」

蠅《はえ》をおびき寄せようとする蜘蛛《くも》も、こんなふうに甘い言葉をささやくんだわ。

酸素不足で肺が燃えるように熱い。目の前に黒い点がいくつもちらつく。

「呼吸するんだ」男が命じた。「きみが無実なら、おれを恐れる理由はない。ほら、息を吸って」

無実ってなんのこと？　悪いことなんて何もしていないわ！

めまいに襲われ、サブリナは思わず男の腕をつかんだ。

これが祖父の身に起こったことなのだろうか？　祖父もこの人たちに、こんなふうにされたの？

今までかたくなに認めようとしなかったけれど、大好きな祖父の顔はもう二度と見られないのかもしれない。そう思ったとたん、悲しみがどっと押し寄せてきた。

「サブリナ、息をしろ」彼女をとらえている男の声に心配そうな響きがにじんだ。

サブリナは必死の思いで顔を横にそむけ、薬に汚染されていない空気をすばやく吸いこんだ。「地獄へ落ちるがいいわ」

「すでに落ちているよ」男は皮肉まじりに言うと、ふたたび彼女の鼻と口に布を押しつけた。

空気がほしくて我慢できなくなり、サブリナは一度だけ浅く息を吸った。そのとたん、視界が暗くなっていった。

メイソンは意識を失ったサブリナの体をつかんで胸に抱えた。これほど心を揺さぶられたのは久しぶりだ。彼女は凶暴な猫のように最後まで反抗的だった。だがたとえ悪態をついても、その声は恐怖を隠しきれていなかった。自分が与えた恐怖だ。これまで暗殺を請け負ってきたほかのターゲットも、処刑される前に同じ類の恐怖を感じたのだろうか？　わからないし、知ろうとしたことは一度もない。関心がなかった。それだけだ。なぜなら彼らは、罰するに値する人間だったからだ。ところがサブリナの場合は、彼女が罰を受けるべきかどうか確かめずにいられない。サブリナの天使のような顔を見おろし、その華奢《きゃしゃ》な体を抱きながら、彼は初めてターゲットが無実であることを切に願った。

やめておけ。エンフォーサー訓練マニュアル第百一条：敵に共感するな。情を移すなど、とんでもない。サブリナが有罪なら——おそらくそうだろうが——おれはほかのターゲットと同じように扱って、自らの任務を果たさねばならないのだ。

彼女のどこにこれほど同情をかきたてられるのか、メイソンは理解できなかった。しかし今この問題にきちんと対処しておかなければ、いずれミスを犯してしまうだろう。自分の仕事にとってミスは命とりになりうる。彼は深呼吸すると、自分を混乱させる女性から視線を引きはがして顔をあげた。

「いったい彼女に何をしたんだ？」運転席の開いた窓からデヴリン・ブキャナンが尋ねた。「そこらじゅう血まみれになるほど出血しているじゃないか」

非難がこめられた口調にメイソンはかっとしたが、それはブキャナンが正しいせいでもあった。もっとサブリナに目を配るべきだった。彼女の傷に気づいたときにすぐ、包帯を巻いておくべきだったのだ。そう思うものの、ブキャナンに伝える必要はない。「彼女は生きている。それだけでも、おれがこれまで請け負ったターゲットとは違うと言えるはずだが」

ブキャナンが不満げに目を細めた。

ブキャナンの妻で、サブリナより五、六センチ背が高く、ブラウンの目をしたブルネットのエミリーが、開いている後部座席のドアを示して言った。「言い争っている時間はないわ。お願いだから彼女を車に乗せて」

メイソンはためらった。今回の件は、サブリナの家へ向かう直前にブキャナンたちとキャビンに集まり、急いでたてた計画にしたがって進められようとしている。だが自分はこのふたりのことをほとんど知らず、彼らが誰に忠誠心を抱いているのか、完全に理解しているわけではないのだ。

「ラムゼイは？」

エミリーの手が腕にかかるのを感じ、メイソンは反射的に身をこわばらせた。

彼女が急いで手を離し、ぎゅっと拳を握りしめて言う。「イグジットのファイアウォールと圧縮アルゴリズムは、わたしたちが想定していた以上に複雑だったの。ラムゼイはうちのコンピュータの専門家と協力して、われわれがイグジットのメイン・コンピュータに侵入しようとした痕跡を隠す作業にあたっているわ」

「つまり、情報は得られなかったのか？」

「ええ……いえ、その、入手はしたわ。期待していた情報が全部手に入ったわけじゃないだけで。本当は過去のイグジットの指令をすべて引きだしたかったんだけど――」

「サブリナ・ハイタワーに関する機密情報は手に入れたんだな？」メイソンはさえぎった。

「ええ。キャビンでラムゼイが引きだしたわ。今回入手できた唯一の有益な情報よ。直後にセキュリティ・プログラムが、ファイアウォールを閉じ直すとかなんとかしちゃったらしいわ。コンピュータに詳しくないわたしにはよくわからないけど。もう一度侵入するのはおそらく不可能だろうから、イグジットの施設に実際に押し入って、指令の控えを探す必要があるでしょうね。たぶん紙のファイルで保管されているはずよ。それほど厳重に保護されているとは――」

「もういい」メイソンはサブリナを抱える腕に力をこめた。「サブリナについて何がわかった？」

無作法にも話をさえぎった彼に腹をたてる様子もなく、エミリーはほほえんで言った。

「あなたは正しいことをしたのよ、メイソン。彼女は無実だわ」

無実。短いが、非常に大きな力――サブリナを救い、メイソンを破壊する力を持つ言葉だった。彼の世界全体が傾きかけていた。何もかもが、まさに変わろうとしている。その情報が本物かどうか、自力で確認しなければならない。自分はこれまで六年間、イグジットに対して忠実だったのだ。明確な理由がない限り、自分が裏切り者になることを受け入れるのは難しい。

「どこにある？　いわゆる証拠というのは？」

「まだキャビンにあるわ。わたしたちは――」

「ヘッドライトだ」ブキャナンが口を開いた。「四百メートル後方の丘の上。行くぞ」

メイソンは道路に目をやった。こちらへ近づいてくる車は制限速度をはるかに超えたスピードを出していた。いい兆候ではない。彼はハマーに飛び乗り、サブリナを横の座席に座らせてからドアを閉めた。

エミリーの側のドアも閉まるのを確認すると、ブキャナンはすぐさまアクセルを踏みこんだ。ハマーが二車線の道路を猛スピードで走りだす。

「サブリナのシートベルトを締めてくれる？　あなたもね」エミリーが言った。

いつもこんなふうに丁重なのだろうか？　サブリナをシートベルトで固定しながら、メイソンは漠然と思った。締めないままの彼のシートベルトに、エミリーがあからさまに視線を向けてくる。だが、メイソンはシートベルトをするつもりはなかった。頑固だと思われてもかまうものか。本当の理由を知られるよりましだ。どんな方法であれ、拘束されるとどうしようもなくとり乱してしまうことを知られるよりは。紐《ひも》で縛られると考えただけでも、背中に残る傷跡に感じるはずのない痛みが走り、遠い記憶の幻影にのみこまれそうになる。

背中にワイヤーがくいこみ、メイソンを簡易寝台に縛りつけていた。砂と石粒が血にまじり、開いた傷口が焼けつくように痛む。まるで旧友に向けるような笑みを浮かべたジャッカルが、カップに浸した手でメイソンの皮膚に塩水をしたたらせると、大量の火蟻《ひあり》が肉を食いちぎっているかのような激痛が襲った。

やめろ！

メイソンは頭を振り、過去の記憶をもとの暗い穴に無理やりしまいこんだ。シートベルトを締める？　死んでもごめんだ。彼は腕を組み、こちらを見ているエミリーを挑戦的に見返した。

　彼女がため息をつき、頭上の車内灯をつけながら白いタオルをさしだす。「彼女の腕の傷に使って。顔色がひどく悪いわ。大量に失血しているみたい。これ以上血を失うとまずいんじゃないかしら」

　サブリナの頭はメイソンの肩にもたれかかっていた。その顔は、今夜彼が初めて目にしたときよりずっと青白い。腕の深い傷から血がにじみでていた。彼女の家に侵入した際、二階でガラスが割れる音を耳にしたが、そのときに負った傷に違いない。ほかにも手や脚に、最初はなかった浅い傷がいくつもついている。サブリナを担いで林のなかを走っていたときは、木の枝が彼女にあたらないように気をつけていたので、自分から逃げているあいだについたとしか考えられない。下生えのなかを、傷つくのもかまわずやみくもに走ったのだ。おれはサブリナをそこまでひどく怖がらせてしまったのだろうか？

「メイソン？」やわらかいが断固とした声でエミリーが言った。

　奇妙なほど心を惹《ひ》きつけられる女性にふたたび触れることに不安を感じ、メイソンはためらった。今はしっかり頭を働かせなければならないときなのに、サブリナに触れれば、脳細胞がばらばらになってしまいそうな気がする。

「さっさと彼女の腕にそのタオルをあてろよ、まったく」ブキャナンが口を開いた。「難しいことじゃないだろう」

むっとさせる言い方だった。だが、こんなところで口論するつもりはない。現在、何よりも優先すべきなのはサブリナの手当てをすることなのだ。メイソンはエミリーにうなずいて感謝を示すと、タオルを受けとり、サブリナの上腕にきつく結んだ。驚くほどやわらかい肌に、必要以上に触れないよう気をつけながら。

リアウィンドウ越しにヘッドライドが光った。背後でうなりをあげるエンジンの音が聞こえる。

「旅行者じゃない。どうやらお客さんらしいぞ」ブキャナンが車内灯を消した。

エミリーがコンソールボックスから双眼鏡をとりだす。

メイソンはそれをさっと奪いとると、彼女の怒った顔を無視して後ろを向いた。「まったく。久しぶりに見る顔だ」

「誰なの？」エミリーが尋ねた。

「イグジットの暗殺者《エンフォーサー》だ。数回しか会ったことはないが。いやなやつだよ。たしかエースと名乗っていた」

「嘘《うそ》でしょう」エミリーの言葉は、苦悩に満ちたささやきとなってこぼれでた。

振り返ったメイソンは、彼女と夫のあいだで無言のやりとりがなされていることに気づいた。過去にエースとのあいだになんらかの揉《も》めごとがあったのは間違いないだろう。では、あの噂は本当なのか？　エースは、ブキャナンが規律を破ってイグジットと敵対するようになったときに争っていたというエンフォーサーのひとりなのだろうか？

タタッ、タッ、タッ。夜の静けさにセミオートマチック銃の銃声が響き、ハマーの車体に弾丸があたる。リアウィンドウのガラスが粉々に砕け散った。

メイソンはさっとかがんでサブリナのシートベルトをはずし、彼女の体を車の床に押しこんだ。

「頼んだとおり、キャビンからおれのバッグを持ってきてくれたか？」

「後ろにあるわ」エミリーが答えた。

メイソンは座席越しに手をのばして、弾薬と服が入ったバッグをつかんだ。急な脱出に備えて常に用意してある、非常持ちだし用バッグのひとつだ。そこから、ラムゼイに連絡をもらったあとで加えた、軽量で小さいサイズの防弾ベストをとりだしてサブリナにかけると、クロスボウを入れたもうひとつのバッグをとる。グロックか、足首のホルスターに入っているシグ・ザウエルＰ９３８を使うことも可能だが、ハマーの狭い車内では音の反響が大きすぎるだろう。ここはクロスボウが最善の選択だ。

「頭をさげて！」助手席から身をのりだしたエミリーが、３５７マグナム弾で背後の車を数発撃った。耳をつんざく銃声がハマーの車内いっぱいに響きわたり、メイソンとブキャナンが彼女をにらむ。

メイソンはエミリーが手にした銃を押しやった。聴覚はもう二度ともとどおりにならないかもしれない。彼女は恥ずかしそうな顔をすると、前を向いて座り直した。

後方の車のヘッドライトがそれた。遅れてはいるが、それでもまだついてきている。

「みんな、つかまれ。がたつくぞ」ブキャナンがヘッドライトを消したとたん、前方がまっ暗になった。彼は頭にのせていた暗視ゴーグルを装着すると、ハンドルを大きく切った。車が道路をはずれて険しい坂をくだりはじめる。

ブキャナンは道路脇に植えられた木々の合間をくねくねと進んでいるが、エースをまこうとしている以外、特に考えがあるわけではなさそうだ。エースの車は約百メートル後方からついてきていた。ブキャナンが必要に駆られて踏むブレーキランプの明かりを目印にしているのかもしれない。

「あんたはこのあたりの出身じゃないよな？」車体に枝がこすれる音にかき消されないよう、メイソンは声を張りあげた。

「よくわかったな」ブキャナンは皮肉をこめて返すと、何かを避けて進路を変えた。

「ヘッドライトをつけたほうがいい。おれが誘導して、この事態から抜けだせるように手助けするから」メイソンは言った。「どっちみち、あいつはこの車のブレーキランプを追っているぞ」

ブキャナンがヘッドライトをつけ、暗視ゴーグルをコンソールボックスにほうりだした。

「そこを曲がれ。次のオークの木立を過ぎたところだ」メイソンは前方を指さした。

「たしかなのか？」

「生まれてからずっとこのあたりに住んでるんだ。ここの丘陵地帯が遊び場だった」

ブキャナンはただちにスピードを落とし、鬱蒼《うっそう》と茂る木々をまわりこんだところでふたたびアクセルを踏んだ。そこは地面が平らになっていて、いくぶんスピードをあげることができた。

「今度は右だ」メイソンは叫んだ。

ハマーが片輪で急転回した。土を蹴りあげながら斜面をくだっていく。ブキャナンはハンドルをとられまいと格闘していたが、やがて大きくうなずいた。「いい判断だった。まいてはいないが、かなり距離があいたぞ」

「まだ充分じゃない。車が通行可能な林はもうすぐ終わって、パークウェイに出ざるをえなくなる。ハマーより向こうの車のほうが速い。キャビンにたどり着く前に追いつかれるだろう。おまけに、こっちは女性をふたり連れている」

エミリーが銃を振ってみせた。「ちょっと、あなたたち。なんの役にもたたないわけじゃないわよ」

「だが、サブリナは違う」メイソンはエミリーに思いださせた。「車を脇に寄せてくれ。おれが時間を稼ぐ」そう言うと、矢筒を肩にかけ、クロスボウをつかんだ。必要になれば銃もあるし、ブーツにはナイフを仕込んでいる。だが、今のような状況ならクロスボウがいい。

破壊力のあるクロスボウを顔に向けて脅してやれば、どんなに恐れ知らずの敵でも、めそめそ泣きだす臆病者に変貌させられるのだ。

だが、ブキャナンは車のスピードを落とさなかった。口もとをかたくこわばらせている。

メイソンはバックミラー越しにブキャナンと視線を合わせた。「おれはここまで、あんたたちふたりを信用した。この件に関してはおれを信じてくれ」

「エースを追うなら、それはおれの役目だ」ブキャナンが言った。「あいつには借りがある。大きな借りだ。あいつはおれの父親を殺しかけ、弟を熱傷治療センター送りにしたんだ。ほかの人間には任せられない」

ブキャナンの怒りはメイソンの胸に響いた。心を壊され、二度と癒えない傷を残された相手に復讐《ふくしゆう》したいという強い欲求は、メイソン自身にも覚えがあった。だが一方で、その欲求を厳しく制御するしか感情の昂《たか》ぶりをやりすごす方法がないことも知っている。だからメイソンは、怒りを鎮めるようブキャナンを説得する代わりに、彼の明らかな弱点を利用して、まったく別の感情に訴えかけることにした。エミリーへの愛に。

「つまり、あんたは女房をおれのところに残していくつもりなのか？　それほどおれを信用しているんだな？」メイソンは挑むように言った。ブキャナンの肩のこわばりから、聞かなくても答えはわかっていた。今は味方とはいえ、それでもブキャナンが大切なものをエンフォーサーの手にゆだねるつもりがないのは明らかだ。

「わかった。好きにしろ。エミリー、つかまれ」

エミリーがシートベルトをきつく引っ張り、アームレストをつかむ。メイソンも前の座席につかまった。

ブキャナンが急ブレーキを踏んだ。ハマーが横滑りして、大きなオークの木の数センチ手前で停止する。

メイソンはサブリナの様子を確かめた。意識はまだ戻っていないものの、大丈夫そうだ。彼はハマーから飛びおり、勢いよくドアを閉めた。「あと四百メートルはこのまま南へ。それから真西に三百メートル弱。そうすればパークウェイに出るだろう。おれはここからキャビンまで歩いて戻る。エースの片をつけたら、そこで合流だ」

ブキャナンはまだ何か言いたそうにしていたが、背後の坂道をのぼってくる車のヘッドライトに気づいた。彼は、何がもっとも重要か自分に言い聞かせるように妻を見ると、ハマーを発進させてオークの木をまわりこみ、そこでアクセルを踏みこんだ。車は小石や土をはねあげながら飛びだしていく。

メイソンはクロスボウを持ちあげて矢をセットした。あとは獲物を待つだけだ。

3

二日目——午前〇時

メイソンは林のなかを全速力で駆けた。倒木を跳び越え、流砂より厄介な沼地を迂回《うかい》する。右手の木々の切れ目にかろうじて見えるエースのシボレーは、スピードをあげていた。坂をのぼるにつれてエンジンが苦しげな音をたてる。

低木の茂み越しに、上下に激しく揺れるヘッドライトが前方の急カーブを照らしだすのが見えた。あそこでエースはまた減速しなければならないはずだ。メイソンはさらに速度をあげて溝を横切り、車の方角へ戻りはじめた。エースより早くカーブにたどり着いて、木の後ろに身を隠す。胸を波打たせながら深呼吸を繰り返し、クロスボウの先端を空に向けると、近づいてくる車体が見える位置までじりじりと進みでた。

まだ。もっと近くへ来るまで、もう少し。今だ！

メイソンは車の前へ走りでると、両膝をつき、まっすぐ運転手にクロスボウのねらいを定めた。

急ブレーキがかかる。車が脇にそれ、タイヤをスリップさせながら何度もはねてようやくとまった。メイソンはシボレーの車体がまだはずんでいるうちに運転席側のウィンドウに近づき、クロスボウの先端をエースの頭に向けた。

エースが顔色をなくし、ハンドルからゆっくり両手を離す。

メイソンは、運転していたのがエースだとは知らなかったというように、驚いたふりをして眉をひそめた。自分が以前とは何も変わらず、まだイグジットに忠実なエンフォーサーであると見せかけるために、慎重にふるまうと決めてあった。どのみち、ブキャナンが約束した証拠が偽りだと判明すれば、これまでどおりの生活に戻るつもりでいるのだ。ただしそれは、自分が規律違反をしておらず、イグジットを欺くということはつまり、常に背後をねらわれ、エースに納得させられた場合に限る。イグジットを脅かす存在ではないと、エースに納得させられた場合に限る。イグジットを欺くということはつまり、常に背後をねらわれ、組織に属するすべてのエンフォーサーに追われることを意味するからだ。自分にとって好ましい将来とは言えない。

「ウィンドウをさげろ」メイソンは命じた。

エースは言われたとおりにすると、また両手をあげた。「そいつをよそへ向けてくれ、メイソン」

メイソンはクロスボウを動かさず、引き金に指をかけたままで言った。「パークウェイでおれを撃ってきた理由を説明するまではだめだ。今、おれのあとをつけてきた理由も」

エースが顎をこわばらせた。「自分の務めを果たしているだけだ。任務からはずれたことをして、連絡を入れなかったのはそっちじゃないか。サブリナ・ハイタワーは何時間も前に死んでいるはずだった」

「いろいろあって遅れているだけだ。つまりおまえは、おれが電話をかけるのが遅れたから、ボスがおれを始末するためにおまえをよこしたと言いたいのか？」もっともな問いかけのはずだ。上司のシプリアンはおれの様子を確認して、まずい事態になっていれば手伝わせるために、別のエンフォーサーを送ってきたのかもしれない。だが、シプリアンがすぐさま最悪の事態を想定して、おれを始末するというのは考えにくい——ほかになんらかの理由がない限り。

エースが返答を拒むかのように顔をそむけた。

メイソンはクロスボウをトントンとたたき、エースの注意を戻させた。「これはおれの嘘発見器だ。秒速百二十メートル以上の速さで頭を引っこめられるなら別だが、本当のことを言ったほうがいいぞ。今夜、おれを追うように命じたのは誰だ？」

懸命に怒りを抑えようとしているのか、エースの顔が赤みを帯びた。だが、もう一度クロスボウをちらりと見ると、彼は答えた。「イグジットだ。おまえの様子を確認するために、おれが送りこまれた」

「誰に送りこまれたんだ？　シプリアンか？」

エースが首を振った。「ビショップだ。シプリアンのアシスタントの。だが、それがどうした？　同じことだろう？」

おそらく、違いはない。ビショップのことはメイソンも耳にしていた。数カ月前に殺された――どうやらブキャナンに――ケリーの代わりにシプリアンのアシスタントを務めているらしいが、まだ会ったことはなかった。新任のアシスタントが、抹殺任務のように重大なことで勝手な判断をくだすとは考えにくい。つまり、おれの任務になんらかの問題が発生したと、シプリアンは個人的に知ったのだ。しかしブキャナンがラムゼイに連絡をとり、さらにおれに接触したことまで知っている可能性はあるだろうか？

メイソンはクロスボウを動かして言った。「続けろ」

エースの目が怒りに燃えた。「ハイタワーの家の裏でおまえの足跡を見つけた」彼は吐きだすように言った。「ターゲットに逃げられて、林のなかへ彼女を追っていったんだろうと推測した。だからおれはおまえを手伝おうと思って、車で敷地の裏側へまわって待っていたんだ。そうしたらハイタワーが道路に走ってきた。ぴんぴんしてね。そしておまえは仕事をするどころか、彼女をあのハマーに押しこんで、一緒に乗っていってしまった。シプリアンはあの女に逃げられたくないはずだ。だから思いきって決断したんだよ」視線を落とし、両手をおろしてハンドルに置く。反抗を示す小さな動きから、エースが完全には自制できていないのだとわかった。

〝思いきって決断した〟という主張も、真実とは思えなかった。シプリアンが定める絶対的なルールのひとつに、〝正当防衛か、あるいは規律違反が明らかになった場合を除いて、エンフォーサーはほかのエンフォーサーを殺してはならない〟というのがあるからだ。では、エースがハマーを撃ってきた理由は？　あのパークウェイに旅行者がいたら、銃声を聞いて警察に通報していたかもしれないのだ。エンフォーサーがそれほどあからさまな行動に出て警察の注意を引きつけたら、シプリアンは激怒するに違いない。やはり、何かある。おれがボディランゲージを完全に読み違えていない限り、今夜の銃撃の裏には、エース自身の事情があるはずだ。

メイソンは改めてエースに視線を向けた。短い黒髪も、長身で筋肉質の体つきも、エースはブキャナンとそっくりだった。だが、目はエースのほうが色が濃く、ほとんど黒に近い。目が心を映す窓なら、この男の心は空っぽの暗いクレバスだ。そして今、関節が白くなるほど強くハンドルを握りしめている様子から判断して、そのクレバスは憎しみと怒りに満ちているらしい。

なぜだ？　少なくとも、なぜ今夜撃ってきたんだ？　メイソンは、エースがパークウェイで目にしただろう光景を思い描いてみた。エースは道路の先の、木の後ろに車をとめたはずだ。そして、高性能の双眼鏡か何かを持っていたに違いない。ハマーのヘッドライトがついていて満月だったことを考えると、かなりよく見えたはずだ。サブリナがおれの腕に崩れ落ちる姿を目にしたときに、彼女を殺さずに薬で意識を失わせただけだと気づいたのだろうか？　いや、そうは思えない。あのときおれはサブリナに、眠らせる代わりに致死量の毒を与えることもできたのだから。それならエースはほかに何を見たというのだろう？　いったい何が、あんな行動をとらせるほど彼を興奮させたのか？　今夜エースが目にしたのは、おれ、サブリナ、ハマー、あとは……ブキャナン夫妻だ。なるほど。そういうことか。

もしエースが、ハマーに乗っていたのがブキャナン夫妻で、おれが任務遂行の助けとして怪しげな殺し屋を雇ったわけではないと気づいていたら、まだイグジットに忠実なエンフォーサーのふりは通用しなくなってしまう。「ハマーを運転していたのが誰か、どうしておれに尋ねなかった？」

エースの黒曜石のように黒い目がじっとメイソンを見つめた。「なんだって？」

「おまえは、おれがサブリナをハマーに押しこんで、一緒に乗っていったと言ったな。運転していった、ではなく。運転手が誰だったかきかないのはなぜだ？」

口もとを残忍そうにゆがめて、エースが笑った。先ほどまでつけていた仮面ははがれ落ち、もはや軽蔑を隠そうともしない。「いったいいつからあの女のことを、ミス・ハイタワーじゃなくてサブリナと呼ぶようになったんだ？　ブキャナンに言われたのか？」彼はその名前を吐き捨てるように言った。「彼女と仲よくしろと？　気にかけてやれと言われたのか？　おれを殺すつもりなら早くやればいい。これ以上説明することはない。話は終わりだ」

メイソンはクロスボウを持つ手に力をこめ、どうするべきか考えた。エースを殺すのは賢明な処置と言えるだろう。キャビンへ行ってサブリナに関する情報を手に入れるまでの時間を稼ぐことができる。だがそれは、ブキャナンが正しく、サブリナが無実であった場合の話だ。イグジットがわざと偽りの抹殺指令を出していて、サブリナの件がただの間違いではなく、さらにエースがすべてにかかわり、イグジットのごまかしを知っていた場合にのみ、正当と認められることだった。

ひとりの人間の命を奪うかどうか決めるには、考慮するべき〝もし〟が多すぎる。もしブキャナン夫妻が間違っていたら？　もしサブリナが、抹殺指令に書かれているとおりの人間だったら？

そうなるとエースを殺すのは――たとえ彼が、パークウェイでの愚かなまねの報いを受けるに値する人間だったとしても――明らかに間違いということになるだろう。自分は裁判官でも陪審員でもない。それはイグジットを運営する評議会の役目であり、最高経営責任者《CEO》であるシプリアンの役目だ。自分の仕事は彼らのくだした決定を実行に移し、自分が行動しなければ命を落とすに違いない人々を守ることだった。正義をもたらすための道具となって働くことと、自らを法と見なして裁きをくだすこととの境界線はときに微妙な場合もあるが、これまで常に誇りを持ってそれらを慎重に区別してきたつもりだ。今夜も例外ではない。

だが、そういう区別を抜きにしても、メイソンはある程度エースに共感せずにはいられなかった。エースはブキャナンに裏切られたと強く信じている。噂では、エースはケリーを愛していたが、その彼女をブキャナンが殺したらしい。ケリーがほかの男——ひそかにささやかれている話によれば、シプリアン——と深い仲になってエースを捨てたあとも、彼はケリーと仲よくしていたようだ。だから、彼女を死にいたらしめたとされるブキャナンを憎んでいるのだ。

ブキャナンに復讐したいという気持ちが、エースにハマーを銃撃するという愚かな決断をさせたに違いない。メイソンもまた、同じように復讐の思いにとりつかれたことがあった。ジャッカルに部隊の兵士たち全員を虐殺されたのに、政治的な理由で軍が犯人を追おうとしなかったときだ。

陸軍をやめたあとイグジットに採用されていなければ、あのときの悲しみと苦しみをのりこえられず、今も苦しみの闇のなかで悶々《もんもん》としていたに違いない。だがイグジットの幹部たちは、部下や自分自身のための正義は得られないとしても、少なくともほかの人々のために公正な裁きを求めることは可能だと教えてくれた。自分は幸運だったのだ。怒りの方向を変えるすべを学び、新たな目的意識を持って闇を抜けだすことができた。一方、エースはいまだ闇にとらわれている。

メイソンはクロスボウを脇におろした。「行け。ここから立ち去れ。またおれを追ってきたら、今度は銃で撃ってやるからな」クロスボウを持ちあげて続ける。「あるいはこれで」

車を出しながらこちらを見ていたエースの鋭い目つきからすると、どうやら自分は敵をつくってしまったようだ。車が見えなくなると、メイソンはこのあたりの地形に関する知識と頭上の星座を頼りに、キャビンまで走っていった。わずかな時間も無駄にできない。水中で血のにおいをたどる鮫《さめ》のように、エースが自分の居場所をかぎつけるとわかっているからだ。それに、ブキャナンと組んでいることをシプリアンに報告されれば、おそらく自分にも〝離反者〟のレッテルが貼られるだろう。このあたりにいるエンフォーサー全員に、メイソンを見かければ殺すよう伝えられるに違いない。ブルーリッジ山脈のこのあたりが、ノースカロライナ、サウスカロライナ両州でもっとも危険な場所になったのだ。

まぶたを震わせながら目を開けたサブリナは、ベッドの上の暗い天井に戸惑いを覚えた。何かがおかしい。朝起きたときにいつも目にする光景ではなかった。知らない場所だ。本当に目覚めているのだろうか？　すべてが……違って見える。

脳を働かせようとするのだが、同じことがぐるぐると頭のなかをまわったり、思考があちこちへ飛んだりして、とても考えをまとめることができなかった。

舌が厚くなったみたいに動かしづらいし、口のなかがからからだ。サブリナはまわりに目をやった。部屋は暗かったが、反対側の壁に窓がひとつあることと、家具の輪郭はわかった。小さなナイトスタンド、角に置かれた揺り椅子、チェスト。ベッドルームによくある家具ばかりだ。

でも、どれもわたしのものではない。

突然こみあげてきた恐怖が頭にかかっていた靄を晴らし、すべてを思いだした。家に押し入られたこと、男に林へ連れ去られたこと、パークウェイへ逃げて見知らぬ人たちに助けを求めたこと。誘拐犯がわたしに薬をかがせようとしても、あの男女は何もしてくれなかった。おそらく初めから結託していたのだろう。そしてあの誘拐犯がわたしをここへ連れてきたに違いない。それにしてもここはどこ？

サブリナは起きあがろうとしたが、わずか数センチ体を持ちあげただけで、またマットレスに倒れこんでしまった。何かに押さえつけられている。頭をもたげてみると、交差した細いロープが腰や脚にかかっているのがわかり、思わず目を見開いた。しかも、普段寝るときに着ているナイトシャツではなく、ジーンズとテニスシューズ、それに黒っぽい色で妙に厚みのあるハイネックのシャツを身につけている。わたしの服ではないわ。そして、わたしの部屋ではない。

ふたたび頭に靄がかかったようになり、意識がぼんやりしはじめる。疲れた。ひどく疲れたわ。まつげが震え、目が閉じていく。だめよ。彼女は重いまぶたを無理やりあげた。起きなさい、サブリナ。薬に負けてはだめ。逃げる方法を考えなくては。

ロープを引っ張ってみると、右腕に鋭い痛みが走った。息をのみ、目を細めて改めて自分の体を見る。両方の手首に銀色に光る粘着テープが巻かれ、腹部から手を動かせないようにされている。右腕の傷はまっ白な包帯で覆われていた。これはいい兆候よね。殺すのが目的なら、傷の手当てなんてしないはずだもの。

ふとくぐもった声が聞こえ、サブリナは枕の上で頭の向きを変えた。ベッドルームのドアがわずかに開いていて、隣の部屋の一部がうかがえた。めがねがないのであまりよく見えないが、それでもテーブルのそばに三人——男ふたりと女ひとり——が立っているとわかった。それぞれが腰につけたホルスターに銃を装着していることも。

男のひとりがサブリナのほうに顔を向けた。広い肩にかかる濃いブラウンの髪。〝死ぬほど危険ないい男〟だ。彼がサブリナのいるベッドルームへ向かって歩きはじめた。女性が急いであとを追う。

だめよ! 早すぎる。どうしたら逃げられるか、まだ考えついていないのに!

サブリナは必死でパニックと闘い、今の自分にできる唯一のことをした。彼らがドアにたどり着く寸前に目を閉じて息を整え、眠っているふりをしたのだ。

メイソンはベッドのかたわらで立ちどまった。エミリーが、まるで雛《ひな》を守ろうとする母鳥のように、そばをうろうろしながら様子をうかがっている。彼はサブリナの呼吸を観察した。浅すぎないか? 予定では自分がキャビンにたどり着くころまでには目覚めているはずだったので、エミリーからサブリナがまだ眠っていると聞かされて心配になったのだ。薬の量が多すぎたのだろうか？

　メイソンはサブリナの細い手首に指をあてて脈拍を確かめた。ほっとして肩のこわばりがいくぶん解ける。彼女の脈は力強かった。それに速い。眠っているにしてはかなり速かった。目を閉じているが、今まさに目覚めるところか、あるいはすでに起きていて、眠ったふりをしているのだろう。サブリナが身につけているものと腕の包帯に気づき、彼は手を引っこめた。ヘッドボードの近くに折り畳み式のワゴンが置かれ、包帯や絆創膏《ばんそうこう》、裁縫用の小さなはさみ、消毒剤がのっていた。

「言ったでしょう、メイソン、彼女は大丈夫だって」エミリーがささやいた。

「きみがやったのか？」サブリナはすでに起きているとほぼ確信していたが、メイソンも小声で返した。「彼女の腕を縫ったのか？」

「そのつもりだったけど、結局は必要なかったの。やっと出血がとまったので、傷口をきれいにして、包帯を巻いておいたわ」

「手厚く面倒を見てくれてありがとう。着替えも助かったよ」最後の言葉はサブリナのためにつけ加えた。彼女に服を着せたのが女性だとわかるように。サブリナはすでに屈辱を感じているだろうから、知らない男に体を見られたと考えて、これ以上いやな思いをさせたくなかったのだ。

「たいしたことじゃないわ。彼女が自分は確実に守られているとわかるようにしておきたかったの」エミリーが言った。

サブリナがわずかに眉をひそめ、すぐもとに戻した。やはり起きているのだ。おそらく、エミリーが言ったことに困惑したのだろう。しかし、このまま寝たふりを続けるつもりなら、エミリーの言葉の意味を教えてやることはできない。それにしても、サブリナの臨機応変な対応能力には敬服せざるをえない。これまでにも闘争心が強いことはわかっていたが、今や賢明なことも明らかになった。おそらく逃亡を試みるため、寝たふりで時間を稼ごうとしているのだろう。

サブリナは間違いなく、自分が今まで出会ったなかでいちばん興味深い存在だ。もっとも、心より体の別の部分のほうが、強く彼女に惹かれているのかもしれないが。実際、こうしてそばに立っているだけで血がたぎってくる。

どうにも集中できない自分にうんざりして、メイソンはエミリーに合図すると、一緒に部屋を出てドアを閉めた。エミリーが、テーブルのところにいた夫のもとへ駆け寄っていく。

メイソンはその向かいで足をとめた。

「さて」ブキャナンがもどかしげに口を開いた。「望みどおり彼女を確認しただろう。次はエースと何があったか教えてくれ」

メイソンは床からふたつのバッグをとりあげた。テーブルに置いていたクロスボウと矢の隣にそれらを並べる。バッグのひとつにクロスボウと矢をしまい、もうひとつの中身をチェックしながら、メイソンはエースに会ったときのことをかいつまんで話した。

すべてを聞き終えると、ブキャナンは顎をこわばらせて言った。「エースはうちの家族をひどい目にあわせて苦しめた。おれにはあいつを始末する権利があったんだ。だが、あんたが強く言い張るから、エミリーを安全な場所へ移すためにも、あんたを信用して任せた。それなのに、みすみすあいつを解放したというのか？　おれの妻はまだ危険な状態にあるのに？　なぜあいつを殺さなかった？」

ブキャナンの口調に、メイソンは片眉をつりあげた。

エミリーがなだめるように夫の肩に手を置く。彼女は唇を噛み、心配そうにふたりの男性をうかがった。

ブキャナンは、家族に起こったことはエースのしわざだと思っている。そして今夜メイソンは自分の目で見て、ブキャナンの決断の多くは、妻への思いに突き動かされたものだと気づいた。ブキャナンの怒りは理解できる。同じ状況に置かれたら、自分も同じようになるだろう。だからかっとなる気持ちをこらえ、自分を非難しているも同然の問いかけに慎重に答えた。

「おれが判断したんだ。たしかにエースは疑わしいが、証拠不十分だった。おれたちを撃ったことに関して、自分の務めを果たしていると信じていた。だから警告して行かせたんだ。あんたなら違うやり方をしたかもしれないが――」

「あたり前だ」

メイソンは肩をすくめた。「これまでのいきさつを聞けば、気持ちは理解できる。だが、おれとエースのあいだにはなんの事情もない。少なくともなかった……今夜までは。次に会うときは違った結果になるだろうが」そう言うと、バッグをふたつとも床に戻した。「言い争うより、約束していた書類を見せてくれ。次の計画を考えよう。明日の夜に集合する予定だったが、それまでこのキャビンにとどまるのはもはや安全な策とは言えないだろう」

「あんたがエースを逃がしたからな」

メイソンは皮肉を無視して、黙って待った。

ブキャナンは冷静になろうと努力しているようだった。妻としばらく視線を交わしあったあと、息を吐きだし、メイソンに短くうなずいた。

それが合図だったのだろう、エミリーが部屋を横切ってドアまで行き、そばの床に置いてあったブキャナンの黒いバッグからタブレット端末をとりだした。戻ってくるとそれを夫に渡し、かたわらのスツールに腰かける。ブキャナンが礼を言うようにエミリーの手に触れた。

「暗号化してパスワードで保護してあるんだ」メイソンが注目しているかどうか確認しながら、ブキャナンがゆっくりとパスワードを入力する。

メイソンはうなずいて、記憶したことを知らせた。

ブキャナンがメイソンのほうへタブレット端末を滑らせ、画面上の文書アイコンを指さした。「これはイグジットがあんたに出した、ミス・ハイタワーの抹殺指令のコピーで、彼女に対する主な罪状が記載されている。彼女がノースカロライナ、サウスカロライナ両州の国内テロリスト組織に、ハイタワー家の財産から何百万ドルもの金を注《つ》ぎこんでいるというものだ。ひと月前に彼女がコロラドから引っ越してきた理由も、それに関係していると書かれている」それから、もうひとつのアイコンをタップする。「こちらは、この件に関しておれを手伝ってくれている人物がまとめた、もっと詳細な報告書だ。彼女の両親に起こったことと、その訴訟については特に気になるだろう。この報告書と指令に書かれた情報は、大きく異なっている」

詳しくはあとで確認することにして、メイソンは画面から顔をあげた。「あんたの奥さんがファイアウォールについて何か言っていたと思うんだが。ほかの情報がほしければ、紙のファイルを探す必要があるとか。つまりそれは、メイン・コンピュータに侵入したことをイグジットに知られたということか？」

「うちのコンピュータの専門家は否定的だ。ただ、ちょうどおれたちがデータを引きだしたころにセキュリティ監査があって、イグジットはシステムのアップグレードを決めたようなんだ」

「その専門家というのは誰だ？」

「次の質問を」

「答えろよ。おれに信用してほしいんだろう？　それならそっちも信頼を示すべきだ」

「そういう問題じゃない。何かあった場合、巻き添えになって被害を受ける人間を最小限に抑えるためだ。おれは情報源を明らかにするつもりはない。情報の入手方法も。以上」

ブキャナンの返答は腹だたしかった。だが彼の立場はわかるし、尊重もする。仲間を守ろうとする人間なら、味方になれば自分のことも同様に守ってくれるだろう。ラムゼイがブキャナンを信用したのもうなずける。

「あんたの報告書が正しくて、イグジットの指令が偽物だとどうしてわかる？」

ブキャナンがもうひとつのアイコンを示した。「指令にあげられている罪状それぞれにつき、最低でも二種類の情報源が、イグジットの申し立てが偽りだと裏づけている。インターネット上で追跡調査が可能なものが多いとはいえ、どこで調べるべきか承知していないと難しい。誰であれサブリナ・ハイタワーの抹殺指令を偽造した人間は、なんでもない情報を徹底的にゆがめて、彼女にとって不利な証拠に仕立てあげているんだ」

「サブリナだけなのか？」

「ほかにも偽の抹殺指令が出ていないか知りたいということか？」

「指令が偽物だというのがたしかなら、そうだ。知りたい」

「それについては間違いない」ブキャナンは請けあった。「これまでにわれわれが偽りだと証明できたのは、彼女に関する指令だけなんだ。だがほかにも五件、疑わしい抹殺指令を突きとめた。今はそれらを調べているところだ。すべてタブレットのなかに入っている」

話をしているあいだずっと、エミリーはベッドルームのほうを心配そうにうかがっていた。サブリナがこれからどうなるのか気にかかるのだろう。だがそうとわかっても、メイソンにはエミリーを安心させてやることができなかった――自分で証拠を調べるまでは。

「ラムゼイとおれのほかに、何人のエンフォーサーがこの件を知ってるんだ？」メイソンは尋ねた。

ブキャナンは急に気まずそうな様子になり、咳払《せきばら》いして言った。「この数カ月、ほかのエンフォーサーたちについて徹底的に調べていた。イグジットで働いていたとき、おれは離反したエンフォーサーを追う仕事を割りあてられていたんだ。そのおかげで、シプリアンのもとで任務にあたる全員について、かなりの知識や情報を持っている。そのデータを検討した結果、われわれ側につくように説得できそうなエンフォーサーを特定した。すでに――」

「何人いる？」メイソンはブキャナンの話をさえぎった。

「コール、ベイリー、それにグレアム。まだ同意は得られていないが、ラムゼイが彼らと話しあえるよう手配してくれている。全員、この件に関しては口外せず、検討してみると約束してくれた」

「でも、まだ仲間に加わったわけじゃない。正式には」

「ああ。まだだ」

メイソンは悪態をついた。「味方はラムゼイひとりしかいないのに、シプリアンとエンフォーサー全員を敵にまわして戦いを挑んだのか？　おれと、さっきあげた数人が加わってくれるかもしれないと期待して？」

「わたしもいるわよ」エミリーが口を挟んだ。「エンフォーサーの経験はないけど……実は刑事だったの。銃の扱いには慣れているし、捜査の経験だって役にたつわ」

エミリーがハマーの車内で発砲したせいでまだ耳鳴りがしているメイソンとしては、〝銃の扱いに慣れている〟という発言に同意するのはためらわれた。だが、その件についてここで長々と論じるつもりはない。

「そうだな」メイソンはとりあえず認めた。「しかし、それでもひと握りだ。対する向こうには、情報収集や接近戦、ゲリラ戦略、その他多くの専門的な訓練を受けたエンフォーサーが、七、八十人もいるんだぞ？　言うまでもなく、ほかの政府機関から応援が派遣されてくるかもしれない。シプリアンを……あるいは誰であれ、偽の抹殺指令を作成した内部の人間を排除する必要があると評議会を納得させられない場合は」

メイソンが言い終わる前から、ブキャナンは首を横に振って否定した。「イグジットの強みはその秘密主義にある。組織の外の誰かにつながる記録をいっさい残さず、政府がイグジットの存在を否定できるからこそ、力があるんだ。評議会でさえ、基本的には口頭で直接意見を述べる。メンバー全員が、イグジットの任務と関係する事柄から徹底的に遮断されているのさ。評議会がほかの政府組織をかかわらせることは絶対にないだろう。だからその点は心配ない」

「そうかもしれないし、そうじゃないかもしれない。それでもやはり、もっと大きな戦力を得て現実的に勝つチャンスが見えてくるまで、宣戦布告は待つべきだった」

「待っていたら、サブリナ・ハイタワーはどうなっていたと思う？」

メイソンはふたたび悪態をついた。悔しいけれどブキャナンは正しい——もっとも、サブリナが無実だった場合の話だが。

ブキャナンが立ちあがり、エミリーの手に触れて言った。「じっくり話しあって、疑問があればすべて説明するつもりだったが、さっきあんたが言ったように、外でエースがわれわれを捜している今、このキャビンにとどまっている余裕がない。次の計画は急いでここを出ることだ」彼は妻に視線を向けて続けた。「前に一度、エースをエミリーに近づけすぎたことがある。あんな事態はもう二度と起こすつもりはない」

エミリーの瞳にいらだちが浮かぶ。彼女は腰のホルスターに入れた銃を軽くたたいて言った。「あなたはいつも忘れているけど、わたしだって自分のことは自分で守れるのよ」

ブキャナンがエミリーの頬にかかる髪をかきあげる。やけどによるものらしい引きつった傷跡をあらわにすると、指でそっと撫《な》でた。「言うことを聞いてくれ」ぶっきらぼうに言う。

エミリーが肩を落とした。どうやらこの議論は彼らふたりのあいだでずっと続いているらしい。しかし今のところは譲ることにしたようで、彼女はうなずいた。

「エースが見つけにくいよう、ふた手に分かれよう」ブキャナンが言った。「あんたのジープはまだキャビンの横にとめてある。おれたちはハマーで行くよ。明日夕方六時きっかりに集合場所で落ちあおう。今夜身を隠す場所はあるんだろう?」

「もちろんだ。そっちは? ラムゼイからサヴァナの出身だと聞いた。どこか行くあてはあるのか?」

「最近は一カ所にとどまることがほとんどないんだ。おれたちのことは心配いらない。イグジットを離れてからは、身を隠してばかりだからな。エミリーとおれは大丈夫だ」ブキャナンがタブレット端末を示した。「報告書を読んでもまだ疑問があるなら、今度会ったときに説明する。ラムゼイもそれまでには追跡を振り払って合流するだろう。彼から、集合場所はあんたが持ち家のひとつを提供してくれると聞いた。その申し出はまだ有効か?」

「おれが使った表現とは違うがね」

「どうせ、無理やり了承させられたんだろう?」

「というより、懇願された。あわれを誘う言い方で。通常は誰にも使わせたりしないんだ。偽名や架空の会社を何重にも組みあわせて使って隠してある。くれぐれも慎重に頼む。使わせるのは、あんたとラムゼイ、あんたの奥さん、それだけだ」

「わかった」ブキャナンはエミリーを引っ張ってドアへ向かい、バッグをつかんだ。

「待って」エミリーがベッドルームをさして言った。「メイソンがわたしたちと一緒にイグジットと戦うかどうかまだ決めかねているなら、彼女を連れていかなくちゃ」

ブキャナンはメイソンをうかがった。「どちらの側につくにしろ、ミス・ハイタワーを傷つけないと約束してくれるか？」

「危害は加えない。イグジットの告発に関して彼女が無実である限りは」

「それで充分だ」

エミリーが顔をしかめ、ブキャナンの手から腕を引き抜く。そして、夫が肩にかけているバッグのファスナーを開けてなかを探りはじめた。

「エミリー、何をしているんだ？」ブキャナンが言った。「もう行かないと――」

「ちょっと待って」エミリーは怒りのこもった視線を夫に向けると、バッグから何かをとりだし、部屋を横切ってメイソンのところへ戻った。「これを」数枚の服をさしだす。「どうせ、彼女の着替えを持ってくることなんて考えなかったんでしょう。逃走がどんなものか、わたしも知っているの。彼女にはきっとこれが必要よ」

サブリナがどうなるかわからない現状では特に、彼女のための服を受けとることに抵抗を感じたものの、メイソンはうなずいて感謝を示した。

エミリーは立ち去りがたい様子を見せていたが、ブキャナンはそれ以上彼女に考える時間を与えなかった。メイソンに向かってひとつうなずくと、エミリーを引っ張って出ていき、ドアを閉めた。

メイソンは服をバッグのひとつにしまい、ドアに鍵をかけてからテーブルへ戻った。ブキャナンがサブリナを自分のもとへ置いていったことがいまだに信じられない。とりわけ、彼の妻があれほど心配をあらわにしていたというのに。明らかにブキャナンは、タブレット端末に入っている証拠がサブリナの無実を証明すると確信しているのだ。さもなければサブリナを残していかなかっただろう。

今夜エースと対決したあとでも、メイソンはまだ一縷《いちる》の望みを持っていた。証拠がブキャナンの信じるとおりだと裏づけられなかった場合、シプリアンに自分が離反者ではないと納得させることは可能だと。しかし今や、自分の未来とサブリナの未来、両方が危険にさらされているのも事実だった。

まずタブレット端末のパスワードを設定し直してから、メイソンは最初のアイコン――〝サブリナの抹殺指令〟をクリックした。右上にイグジット・インコーポレイテッドのグリーンのロゴが浮かび、正式名称である〝エクストリーム・インターナショナル・ツアーズ〟の文字があわせて表示される。物好きもいるものだと、見るたびにメイソンをあきれさせる、笑顔で急流くだりをするツアー客たちの画像も添付されていた。イグジットは表向きには、危険を伴うアウトドア体験の企画や、サバイバル技術にたけたツアーガイドの派遣を専門としている企業だった。頭文字を並べたＥＸＩＴ《イグジット》――抹殺――という呼び名は、たいていの人々が考えるよりはるかに、この会社の秘められた、そして真の活動内容にふさわしいものなのだ。

　メイソンはタブレット端末の文書に目を通しはじめた。以前、初めてエンフォーサーとして指令を受けたとき、彼はターゲットを追う前にデータを検証することを習慣にしようと決めた。有罪宣告をされた人間が罪を犯したのは百パーセントたしかだと——まったく疑う余地がないと確信したかったのだ。だが、どこかの段階でやめてしまった。検証しても、ただの一度も誤りや懸念を抱く箇所を見つけられなかったからだ。それは間違いだったのだろうか？　サブリナや彼女の家族の履歴を読んでいると、特にそう思えてくる。サブリナが地球上の誰よりも運のない人間なのか、それとも何か別の問題が起こっているのか。

　サブリナは三年前に経営学の学位を取得してボルダーのコロラド大学を卒業した。そのあとすぐ、祖父がおこした社会奉仕財団の責任者として働きはじめ、さまざまな慈善団体に寄付金や助成金を何百万ドルも渡している。サブリナの祖父は世界的な鉱業会社のオーナーでありCEOなのだが、その純資産のゼロの数から判断して、彼女が管理する助成金等は、祖父の会社にとってたいした負担ではないようだ。

　ところが六カ月前、サブリナの世界が崩れはじめる。

　兄のトーマスが路上で強盗にあい、妻のアンジェラを残して死んでしまった。アンジェラに送りこまれたのかとサブリナに尋ねられたが、そのとき彼女が口にしていたアンジェラが兄嫁のことだったに違いない。

トーマスの死の三カ月後、サブリナの祖父――周囲の人々の話では、いつも世界を飛びまわっていた両親の代わりに彼女を育てたらしい――が、文字どおり姿を消した。彼に何が起こったのか、警察はまったく手がかりを得られなかった。莫大《ばくだい》な財産を分けるためにいとこのブライアンが裁判所に死亡証明書の発行を求めても、サブリナだけは捜査を継続するように、そして祖父に死亡宣告がされないように訴えかけていた。祖父が亡くなれば、ブライアンは何百万ドルも手にする予定だ。だがそれを言うなら、サブリナには何十億ドルだ。彼女が祖父の死を願う大きな動機になるだろう。にもかかわらず、サブリナは祖父が死んだと認めるのを必死で拒んでいる。

彼女の家族に降りかかった悲劇は、兄と祖父を失ったことで終わりではなかった。わずか二カ月前、サブリナの両親がジップライン（木から木へと張られたワイヤーロープを、プーリーと呼ばれる滑車で滑りおりるアクティビティ）の事故で亡くなった。詳細を読んで、メイソンは思わず悪態をついた。ブキャナンの言葉どおり、それは控えめに言っても興味深い事故だった。

サブリナの履歴に書かれた最新の出来事にふと目を引かれた。一カ月あまり前に、彼女が祖父の古いコインと南北戦争時代の銃のコレクションを屋敷から持ちだしたとして、窃盗罪で告発されたのだ。裁判でのサブリナの主張によれば、彼女はいとこのブライアンが売ってしまわないように、コレクションを守ろうとしたらしい。ほかにも屋敷からいつのまにかなくなっている貴重品があり、サブリナはブライアンの関与を疑っていた。

コレクションの窃盗でサブリナを告発したのがブライアンだと知ってからは、メイソンの気持ちは彼女を信じるほうに傾いた。サブリナの弁護士がとりつけた司法取引により、裁判所はブライアンがこれ以上何も持ちだせないよう屋敷の封鎖を命じ、サブリナは刑務所に入らない代わりに、少なくとも二カ月間はコロラドを離れ、月に一度の割合で地方検事補と面会することに同意した。奇妙な取り決めだ。推測の域を出ないが、サブリナのいとこは検察当局に顔がきくのかもしれない。ブライアンはおそらく、彼女を遠ざけておけば、裁判所を動かして祖父の死亡を宣告させられると期待しているのだろう。

残りの文書を読むと、メイソンはブキャナンがリストにしていたウェブサイトのリンクをクリックし、裏づけになると思われる情報に目を通した。だが、それで終わりにはしなかった。メイソンは何年もかけて、私立探偵もうらやむようなすぐれたリサーチサイトを集めていた。そして今、ハイタワー家に関して隠れている事実を徹底的に調べ、可能な限りの情報を集めるためにそれを使った。調査が終わるころには、メイソンは確信していた。これでサブリナという人間の背景と、この二年間に彼女が何をしていたかを正確に把握できたはずだ。

これらの情報により、自分がサブリナを守りたい気持ちに駆られていようが、彼女に対して肉体的な魅力を感じていようが、もはや問題ではなくなった。とにかく真実が重要なのだ。

タブレット端末を非常持ちだし用バッグのひとつにしまうと、メイソンはストラップを両肩にかけ、バックパックのようにして背負った。ブーツの内側に仕込んだ鞘《さや》からナイフを抜きだし、ベッドルームへ向かう。しかしドアを開けたとたん、彼は凍りついた。

部屋が空っぽだったのだ。

サブリナは姿を消していた。

4

二日目——午前一時四十五分

　サブリナはよろめいた。テニスシューズが少し大きいせいでばたばたした歩き方になり、草の上で足を滑らせたのだ。

　彼女の縛《いまし》めを解き、キャビンの窓によじのぼって外へ出る手助けをした、潜入捜査中の警官だというジェニングズ巡査が、左腕をつかんで支えてくれる。「大丈夫ですか？　抱えていきましょうか？」草の生えた岩地を林のほうへ急ぎながら、彼はほとんどささやくように言った。

「いいえ、大丈夫よ。ありがとう」サブリナはジェニングズの手から肘を引き抜いた。触れられると、つい身がまえてしまう。本能が警戒するよう命じていた。彼が自身で言うとおりの人物かどうかはまったくわからないが、少なくとも自分はもう縛られていないし、あの三人から逃れられたのはたしかだ。それに、ベッドルームに忍びこんで拘束を解いてくれた彼についていくほかには、助けてと叫ぶくらいしか、自分に残された選択肢はなかった。しかも叫んだところで、誰かが助けに来てくれるとは思えなかった。

できるだけめだたないように、サブリナは右手を少しずつポケットのほうへ動かしていった。そこには裁縫用のはさみが入っている。腕のロープと粘着テープを切ってもらったあと、ジェニングズが彼女の脚の縛めを解いているあいだに、キャビンにあったワゴンからこっそりかすめとったものだ。

悪いやつを、別の悪いやつと交換しただけなのだろうか？　助けを必要としたときに、ちょうど近くに潜入捜査中の警官がいたなんて、とても信じられるものではない。人生で幸運に恵まれる人たち――自分は絶対に含まれない――でも、そこまでラッキーなことはありえないだろう。

サブリナは、ジェニングズがシャツの襟にとめたバッジをちらりと見た。彼はそれをキャビンの窓枠に押しあてると、鍵をこじ開け、よじのぼってなかに入ってきたのだった。バッジは充分本物に見える。といっても自分はアッシュヴィルの警官に会ったことがないし、そもそも彼らのバッジがどんなものかよく知らないのだが。しかし、ふたりで外に出たとたん彼がささやいてきた言葉は、どれももっともなものだった。

〝けがをしているんですか？〟

〝あなたを縛った人間はまだなかに？〟

〝あなたのほかにとらわれている人はいましたか？〟

〝まずは安全な場所へ行きましょう。それから応援を呼びます〟

彼は、警官であればこの状況で口にしそうなことを言った。行動に疑わしいところはなく、終始丁寧で、心から心配してくれているように思えた。それでも、なぜか不安を感じたのだ。

今夜はすでに一度だまされているからかもしれない。二度もだまされるつもりはなかった。サブリナは作戦をたてた。林に入ったらすぐに、自分を家から連れだしたあの男にしたように蹴りを見舞って、ジェニングズをうずくまらせよう。そして、虻《あぶ》の大群に追いかけられたときみたいに全速力で走るのだ。

彼が本物の警官なら、あとで事情がわかれば理解してくれるに違いない。逮捕されることはないだろう。もし本物の警官でなければ、少なくとも相手より先にスタートできる。なんとかして身を隠すのだ。たとえつかまったとしても、持っているものは、このはさみも含めてすべて利用して、全力で抵抗するつもりだ。もちろん彼が本当に助けに来てくれていて、わたしが悪いほうに考えすぎているというだけなら、何も問題はない。

「ジェニングズ巡査、どうしてわたしがあのキャビンにいるとわかったんですか？」口調に疑いではなく好奇心をにじませるよう努力して、サブリナは尋ねた。「うちの近所の誰かが911に通報したのかしら？　でも、お隣とはかなり離れているから、わたしがトラブルに巻きこまれたことがわかるとは思えないし」

ジェニングズが無理やり笑顔をつくったように見えたのは気のせいだろうか？

あと二十メートル足らず。それだけ進めば林に到達する。

「潜入捜査であなたの家の近くにいたときに、パークウェイを怪しい車両が走行していると の無線連絡を聞いたんです。このあたりだと車はすぐに山のなかに消えてしまう可能性があるし、わたしはほんの数分の場所にいました」ジェニングズが肩をすくめた。「結局その車は見つかりませんでしたが、道路上に三、四キロ以上続く泥だらけのタイヤ痕があったのでたどっていくと、キャビンにたどり着いたんです。窓からなかをのぞいて、縛られているあなたを見たときはびっくりしましたよ。あのとき無線を聞いて本当によかった」

「ええ、本当に」潜入捜査中の警官が警察無線を聞くだろうか？　バッジを携帯する？　コロラドで逮捕されたおかげで警察のやり方に関する知識が増えたけれど、潜入捜査のことまではわからない。それでも警察無線を聞くというジェニングズの行為は、潜入捜査にそぐわない気がする。

サブリナはポケットにはさみが入っているのを右手で確かめ、ジェニングズがベルトにつけている銃のホルスターをちらりと見た。すぐに視線をそらし、林までの距離をもう一度はかる。もうすぐだ。

最初の木にたどり着いたところで、ジェニングズが突然サブリナの腕をつかんだかと思うと、乱暴に向きを変えさせて彼女の背中を幹に押しつけた。

彼女は痛みに顔をしかめて言った。「ジェニングズ巡査、いったい何を――」

「エースと呼んでくれ」彼は自分の背中に手をやって手錠をとりだした。月明かりを反射して銀色に光る。「あんたは餌にすぎない……本当にほしいものを手に入れるためのね」そう言うと、手錠の片方を頭上の枝にかけた。サブリナをこの木につなごうとしているのだ。

彼女は急いで膝を落としてしゃがみ、エースの手から腕を引き抜いた。彼が悪態をついてサブリナをつかまえようとしたが、転がって逃れ、手探りではさみをつかみながらすぐに立ちあがる。

「戻ってこい、あばずれ」エースが距離をつめてきた。

サブリナはエースの股間めがけて足を蹴りあげると同時に、彼の首に向かってはさみを振りおろした。エースは膝をあげて蹴りをブロックしたものの、はさみはよけきれなかった。首を刺され、しわがれたうなり声をあげる。

彼女は林へ向かって走りだした。


メイソンはロープと粘着テープの切れ端をベッドの上にほうりだすと、ベッドルームの窓に駆け寄った。たった今耳にした音は、傷ついた動物の叫び声のようだった。あるいは、激しい痛みに襲われた人間の叫びだろうか？　月に照らされて、五十メートルほど先に男と女の姿が見えた。男は地面にうずくまり、身もだえしながら首を押さえている。女は林のなかに姿を消してしまった。風になびく、長くてまっすぐな黒髪、暗闇に光る白いテニスシューズ……。自分がまさに拘束を解いてやろうとしていた、ベッドルームにいるはずの女性と同じ姿だ。

女はサブリナに違いない。

そのとき、うずくまっていた男が何かをほうり投げて立ちあがり、女を追いかけはじめた。

男はエースだろう。

男が銃を手にしているのに気づいたとたん、メイソンは胃がよじれるようなむかつきを覚えた。

ホルスターからグロックを抜き、彼は窓枠を飛び越えた。

速く走れないのがいまいましい。目が悪いのも。サブリナは茂みの背後に腰を落とし、暗がりのなかにまぎれこもうとしていた。できるだけ速く走ったものの、ジェニングズ——いや、エースに、あっという間に追いつかれてしまったのだ。それに、すぐそばの木なら樹皮の細部まではっきり見えるのに、遠くに見える黒っぽいものがただの低木の茂みなのか、それともこちらに銃を向けている男の姿なのか、判別がつかない。

エースはどこにいるのだろう? 数本立ち並んでいるオークの木の後ろに身をひそめたとき、彼がそばを走りすぎる音を聞いた。だが、今はなんの音もしない。静かすぎる。サブリナの位置を特定して忍び寄るため、どんなに小さな音も聞き逃さないよう耳を澄ましているのだろう。

サブリナは低く垂れさがる木の枝を震える手で押しのけ、目を細めて暗闇をうかがった。キャビンの方角へ戻るべきだろう。あそこの前に道路が通っていたはずだ。姿を見られずに林の縁をまわりこんで、あの道路にたどり着けば、そこからなんとかパークウェイに出て、通りすがりの車をとめることができる。

また見知らぬ他人に助けを求めると思うと恐ろしかったが、すでに知っている悪いやつら――エースと、ハマーの男女、それに〝死ぬほど危険ないい男〟――が来るのをここで待っているよりはましだ。わたしが寝たふりをしていたとき、あの女は彼のことをなんと呼んでいたかしら？　ああ、そうだ……メイソンだわ。いい名前なのに、それとは真逆の人間なのが残念だ。

サブリナはできるだけ音をたてずにじっとして、頭のなかで秒数をカウントしながら暗がりをうかがった。六十秒がたち、気がかりな動きも物音もないことを確認すると、茂みから出てキャビンの方向へ向かう。

そのとき突然、目と鼻の先にある木からひとつの影が現れた。

彼女ははっと息をのんで凍りついた。メイソンが両手でグロックをかまえて立っていたのだ。ねらいは彼女の左に向けられている。そちらに何があるのか見ようと首をめぐらせかけたとたん、メイソンが急にサブリナに銃口を向けた。

バン、バン、バン！

胸に弾丸を撃ちこまれ、痛みのあまり息ができなくなる。サブリナは苦痛に身をよじりながら地面に崩れ落ちた。

メイソンは彼女に一瞥《いちべつ》もくれずに横を走り抜けながら、数発撃った。応戦する銃声と、誰かが走る足音が、あたりにこだまする。

音はすぐに遠のいていき、サブリナは痛みと息苦しさを感じることしかできなくなった。まるで陸にあがった魚のように、空気を求めてあえぎながら横たわる。肺が痛くてうまく酸素をとりこめなかった。

しばらくして、視線の先に男の黒っぽい姿が見えた。背後から月光がさしているため、陰になって顔は判別できないが、サブリナには誰かわかった。その男が左手に持っている銃が、さっきまで彼女をねらっていたものと同じだったからだ。

メイソンが銃をホルスターにしまってしゃがみこんだ。変ね。悪人のはずなのに、そうは見えない。眉間にしわを寄せて……心配しているみたいだ。そんなのおかしい。銃で撃った相手をどうして気にかけるの？　だけど、理由なんて問題ではない。そんなことはもうどうでもいいわ。

兄と両親の命を奪った悲劇も。

故郷を離れざるをえなくなった、でっちあげの有罪判決も。

汚名をすすぎ、自分が受け継ぐはずのものをとり戻そうと奮闘することも。事実をねじ曲げたいとこのブライアンのたくらみは、これからも続くだろう。

それも、もういい。ただひとつだけ気になるのは、ボルダー警察をせっつき、私立探偵に調査費用を支払っているわたしがいなくなれば、行方不明の祖父の捜索がとまってしまうことだ。わたし以外の人はみな、祖父は死んだものとあきらめ、まだ生きているかもしれないと希望を持ちつづけるわたしを、どうかしていると思っている。自分が死ぬせいで祖父も見捨てられると思うと、つらくてたまらなかった。

息を吸おうとしたサブリナは肋骨《ろっこつ》に鋭い痛みを感じ、思わず弓なりに体をそらして耐えた。

「痛くて死にそう」くいしばった歯のあいだから声を絞りだすようにして言う。

メイソンが彼女のシャツを引き裂くようにして前を開けた。サブリナの目に屈辱の涙が浮かぶ。殺すだけでは足りなくて、辱めるつもりなのだろうか?

胸を隠そうとした彼女は、肌ではなく布地に手が触れて驚いた。

「きみは死なない。死にそうだと感じているだけだ。四十口径の弾がめりこんだのは、防弾ベストだ」

「防弾ベスト?」サブリナは頭をもたげた。今思いだしたが、キャビンでシャツの下が妙にふくらんでいるように感じたのは、やはり気のせいではなかった。防弾ベストを着せられていたのだ。もっとも、以前に見たことがあるものよりずっと薄い素材だった。それに窓から出て一目散に逃げているあいだは、自分が何を着ているかなど考えもしなかった。

サブリナはそっと両手を持ちあげてベストに触れてみた。穴があいているものの、弾丸は貫通していない。顔をあげてみると、メイソンの視線は彼女を通り越して背後の木々をうかがっていた。

「よくわからないわ」サブリナは言った。「あなたはわたしが防弾ベストを着ていることを知っていたの？」

メイソンが片眉をつりあげて彼女を見おろした。「もちろんだ。もともと、そのベストを持ってきたのはおれなんだから。必ずきみに着せるよう、キャビンでエミリーに頼んでおいた。そうでなければ脚を撃たなきゃならなかったところだ」

「脚を撃つ？　どういうこと？」

「エースは視界にきみをとらえていた。そしてきみの頭をねらっていたが、木の後ろにさがったのでこちらから彼の姿が見えなくなってしまった。だからおれは、きみを撃つしかなかったんだよ。きみが倒れて、エースのねらいがはずれるように」

「つまり、助けるためにわたしを撃ったというの？」

メイソンがうなずく。「もうおれを怖がる必要はない。きみに危害を加えるつもりはないから」

「あなたなんか怖くないわ」サブリナは嘘をついた。

「なるほどね」彼はそう言ったものの、納得しているようには聞こえなかった。

眉をひそめ、サブリナは思いきって浅く呼吸をしてみた。今度はさっきほど痛くない。実際にけがをしたわけではないと、ようやく頭が理解したのだろう。少なくとも、思っていたほどひどいけがはしていないはずだ。彼女はもう一度、今度は深く息を吸いこんだ。痛みはやわらぎつつある。

「やっぱりわからないわ」彼女は繰り返した。「わたしに危害を加えるつもりはないと言うけど、あなたは少し前、自分はわたしを殺すために雇われたと言ってたじゃないの」

メイソンがため息をついた。「ああ、あれは言葉の選び方がまずかった」

彼が口にすることは何もかも、サブリナの困惑を深めるだけだ。「ええと、それなら……あなたはわたしを殺すために雇われたわけじゃないの？」

「そもそも、そんなふうに言うつもりはなかったんだ」

サブリナは憤慨して両手をあげた。とたんに顔をしかめて右腕をつかむ。地面に倒れこんだせいか、また傷がうずきはじめたのだ。

「わたしを殺す気があるのかどうか、それだけ教えてちょうだい」彼女は強い口調で言った。

「きみを殺すのは、今のおれがいちばんしたくないことだ」

「なぜ？　どうして気が変わったの？」

「きみがテロリスト組織の支援者ではないとわかったからだ」

サブリナは驚きのあまり目を見張った。「もちろん違うわよ。ばかじゃないの？　いったいどうしてそんなことを考えたの?」言ってしまってから思わず息を吸いこむ。つい口走った侮辱の言葉にメイソンが腹をたてて、やっぱりわたしを殺すことにしたらどうしよう。

メイソンが口に手をあてて咳をした。笑いたいのを我慢しているかのように、目尻にしわが寄っている。「この会話の続きはまたあとにしよう。きみを安全な場所へ連れていってからに」そう言うと、彼女を抱えあげ、キャビンへ向かって駆けだした。

サブリナはメイソンのシャツをぎゅっと握りしめ、彼が一歩進むごとに肋骨に響く痛みを必死でこらえようとした。キャビンに着くころには、全身がずきずき痛み、お願いだからおろしてほしいと懇願してしまいそうになっていた。予想に反し、メイソンはキャビンのなかへ入らなかった。玄関のドアを通りすぎて建物の反対側へまわり、小型の黒いジープの前でようやく足をとめる。ジープは屋根がなく、ドアもすべてとりはずしてあった。

メイソンは車内に身をのりだし、そっと彼女の体を助手席におろした。シートベルトを締めてもらいながら、サブリナはつめていた息をゆっくりと吐いた。彼と目が合ったとたん、思わず〝ありがとう〟と言ってしまい、あわてて視線をそらす。誘拐犯に礼を言うなんてどうかしている。本当に命を救ってくれたのだとしても、もとを正せばわたしが危険な目にあっているのは彼のせいなのだ。

メイソンは走ってボンネットをまわり、後部座席にふたつの大きなバッグをほうりこむと、運転席に飛び乗った。スプリングをきしませながらエンジンをかける。

「踏んばって」彼が言った。

アームレストがないので、座席の端をつかむしかない。彼がアクセルを踏みこみ、車は出走ゲートを飛びだす競走馬のような勢いで発進した。

ジープがでこぼこの地面をはずみながら走りはじめると、サブリナは顔をしかめて体勢を変えた。座席をつかむのではなく、両手をダッシュボートに置いて体を支えるようにしたのだ。驚いたことに、メイソンはシートベルトをしていないにもかかわらず、なんとか座席から転げ落ちずに運転している。どうやら彼の側にはシートベルトがないらしい。どうやら意図的にとりはずしているようだ。

「もう少しだ」バックミラーを確かめてメイソンが言った。

「何までもう少しなの？」答えを聞くのが怖い。

「車をとめられるまで。まずはエースが追ってこないことを確認したい」

その言葉でエースのことを思いだし、サブリナはサイドミラーに目をやった。満月が出ているとはいえ、まだかなり暗い。それでも後ろにヘッドライトは見えなかった。誰も追いかけてきていないということだと願いたい。

数分後、メイソンがジープをとめた。周囲を木に囲まれた辺鄙《へんぴ》な場所のようだ。彼はエンジンとヘッドライトを切って車から飛びおりた。

サブリナが自分もおりるかどうか迷っていると、彼にシートベルトをはずされ、抱きあげられた。おりることで決まりのようだ。

無意識にメイソンの首に手をまわしてつかまろうとしたものの、寸前で思いとどまり、代わりに両手を組みあわせた。メイソンは悪いやつなのよ。そのことを忘れないようにしなければ。たとえ見た目も香りもすてきでも、彼がいなければ、こうして運ばれることもなく、自宅のベッドで快適に眠っていたはずなのだ。

本当にそうだろうか？　数分前メイソンはほかに何かほのめかしていたようだったが、痛みで頭がぼんやりしていたうえ、彼の説明もわかりにくく、サブリナには少しも理解できなかった。

メイソンは倒木の上にそっと彼女をおろしてから、ジープへ戻った。そしてサブリナが逃げようと思いつく前には、もう帰ってきていた。黒いバッグを彼女の足もとに置き、正面に膝をつく。彼はバッグからシャツを引っ張りだし、続いて水と薬瓶をとりだした。

彼女はその薬瓶を疑いの目で見つめた。なんとかしてメイソンのホルスターから銃をつかみとれないだろうか？　筋肉がこわばって痛むこと、メイソンが自分を抱えて息も切らさず林を走り抜けたことを考えると、おそらく可能性はほとんどゼロだろう。それでも戦わずに負けるつもりはない。

メイソンが薬瓶を持ちあげた。

サブリナは彼の動きをとめようと両手をのばした。「薬をのんであなたに楽をさせるつもりはないわ。わたしに死んでほしいなら、どうぞ撃ってちょうだい」

メイソンが片眉をつりあげた。「まだおれがきみを殺すと思っているのかい？　話をまたそこに戻すのか？」

「ええ、そうよ」彼女はぴしゃりと言った。「あなたに泣いてすがって命乞いするべきなんでしょうけど、あいにく胸に一発撃ちこまれたときに、わたしの忍耐力はどこかに行ってしまった――」

「三発だ」

サブリナは目にかかる前髪を払いのけて言った。「なんですって？」

「きみを三回撃った。弾倉というのは少なくとも――」

「ええ、それはわかったわよ。わたしが言いたいのは、もう怯えるのはうんざりだから、はっきりさせたいということ。あなたは何者なの？　わたしのことをテロリスト組織の支援者だと思っていたようだけど、政府の殺し屋か何か？　いったい誰があなたを雇ったの？エースとかいう男がわたしを追うのはどうして？　ハマーに乗っていたふたりは誰なの？」

メイソンの目尻にしわが刻まれ、口もとに笑みが浮かんだ。彼の銃と同じくらい破壊力のある笑みだ。「それで全部かな？　もうほかに質問はない？」

サブリナは彼の表情をうかがい、考えを読みとろうとした。彼女の質問が図星をついていたかのように、一瞬、メイソンが身をこわばらせたような気がしたのだ。だがあまりにも早くまくしたてたので、たとえ見間違いではなかったとしても、どの質問が彼の痛いところを突いたのかわからない。今メイソンが見せている笑みからは、不安などまったく感じられないからだ。

「さしあたり、わたしからの質問はこれで全部よ」サブリナは言った。「さあ、答えてちょうだい」

「きみは知らない人間に対して、いつもこんなふうに疑ってかかるのか？」

彼女はメイソンに向かって人さし指を振った。「魅力を振りまいてごまかそうとするのはやめて、わたしの質問に答えて」

彼がまたしても片眉をつりあげた。「おれが魅力的だと思っているんだな？」

「人の言葉をねじ曲げてとらないで」

メイソンは笑いをこらえているように見える。その様子にいっそういらだちを募らせたサブリナは、彼の銃をちらりと見た。

「やめておけ」真剣な表情になって、メイソンが警告する。

彼女は何くわぬ顔で肩をすくめた。「なんのことを言っているのかわからないわ」

「いいだろう」

メイソンは薬瓶と水のボトルを掲げて言った。「歯をくいしばったり顔をしかめたりしているところを見ると、きみには明らかにこれが必要だ。処方薬と同じようにききめが強いか

いかない。

ら、のめばずっと気分がよくなるはずだよ」

サブリナは薬瓶を見つめた。本当に鎮痛剤なら、ぜひともほしい……いや、必要だ。だが、メイソンには一度薬で意識を失わせられたのだ。彼が与えるものを喜んで口にするわけにはいかない。

サブリナは両手を握りしめた。

「けっこうよ。やめておくわ」メイソンの手から薬瓶を奪いとりたい欲求をこらえ、サブリナは両手を握りしめた。

彼が薬瓶と水のボトルをバッグにほうりこむ。「お好きなように」

右腕の傷が抗議するようにずきずき痛んだ。やはり申し出を受けるべきだったかもしれない。サブリナは肩を落とした。

「そんなにがっかりした顔をするのはやめるんだ」メイソンが言った。「きみにとっては大変な夜だったが、これからはいい方向に向かうさ」

「本当に？　今にも警察がこの空き地に駆けつけて、あなたを逮捕してくれるの？」

彼がまた咳をした。「いや、それはどうかな。だが、おれはきみを解放するつもりでいる。破れたシャツを着替えて防弾ベストを脱いだあとで。穴があいたシャツの下に防弾ベストを着た状態のきみを町へは連れていけないからな」

「待って。わたしを解放するの？」

「きみがそのベストを脱いだら、どこでも望む場所に送っていく」メイソンが新しいシャツをつかんでサブリナにさしだした。

ためらっていると彼の気が変わるかもしれないと思い、サブリナはシャツを受けとった。ありがたいことにボタンでとめるタイプだ。今の状態では、頭からかぶるTシャツは着られそうになかった。

「後ろを向いて」彼女は言った。

メイソンが首を横に振る。「だめだ。きみがおれを信用していないように、おれもきみが信用できない。背を向けたら、きみは逃げだすか、おれの銃を奪おうとするかするだろう」

「逃げたりなんかしないわ」

彼が眉をつりあげた。「銃については何も言わなかったな。気づいているんだぞ」

サブリナはまつげをぱちぱちさせた。「あなたって、何ひとつ見過ごさないのね?」

「とにかく、後ろを向くつもりはない。だけど、きみが見せたくないものは見ないと約束するよ」

「それだとわたしのすべてになるけど」

メイソンは彼女をじっと見てから、大きな腕時計に目をやった。「エースがさっきの現場を調べに戻って、きみの遺体がなかったら驚くんじゃないかな。自分の車をキャビンの近くに隠していたとしたら、おれたちの車の跡を見つけて――」

「わかった、わかったから。あなたの勝ちよ」サブリナは受けとったシャツを膝の上に置き、身につけているずたずたになったシャツの前を開けた。けれども腕を抜こうとしたとたん激痛が走り、うめき声をあげないように唇を噛んでこらえた。

メイソンは心配そうに眉をひそめたが、何も言わなかった。

サブリナはもう一度試してみた。だが、今度も途中でやめなければならなかった。彼女はてのひらに爪をくいこませながら、痛みが消えるのを待った。

「サブリナ、おれが――」

「いいの。自分でできるわ」

顎をこわばらせたものの、メイソンはそれ以上何も言わなかった。

サブリナはなんとか左腕をシャツから抜いたが、防弾ベストのところで引っかかってしまった。

それを見たメイソンは無言で引っかかった部分をはずすと、またもとどおりに両手をおろした。

彼女はしぶしぶ礼を言うと、シャツを右腕に滑らせて地面に落とした。さて、ここからが難しい。防弾ベストを脱がなければならないのだから。

サブリナはメイソンと視線を合わせた。「わたしの顎から下は見ないで」

「ああ。約束するよ」

その言葉は厳かな誓いのように響いた。彼を信じていいのかどうか、まだ確信は持てない。

だがメイソンの話し方やまなざしは、彼が言葉どおりのことを言っていて、間違いなく約束を守るだろうと告げていた。

サブリナは音をたてて唾をのみ、脇でベストをとめている、面ファスナーつきのベルトを引っ張った。ところが動くたびに肋骨が激しく痛み、ベルトをはずすことができない。目に涙がこみあげて視界がかすんだ。もうがんばれない。痛いのもうんざりだ。ただ家に帰りたいだけなのに。震える息を吸いこみ、サブリナは目を閉じた。涙がひと粒こぼれ、ゆっくりと頬を滑り落ちていく。

羽根のように軽く顎の下に触れられ、彼女はまぶたを震わせながら目を開けた。優しく顎をあげられ、気づくとサブリナはメイソンのチョコレート色の瞳をのぞきこんでいた。顎から頬へ移った彼の手がそっと涙をぬぐってくれる。

「サブリナ、手伝わせてほしい。お願いだ」

声にぬくもりと気づかいを感じ、サブリナの体の奥深くがうずきはじめた。彼の胸にもたれ、きつく抱きしめられたいという、説明しがたい衝動がわき起こってくる。この見知らぬハンサムな男性が自分を守り、身の安全を確保してくれると信じるなんて、美しい幻想にすぎない。だが、心が崩壊する寸前まできていた彼女は、負けを認めることにした――一度だけ。

「わかったわ」涙をこらえようとすると喉がつまり、サブリナはささやくように言った。

「やって」

メイソンは彼女の目にかかる前髪を優しくかきあげ、顔の片側をそっと撫でた。彼の手は穏やかで心地よく、サブリナは触れないでと言うどころか、いつのまにか自ら頬を押しつけていた。

メイソンが驚いて息をのんだ。たちまち自分の反応が恥ずかしくなり、彼女は急いで身を引いた。

彼は手を防弾ベストの上におろすと、咳払いをして言った。「少し痛いかもしれないが、できるだけそっとやる」

サブリナはうなずいて身がまえた。けれどもメイソンは言葉どおり、信じがたいほど慎重に、触れるか触れないかのうちにベルトをはずしてしまった。

メイソンは防弾ベストの端に指をかけたところで手をとめ、無言で彼女の許可を待っている。

顔がかっと熱くなった。ベストの下は何も着ていないのだ。だが、今さら後戻りはできない。サブリナはうなずいた。

防弾ベストを脱がせるあいだ、メイソンの視線は一度も胸におりず、サブリナの目に向けられていた。彼女はごくりと唾をのみこんで、あたたかなチョコレート色の瞳を見つめた。

信じられないほど優しくて思いやりのあるこの男性が、自分を無理やり家から連れだし、薬をかがせた男と同一人物だなんて、驚くと同時に困惑する。いったいどちらが真のメイソンなのだろう？

彼が本当にいい人で、わたしを心配してくれているならいいのに。もう長いあいだ、そんなふうに優しくしてくれる人はいなかった。

「サブリナ？」

まばたきをしてわれに返ったとたん、顔がかっと熱くなった。しばらくメイソンを見つめてしまっていたようだ。「何かしら？」

「シャツのボタンをかけてほしい？」

息をのんで視線を落とすと、驚いたことにすでに新しいシャツを着せられていた。しかもそのことに気づいてもいなかったのだ。サブリナはシャツの前をかきあわせて言った。「自分でやるわ」

彼女がボタンをとめているあいだに、メイソンはバッグを背負った。サブリナがシャツのしわをのばしていると、ふいにのびてきた彼の腕にふたたび抱きかかえられた。

戸惑ってメイソンを見あげる。「歩けるんだけど」

「言うことを聞いてくれ」

どうしてそこまでこだわるのだろうと考えているうちに、ジープまで運ばれていた。サブリナのシートベルトを締めてエンジンをかけると、メイソンが彼女を見た。

「さて、どこへ行く?」彼が尋ねた。

「本気なの? わたしが行きたいところへ連れていってくれるの?」

「そこが安全な場所である限り、答えはイエスだ。警備員を何人か雇うまでは、家に帰るのはすすめられない。きみがまだ生きていると気づけば、おれやエースを雇ったやつらはまた襲ってくるはずだから」

「それなら警察に連れていってもらうべきでしょうね」即座に断られるだろうと思いながら、サブリナは冗談で言った。

「了解」

5

二日目——午前三時三十分

エースは首の傷を手で押さえ、フレンチドアを蹴り開けた。バリバリと音をたててガラスを踏みしめながら、ハイタワーの家のなかへ入っていく。メイソンにやられそうになったあと、ここで応急処置を施そうと決めたのは、住人が不在だとわかっていたからだ。エースは、メイソンに銃を向けられたという事実がいまだに信じられなかった。

テーブルの上にあった花瓶を床に払い落とす。花瓶は粉々に砕け、床じゅうに散らばった。サブリナ・ハイタワーをこんなふうに切り刻んでやれなかったのが残念だ。だが少なくとも、はさみによる攻撃のお返しとしては、これ以上ない代価を支払わせてやった——彼女は死んだのだから。

エースは廊下を進んで最初に目についたバスルームに入り、明かりをつけた。首とシャツに流れている血の量を見て、悪態をつく。しかし、傷口を押さえていた手をそっとはずしてみると、思ったより深くないようでほっとした。それに、もうほとんど出血していない。

引きだしを探って消毒液と包帯を見つけると、それらを花崗岩《かこうがん》のカウンターに置き、シンクでハンドタオルを濡《ぬ》らした。血を洗い流しながらも、エースはサブリナ・ハイタワーのことが気になってしかたがなかった。

彼女がショッピングモールや小学校の爆破をくわだてるテロリスト集団のリーダーだとはとても想像できない。イグジットに抹殺指令を出されるとは、いったい何をしたのだろう？陰で金を渡して人に汚れ仕事をさせる卑怯者《ひきょうもの》なのかもしれない。どうせシルクのガウン姿で高級な紅茶でもすすりながら小切手にさっとペンを走らせるだけで、罪のない人々を殺せるような女なのだろう。

苦痛を伴う記憶が頭のなかで形をなしていく。小さな白い教会。遠くの空に不気味な雨雲が発生している。建物のなかで進行している幸せな結婚式とは対照的な暗い前兆だった……。

制限速度いっぱいまでスピードをあげて車を走らせていると、雷がとどろいた。牧師が兄とフィアンセを夫婦と宣言する前に教会のなかに入っていなければ、兄は決して許してくれないだろう。だが、アクセルを踏みこんだところで、フロントガラス越しに見えた光景に愕《がく》然《ぜん》とした。小さな教会は爆発して、火の玉と化していた。おれがこれまで愛したすべての人を一瞬にして焼きつくし、おれの世界をめちゃくちゃに破壊して……。

サブリナ・ハイタワーのような誰かのせいで。

エースは悪態をつき、血まみれのハンドタオルをシンクにほうりこんだ。もっと最近の恐ろしい記憶までよみがえってきて、呼吸が乱れる。それは別の白い建物だった。緑の草原のまんなかに立つ家だ。なかにいるのはケリー・パーカー。愛していたわけでないが、大事に思うようになっていた女性だ。彼女は死んでいた。ほかのみんなと同じように。警官の恋人とともにその事態を引き起こしたのは、今夜メイソンを手伝っていた人物だ。

デヴリン・ブキャナン。

やつは、おれの個人的な抹殺予定リストのトップに名を連ねている。やつの名前の下の欄には今のところクエスチョンマークが記されているが、いつかあの教会を爆破しておれの家族を殺した犯人を突きとめたら、そいつの名前に書き換えるつもりだ。そして、クエスチョンマークの下にはもうひとつ名前があった。今夜新しくリストにつけ加えた名前……メイソン・ハントだ。

だが、まずは今回の任務について報告しなければならない。シプリアンにはなんと言えばいいだろう？ メイソンの任務が無事に遂行されたかどうかシプリアンが確認したがっているとビショップに聞かされたときから、何もかもがおかしくなりはじめた。

真実を――パークウェイでブキャナンを見て、我慢できずに発砲してしまったことを言ったら、シプリアンは激怒するだろう。ブキャナンをキャビンからおびきだすためにサブリナ・ハイタワーを利用したと告げても、シプリアンの怒りをさらにあおるだけだ。それに、引き返して証拠となるハイタワーの死体の写真を撮らなかった理由が、メイソンが待ち伏せしているかもしれないと思ったからだと話せば、まるで臆病者のように見られるだろう。断じてそうではない。写真を撮るより、自分の傷の手当てが重要だと考えただけだ。

やはり真実を告げることはできない。シプリアン直属のエンフォーサー——今夜のように予期せぬ問題が発生したときに対処するエンフォーサーのポストを失う危険がある。

それでは、なんと言うべきだろうか？　自分を正当化したうえで任務を果たしたことにするには、どうすればいい？　うまく頭を働かせて、シプリアンが知る必要のない部分は省いて報告するべきだろう。

エースは携帯電話をとりだし、シプリアンのオフィスを呼びだした。回線に暗号化ソフトが組みこまれていて、たとえ傍受している者がいても、何を話しているかわからないようになっている。

「ビショップだ」電話に出た声が言った。

エースはためらった。このケリーの後釜にはいい印象がなかった。できればシプリアン本人と話したかったのだが。「エースだ。任務は成功した。ただ……ちょっと面倒なことになった」

「面倒なこと？」

「メイソンはおれが強要する形になるまでハイタワーを殺さなかった。彼女の自宅から連れだして、まるで……守ってやっているようだった。だがおれが彼女を殺そうとすると、介入してきたんだ。手柄を奪われるのがいやだったのかもしれない。それから、おれを追ってきた。やつの頭のなかがどうなっているのかわからない。もう信用できないのは明らかだ」

「彼が離反したというのか？　それはどうかな。これまでまったく問題はなかった。今夜、ほかに何かあったんじゃないのか？　彼が急にわれわれに背を向ける理由が」

ああ、そうだとも。イニシャルD・Bに関することだ。「さあ、見当もつかないな。ボスには報告するのか？」

「もちろんだ。だが、ネットワークに死亡証明が送られてきていないぞ。ターゲットを始末したのはたしかなんだろうな？」

「さっきも言ったように、メイソンがおれを撃ってきたんだ。写真を撮っている場合じゃなかった。だけど、ああ、彼女は死んだよ。メイソンが射殺するのをこの目で見た」

ビショップは無言のままだったが、エースは驚かなかった。ビショップは任務が計画どおりにいかなかった場合にどうすればいいのか、まったくわかっていないのだ。ビショップはエンフォーサーとしても落第だったが、管理側の仕事も満足にできないらしい。なぜシプリアンがビショップをずっとそばに置いているのか、まったく謎だった。ビショップはシプリアンに関する何かを、発覚すればシプリアンが破滅するような情報を握っているのかもしれない。そうとしか考えられなかった。

「ほかにつけ加えることはないか？」ビショップが尋ねた。

つけ加えたりするものか。「ない」

「けっこうだ。では、おやすみ」

通話を切ると、エースは携帯電話をポケットに突っこんだ。これで片づいた。次はこの家にいた痕跡を消さなければならない。そのあとはお楽しみの時間だ。例の抹殺予定リストをひとつひとつ片づけていこう。そのためにはブキャナンをおびきだす必要がある。だが、どうやって？　二カ月前の出来事があって以来、ブキャナンの家族はみな警護されている。やつの故郷のジョージア州サヴァナではガードがかたくてとても手が出せない。

いや、家族の全員がサヴァナにいるわけじゃないぞ。

ひとりはオーガスタにいる。それにデヴリン・ブキャナンがふたたび姿を現した今は、もう一度あそこのセキュリティシステムを試してみるいい機会かもしれない。まずはブキャナンに裏切りの報いを、ケリーを殺した代償を支払わせてやる。

メイソンはそのあとだ。

サブリナはメイソンは有能だと認めざるをえなかった。彼はジープを警察署の斜め向かいにある駐車場の、出入口に近い端にとめた。そこだと別の建物にさえぎられて、外からほとんど見えないのだ。メイソンは約束を守り、警察まで連れてきてくれた。だが、どの防犯カメラにも彼の姿はとらえられていないだろう。こちらは裏通りにあたるうえ、こんな深夜は——ジープのダッシュボードにあるデジタル時計によれば早朝と言うべきか——特に車が走っていない。ともかく、誰かに気づかれる恐れはなさそうだ。

メイソンがエンジンを切った。サブリナは、彼が解放してくれることにまだ呆然《ぼうぜん》としながらシートベルトをはずした。

「待って。おりるのを手伝うから」メイソンが運転席側から飛びおり、車の後ろをまわった。

何度も彼に手を貸してもらうのはいやだったが、シートベルトをはずしただけで肋骨はすでに抗議の声をあげていた。ひとりでジープからおりようとすれば、ひどく痛むだろう。

助手席にやってきたメイソンは、座席から彼女を抱えあげる前に、ジープの後部座席から白い布の包みをとりだして広げた。

月の光がきらりと反射する。サブリナは彼が手にしたものを見て驚きに目をしばたたいた。

「ずっとわたしのめがねを持っていたのに渡してくれなかったの？」そう言って手をのばす。

だが、メイソンはすぐにめがねを引っこめた。「おれが立ち去ってからつけてほしい。これを持っていたのは、きみにわれわれの顔がよく見えなければいいと思っていたからなんだ」そう言うとめがねを布で包み直し、彼女にさしだした。

サブリナは布の包みをつかんだ。近くならはっきり見えることや、映像記憶能力が備わっていることは告げないほうがいいかもしれない。メイソンの、見る角度によって違う魅力をたたえた顔も、腕の筋肉の盛りあがりも、ひとつ残らず記憶に刻みこまれている。それに、たとえ特殊な記憶能力がなかったとしても、彼の低く深みのある声や、南部の人間特有のゆったりした話し方を忘れるとは思えなかった。

朝日を浴びた靄が消えるようにメイソンに対する恐怖が消えてなくなり、彼のことを初めて純粋な目で見られるのは、警察の近くにいるせいかもしれない。改めて目にするメイソンはとてもすてきだった。長身でハンサムで、荒っぽい不良少年のような魅力がある。彼ににやりと笑いかけられるだけで、どんな女性も心を奪われてしまうだろう。サブリナももちろん惹かれずにいられなかった。だがサブリナの心をここまで乱すのは彼の力強さであり、自信であり、自らの命を危険にさらしてまで彼女を守ろうとする姿だった。

メイソンが眉をつりあげた。「サブリナ？　大丈夫か？」

サブリナはゆっくりうなずいた。

メイソンはいぶかしげな顔をしていたものの、彼女を抱きあげようと手をさしだした。だが、サブリナはその手を両手でつかんで彼を押しとどめた。

メイソンがぴたりと動きをとめた。彼の顔はほんの数センチしか離れておらず、チョコレート色の瞳が探るようにサブリナの顔を見つめている。

やがてメイソンが咳払いして言った。「サブリナ？　いったい――」

「あなたが理解できないの。あなたは悪い人なの？　それともいい人なのかしら？」サブリナは彼の指に指を絡ませた。

メイソンが大きく目を見開いた。彼の脈が速まるのがわかる。メイソンはごくりと音をたてて唾をのみこんだあと、ぎこちない笑い声をあげ、そっと彼女から手を離した。警察署を指さして言う。「あそこのブルーの制服の人たちに今夜あったことを話してごらん。そうすれば、今の質問には彼らが答えてくれるよ。さて、そろそろきみを抱きあげて――」

「どうしても理解できないのよ。わたしを助けるためにこれほど一生懸命になれる人が、そもそもどうしてわたしを殺す仕事を受けたのか。だけど、わかっていることがひとつある。今わたしが生きているのはあなたのおかげだってこと。今夜、あなたは何度もわたしを救ってくれた。とても怖くて不安だったから、ちゃんとじっくり考えてみなかったけど、起こった事実を感情に左右されず正確に評価すれば、ひとつの結論にたどり着くわ。もしもあなたがいなければ、わたしは死んでいたでしょう」サブリナは彼に向かって手をさしだした。「ありがとう」

メイソンが啞然《あぜん》とした顔をする。彼女の手をとろうともせず、ただ見つめていた。「きみは……きみを殺さなかったことで、おれに感謝するというのか？」

「どうやらそうみたい。それと、エースにわたしを殺させなかったことで。本気で言っているのよ、メイソン。ありがとう」

明らかに気が進まない様子で、彼はサブリナと握手した。けれども彼女が手を引き抜こうとすると、しっかりと指を絡みあわせてきた。その表情がひどく真剣なものに変わる。

「これから警察へ行くことと今回の件は、別に考える必要がある。警察にはなんでも話せばいいが、彼らが守ってくれるとあてにしてはいけない。警察には無理なんだ。おれが属しているような組織と対決するには、警察では人員も足りなければ知識もないのさ。さっき警備員を雇えと言ったのは冗談じゃない。警察署を出る前に、個人向けの警備会社に連絡をとること。そして契約したら、家までついてきてくれるよう誰かをよこしてもらうんだ。雇うのはふたりか三人。どこであろうとひとりで行くな。約束してくれ」

メイソンの厳しい口調や真剣なまなざしに恐怖を呼び覚まされ、サブリナはぞくりとした。

「いったいどうすればいいの？　残りの人生をずっと隠れて暮らすわけ？　誰が敵かわかるように、せめて誰があなたを雇っているか教えてちょうだい」

メイソンは首を横に振り、サブリナの手を放した。そしてとめる間もなく彼女を抱きあげ、ジープの外へ出す。サブリナはめがねの包みを落とさないよう握りしめた。メイソンは腕のなかで彼女の向きを変えると、身をかがめてそっと地面におろした。

肋骨の痛みがやわらぐまで、サブリナは何度もゆっくり呼吸を繰り返した。そのあいだずっとメイソンが腰を支えてくれていた。

「よくなった？」彼が尋ねた。

サブリナは少しずつ息を吐いた。「ええ、ましになったわ」

「警察じゃなくて病院に連れていくべきだったな。医者に診てもらうと約束してくれ」

「約束するわ。痛みによくきく薬がほしいから」

メイソンが眉をつりあげた。まさにそういう薬を提供しようとしたことを彼女に思いださせるためだろう。「警備員を雇う件は、まだ返事を聞いてない」

「わたしだってばかじゃないのよ。もちろん雇うわ。だけど、もう安全だと、どうやったらわかるの？　そもそも、安心できる日は来るのかしら？」

彼の表情がゆるんで同情の色が浮かぶ。メイソンはサブリナの目にかかった前髪をそっとかきあげてから、体の両脇で拳を握りしめた。

「正直なところ、わからない。だがこの問題を正すために、できることはなんでもするつもりだ。おれを雇った人々は、きみを標的にするべきじゃなかった。いったい何があったのか突きとめて、こんなことは絶対に二度と起こらないようにする」メイソンはそっと彼女を警察署のほうへ促した。「さあ、行くんだ。無事になかへ入るまで見ているから」

ほしい情報を与えてもらえないことにいらだち、サブリナは振り返ってもう一度質問しようとした。だが、つい先ほどまで優しくて思いやりに満ちていた男性はすでに、彼女を家からさらった見知らぬ男に変貌していた。話は終わりとばかりに、長い脚を開いて立ち、左手をウエストにつけた銃のホルスターに置いている。サブリナを守るかのように、そのチョコレート色の瞳は駐車場と警察署のあいだの、人が隠れられそうなあらゆる場所を探っていた。顎に力をこめたメイソンはまさに捕食者だった。思わず背筋に震えが走る。今回の震えは魅力を感じたせいではなかった。

サブリナは彼に背を向け、警察署へと急いだ。

メイソンは警察署からそう遠くない駐車場に車をとめてエンジンを切った。ジープはいくつもある偽名のひとつで登録してあるので、たとえ警察がサブリナの話の裏をとるためにジープを探しだしたとしても、本名であるメイソン・ハントと結びつくことはないだろう。

彼は非常持ちだし用バッグとクロスボウを入れたバッグを持つと、それらを背負って駐車場を出た。少し歩いたあと、別の駐車場のビルに入る。最初の列のなかほどに、この六年間乗っている、ダークブルーのピックアップトラックがとまっていた。へこみや傷があって見てくれはよくないが、エンジンは満足げに喉を鳴らす猫の声のように心地よく音を響かせる。逃走用の車としても完璧だった。南部の男がくたびれたピックアップトラックを運転していても、警察は特に注意を払わないからだ。メイソンはコンソールボックスからカロライナ・パンサーズのキャップをとりだしてかぶった。これで典型的な南部人のできあがりだ。

昨夜、カロライナ・パンサーズのナイトシャツを着ていたサブリナがどれほどかわいらしかったかを思いだす。もっとも、わずかひと月ほど暮らしただけで、その場所のチームのファンになるという点は理解ができなかった。ブキャナンのタブレットにあったファイルによれば、彼女は生まれてからずっとコロラド州のボルダーで暮らしていた。もしかするとフットボールにまったく興味がないか、単に地元チームのデンバー・ブロンコスが嫌いなのかもしれない。

メイソン自身は子供のころから地元チームであるカロライナ・パンサーズのファンだった。父もフットボールが大好きで、第三十八回スーパーボウルでパンサーズの試合を観戦するために、家族全員――海軍勤務の夫とともに当時ドイツにいた姉のダーリーンを除く全員――をテキサス州のヒューストンまで連れていったほどだ。結局その試合は、残念ながらペイトリオッツに負けてしまったが。

ピックアップトラックを運転して駐車場のビルを出たメイソンは、ふたたびサブリナのことを考えていた。数分後には州間高速道路二四〇号線に乗り入れたが、そのあいだもずっと、務めはもう果たしたのだと自分に言い聞かせていた。無実の女性を保護して、危険に気づかせたのだから。サブリナは頭がいいし、小柄で華奢な体にもかかわらずエースから逃げたことからも明らかなように、無力ではない。自分が心配する理由はひとつもないのだ。彼女なら、安全を確保するために必要な警戒を怠らないだろう。

サブリナが行ってしまった今、ブキャナンを手伝い、この事件の背後にいるイグジットの関係者を突きとめて排除することに専心できるはずだ。セクシーな前髪の下から見つめられるたびに興奮をかきたてる、あのブルーの瞳を目にしなくてすむなら、集中するのははるかに簡単だろう。

そもそも、彼女は小柄で、百五十センチほどしかないし、やせすぎている。自分の好みは、もっと胸が大きくて肉感的な体つきをした女性だ。身長も、首を曲げなくてもキスできるくらいあったほうがいい。だがサブリナには何かがあり――おそらく気性の激しさと気の強さだろう――抱えあげてベッドに運びたい気持ちにさせられる。ベッドでの彼女は間違いなく、本物の爆竹のように激しいだろう。できることなら、自分がサブリナを燃えあがらせたかった。

今ごろサブリナはどうしているだろう？　警察にちゃんと被害者として扱われているだろうか？　重罪犯としての記録があるせいで、詐欺師か嘘つき扱いされていないだろうか？　ハンドルを握るメイソンの手に力がこもった。自分には関係ない。彼女は安全だ。大事なのはそこだ。もしサブリナが警備員を雇えというアドバイスにしたがわず、その結果殺されたとしても、それはおれの責任ではない。サブリナは大人の女性なのだ。おれはちゃんと警告した。彼女にセカンドチャンスを与えたのだ。それを台なしにすれば、すべて彼女の責任だ。

メイソンがおりる予定の出口まであと三つだった。ほかの多くのエンフォーサーと同様、彼は偽名や架空の会社を使って国じゅうのさまざまな場所に資産を隠し、事態が悪化した場合には引きこもることのできる安全な隠れ家を常に確保していた。本当の家だと思える場所は州内でも田舎のほうにあり、人間の手が入っていない何エーカーもの狩猟場に囲まれている。これから向かおうとしている場所はそこより近く、町からほんの数分しか離れていない。家というよりは作戦基地のようなものだが、今は近いことがもっとも重要だ。

サブリナが死んだとエースが信じているなら、彼は自分がとった非常に問題のある行動を隠すため、シプリアンにすべてを話さないかもしれない。しかしいずれにせよ、彼女が生きているという事実はそのうち明るみに出るだろう。そうなれば、イグジットはおれを捜しにやってくるはずだ。だから今、所有しているなかでもっとも安全な家のひとつに向かっているのだ。

そこなら何かあれば最新の警報装置が警告してくれるとわかっているので、緊張を解くことができる。とにかく今は横になり、睡眠をいくらかでもとりたかった。ブキャナンとラムゼイとの約束は明日の夕方だ。それまで時間はたっぷりある。なにしろずっと警戒しながらひと晩じゅう起きていたのだ。用心しつづけていると、どうしても疲れる。ふかふかのベッドと熱いシャワーの誘惑に、今すぐにでも屈してしまいそうだ。

一・五キロほど先が市内最後の出口だと告げる道路標識を通りすぎた。警察署を出るサブリナを戻って見守りたいなら、その出口をおりてから少し引き返さなければならない。彼女が雇う警備員がどんな車を用意したとしても、彼らに気づかれずにあとをつけるのはそれほど難しくない。車両の追跡はエンフォーサーとして訓練を受けていたときに、最初に学んだ技術のひとつだった。必要ならばうまくできる。自分が望むならば。ただ、そんなことは必要ないし、自分も望んでないというだけだ。

右手の五十メートルほど先に出口が見えてきた。

サブリナのことはおれの責任ではない。

四十メートル。

彼女は立派な大人なんだ。すでに警告は受けているし、金もたくさん持っている。このあたりでもっとも有能な警備員を雇う余裕はあるんだ。

三十メートル。

あとふたつ出口を越えて何度か曲がれば家に着く。おれはベビーシッターじゃないんだ。どうして気にしなきゃならない？

サブリナのアーモンド形の瞳が目に浮かぶ。駐車場でこちらを見あげていた、不安で青ざめた繊細な顔が。

〝安心できる日は来るのかしら？〟
十、九、八……。
ああ、まったく。メイソンはハンドルを切り、猛スピードで出口をおりた。

6

二日目――午前六時三十分

メイソンならきっとハリー・ドノヴァン刑事を気に入っただろう、とサブリナは思った。というのも、彼女がこれまでのいきさつを説明している途中、撃たれたことに話が及び、胸の下の赤く腫れたあざを見せたとたん、ドノヴァンは聴取を切りあげ、彼女を病院に連れていくと言い張ったからだ。

それが二時間前のことだった。病院の待合室では、たとえ刑事を伴って現れたとしても優先して診察を受けられるわけではない。しかもドノヴァンは、誰かに聞かれる可能性のある場所ではサブリナに話をさせたくないようだ。だからふたりはただ座って診察を待っていた。一時間以上たってようやく小さな部屋に案内されたが、彼女はそこでも待たされることになった。まずはレントゲン室に連れていかれるという。

サブリナが若い看護師に手伝ってもらってシャツから病院のガウンに着替えるのを、刑事はドアの外で待っていた。

「さて、これで準備ができましたよ」看護師が安心させるように言う。「もう少ししたら助骨のレントゲン写真を撮りに、車椅子で放射線科へお連れしますからね」

「自分で歩けます。そのほうがきっと早いわ。もうそれほど痛くないし」

「いいえ、だめなんです。病院の方針なので。ごめんなさい、患者さんの安全のためなんです。車椅子が来るまで待ってください」看護師は、サブリナが腰をおろしたベッドにぶらさがるブザーを示した。「何かあればあのボタンを押してくださいね」

急ぎ足で看護師が出ていくと、入れ替わりにドノヴァン刑事が部屋に入ってきた。鉛筆と手帳を持っているが、たこのできた大きな手のなかではやけに小さく見える。彼は、ベッドの向かいにあるオレンジ色のプラスティック製の椅子に腰をおろした。

警察署では、自宅から連れ去られた話をするサブリナに、ドノヴァン刑事は優しく、そして共感を持って接してくれた。そして病院の待合室では、ほかの人が彼女の近くに座らないように気を配ったり、化粧室に入っているあいだドアのところに立っていてくれたり、おなかが鳴りはじめると自動販売機で水やクラッカーを買ってきてくれたりと、かいがいしく世話をしてくれた。

ドノヴァンは心からサブリナを助けたいと思っている様子で、彼女は心強く感じていたのだ。だが今は、彼が黙っていても、何かが変わったことがわかった。ドノヴァンの顔は険しくなり、疑念が浮かんでいる。コロラドの警官たちの顔に浮かんでいたのと同じ表情だ。

「重罪で有罪になったことを知ったんですね」サブリナは言った。

「ええ。そうです。どうして話してくれなかったんです？」

「話せばすべてが変わるとわかっていたので。いったん知ってしまえばあなたはきっと、わたしを助けたいとか、信じたいとかいう気にならなくなると思ったんです。わたしは正しかった。そうでしょう？」

ドノヴァンがふさふさしたグレーの眉の下からじっと彼女を見つめた。「有罪判決を受けた重罪犯だと知っていれば、たしかにあなたを信じることに関してもっと……慎重になったでしょう。ですが、この事件の扱い方が変わるわけではありません。あなたの話の裏をとるために、できることはなんでもするつもりです。実際、お宅へ行った警官のひとりと話しました。たしかにフレンチドアのガラスが割られていたそうです。だが今のところ、それ以外は確認できなかった」そう言うと、サブリナの右腕を示した。「どうしてその傷を負ったのか、もう一度聞かせてもらえますか？」

サブリナはぼんやりと白い包帯を撫でた。先ほどの看護師が傷口をきれいにして抗生物質の入った軟膏を塗り、巻き直してくれたものだ。

「ランプが割れたんです。ベッドルームの」

「そうでしたね」彼は手帳をめくった。「侵入者の物音を聞いて、ランプを倒してしまったと。夢遊病だと言われたことはありますか？」

「いいえ。なぜそんなことをきくの？」

ドノヴァンが鉛筆でトントンと手帳をたたいた。「あなたの家へ行かせた警官が、ガレージのごみ容器のなかで袋を見つけました。なかにはガラスの破片が入っていたのですが、おそらくフレンチドアの割れたガラスでしょう。しかし、ほかに注目すべきものは何もなかった。あなたがベッドルームで何かを割って、それで腕を切ったと証明するような、ガラスや陶器のかけらも。何もかもきちんと片づいていたそうです」彼は肩をすくめた。「わたしは長くこの仕事をしています。たぶん、あなたが生まれる前から。後片づけをして、しかも貴重品を何もとっていかないなんていう侵入者は聞いた覚えがない」

サブリナは両手をぎゅっと握りしめた。刑事に疑いを持たれたことより、誰かが自分の家へ行って証拠を片づけてしまったことのほうが不安だった。メイソンがあそこに戻ったのだろうか？　彼に結びつくものが絶対に残らないようにしておきたかったのかもしれない。

彼女は身震いして両手をこすりあわせた。「あなたが懐疑的になるのはわかります、刑事さん。わたしに言えるのは、少なくとも自分が知っている限り、夢遊病の症状が出たことは一度もないというだけです。たとえ夢遊病だったとしても、寝ているあいだに掃除をするなんて考えられないわ。それに誘拐されたり撃たれたりで、片づけている暇なんてありませんでした。連れだされて以来、まだ家に帰ってもいないんですから。お話ししたキャビンのほうは探してもらえましたか？　そこのベッドルームには、わたしがいた形跡が何かあるはずだわ」

「警官たちが探しています。ただ、住所も不明で目印になるようなものもないとあっては、不可能に近い仕事だと言わざるをえない。ブルーリッジ・パークウェイのふもとにはキャビンがたくさんあるんですよ。捜索の範囲を絞れるようなことを何か覚えていませんか？」

サブリナは首を横に振った。「覚えているのはすでにお伝えしたことだけです。めがねをかけていなかったので、道路標識はどれもはっきり見えませんでした」ふいにある考えが浮かび、ベッドのマットレスをぎゅっとつかむ。「エースが潜入捜査中の警官を装っていたことは話しましたよね。彼はジェニングズと名乗っていたんです。バッジもつけていて――」

ドノヴァンが手をあげて彼女を制した。「おっしゃりたいことはわかります。大丈夫ですよ。うちにもジェニングズという者はいますが、ちゃんと出勤しているし、所在も確認できています。彼は今回のことが起こっているあいだずっと、あなたの近くには行っていませんでした。だからエースという人物が本物のジェニングズをどうにかしたわけではないし、彼のバッジを盗んでもいません。その偽名を使ったのは、単なる偶然の一致でしょう」

偶然の一致？　それとも、ここの警察に同名の人物が実在すると知っていて、何かのときのためにずっと以前からジェニングズという偽名を用意しておいたのだろうか？　とにかく、少なくとも本物のジェニングズは無事だった。サブリナはほっとして、マットレスから手を離した。「よかったわ。ありがとう」

ドノヴァンがうなずいて、ふたたび手帳をたたいた。「あなたが描写したジープはたぶん、古い型のラングラーだと思うんですが、それで登録車両の検索をかけました。メイソンをまずファーストネームで、それから念のためラストネームでも調べてみたんです」

「ヒットしなかったんですね」

「ええ、該当する車両はありませんでした。残念です、ミス・ハイタワー。あなたにとっては非常にもどかしいでしょう」

「わたしの話を信じてらっしゃるように聞こえるわ」サブリナは小さな声で言った。

「信じるというのは言いすぎですね。わたしは見たり触れたりできるものを、真実を信じます。今のところ、あなたの話を裏づけるものはあまり多くありません。ですが、わたしは自分の直感も信じる。嘘をついている人間はわかるんですよ。その直感によれば、あなたは本当のことを言っている、あるいは、自分の話が真実だと思っている。それに、真実でなければどうにもうまく説明のつかない重要な証拠があるんです」ドノヴァンは彼女のガウンを示した。「以前、防弾ベストを着ていて撃たれた痕を見たことがありますが、あなたの胸の下あたりについているのとまったく同じだった」

サブリナは息をのみ、それからゆっくりと吐きだした。「まさか撃たれたことをありがたく思うときが来るなんて、考えもしなかったわ。でも、それでわたしを殺そうとした犯人を捜索してもらえるなら、痛い思いをしたかいがあったわね」

「もちろん、全容を解明する努力は続けるつもりです。その点に関してはご心配なく。あなたを連れ去ったとされる男性の名前はメイソンでしたね。彼がラストネームを言わなかったというのはたしかですか？　彼と一緒だったふたりも？」

連れ去ったと〝される〟という表現を気にしてはいけない、とサブリナは自分に言い聞かせた。少なくともドノヴァン刑事は、コロラドの警官のようにわたしの話をはなから疑っているわけではないのだから。

「ええ、彼はラストネームを口にしませんでした。ほかに聞いた名前はエースだけです」

ドノヴァンがメモをとる。「あなたがはさみを突き刺した男ですね」

彼女は顔を曇らせた。「ええ」

「よく思いだしてください。あなたが見た男女を、誰かが名前で呼びませんでしたか？」

「いいえ。あのときのことを頭のなかで何度も繰り返し再現してみましたが、彼らの名前は聞いていません」

ドノヴァンの背後でドアをノックする音が響いた。ドアが開くと、戸口にサブリナのバッグを手にした警官が立っていた。

ドノヴァンは警官をねぎらい、受けとったバッグを彼女に渡した。「おっしゃっていたとおり、あなたのベッドルームにありました」

「どうもありがとう」サブリナがほほえみかけると、警官はうなずいて廊下へ戻っていった。

「これでさっきからうるさく催促されていた、保険の記入用紙が全部埋められるわ」

「ここが終わったら一緒に警察署へ戻って、似顔絵の担当者に協力してもらえませんか。あなたが今夜見かけた人たちの詳細な似顔絵が作成できれば、警察の記録と照合して身元を特定できるかもしれない」

サブリナはバッグを脇に置いた。「その必要はありません。わたしが似顔絵を描きます」

ふさふさした眉を片方だけつりあげ、ドノヴァンが彼女に手帳を渡した。「あなたは画家なんですか？」

「大学の学費を稼ぐのに自分で描いた絵を売っていたから……ええ、ある意味そうかもしれません」

「どうして学費を稼ぐ必要があったんです？　あなたは資産家だと思っていました。犯罪歴を照会したときに、ボルダーの警察がそう言ってましたよ」

「ボルダー警察は、情報の精度にはあまりこだわらないんでしょうね。少なくともわたしがかかわった件に関しては」ドノヴァンが先を促すと、サブリナは咳払いして続けた。「ハイタワー家の財産を管理しているのは祖父なんです。祖父は孫たちのために、かなり複雑な条件をつけて信託財産を設定しました。わたしは二十一歳になるまで、いっさいお金を引きだせなかった。今は月ごとに手当をもらっていて、その額は毎年増えていきます。そして三十歳になれば、全額を自由にできるしくみになっているんです。でもそれまではほかの孫たちと同じように、予算内でやりくりしなければなりません」

「そんなふうに決められて、さぞかしおじいさんに腹がたつでしょう。少なくとも、最近彼が姿を消すまでは」

暗に非難されていると感じ、サブリナはかっとなって言った。「なるほど。ボルダーの警官に、重罪だけじゃなくて、祖父の行方不明についてもわたしが怪しいと言われたんですね」

「いえいえ、そうではありません。彼がいなくなったとき、あなたにはちゃんとしたアリバイがあったと聞きました。今のわたしの発言は、どちらかというとまあ、好奇心からです。職業病ですよ」

恥ずかしさのあまり、サブリナは顔が熱くなった。「ごめんなさい。祖父のことには神経質になってしまって。財産をもらうにあたっていろいろ条件をつけられても、いやだと思ったことはありません。祖父は孫たちに、一生懸命に働くことの重要性や、生活費を稼ぐのがいかに大変かということを理解させたいんです。わたしたちが今の暮らしを当然だと思わないように。最初から大金を与えると、家族より次のヨーロッパ旅行を気にかけるような人間ができてしまうと学んだからでしょう」

サブリナは唇を嚙んだ。つい、関係のないことまで口走ってしまった。

「それはご両親のことですか？」

彼女は鉛筆を手にとった。「とりあえず、わたしの話はそれくらいです。よければ似顔絵にとりかかりますが」

またノックの音がした。サブリナが顔をあげると、ライムグリーンのユニフォームを着た男性が車椅子を押して入ってくるところだった。

「放射線科にお連れします、ミス・ハイタワー」

サブリナは玄関ドアのそばに設置してある警報装置のパネルを再度チェックした。家に帰ってからこうするのは六回目だろうか？　それとも七回目？　彼女はこの警報装置をまったく信用していなかった——新しく雇った警備員たちが作動することを確認していたにもかかわらず。ゆうべ間違いなく自分でセットしたのにメイソンが侵入したときに鳴らなかったという事実を知っていて、どうして信用できるだろう？　しかもドノヴァン刑事がサブリナの話の裏をとるために問いあわせると、警備会社は彼女がセットしていなかったと主張したのだ。問いあわせても非常識でない時間になったら、サブリナは警備会社に電話をかけ、警報装置を調べるために誰かをよこしてもらうつもりだった。だが、まずは睡眠をとらなくてはならない。眠れるとしての話だが。

三人の警備員に守られていても心は安まらなかった。誰が自分に死んでほしいと思っているのかわかるまで、この家ではもう二度と安心できないだろう。ただ、少なくともひとりは味方ができた。ドノヴァン刑事だ。彼はわたしの話をすべて信じてはいないかもしれないが、捜査を続けるくらいには興味を引かれているようだった。これまでと違い、自分を重罪犯だと決めてかからない警官がいると思うと、それだけで心が軽くなる。

けれどもメイソンに警告されたように、警察は警護してくれなかった。だから警備員を雇ったのだ。コロラドから追放されているあいだは無給で休職中なので、本当のところ警備員を雇う余裕はない。この立派な家も、不景気でなければ借りられなかった。長く空き家状態が続いたため、オーナーが大幅に値下げしたのだ。だがそれほど安い家賃でさえ、払うのに四苦八苦している。

祖父の捜索を依頼している私立探偵や、両親の事故の件で訴訟を任せている弁護士への次の支払い時期がくれば、警備員を解雇せざるをえないかもしれない。長年にわたって祖父から贈られてきた高価なアンティーク家具がいくらで売れるかに、すべてがかかっている。それらの家具には値段以上の思い入れがあるが、それであと一度でも祖父の笑顔が見られるなら、すべてをさしだしてもかまわない。

だが、それはもう少し先の話、いざとなったときの話だ。当面はありがたいことに住む家がある。メイソンに見守られていたときほど安心はできないが。メイソン。彼のことを考えるたび、サブリナの困惑はますます深まった。エースとハマーの男女の似顔絵をドノヴァンに渡したあと、メイソンを描こうとしたのだが、なぜか手がとまってしまって描けなかった。そしてついに刑事に、メイソンが怖くて一度もちゃんと顔を見ていないため、どんな様子だったか正確に思いだせないと告げたのだ。

ドノヴァンはサブリナの嘘を簡単に受け入れ、慰めるように彼女の肩をたたくと、三人の似顔絵を地元テレビ局のニュースで流してもらえるよう最善をつくすと請けあってくれた。もしかするとエースかハマーの男女に見覚えのある誰かが連絡をくれるかもしれない。

もちろん、サブリナはメイソンの外見を忘れたわけではなかった。刑事がたばこを吸いに部屋の外へ出ているあいだに、わずか数分でメイソンの似顔絵を描きあげていた。だがその絵を警察に渡すのは、裏切りのように感じられたのだ。彼女の頭は、愚かでばかげた考えだと告げていた。けれども心のほうは、メイソンには自分が知っている以上の何かがあると言い張って聞かない。彼は〝いい人〟であることを何度も証明したし、命を救ってもらった借りもあると。結局サブリナは、メイソンの似顔絵を描いた紙を折りたたんでジーンズのポケットに突っこんだのだった。

警報装置のパネルの横で、彼女は壁に額をあてた。

「ミス・ハイタワー？」

警備員の声に振り返る。この人の名前はなんだったかしら？　彼は玄関ホールの端にあるリビングルームの戸口に立っていた。薄いグレーの高価そうなスーツを一分の隙もなく身につけている。耳で聞いたことが目で見たことと同じくらい記憶できればいいのにと思いながら、サブリナは首をかしげて彼を見つめた。警備員に名札をつけてほしいと頼むのは無理な

うとしているのは」

「ヴィンス」彼が言った。「ぼくの名前でしょう？　あなたがそれほど一生懸命に思いだそうとしているのは」

「ヴィンス・バートン」ようやくフルネームが出てきた。サブリナは彼のほうへ向かいながら続けた。「ごめんなさい、遅い時間だから頭がぼんやりしていて。それとも、早い時間と言うべきかしら？」締めつけられるように痛むこめかみをさする。「今何時？」

ヴィンスが腕時計に目をやった。「朝の九時三十分です」

サブリナは顔を曇らせた。「わたしはひと晩じゅう起きていたんだわ」

「二階へ行って睡眠をとられたいならどうぞ。身の危険を感じる必要はないとお約束します」ヴィンスは腰につけたホルスターの銃を軽くたたいた。「ちゃんと武装していますから」とぼけた調子で言う。「ぼくが見張っているからには、誰もなかに入らせません。ほかのふたりは敷地内をパトロールし、家への侵入ポイントをすべて確認しているところです。今後は常に、われわれのうちの少なくともふたりは家のなかにいるようにしますから。あなたはまったく安全なんです」

輝くばかりの彼の笑みを見て、サブリナは自分がどれほど疲れているかに気づいた。ヴィンス・バートンほど魅力的な男性にあんなほほえみを向けられたら、元気なときなら少女のように顔を赤らめたに違いない。それなのに今、自分はいらいらしている。彼は自信がありすぎるように思えるのだ。外見に、能力に、あるいはその両方に。ゆうべの出来事や、自分を誘拐した人々についてあんなに詳細に伝えたのだから、ヴィンスはもっと真剣になり、もっと警戒し、もっと……心配するべきなのでは？

明日にでも別の警備会社と契約したほうがいいかもしれない。あまり洗練されていなくて、礼儀正しくもなくて……魅力的ではない警備員がいる会社と契約するのだ。そうすればヴィンス・バートンより背が高くて、濃いブラウンの髪をぼさぼさにのばし、無精ひげを生やした、いかつい顔の男性を派遣してくれるかもしれない。自分とは異なる環境で育ち、ルール無用の戦い方を身につけ、生きのびるために必要ならどんな手段でも使う男性を。

メイソンのような男性を。

サブリナはふたたびこめかみを手で押さえた。

「ミス・ハイタワー？　何か持ってきましょうか？　アスピリンとか水でも？」

サブリナは無理やり手をおろした。ヴィンスは思っていたより観察眼が鋭いようだ。ただハンサムな顔をしているだけではないのかも。彼を信用して、提案されたとおり睡眠をとるべきかもしれない。すでに二十四時間以上起きているのだ。めがねをかけていても、ほとんどがぼやけて見える。

「必要なものは全部二階にあるの」いずれにせよ、また鎮痛剤をのむ時間だ。幸い、病院を出る前に薬局で薬を処方してもらっていた。「おやすみなさい、ヴィンス。あなたにも、ほかのふたりにもお礼を言わなくちゃ。スケジュールを調整して、突然の依頼を受けてくれて助かったわ」

「お役にたてて光栄です」彼女を通すため、ヴィンスは礼儀正しく後ろにさがった。

サブリナは正面の階段をあがった。たとえ家には鍵がかかっているとわかっていても、ドノヴァン刑事に車で送ってもらったあと、侵入者がいないかどうか三人の警備員が徹底的にチェックしたとわかっていても、背筋を走る恐怖を抑えることはできなかった。

階段を上までのぼりきり、ベッドルームへ向かう。そこは家のほかの部分と同じく、まるで悪いことなど何も起こらなかったかのように、すべてがきちんと片づいていた。腕の傷から落ちた血の跡が残っていないかと先ほど調べてみたのだが、やはりしみひとつなかった。

ベッドサイドのテーブルの、壊れてしまったランプが置いてあった場所を見たとたん、体が震えはじめた。謎の人物はほかのすべてをもとどおりにしておいたようだが、さすがにフレンチドアのガラスを修理したり、ランプをくっつけあわせたりはできなかったらしい。小さなことだが、サブリナにはありがたかった。自分の頭がどうかなったわけではない証拠になるからだ。

それでも誰かがここにいてその痕跡を消したと思うと、ぞっとする。この家から出るべきだろうか？　でもどこへ？　ただ姿を消すことはできない。祖父の捜索と両親の裁判に決着がつくまで、探偵と弁護士をせっつきつづけなければならないのだから。でも、これからのことについて決断をくだすのは明日にしよう。実際には今日、これから少し寝たあとに。今は何よりも睡眠が必要だ。シャワーも魅力的だが、疲れすぎて考えることすらできなくなっている。

鎮痛剤を何錠かのんでから、サブリナは服を脱いで下着姿になった。ナイトシャツを着ようとしたところで、その格好でベッドへ行くのがあまりにも無防備に感じられた。サブリナは今まで着ていた他人のシャツとジーンズを丸め、ベッドルームのごみ箱に投げ入れた。そしてクローゼットから自分のシャツとジーンズを出して身につけ、しっかり服を着た状態でシーツのあいだに滑りこんだ。

まぶたを閉じる直前に視界に入ったのは、ドレッサーの上の、額に入った両親の写真だった。ふたりともツアー会社からもらったグリーンのTシャツを着ている。それはジップラインに欠陥があったせいで渓谷に突っこんで亡くなる、ほんの少し前にとった写真だった。

こらえきれず、熱い涙が頬を流れ落ちた。あの日は人生で最高に幸せな一日として始まった。珍しく両親が自分たちの冒険に娘も加えたいと望んだからだ。それなのにあの恐ろしい事故が起こり、わたしは苦い後悔とともにひとり残されてしまった。両親の結婚記念日にパック旅行をプレゼントして驚かせようなんて考えるのではなかった。エクストリーム・インターナショナル・ツアーズのことなんて耳にしなければよかったわ。

7

二日目――午後五時三十分

シプリアン・カルデナスは、ノースカロライナ州アッシュヴィルの郊外に新しく設立したイグジットの支社で、演壇に立ち、記者たちに向けた笑顔を崩さないように気をつけながら、こみあったロビーを見わたした。娘のメリッサは、半径五百キロ以内のすべての新聞の特集記事担当者や旅行雑誌の記者を接待して、支社のグランドオープンをとりあげてもらっていた。無料でツアーを提供するのはかなり費用がかさむが、彼女は有能なビジネスウーマンだし、メディアで報じられれば、コストを埋めあわせる以上の効果が出ることは、シプリアン自身も疑っていなかった。

唯一のマイナス面は、山ほど仕事を抱えているというのにこのような場所に立って、メリッサが企画するほぼすべてのイベントで記者からの野暮《やぼ》な質問に答えなければならないことだった。今日の記者のなかでも特に目に余るのが、『シチズン・タイムズ』紙のケイセン・ランドリーだ。彼女がまた手をあげている。どうせ先ほどと同じくだらない質問だろう。ほかの記者はみんなもう質問を終えたというのに、この若い女性はまだ手をあげつづけているのだ。シプリアンは覚悟を決め、彼女の名前を呼んだ。

「はい、ミス・ランドリー？」

「ミスター・カルデナス、EXIT《イグジット》が何を表すか、もう一度教えていただけませんか？」

シプリアンの手のなかでペンが音をたててふたつに折れる。幸い、彼の手は誰にも見えない位置にあった。会社の名前が意味することを知らないとは、今までの三十分間、この女はいったい何をしていたんだ？

「エクストリーム・インターナショナル・ツアーズです」

ケイセン・ランドリーが困惑するような表情を浮かべるのを見て、シプリアンは次の質問が怖くなった。

「でも、あなたがアッシュヴィルにオープンしたこの施設では、地元のほかの会社と同じようなこと……乗馬や急流下りやジップラインを提供するんですよね。それのどこが過激《エクストリーム》なんです？　施設はほかにコロラドのボルダーにしかないのに、どうして国際的《インターナショナル》なんですか？」

「先ほどもご説明しましたが」シプリアンは記者に思いださせるように言った。「われわれのツアーではお客様に、他社よりも激しい経験をしていただきます。スリルを求める方々にご満足いただけるよう、お客様の身体的、精神的限界に挑戦するようなユニークなツアーをとりそろえております。社名の〝インターナショナル〟の部分に関しては、数多くの支部を通じて、十六カ国でツアーを提供することを表しています。世界じゅうのどこででも、アウトドアでやってみたいことがおありでしたら、われわれが安全でわくわくする冒険をご用意しましょう」右に手を向け、演壇の横のテーブルに座る、グリーンのTシャツを着た六人の男女を示す。「こちらにおります、イグジットの専門スタッフがご質問に――」

「ミスター・カルデナス」ケイセン・ランドリーがふたたび声をあげた。

彼女の顔に浮かぶ興奮に、シプリアンは警戒した。この女はいったい何を言うつもりだ？

「はい？」

「あなたは、御社のツアーガイドが顧客ひとりひとりの安全を請けあうとおっしゃいますが、ほんの二カ月前にコロラドで実施されたツアーで、ハイタワー夫妻の命を奪った事故がありましたね。彼らのお嬢さんのサブリナ・ハイタワーは現在、あなた個人と会社の両方を過失で訴えています。これまでのツアーで実際に顧客が亡くなっているという事実がありながら、アッシュヴィルの住民はいったいどうやって、御社が予定するツアーに安心感を抱くことができるとお考えですか？」

沈黙が広がり、すべての視線がシプリアンに集中する。入口で客を迎え入れる従業員や室内を巡回する警備員までもが、彼がなんと答えるか確かめようと動きをとめていた。

シプリアンはランドリーの満足げな表情に気づいた。実際はかなり頭が切れるにもかかわらず、まぬけなふりをして、シプリアンをサンドバッグのように打ちのめしたのだ。たしかに、先ほどまでの質問は彼女が意図したとおりの効果を及ぼした。シプリアンを油断させてコーナーに追いつめたあと、厳しい質問を投げつけて、彼をどきりとさせたのだ。

　シプリアンは咳払いをした。「たしかにあれは悲劇的な事故でした。その件につきましては、ただ今係争中です。現在進行している訴訟に関してお話しすることはできません。しかしながら、墜落事故が一件あったからといって、飛行機に乗る人がいなくなることはありません。おわかりいただけると思いますが、無事催行されたツアーが何千とあっても、ひとつの残念な事故がことさら印象に残ってしまうものなのです。さて、よろしければ、予定がありますので、このあたりで失礼させていただきます。隣の部屋に夕食のビュッフェをご用意いたしました。どうぞお楽しみください。バーもございます。それでは、ありがとうございました」

　ケイセン・ランドリーは演壇を離れるシプリアンに向かってさらに質問しようとしたが、その声は殺到するようにして隣の部屋へ向かう人々にかき消されてしまった。どうやらビュッフェとバーが救世主となり、自分を難しい状況から救いだしてくれたようだ、とシプリアンは思った。今夜、忘れずにメリッサに礼を言わなければ。飲み物や料理を提供できるよう、記者会見を夕方に開くことを提案したのは彼女だった。無料のアルコールとたっぷりの食事があれば、記者たちは幸せな気分で帰ることになり、会社に対していいイメージを抱いてくれるだろうと。メリッサの提案はまさしく、ハイタワーの事故に関するランドリーの不愉快な質問からみんなの目をそらしてくれた。

シプリアンはロビーの奥の〝プライベート〟と記されたドアへ近づいていった。アシスタントのビショップがさっと開けたドアから、なかへ入る。すぐにビショップがドアを閉じて鍵をかけ、ロビーの物音を遮断した。アシスタントが小さくうなずいたのを見て、シプリアンはエンフォーサーの件で何か話があるのだとわかった。

建物の端から端まで続く長い廊下をビショップとともに歩きながら、シプリアンは何人もの従業員と挨拶を交わした。全員がイグジットのツアー会社としての業務についていて、シプリアンが新しく市場を拡大するためにここへ来たと思っている。たしかにそれも間違いではないが、彼にはもうひとつ、はるかに重要な目的があった。万が一ネットワークに不具合が発生しても大丈夫なように、代替機能とバックアップシステムを設置するのだ。

このビルの地下通路で稼働するメイン・コンピュータには、今やボルダーにあるコンピュータをバックアップする機能が備わった。これで、たとえボルダーで何かが起こっても、イグジットの業務は中断することなく続けられるのだ。地下通路をつくることは、光熱費を節約する方法として建設業者から提案されたものだった。地下は温度が低いので、エアコンをそれほど使わずにメイン・コンピュータの過熱を防ぐことができる、と。シプリアンはすぐに、ほかの目的でもその地下通路を利用できると気づいた。そしてビルが完成したあと、個人的に懇意にしている建設業者に、追加で地下通路をつくらせたのだ。

ツアー会社で働く者にすれば、コンピュータ室として使っている地下通路があるというだけの認識だろう。しかし実際にはそれ以外にも、地下通路が数本存在していた。そこには隠し扉を通らなければ行けず、その扉の存在を知っているのはシプリアンと選ばれた少数の人間だけだった。

特別な目的を果たす手助けをさせるために、シプリアンはお気に入りのエンフォーサーであるエースとアシスタントのビショップをアッシュヴィルへ連れてきていた。そして偶然、サブリナ・ハイタワーもコロラドからノースカロライナへ、自分のあとを追うように来ていることがわかった。だが、その件も現在、手をまわしている。あのこざかしい記者が会見を混乱させるまでは、何もかもが計画どおりに進んでいたのだ。

「今後ケイセン・ランドリーは記者会見から締めだせ」ビショップだけに聞こえるよう、シプリアンは声を低めて言った。

「わかりました」

ビショップのすばやい返答に、シプリアンはいらだちを覚えた。ビショップはいつも簡単に請けあうが、満足する結果を出したためしがないのだ。だからシプリアンはずっと、ビショップにエンフォーサーをやめさせようと考えていた。数カ月前のあの運命の日に、ビショップがシプリアンのオフィスにいあわせたのも、それが理由だった。だが、よりによってそのときシプリアンは自制心を失い、のちに後悔する命令をくだしてしまったのだ。そしてシプリアンとビショップは現在、その命令のせいで分かちあうこととなった秘密によって結びつけられていた。あれ以来シプリアンは、被害を最小限に抑えるため、情報の封じこめと応急処置ばかりに手をとられている。

ケリーが死んだあと、ビショップをアシスタントにしたのは、ふたりでハイタワーの問題を解決するのに、彼をそばに置いておくほうが好都合だったからだ。それはつまり、沈黙を守らせたままビショップを雇いつづける方策でもあった。シプリアンはそのあいだに、ビショップに秘密を暴露される危険を冒すことなく、彼との関係を終わらせる方法を考えようと思ったのだ。

イグジットには暗黙のルールがあった。解雇されるか、自ら離職したエンフォーサーは全員、組織に関する機密事項を暴露しないことを確認するため、念入りに監視されるのだ。けれどもビショップの場合、シプリアンは安易に解雇するわけにはいかなかった。ビショップの監視をする人間に、自分の秘密を知られるかもしれないからだ。さらに、今回自分が窮地に陥ったのはビショップのせいではないということもあり、彼の処遇は難しい問題だった。当面はビショップに我慢しなければならないだろう。

ふたりは廊下の端まで歩くと、シプリアンのオフィスに入った。公式のオフィスだ。エンフォーサー関連の業務はそこではなく、防音設備を施した、蜂の巣のような形状の隠し部屋で行なわれる。秘密がもれないよう、各部屋にはここととコロラドを結ぶ、電話とデータの専用回線が引かれていた。

ビショップがオフィスのドアに鍵をかけた。ほかの従業員たちに、ふたりが入っていくところをたしかに見たのに、なかに誰もいないのはなぜだろうと疑問を抱かれるのを避けるためだ。ビショップは続いて、デスクに置かれた電話にセキュリティコードを入力した。壁の隠し扉がゆっくりとスライドして開く。彼らがなかに入ると、扉は自動的に閉まって鍵がかかった。

シプリアンはただちに巨大なデスクの後ろの、窓が並ぶ場所へ向かった。実際はそこは壁で、窓は偽物だ。だが知らない者が見れば、本物の窓だと思うだろう。その壁は大きなスクリーンになっていて、デスクトップのコンピュータ画面から防犯カメラの映像、テレビで放送中の番組まで、自分が望むものをなんでも映すことができた。

現在は窓の外に鮮明な景色が見えているが、それはこのためだけにシプリアンが土地を購入し、そこに設置したカメラから送られてくる、美しいブルーリッジ山脈のライブ映像だった。スイッチひとつでロッキー山脈のライブ映像にも切り替わる。本当の窓かと錯覚する光景のおかげで、要塞を思わせるこの場所に閉じこめられても、囚人のような気分にならずに何時間も過ごすことができた。山々を映しだすこの〝窓〟が、先ほどの記者とのやりとりのようにいらだつことがあったときにストレスをやわらげてくれるのだ。

「サブリナ・ハイタワーのことでご報告があります。彼女は――」

シプリアンは片手をあげてビショップを黙らせた。この件を急いでなんとかしなければ、自分はハイタワー家によって破滅に追いこまれてしまうだろう。ビショップの声の調子から判断して、いい話ではなさそうだ。したがって、心を落ち着ける時間が必要だった。さもないと、今すぐこの場でビショップを撃ってしまいかねない。そんな事態になれば、今以上に面倒なことになり、さらにほかの人間をかかわらせざるをえなくなるだろう。

それから数分間、シプリアンは山の景色を見つめつづけた。そよ風に吹かれる木の葉を眺めながら、心を落ち着かせ、記者会見場でのいらだちを押しやる。

シプリアンはようやくビショップを振り返った。「彼女は死んだのか？」

「いいえ」ビショップの額に汗が噴きだす。彼は部屋の反対端にあるバーカウンターを示して言った。「説明するには少し時間がかかります。まず……飲み物をお持ちしてもいいですか？」

シプリアンはいつもなら絶対に、そのような先のばしを許さない。けれどもここで一杯飲むのは、落ち着きを保つためにもいいかもしれない。冷静さを失うわけにはいかないのだ。もう二度と。

シプリアンはうなずいて許可を与えた。ビショップが部屋を横切ってバーカウンターへ行き、シプリアンの飲み物をつくりはじめる。ビショップは上司のあらゆる要求にこたえようと一生懸命だが、だからといって、彼が犯した過ちが償えるわけではない。それでケリーの死に対するわたしの悲しみや喪失感がやわらぐことはないのだ。

もちろんケリー・パーカーにはある〝才能〟があったから、そのせいで喪失感がよけいに深いのだろう。たとえ数カ月前、ブキャナンとの問題を引き起こしたのがケリーだとわかっていても、彼女と過ごした時間を後悔する気にはなれなかった。

ビショップがヘネシーのウイスキーをソーダで割ってシプリアンに渡す。彼らはバーカウンターの前のスペースに腰をおろした。ビショップが自分用に、小型冷蔵庫からハイネケンのボトルをとりだす。まったく、育ちが悪いったらない。ケリーなら一緒にヘネシーを楽しんだだろうに。

半分ほど飲んだところでシプリアンは、もう充分落ち着いたので、どんな知らせを投げつけられても対処できると考えた。バーカウンターの上にグラスを置いて言う。「説明してくれ」

ビショップはビールのボトルをおろし、膝に肘をついた。もともと熊のような印象の男だが、肉づきのいい体で前かがみになっていると、よりいっそう熊に見える。ビショップの脚が震えはじめた。

自分の膝を見つめながらビショップが口を開いた。「前回のことがあったので、今度の任務には助けを呼んだほうがいいと考えました」そして、思いきったように顔をあげた。「それでメイソン・ハントを参加させたんです」

「なんだって？」癇癪《かんしやく》を起こさないように努めながら、シプリアンは穏やかな声できいた。

ビショップの震えが広がっていき、両手へと伝わっていく。「わたしは……サブリナ・ハイタワーの件をメイソンに引き受けさせるために、偽の指令を作成しました」シプリアンと目が合ったとたん、ビショップは青ざめた。「まったく害はないだろうと考えたんです。メイソンはこのあたりではいちばん腕がたちます。彼ならうまくやると思いました。誰も気づかないだろうと」ビショップは唾をのみこんだ。「それなのに、どういうわけかうまくいかなくて」

シプリアンは、長いあいだビショップを見つめてから口を開いた。「どうやらわたしは、きみの言うことを正確に聞きとれなかったようだな。なぜなら、この件にはほかの誰もかかわらせたくないと、はっきりきみに告げたのを覚えているんだから。サブリナ・ハイタワーを始末するきみの最初の試みが悲惨な結果に終わったのは、きみがイグジットのツアー業務側を巻きこんだからだった。それに、きみは不確実な要素をあてにしすぎたのだ。ツアーガイドに気づかれないことを祈りながら、ジップラインに細工をした。それにハイタワーの体調が悪くなって予定されていたツアーに参加しないなど、物事が計画どおりにいかない場合もあることを考慮に入れなかった。今回は簡単な任務のはずだったんだ。彼女を自宅で射殺し、住人に見つかった強盗が発砲したように演出する。未熟な新人のエンフォーサーでさえ、これくらいのことはできるだろう」

ビショップの顔がさらに青ざめる。「申し訳ありません。絶対にうまくいくよう気をつけていたのですが。失敗はありえない計画だったんです」

明らかにそうではなかったじゃないか。シプリアンは自分がビショップの首を絞めているところを想像した。ビショップを床に押さえつけ、息の根がとまるのを眺めるのだ。しかしシプリアンは慎重に気を鎮め、激しい怒りを抑えて、そんなことを考えているとはおくびにも出さなかった。代わりに、スーツのジャケットからついてもいない糸くずを払い落とす。まるで目の前で明らかになった厄介な事態よりも、自分の外見のほうに関心があると言わんばかりに。

「続けろ、ビショップ」シプリアンは促した。「詳細をすべて知らなければ、解決法を提示しようがない」

顔に安堵《あんど》の色を浮かべ、ビショップは額から冷や汗をぬぐった。「ええ、もちろんです。当然ですが、偽の指令を出すべきではなかった。あれは間違いでした」

「ああ、そうだな。続けろ」

ビショップがうなずく。「エースが連絡してきて、任務が――」

シプリアンは手をあげて制した。「どうしてこの件にエースが絡んでくるんだ？」

「メイソンが任務の終了報告をしてこなかったので、何があったかエースに見に行かせたんです」

「ああ、なるほど。本物の任務では必ずすることだ」

「そのとおりです」シプリアンの皮肉に気づかず、ビショップが答えた。「実は、エースが任務は成功したと言ったんです。メイソンはハイタワーに向かって発砲しましたが、それはエースに強いられたからだとか。ふたりは言い争い、撃ちあいを始めました。でも、どちらにもけがはなかったと思われます。わたしはエースに死亡証明について尋ねましたが、メイソンに追われて写真を撮っている暇などなかったと言われました。そこで、メイソンの携帯に電話をかけてみたんです。当然ですが、すべてを念入りに調べておきたかったので」

「ああ、当然だな」

今度は皮肉に気づいたに違いない。ビショップはふたたび顔に汗をかきはじめた。「ただ、今現在、エースもメイソンも電話に出ないんです」

「GPSで彼らの携帯電話の位置を追跡してみたのか？」

ビショップがうなずいた。「何も表示されません」

「では、ふたりとも携帯のバッテリーをはずしたか、本体を完全に破壊して、プリペイド式の携帯電話を使用するかしているんだろう。明らかにメイソンもエースも、所在をつかまれたくないようだ」彼らは両方とも、ブキャナンのように離反したのだろうか？

「わたし……わたしは、きっとすべて解決できると思うんです。ただちょっと……予定より時間がかかるだけで」

「どの件も、わたしに報告さえしなければなんとかなる、と考えたんだな」

「ええ」ビショップが目を見開いた。「いえ、その、もちろん、いずれは報告したでしょう。ハイタワーが死んだのを確認したら。不必要にあなたを心配させたくなかったんです。わたしは決して……計画的に……」

「嘘をついたわけではない？」

ビショップがうなずく。「もちろん、もちろんです。あなたには絶対に嘘をついたりしません。ただわたしは……誤った判断をしてしまったんです。前回のようにハイタワーを逃がしたくなかった。だから考えました。メイソンに協力を求めれば、もう解決したも同然で、失敗する可能性はないと」ビショップの顔はまっ赤に染まっている。

シプリアンはゆっくりと立ちあがり、スーツのジャケットを引っ張って整えた。「きみは先ほど、メイソンがハイタワーに向かって発砲したと言ったな。彼女はまだ死んでいないとも。それが時間の問題だといいんだが。撃たれても息を引きとるまでしばらくかかる場合がある。彼女はどの病院にいるんだ？」

「ええと、そのことですが、その、個人情報保護の問題で、彼女の居場所を突きとめるには、いろいろと違法な手を使うしかなく――」

「彼女を見つけたのか、見つけていないのか？」

「彼女はミッション病院で手当てを受け、今朝早く帰されました」

「帰された？　撃たれたんだろう？　違うのか？」

「その点についてはまだ調査中です。もしかすると軽傷だったのかもしれません」ビショップはまた襟を引っ張った。「彼女は警備員を雇いました。外出する場合に備えて、家を見張らせています」

　もうこれ以上はじっとしていられなかった。シプリアンはデスクの前を歩きはじめた。少なくともひとつだけいいことがある。ビショップは自ら彼女の家に近づくような愚かなまねはしなかった。銃創を負った患者が来れば、病院は報告書を提出するだろう。警察が彼女の家を見張っている可能性は高い。「エースはハイタワーが死んだと連絡してきたんだな？」

ビショップがうなずいた。「そうです。でも、何が起こったのか、わたしにはわかりません。もしかすると彼は――」

　シプリアンは手をあげてビショップを制した。「もういい。何が起こったのか、わたしが教えてやろう。きみは片をつけようとして、またしても混乱を引き起こしてくれたんだ。メイソン・ハントはデヴリン・ブキャナンとよく似ている。とても高潔で、正直で、理想主義者だ。ケリーに罪を着せられてブキャナンがどうなったか、きみも知っているだろう。わたしは愚かにも彼女を守ろうとしてしまった。ブキャナンはわたしとイグジットを破滅させて、わたしに復讐《ふくしゅう》しようとしているんだ。そこでだ、抹殺対象が無実だったと知れば、メイソンはどうするときみは考えた？」彼は自分のデスクに近づいた。

「わたし……わたしは何も――」

「そのとおり。きみは何も考えなかった」シプリアンは自分の〝最大の失敗〟を疑わしげに凝視した。当のビショップは、罪を洗いざらい告白したというのに、まだ緊張していた。いや、緊張しすぎている。デスクの後ろの、窓を模した壁から視線をそらそうとしない。

「まだわたしに話していないことがあるな？」シプリアンは詰問した。

ビショップは痛みを感じたかのように顔をしかめ、デスクの上からリモコンをとった。

「少し前にこれがテレビで流れました」彼がボタンを押すと、ブルーリッジ山脈が地元のニュースの録画映像に変わる。

最初の映像は、町にイグジットの支社がオープンしたことを紹介する短いものだった。先月行なわれた、施設の見学ツアーに参加する人々が映っている。イグジットに関する報道内容を確認できるよう過去数週間のニュースを録画しておくことは、ビショップに課せられた仕事のひとつだった。それらの映像はメリッサに送られ、彼女にチェックされる。イグジットがメディアにどのように紹介されているかに基づいて、メリッサがマーケティング面の戦略を練るのだ。

「待て、映像をとめろ」はっとして、シプリアンはスクリーンを指さした。「あれはサブリナ・ハイタワーだ。最後のグループにいる。いったいここで何をしていたんだ？」

ビショップが首を横に振った。「建物の見学だと思いますが、どうして彼女がそんなことをしたがるのかはわかりません」

シプリアンには、ハイタワーがイグジットの内部を見たがる理由が充分に想像できた。会社の怠慢や不注意を訴える彼女が、その主張を裏づける証拠を探すためだ。だが、ほかにも理由があるのだろうか？　彼女は何かを疑っているのか？　見学ツアーの途中で彼女がグループを離れて、こそこそかぎまわっていた可能性はあるだろうか？　それは非常に問題だ。

シプリアンはいらだたしげに腿を指でたたいた。「続けろ」

ビショップがスタートボタンを押す。「わたしが心配したのはここです」

まったく、愚か者めが、とシプリアンは思った。わたしが先ほどとめた箇所は、きわめて重要で気がかりな部分なのに。ビショップはことの重要性がまったくわかっていない。それはハイタワーの殺害に失敗する前、ビショップを解雇しようと考えていた理由のひとつだった。だが、今となってはもう遅すぎる。

ふたつ目のニュースを見たシプリアンは、恐怖のあまり胃がすとんと落ちていくような気がした。ニュースキャスターの背後に三人の似顔絵が掲示され、これらの人物を知っているか、あるいはどこかで見たことのある人は情報を提供してください、と訴えている。ニュースキャスターは、ここに示した三人のほかにもうひとり似顔絵に描かれていない人物がいて、昨夜起こった事件の目撃者として彼を捜しているとも言った。

「とめろ」シプリアンはきつい口調で言うと、スクリーンに近寄った。そして、それぞれの似顔絵が驚くほど本人とよく似ていることを見てとり、頭を振る。「デヴリン・ブキャナン、エミリー・オマリー、それにエース。これは誰が描いたんだ？」

「テレビ局にいる知りあいに連絡をとって、いくらか圧力をかけ――」

「誰が、これらを、描いた？」シプリアンはくいしばった歯のあいだからひと言ずつ吐きだした。

「サブリナ・ハイタワーです。今朝早く、ドノヴァン刑事の要請で描いたとか」

シプリアンは悪態をつき、デスクの前を歩きはじめた。次から次へと計画にほころびが生じ、もとどおりに継ぎあわせられない。この似顔絵が意味することくらい、言われなくともわかる。ブキャナンが戻ってきて、イグジットの問題に鼻を突っこんでいるのだ。どういうわけかブキャナンは偽りの任務のことをかぎつけ、メイソンにハイタワーが無実だと教えたに違いない。おそらく、ビショップが作成した偽の抹殺指令のせいだ。そうとしか説明がつかない。存在するはずのない証拠書類を見たとしか。つまり、メイン・コンピュータのセキュリティが破られたということだ。メイソンの似顔絵がない理由はわからないが、ニュースキャスターは四人目の人物にも言及していた。何が起こったにせよ、メイソンもかかわっているに違いない。

この件で、エースはどんな役割を演じているんだ？　ターゲットが抹殺されていないにもかかわらず、任務が成功したと報告を入れる理由は？　エースは抹殺対象が無実だろうが気にするタイプではない。彼が任務のことで嘘をついたとすれば、理由は自らの失態を隠すためだとしか考えられなかった。ブキャナンが表に出てきたのだから、何があったか理解するのは簡単だ。ブキャナンが戻ってきたと知ったエースは、復讐の機会を上司に横どりされたくなかったのだろう。死んだケリーのために、そして自分のプライドのために。最後にブキャナンと対決したとき、エースは彼に殺されかけ、しっぽを巻いて逃げた。だからエースは電話に出ないのだ。

シプリアンは歩きまわるのをやめると、窓台にてのひらを押しあて、スクリーンを保護する冷たいガラスに額をつけた。

すべては六週間前の、愚かで軽率な過ちから始まった。悪いのは自分だ。自分以外の誰も責めることはできない。ひとり娘のメリッサを愛するあまり、怒りに駆られて衝動的な行動をとってしまったのだ。だが、自分のしたことはすべてを悪化させただけだった。

そして今、自分は、サブリナ・ハイタワーのような無実の人間を殺す存在になりさがってしまった。自分のやったことを隠し、イグジットに傷をつけないために、自分が心から称賛する真に善良な人々——ブキャナンやメイソン——と敵対しようとしている。自分のしたこと、これからしなければならないことを考えると、自己嫌悪に陥らざるをえなかった。しかし、もはや後戻りはできない。すべてを終わらせる必要がある。やり残した問題を片づけなければ。そしてもうひとつ、同じくらい重要な仕事があった。部下たちを厳しく管理するのだ。

ケリーに対しても、ビショップに対しても、甘やかしすぎてしまった。自分の過ちに気をとられるあまり、彼らがそれに乗じて勝手なまねをしても目をつぶってきたのだ。ケリーがしていたことに自分がちゃんと注意を払っていれば、ブキャナンとの衝突は決して起きなかっただろう。ビショップに注意を払っていれば、メイソンはハイタワーの件に引きずりこまれなかったはずだ。そろそろ問題を直視しなければ。これ以上被害が拡大しないよう、自分の引き起こした問題をひとつひとつ処理していくのだ。

まずはビショップからだ。

シプリアンは振り返り、無理やり笑みを浮かべた。「もう全部わたしに話したか？」

ビショップが視線をそらし、ごくりと音をたてて唾をのみこんだ。「は、はい。もちろんです」

嘘つきめ。

「よろしい。では、今すぐメイソンとハイタワーを見つけてくれ。できるか？」

「もちろんです。ふたりとも死んでほしいのですね？」

シプリアンは思わず冷笑を浮かべそうになったが、なんとかこらえた。ビショップがメイソンを殺す？　とてもではないが、そんなことは想像すらできない。有能なエンフォーサーは言うまでもなく、サブリナ・ハイタワーすらビショップに始末できるとは思えなかった。

だが、問題はそこではない。とにかくビショップにはしばらく、ここから離れてほしかった。自分がこれからしようとしていることに気づかれないように。

「そうなればすばらしい。死亡証明の送付を忘れないように。それから、現場をきれいに片づけるために、清掃スタッフを使いなさい。もうミスは許されないぞ」

「もちろん、わかっています。理解を示してくださって、本当にありがとうございます。ミスをとり返すためにもう一度チャンスをいただいたことにも感謝します」

「誰にでも、第二のチャンスを与えられる権利がある」もっとも、ビショップにはすでに第二のチャンスを与えているのだが。「すぐに任務にとりかかれ」

「はい」ビショップはあわれなほど感謝に満ちた表情を見せると、隠し扉をスライドさせて部屋を出ていった。シューッと音をたてて扉が閉まる。

シプリアンは偽の窓がある壁へふたたび近づいた。リモコンのボタンを押し、見学ツアーの集団がイグジットの新しい建物のなかにいる場面まで、録画したニュース映像を巻き戻す。彼は指をのばしてサブリナ・ハイタワーの顔をたどった。特別美しくはないが、醜いわけでもない。それに、彼女には人を惹きつけるものがあった。目だろうか？　ブルーの目はとても大きく、表情が豊かで、好奇心と知性が垣間《かいま》見える。シプリアンが憂慮するのは、その好奇心だった。

「この日、きみは何をたくらんでいたんだ、お嬢さん？」シプリアンは何度も繰り返して映像を再生したが、不都合な点は見つからなかった。ビショップの地元メディアの知りあいに連絡すれば、未編集のテープが手に入るかもしれない。

思わず唇がゆがむ。ビショップがここまでひどく失敗することを、いったい誰が想像しただろう？ シプリアンはデスクの電話のスピーカーボタンを押すと、椅子に腰をおろし、短縮ダイヤルでコロラドのオフィスにかけた。

カチッと音がしてつながる。「システムセキュリティ部門です。どうかされましたか、ミスター・カルデナス？」

「やあ、エディ。どうやらセキュリティが侵されたようだ。調べて被害を洗いだし、わたしに報告してほしい。それから、この件は内密に。誰にも口外しないでくれ。知っているのはきみとわたしのふたりだけだ。わかったな？」

「もちろんです。何か特に気になる点はありますか？」

「ああ。抹殺指令だ。それと、わたしのアシスタントのビショップ。彼のアクセス権限を無効にしたい。だが、本人にはそれを知られたくないんだ。まあ彼は……臨時の任務についているので、メイン・コンピュータにログインする理由もないんだが。とにかく、われわれが彼のＩＤを使えなくしたことに本人には気づかれないようにしてほしい」電話の向こうでコンピュータのキーをたたく音が聞こえた。

「彼のＩＤを無効にしました。彼がこれまでにアクセスしたすべての記録をお知りになりたいですよね。時期の指定はありますか？」

「現在のポジションに昇進したのが二カ月前だ。それ以前に与えられていた権限では、損害を与えるまでにはいたらなかっただろう」

「この二カ月ですね。ほかには？」

「つい最近終えたばかりだとはわかっているが、もう一度全システムのセキュリティをチェックしてほしい。外部の人間が抹殺指令にアクセスしたと思われる根拠がある。デヴリン・ブキャナンという名前の元エンフォーサーだが、どうやったのか見当がつかないんだ。この件もすべて内密にしてほしいので、エディ、きみ自身が担当してくれ。ほかの人間にやらせるな。結果もわたし以外の誰にも知られないようにしてくれ。対策を提案できるようにデータを見直すまでは、評議会にもこのことを知られたくない」

「フルタイムでとりかかれるよう予定をあけておきます」

「ありがとう、エディ。感謝するよ。ああ、もうひとつあった。メイソン・ハントだ。現役のエンフォーサーだが、規律に違反したので所在を知りたい。彼が所有する不動産のリストをもらえないか？　公的な記録に載っているものだけではなく、裏で持っているものも含めて」

「わかりました。おそらく偽名や架空の会社を使って複雑に隠してあるでしょうから、場合によっては少し時間がかかるかもしれませんが」

「だが、可能なんだな?」

「もちろんです」

「よろしい。何かわかったらすぐ知らせてくれ。それとセキュリティ侵害のほうも、どんなささいなことでも、わかれば連絡してほしい。正式な報告書にする必要はない」

「はい。少しでも情報が得られた時点でご連絡します」

電話を切ったシプリアンは、次に控える問題について考えた。

デヴリン・ブキャナンとメイソン・ハントのことだ。

片づけるべき人間のリストにメイソンを加えざるをえないのは実に残念だったが、偽の抹殺指令のことを知られてしまった以上、しかたがない。おそらくメイソンは激怒しただろう。シプリアンには容易に想像できた。そもそもエンフォーサーとしてメイソンを雇ったのは、彼が正義感に燃えていたからだ。正義がくだされないことに憤慨し、幻滅したメイソンが軍をやめてすぐ、陸軍にいるイグジットの関係者のひとりから彼について連絡があった。イグジットと契約させるために、正義を求めてやまないメイソンの気持ちに訴えかけたのは正しい戦略だったのだ。だが、そういうメイソンだからこそ、今の自分にとっては厄介な存在になってしまった。

メイソンはきっと、サブリナ・ハイタワーのほかにも無実の人々が抹殺対象にされていないか案じているはずだ。真実が明らかになるまで、絶対にあきらめないだろう。放置しておくには危険すぎる存在だ。それにメイソンがブキャナンと組めば、かなり手強《てごわ》い相手になるに違いない。別々に対処するほうがずっとやりやすいだろう。

そのためにはブキャナンの注意をそらす必要がある。ノースカロライナから出ていかせ、イグジット以外のものに集中させるのだ。幸い、シプリアンにはどうすればいいか正確にわかっていた。残念ながらそのためには、これまで一度も越えたことのない一線を越えなければならない。エンフォーサーの家族をねらってはならないという、自分自身が定め、エンフォーサー全員にかたく守らせているルールを破って。このルールは新人エンフォーサーと契約する際に、彼らを安心させるために制定したものだ。エンフォーサーたちには、何があっても家族の安全は守られ、彼らが組織を離れた場合、もしくは任務がうまくいかない場合も家族は報復の対象にならないという保証が必要だったからだ。シプリアンにとっては、組織を離反したエンフォーサーから娘がねらわれないための交換条件でもあった。

シプリアンは息を吐き、顔をこすった。

どんな選択肢があるだろう？　自分で決めたルールを破って自らをおとしめるか、進行中の反乱を鎮めるための手を打たず、イグジットを破滅に追いこむリスクを冒すか？　それとも、まったく別の選択肢があるのか？　彼はリモコンのボタンを押して窓に映る景色を変えると、椅子をまわして後ろを向き、木々の葉を眺めながら、それぞれの選択肢についてよい点と悪い点をあげていった。そうしてじっくり考えていると、心が落ち着いてきて、何をするべきかはっきりわかった。そのために手を貸してくれる、うってつけの男を知っている。善悪の観念すらない男、常に疑問を抱かず命令にしたがう男だ。

シプリアンは昔ながらの回転式名刺ホルダー《ローロデックス》をめくった。すべてをコンピュータ上に保管するより、やはり名前や番号が紙に書いてあるほうが安心する。探していた名前を見つけると、彼は番号を打ちこんだ。すぐにビーッという音がして、電話をかける前に暗号化ソフトが回線にスクランブルをかける準備をしているとわかる。たとえ通話を傍受されても、会話を聞きとれなくするためだ。

この特別な電話からかける限り、相手がどんなタイプの電話を使っていても会話の内容は守られる。古いビルを購入して改築させたときに、この最新のシステムを導入したのだ。

またビーッという音がしたかと思うと、一回の呼びだし音で通話がつながった。「ストライカーだ」

「シプリアンだ。今どこにいる？」

「ジョージアのアセンズ。狩りの最中だ」

「きみの……狩り……は長くかかりそうか？」

「実は今、獲物が視界に入った」

「待つよ」シプリアンはデスクにもたれると、スーツの襟の折り返しを直した。一分もしないうちに、スピーカーからライフルの鋭い銃声が響いてきた。それからしばらく間があく。

おそらくストライカーがライフルのスコープを通して、必要な証拠写真を撮っているのだろう。重たげな足音と荒い息づかいが聞こえる。さらに一分ほどすると、エンジンの大きな音と、タイヤが砂利や土をはね飛ばしているらしい音が部屋を満たした。

「オーケイ」かすかに息を切らしながら、ストライカーが言った。「任務完了だ。それで、おれは何をすればいいんだ、ボス?」

「頼みがある」

「なんでも言ってくれ」

「オーガスタへ行って、わたしのためにある人物を連れてきてほしい」

「誰だ?」

「オースティン・ブキャナン」

8

二日目――午後五時半

サブリナは湯が背中を伝う感覚を味わいながら、勢いよくシャワーを浴び、髪をすすいだ。まさかこんなに長い時間眠ってしまうとは。もうすぐ夕食の時間だった。だがよく寝たおかげで、痛みは驚くほど軽くなっている。胸の下のあざは紫色になっているものの、ありがたいことに見た目ほど痛くはなかった。腕のほうも、まったく問題なく動く。おそらく鎮痛剤をのんでいるおかげだろう。

けがのことを考えると、いやがおうにもゆうべの一部始終が思いだされた。シャワーの気持ちよさが消え失《う》せ、サブリナは蛇口を閉めた。そろそろ、これからどうするか決めなくてはならない。たったひとりでいいから、この窮地のメリットとデメリットを話しあえるような、信頼できる人がいればいいのに。

六カ月前までなら、兄のトーマスに相談できた。もちろん祖父にも。ふたりのことを考えるといつも悲しみで押しつぶされそうになるが、今は必死でその感情と闘った。二カ月前に両親が死んだときでさえ、トーマスと祖父を失ったときほどのショックはなかった。だが考えてみれば、両親のことはよく知らないのだ。ジョンとジャシンダはクリスマスにやってくる、陽気でにこやかな他人にすぎなかった。たまには誕生日にやってくることもあったけれど。

サブリナは髪をふき、ドレッサーの前に腰をおろした。手早くマスカラとアイライナーをつける。それでメイクは終わりだった。普段からあれこれ塗りたくるほうではない。だが、自分以外の誰に見せるわけでもないとしても、長所を強調することで自信がわくのはたしかだ。そして自信こそ、今自分が必要としているものだった。

昔から髪は、ほうっておいてもまっすぐになった。昔はこの髪がいやで、多くの時間を費やして、巻いたり、流行の髪型にしようと試みたりしたものだ。だがどれほど工夫しても、数時間で、セットしたスタイルとはまるで違うものに変わってしまった。そこで無駄な努力はやめ、前髪をおろして、髪が自由に落ちてくるままにした。髪の欠点を受け入れると、逆に手がかからないことをありがたく思うようになった。

ここに座って髪やメイクのことを考えていても、問題をなかったことにはできない。正面から向きあわなければならないのだ。でも、具体的には何をすればいいの？　メイソンとエースを雇った人物が次なる殺し屋を送りこんでこないよう、ひたすら祈る？　それではだめだ。今来てもらっている警備員三人を引きつづき雇おうにも、お金がない。長期間、給料を支払うのは無理だ。

それなら、逃げる？　これがいちばん現実的に思えた。郊外に部屋を借りて、偽名を使うのだ。でも、身分証明書なしで家を貸してもらえるかしら？　わからない。偽の身分証明書はどうやってつくればいい？　見当もつかない。

どこに逃げたとしても、司法取引により、月に一度は地方検事補と面会することになっているから、コロラド州に戻ってこなくてはいけない。弁護士や私立探偵との打ちあわせもある。そして彼らへの支払いも。山積する問題をどう解決すればいいかはわからないけれど、逃げるという選択は正しいような気がした。ここでじっとして、新たな刺客が自分を捜しに来ませんようにと祈るだけにはしないと決めただけで、気が楽になった。そして逃げるのなら、今すぐ逃げたほうがいいだろう。

サブリナはめがねをかけ、タオルを投げると、服を着て荷づくりをしようと急いでベッドルームへ向かった。

人影が見えたと思った次の瞬間、男につかまった。叫ぼうと息を吸いこむが、即座に手で口をふさがれる。男はサブリナの両手をふたりの体のあいだに挟みこむようにして、彼女をベッドルームの壁に押しつけた。

メイソンだわ。

警備員が三人もいるのにメイソンがふたたび家に侵入してきたことに、サブリナは驚いた。だが、裸でいるサブリナを見たメイソンも同じくらい驚いているようだ。

メイソンは臆面もなく彼女の姿を楽しんでいた。彼の胸板に押しつぶされた乳房を存分に観賞してから、じっとサブリナの瞳を見る。ふと彼女は腹部にかたいものを感じ、メイソンが欲望を抱いているのがわかった。

サブリナは顔をまっ赤にして、放してと言おうとしたが、彼の手で口をふさがれているせいで声がくぐもってしまった。彼女の腹部で、昂《たか》まりがますます張りつめる。

体じゅうを熱いものが駆けめぐり、下腹部が震えた。彼女は床を踏みしめた。困ったことに、メイソンの体と同じく、自分の体にもスイッチが入ってしまった。体の震えは、彼の昂まりと同じくらい多くを物語っていた。

メイソンの口もとに、見透かすような笑みが浮かぶ。

最悪だわ。

そのとき、メイソンがサブリナのほうに身をかがめてきた。キスをしようとしているの？ そうであってほしい。今度こそ防弾ベストに邪魔されることなく彼を噛んでやろう。

だがメイソンはキスはせず、唇をサブリナの耳もとに押しあてただけだった。あたたかい吐息が首筋をくすぐる。

「よく聞いてくれ」メイソンがささやいた。「これから手を離す。叫び声をあげて下の警備員を呼べば、おれは正当防衛で彼らを殺さざるをえなくなるだろう。だがお互い、そんなことは望んでいないはずだ。おれはきみと話がしたいだけだ」

そう言うと、メイソンは口をつぐんだ。胸から彼の鼓動が伝わってくるほど、ふたりの体はぴったりと密着している。サブリナは彼の言葉を疑いはしなかった。もし叫び声をあげれば、メイソンは本当に、助けに来た警備員を殺すだろう。彼女はわかったというようにゆっくりとうなずいた。

「小声で話す」メイソンが言った。「落ち着いて、静かに話しあおう」

ふたたびうなずいた。

メイソンがわずかに後ろにさがって彼女の口から手を離す。

サブリナは乾いた唇をなめた。彼の昂まりが脈打っているのがわかる。あまりの恥ずかしさに、今すぐベッドの下に隠れてしまいたかった。だがその一方、ジーンズの上から昂まりに触れてメイソンの反応を見てみたいという衝動がわきあがる。

「お願い」サブリナは彼の視線を避けて小声で言った。「服を着させて」

すると驚いたことに、メイソンはすぐにさがった。

ふと熱い視線を感じ、まだ自分が素っ裸だったことに改めて気づく。サブリナはタオルをとりにバスルームへ逃げこんだ。

サブリナは、今度はバスタオルで全身をくるんで現れた。彼女がチェストから服をとりだし、ふたたびバスルームに戻っていくと、メイソンは窓辺にある椅子から外を見おろした。

深いため息をつく。小さな鼻にかわいらしいめがねをのせたサブリナは、図書館員を思わせた。自分が図書館員に弱いなんて、誰が想像しただろう？　体じゅうを駆けめぐる欲望の渦にのみこまれて、今にもどうかなってしまいそうだ。

すぐにでもひざまずき、サブリナを自分のものにしたかった。やわらかな肌に指を這《は》わせ、彼女がクライマックスを迎えるまで、舌先で愛撫《あいぶ》する。それから、あの引きしまった脚を自分の腰に絡ませて、何度も彼女のなかに押し入るのだ。腕に寄りかかってきたら、ベッドまで運ぶ。そして今度は、その官能的な体をゆっくりと心ゆくまで愛撫しよう……。

メイソンは頭を振り、顔をさすった。サブリナ・ハイタワーはいろいろな意味で危険だ。ここに舞い戻ってくるべきではなかった。待ちあわせ場所へ行く前に、最後にもう一度彼女の家のセキュリティをチェックしようとしたのは間違いだった。だが、サブリナの安全を確かめるまでは、偽の抹殺指令を出した人間を突きとめるという、次の仕事に集中できなかった。

実際、サブリナの家に忍びこむのはやはり簡単だった。あまりのことにあきれて言葉も出ない。あの警備員たちは家の裏手にある監視カメラの巨大モニターを見るのに一生懸命で、メイソンが侵入したことにも、階段をのぼっていったことにも気づかなかった。近所のごろつきでも、やすやすとなかに入れるだろう。まして、エースのようなエンフォーサーなら言うまでもない。サブリナは安全とはとうてい言えなかった。

「どうやってここに入ってきたの？」

見あげると、サブリナがふたたびバスルームの外で、先ほどメイソンが押しつけた壁を背に立っていた。残念なことに、今は裸ではなく、ジーンズとシャツを身につけている。小ぶりでやわらかい胸は、ブラジャーのせいで押しつぶされていた。もし彼女が自分のものだったら、まっ先にあのブラジャーを捨てるだろう。そしてみだらな下着がそろう店に連れていき、その美しさを最大限に引きだす下着を買ってやるのに。

「メイソン？　警報装置がセットしてあったのに、どうやって入ってきたの？　どうやって警備員の目を逃れたわけ？」

サブリナは顔をしかめていた。彼女の目に一瞬怒りがたぎり、メイソンは例によって必死で笑いをこらえた。まったく、サブリナは気が強い。こちらは彼女よりずっと体が大きく、銃も持っているというのに、まったく恐れている気配がなかった。

ぜひベッドをともにしたいものだ。

メイソンは手をあげ、手首につけてある腕時計型の情報端末を指さした。「先週、この家の警報装置をワイヤレスでのっとれるよう、プログラムしたんだ。もちろん、警報装置がのっとられたことには気づかれないようにしてある。記録も書き換えるから、警備会社は警報装置がセットされていないと認識するのさ」

サブリナの目を見ると、不本意ながらも興味を持ったようだった。「ガラスが割れる音もしなかったけど」

「ピッキングしたんだ。前回はそんなことをしている暇はなかった」

「警備員は？」

メイソンは肩をすくめた。「素人だ」

彼女がベッドルームのドアに目を見やった。

「サブリナ？」

「何？」

「おれのことは怖がらなくていい」

サブリナは目を見開いた。「あなたを怖がっているんじゃないわ。怖いのはこの現状よ。警備員を三人も雇ったんだから、安全だと思っていたのに。少なくとも当面はね。でもあなたがこんなに簡単に侵入できるのなら、わたしをねらってる人だって侵入できるに違いないわ」そう言うと、メイソンにつめ寄った。「わたしは犯罪人扱いされているから、銃は持てないの。だから、もしよかったら、銃を貸してもらえるとうれしいんだけど。さっき、あなたの足首にシグ・ザウエルがあるのが見えたわ。小さいから、シグのほうがいいわね。でもグロックのほうが重い分、反動は小さいから、グロックでもいい。予備の銃弾もあれば、なおありがたいわ。だって見てのとおり、わたしはひとつも銃弾を持っていないんですもの」

銃を貸してもらって当然だといった様子で手をさしだす。

メイソンは驚きを隠せなかった。途方に暮れているだろうと心配してここまで来たのに、サブリナは銃を要求するばかりか、まるで専門家のように銃のメーカーや特徴まで口にしたのだ。

「本気なのか？」当惑したまま尋ねた。

彼女が両手を腰にあてた。「自分のことは自分で守らなきゃ。ねえ、わたしが銃の扱いを知らないと思っているんだったら心配無用よ。祖父はいつも、わたしと兄をロッキー山脈へ射撃演習に連れていってくれたの。十五メートル先にいるガラガラ蛇の目を射抜くことだってできるわ」

メイソンはかぶりを振った。「きみは重罪犯だから、銃を持っていることがばれたら刑務所行きだ。理由にかかわらずね」

サブリナがおどけてみせた。「本気で言ってるの？　殺し屋から法律を教えてもらうとは思わなかったわ」

椅子を押しのけ、メイソンは彼女に近づいた。「殺し屋ではなく、〝エンフォーサー〟と言ってもらいたい。それに、単に殺人をしている……いや、していたわけではない。きみに銃を渡す件については断る。おれはきみの身の安全を確認するために来たんだ。そうそう、この家のセキュリティは最悪だ」

「そのようね。だから銃がいるのよ」

「だから、まともな警備員を雇って、どこか別の場所へ逃げる必要があるんだ。警備会社に、会社名義で家を借りてもらうといい。支払いはすべて現金にするんだ」

サブリナは反論しようと口を開いたが、メイソンはそれをさえぎり、デスクにあった写真を手にとった。サブリナとふたりの男女がともにグリーンのTシャツを着て写っている写真で、彼女がバスルームにいるあいだに見つけたものだった。

写真の男女が誰かは見当がつくものの、確証を得ておきたかった。それから、サブリナがどれほど危険な立場にいるか、なぜ今の警備員を解雇し、ここから離れる必要があるのか、彼女が理解しているかどうか確かめたい。「この写真について教えてくれ」

サブリナがブルーの目を見開き、一瞬感情をあらわにして、手で喉もとを押さえた。だが、その感情がなんなのかはわからなかった。恐怖？　後悔？　それとも怒りだろうか？　彼女は目をしばたたいて手をおろした。「あなたには関係ないことよ。写真を置いて」

「きみのご両親だろう？」

一瞬、サブリナの口が震えた。「そうよ。数カ月前に死んだわ。どうしてそんなことをきくの？」

「亡くなったとき、ふたりはイグジットのツアーに参加していた」

「それは質問なの？」

「きみも一緒にいたのか？　この写真はツアー中に撮ったんだな？　ふたりが亡くなったツ

アーか?」

「そうよ。あとにも先にも、ツアーに参加したのはこの一回だけよ。そして、ええ、わたしも……」サブリナが目を閉じた。「わたしも一緒だった。知りたいなら教えてあげるけど、両親はわたしの目の前で死んだの。どうしてその写真にこだわるのか、教えてもらってもいいかしら?」

メイソンは写真を置き、彼女の肩をつかんだ。「きみがコロラドからアッシュヴィルに来たのは、イグジットがここに支社を開いたから。そうだろう? ご両親の死を不審に思って……」サブリナの驚いた表情を見て、そこでいったん口をつぐんだ。「ああ」彼は続けた。「きみが裁判を起こしていることは知っている。この二十四時間で、きみについていろいろ調べさせてもらった。ここに来ることで、裁判が有利に進むと思ったのか? たとえば、シプリアンとイグジットにプレッシャーを与えて、過失を認めさせることができるかもしれないとか」

サブリナが顔をしかめて彼の腕を押しやった。「取り調べはもうけっこうよ。銃をくれないなら、出ていってちょうだい。わたしがドアを開けてあげる」そう言うと、メイソンの横を大股で通りすぎ、ベッドルームのドアへ向かう。

メイソンは後ろから手で彼女の口を軽くふさぎ、自分のほうに引き寄せた。「そんなに意地を張るな。少し話を聞け」

サブリナが彼の人さし指を嚙む。

メイソンはうなり声をあげて手を引っこめた。

彼女はくるりと振り返ってメイソンを見据えた。

サブリナの手に自分のグロックが握られているのに気づき、彼は驚きのあまり目をしばたたいた。銃口が腹部に押しあてられている。「小悪魔め。弾が入っているのも知っているんだろう？」

「ええ。予備の弾倉はある？　帰るときにベッドにひとつ置いていってくれると助かるんだけど」

メイソンは指の血を吸い、ジーンズの前のふくらみを示した。「ご自由にどうぞ。上等な弾倉がある」

サブリナが眉をひそめた。「そっちの弾倉なら、さっき……さわらせてもらったわ。一級品かもしれないけど、残念ながら銃に装塡《そうてん》することはできない。本物の予備の銃弾はどこ？」

メイソンはにやりとした。「予備はないんだよ、お嬢さん。常に弾をつめてかたくしておき、すべて使いきっているからね」

サブリナはあきれたような顔をした。「そう言えば、女性たちは喜んであなたとベッドをともにするんでしょうね」

腹部にいっそう強く銃口が押しあてられるのもかまわず、メイソンは手をあげて彼女の前髪をそっと払った。「今、ベッドをともにしたい女性はたったひとりだけだ」身をかがめ、サブリナのブルーの目がけげんそうに開くのを見つめる。そして唇を開き、首を傾け、ゆっくりとかがんだ。

サブリナが息をのんだ。頭をあげ、少しだけ唇を開ける。

勝った。

次の瞬間、メイソンはサブリナの手からグロックを奪いとり、彼女をベッドのほうへ押し倒した。サブリナがショックから立ち直るころには、銃は奪われ、ベッドで組み敷かれ、両手を彼の胸で押さえつけられていた。

今度は嚙まれまいと、メイソンは右手で彼女の口を覆った。

「怒ったきみにキスしたいところだが、時間がないんだ。駆け引きは終わりだ。事実だけを確認したい。イエスなら一回、ノーなら二回、まばたきをしてくれ。いいか?」

サブリナは彼をにらみつけてから、まばたきをした。一回だけ。

「きみがイグジットを訴えていることは知っている。イグジット側に不備があったせいで、ご両親はジップラインから落ち、命を落としたと考えているんだね。おれがききたいのは、きみもご両親と一緒にジップラインをする予定だったのかってことだ」

彼女が一回まばたきをする。

メイソンは続けた。「これから手を離す。だが、唇以外の筋肉を少しでも動かしたら、口に靴下を押しこんで、体を紐で縛る。おとなしくしていると約束してくれ」

サブリナは顔をしかめたものの、一回まばたきをした。

彼は手をおろした。「簡潔に教えてくれ。事故が起きたとき、なぜきみはジップラインをしなかった?」

「体調が悪かったの。朝は何も食べられなかったわ。だから代わりに、発着場で写真を撮ることにしたのよ」

メイソンは彼女から離れ、ポケットから一枚の紙をとりだした。それを開き、掲げてみせる。

サブリナが息をのんだ。「どこで見つけたの?」

「きみがバスルームにいるあいだ、部屋のなかを探した」メイソンは言った。「ニュースで似たような似顔絵を見た。驚くほど精確に描かれている。おれの似顔絵がなかったから、ほかに目撃者がいたのではないかと思った。エースやほかの人を見て、おれを見なかった人物は誰か。頭がどうかなりそうなほど考えたよ。そうしたら、ほんの数分前、この似顔絵を見つけたんだ。自分の似顔絵を上掛けの上にほうり投げ、これを描いたのはきみなんだな」

「そうよ」

「なぜおれの似顔絵を警察に渡さなかった？」

「……きちんと描けたか自信がなかったの」

メイソンは眉をつりあげた。似顔絵は無精ひげに至るまで彼にそっくりだった。「今はどう思う？」そう言って、顔を左右に動かしてみせる。

「ええと、そうね……あなたの顔をとてもよく覚えていたみたいだわ。警察に電話して、この似顔絵をとりに来てもらわなくちゃ。携帯をとってくれる？」サブリナがサイドテーブルを指さす。

メイソンは皮肉を無視することにした。「携帯は壊さないといけない。追跡される恐れがあるからね。現金でプリペイド式の携帯電話を買うといい。もちろん偽名で」彼は似顔絵を指さした。「話を戻そう。きみは絵を描くんだな。だが、記憶だけを頼りにここまで詳細かつ精確に似顔絵を描けるなんて聞いたこともない。ずっと前から知っている人を描くなら別だが。きみはあれか？　映像記憶能力があるのか？」

「そうよ」興味本位で尋ねられるのには慣れているといった口ぶりだ。

「どういうふうに記憶するんだ？　数日間、あるいは数週間だけ覚えていられるのか？　それとも、それ以上前のことも覚えていられるのかな？」

「時間の長さについてはほかの人と同じよ。ただ、わたしの記憶は映像なの。出来事を覚えているあいだは、細部まで詳細に覚えていられる。最初に見たときと同じようにね」

「そのせいだ。間違いない」

サブリナが顔をしかめた。「どういう意味？　わからないわ」

メイソンは手首につけた情報端末を見た。時間がなくなりつつある。だが、今説明するしかない。時間はなんとかなるだろう。彼はサブリナを起きあがらせたが、二度と銃を奪われることのないよう、彼女の両手をしっかりとつかんでいた。

「聞いてくれ」メイソンは急いで言った。「これまでイグジットのツアーで死んだのは、きみのご両親しかいない――」

「どうして……どうして知っているの？」サブリナがさえぎった。顔をしかめて彼を見あげている。

「いいから聞くんだ。きみのご両親は不可解な事故で亡くなった。だが、本当ならきみも一緒にいるはずだった。体調が悪くなければ、一緒に死んでいただろう。そしてその後、きみをねらう殺し屋が雇われた。これがただの偶然だと思うか？」

サブリナがぎゅっとメイソンの手を握りしめる。「つまり……わたしの両親だけでなく、わたしもねらわれていたということ？」

メイソンはそれ以上の可能性を考えていたが、やたらにサブリナを怖がらせて理性を失わせるようなことは避けたかった。それに、もし見当違いだったら、必要以上に悲しませてしまうことになる。「そうだ」

「でもどうして両親の事故が……事故じゃなかったと言いきれるの？」

「ジップラインで死んだ人はほかに誰もいないからだ。それに、きみを殺すためにおれを雇ったのは、そのツアーの主催者——イグジット・インコーポレイテッドだからだ」

サブリナが息をのんだ。

「なぜイグジットがきみをねらっているのかはわからない。だが、きみの映像記憶能力に理由があるのかもしれない。だとすれば、絶対にあきらめないはずだ。おそらくきみ自身も気づかないうちに、何かを見たのだろう。きみを助けられるのは、イグジットの内情に通じている人間だけだ。ほかのエンフォーサーの顔を知っている人間が必要だ」

「メイソン？　わたしを連れていくつもり？　助けてくれるの？」

「助けてほしいか？」

「銃をもらえる？」

「サブリナ」

「わかったわよ。ええ、助けてほしいわ。一緒に連れていって。お願いよ」

「それなら、こちらの条件をのんでもらう必要がある」

サブリナが眉根を寄せた。「どんな条件？」

メイソンは体をかがめ、本気だということをわからせるために、彼女から数センチのところまで顔を近づけた。「次に弾が入った銃をおれに向けたら、きみを殺す。わかったか？」

サブリナがごくりと唾をのむ。「ええ」

メイソンは足首につけたホルスターからシグをとりだし、彼女に渡した。「急いで荷づくりをして。五分後には出発する」

9

二日目——午後六時

メイソンについていくことに同意すると、サブリナは小さなバッグに荷物をまとめ、一階におりて警備員を解雇した。警備員がいなくなると、ふたりはフレンチドアから家を出た。くしくも、昨夜と似たような逃げ方だった。違うのは、メイソンの肩に担がれるのではなく、彼の横を走っているということだ。メイソンは林のなかに入り、昨日と同じ道をたどった。サブリナの家の裏にある道路から六メートルほどのところで小枝を払いのけると、その下から、茂みに隠れていたダークブルーのピックアップトラックが姿を現した。

「あなたの?」彼女は尋ねた。

「ああ。盗んだとでも思ったのか?」

「その可能性はあると思ったわ。ドノヴァン刑事が言ってたの。メイソンというラストネームかファーストネームで登録されたラングラーがないか調べてみたけど、見つからなかったって」

「偽名で登録してあるからだ。きちんと買って、金も払っている。盗んではいない」

「わかったわ。疑ってごめんなさい」

メイソンがにやりと笑うと、サブリナの緊張も少しだけやわらいだ。ベッドルームで〝条件〟を突きつけられたことで彼が非常に危険な男だということを思いだし、ずっと落ち着かなかったのだ。メイソンにからかわれたり笑いかけられたりすると、すぐに忘れてしまうけれど。どちらが本当のメイソンなのか、いまだにわからない。たぶん、どちらも本当なのだろう。いずれにしろ、文句を言える筋あいではなかった。自分を助けてくれるのは、その暗く危険なほうのメイソンなのだから。もっとも今は足首に銃をつけているので、前ほど心細くはなかった。

三十分後、メイソンは二階建ての四角いコンクリートの家の前に車をとめた。モダンなのかもしれないが、サブリナには悪趣味としか思えなかった。彼に連れられてなかに入ると、その感想が正しかったことがわかった。コンクリートの床から、だだっ広いリビングルームに置いたひとりがけのソファ、オープンキッチンのカウンタートップにいたるまで、すべてがグレーで統一されている。

「あなたの……家なの？」サブリナは嫌悪感を表に出さないよう努めた。

「気に入ったかい？」メイソンはキッチンのカウンターにもたれて頬杖《ほおづえ》をついている。

「広いわね。モダンだし。それから、ええと……すっきりしているのね」

メイソンは、まるで初めて第三者の視点から家のなかを見るようにあたりを見まわした。

「ああ。的確な表現だ」

サブリナは肩にかけたバッグをぎゅっと握った。「これからどうするの？」

「待つ。ここが待ちあわせ場所だ」

「待ちあわせ？」

「ハマーに乗っていたふたり、それから友人のラムゼイと落ちあうことになっている。今日きみが生きているのは、この三人のおかげだ。きみが無実なのに抹殺対象にされていることに気づき、おれがその任務を遂行するのをとめてくれた」

サブリナは身震いして両手で腕をさすった。「お礼を言わなくてはね」

メイソンがうなずく。「これからイグジットについて、それから、どうすればきみに起こったようなことがほかの人に起こらないですむか話しあう」

「わたしも話しあいに参加するの？」

「もちろんだ。もうきみはチームの一員だからな。そうだろう？」

メイソンがウインクをした。そのとたん、サブリナはたまらない気持ちになった。あのセクシーな笑顔が必殺技だとしたら、この物憂げなウインクはとどめの一撃だわ。

「家のなかは自由に見てもらってかまわない」彼が言った。「バスルームは廊下の突きあたりだ」

「わかったわ。ありがとう」

サブリナが部屋を出るとすぐ、メイソンは携帯電話を手にとり、ラムゼイの番号を押した。だが、応答がない。続けざまに三回かけると、ようやくつながった。

「なんだよ、メイソン？ 今、人と話してるんだ。何回電話をかけるつもりだ？」

「おまえが出るまでさ。どこにいる？ 遅いぞ。それに、ブキャナンとエミリーの姿も見えない」長い沈黙が続いた。「ラムゼイ？」

「空港だよ」

携帯電話を握る手に力が入った。「もう一回言ってみろ。すっぽかすつもりか？」

「すっぽかしたんじゃない。計画が変わったんだ。ブキャナンたちを援護するためにオーガスタへ行かなきゃならない」

「ブキャナンたち？ ああ、知っているぞ。今ここにいるはずのやつらだな。おまえと一緒に」

「皮肉とはおまえらしくないな、メイソン」

「嘘をつくとはおまえらしくないな」

ラムゼイはしびれを切らしたように声を荒らげた。「嘘はついていない。少なくとも、わざとすっぽかしたわけじゃない。そこに行く予定だった。だが、ブキャナンの弟のオースティンが消えたんだ。オースティンは家の火事でやけどを負い、オーガスタの熱傷治療センターに入っていた。いなくなったのは今朝だが、数時間前になるまで報告があがらなかった。みんな病室で眠っていると思っていたんだ。看護師が見に行ったら、彼の姿がなかったらしい」

「自力では歩けないんだろう?」

「ああ。火事の前から脚が不自由だった。だから自力で逃げだしたとは考えられない。ブキャナンも彼の兄弟たちも動転し、みんな病院に向かっている」

「みんな? いったい何人兄弟がいるんだ?」

「三人か四人だったと思う。とにかく、エースが絡んでいると思われるふしがあるんだ。ブキャナンとエースは過去に因縁があるから、今回の事件はその復讐かもしれない。手遅れになる前に助けに入らなければ」

「ちょっと待て。そんなにたくさん兄弟がいるのに、なぜおまえも行くんだ? こっちはおまえを必要としているんだ。ブキャナンが兄弟たちとオースティンを捜しているあいだ、ふたりで打倒イグジットの次の手を考えよう。もしほかにも標的にされている人がいたら、ぐずぐずしている時間はない。無実の人が死ぬんだぞ」

「わかっている。だが、オースティンに何が起こったのか突きとめるには、イグジットの内情を知っている人間があとひとり必要なんだ。もちろん、ブキャナンの奥さんにも目を配っておく必要がある」

「彼女は元刑事だろう。自分のことくらいなんとかできるさ」

「相手がイグジットとなると話は別だ。それに、弟の命が危険にさらされているとなると、奥さんのことまでなかなか目が届かない。見捨てることはできないよ。たしかにおまえを見捨てていることになるのかもしれないが、事情が事情なんだ。わかるだろう?」

メイソンは毒づいた。「ああ、わかるよ。行ってこい。そっちが片づいたら作戦会議をしよう。可能な範囲でイグジットの情報を探ってみるが、ブキャナンのコンピュータスキルなしで何ができるかはわからない。だが、ひとつだけ言わせてくれ。ブキャナンとエミリーに伝えてほしい。ふたりの似顔絵が、現場を目撃した可能性のある人物として、アッシュヴィルのニュースで報道されている」

「なんだって? なぜそんなことに?」

「ここに来ていたら話せたんだが」

「ああ、まったく。しかたないな。できるだけ早くそっちに行く。そうしたら、腰を落ち着けて作戦を練り、行動を起こそう」

電話の向こう側から、最終搭乗案内の放送が聞こえる。

「おっと、乗り遅れちまう。またな、メイソン。手があいたら電話する」

「気をつけろよ、ラムゼイ。罠かもしれないぞ」

「わかっている。大丈夫だ」

メイソンは通話を切ると、投げ捨てるように携帯電話をキッチンカウンターに置いた。

「悪いニュース？」やわらかな声が響いた。

見あげると、一メートルほど先にサブリナが立っていた。つややかな髪に触れたくて指がうずく。体の別の部分も、それ以上のことをしたくてうずうずしていた。だが、彼女が応じてくれるという確信が仮にあったとしても、今は場所もタイミングもふさわしくない。しかも、その確信は持てなかった。たしかなのは、ここに来た目的——ラムゼイやブキャナン夫妻と落ちあう約束が流れたことだけだ。それに、もしイグジットが自分たちを捜しているとしたら、もっと守りに適した場所がいい。刺客が銃を持って待ち伏せできるような家が近くにあるのはよくない。

「打ちあわせは延期だ」メイソンは言った。「状況が変わったんだ」ふたたび携帯電話を手にとり、ベルトのホルダーに押しこむ。「荷物を持って。出発する」

サブリナがはっと目を見開いた。「何かよくないことがあったの？」誰かが車でやってくるのを恐れるように窓のほうを見る。

メイソンは無理に心を落ち着かせ、ゆったりとした笑みを浮かべてみせた。「何も問題ない。ただ、おれの家に案内するだけだ」

「ここがあなたの家かと思ったわ」

「この悪趣味な家が？　とんでもない」彼は笑った。「さあ、行こう」

アッシュヴィルから西に一時間行ったところにあるメイソンの本当の家に着くころには、日は沈んでいた。この家は大きくはないが――サブリナの家のリビングルームにまるごと入ってしまいそうな大きさで、ベッドルームがひとつにゲストルームがひとつ、それにバスルームがふたつある――居心地がよく、あたたかで、先ほどの巨大なコンクリートの建物よりもずっと家らしかった。いちばんいいのは、ゆるやかな丘やとうもろこし畑に囲まれていることだ。サブリナはひと目でここが気に入った。もっとも、メイソンに家まで連れてきてもらったときに、トラックのヘッドライトと家の外灯に照らされて見えた範囲でだが。

メイソンは彼女をベッドルームに案内し、自分が適当に料理をつくっているあいだくつろいでいるように言った。サブリナはメイソンみたいな男性が何を適当につくるのか興味を覚えつつ、手早くTシャツとショートパンツに着替えた。それから鎮痛剤をのみ、用を足す。急いでキッチンに戻ると、ちょうどメイソンが牛乳を二杯、注いでいるところだった。

サブリナは吹きだした。「つくったのはこれ？　ピーナッツバターとジャムのサンドイッチ？」

メイソンが反論するように手を胸に置いた。「中学一年生のときの家庭科の先生によると、これはリボンサンドイッチというんだ。たんぱく質が豊富で、栄養があるのさ」

「そして牛乳を飲めばカルシウムもとれるというわけ？」

「骨は大事だからな」

「つまり、基本的に料理はできないわけね」

「そうだ」メイソンは皿を二枚手にとった。「きみが飲み物を運んでくれるなら、裏のポーチで、光に集まってきた虫を見ながら食べてもいい」

「いいわね」サブリナはカップをつかむと、彼を追って外へ出た。

木のポーチが、家をぐるりととり囲むようにつくりつけられていた。やわらかな外灯を受けた白い手すりが、雨風でくすんだ木の床に映える。家の四隅にあるスポットライトが、裏庭とその向こうにあるとうもろこし畑を照らしていた。

サブリナは皿の横にカップを置き、メイソンの向かいの席に座った。

「大きなテーブルね。椅子が六つもあるわ」

「大家族だからな」

サブリナはサンドイッチを口に運んでいた手をとめた。「家族？」

メイソンがからかうように彼女のほうへ身をのりだす。「おれみたいな人間には家族がいないと思ったのかい？」

サブリナは顔を赤くしてサンドイッチを置いた。「まさか。いいえ、正直に言うと、そこまで考えがいたらなかったのかもしれないわ。それで……ご家族はよくいらっしゃるの？」

「運がよければ、一年に数回。ダーリーンは夫と一緒にドイツに住んでいる。両親はちょうど今、そこへ遊びに行っているんだ」

「ダーリーン？」

「姉だ。妹のスージーはジョージア大学に在学中。弟のザックはアッシュヴィルで消防士をしている。おれが留守のときに、仕事を休んでよくここに来ているらしい」

サブリナはサンドイッチを少しかじったところだったが、急いでのみこんだ。「あなたが家にいないのに、どうして来るの？」

メイソンはにやりとした。「女を連れこむためさ。消防署で女とデートするわけにはいかないし、ザックは両親の家のガレージの二階に住んでいる。だから、女を家に連れていくのは少し……気まずいんだろう」

「ああ、なるほど」

メイソンがとうもろこし畑のほうを指さす。「向こうにある納屋が見えるかい？　右にある木立のちょっと先だ」

「ええ」

「ザックは彼女とあそこに行くのが好きらしい。納屋には干し草がたくさんあるからね」

メイソンのいたずらっぽい目を見れば、ザックがその干し草の上で何をしているかは明らかだった。サブリナは咳払いをした。「干し草があるなら、馬もいるのよね？」

「いや。留守がちだから、動物の世話はできない。だが農場としては機能している。隣の地主に貸しているのさ。彼は納屋に干し草を保管して、とうもろこしをつくっている。大豆を植える年もあるんだ」

「いい商売ね。仕事は全部その人がやって、あなたは売り上げの一部をもらうんでしょう？」

メイソンが首を横に振った。「金はもらっていない。必要ないんだ」横目でちらりと彼女を見る。「イグジットからかなりの報酬をもらっているからね」

サブリナは、とりあえず今はその件に触れないことにした。

「それなら、お隣さんとの契約で何をもらっているの？」

メイソンが手を振った。「この極上の景色さ」

自分の土地を満足げに眺める彼の目は、道中に見た燃えるような夕焼けよりもまばゆかった。

トーマスが生きていたら、メイソンのことを好きになったに違いない。

サブリナはまばたきをして、あふれる涙を抑えこんだ。兄も自然を愛していた。兄がザックと同じようにあの納屋を満喫しているところが目に浮かぶ。

食事を終えると、ふたりは部屋に入り、食器を洗った。すべてを片づけ、キッチンのまんなかに立ちつくす。これ以上、直面している問題から目をそむけることはできない。

イグジットについて話しあい、これからどうするべきかを考えるときが来た。

手をのばしてきたメイソンの目も、そう告げていた。「さあ、リナ。心のなかにためこんできた質問をしないと、きみは今にも爆発しそうだよ。まずはそこから始めよう」

サブリナはメイソンに引っ張られてリビングルームへ行き、ソファに彼と並んで座った。自分の名前を〝リナ〟とかわいらしく省略された驚きから、まだ抜けだせずにいた。

「さあ」メイソンが促した。「答えられることにはすべて答えよう」

サブリナは両手を組んだ。「わかったわ。イグジットって、いったいなんなの？」

「今となっては、おれもよくわからない」メイソンが顎に生えた無精ひげを撫でた。「どうやら会社の上層部の人間が職権を濫用《らんよう》し、個人的な目的のためにエンフォーサーを利用しているようだ」

「エンフォーサーね。わたしの家でもその言葉を聞いたけれど、意味を理解できているかどうか自信がないわ。殺し屋や暗殺者と何が違うの？」

メイソンはまばたきもせずにじっとサブリナを見つめた。「必要なときは殺人もする。だがエンフォーサーの仕事は……おれの仕事はそれだけではない。これから話す内容は極秘事項で、かつ、きみに話すのは危険を伴う行為かもしれない。これまでイグジットの部外者に、自分の仕事内容を話したことはない。家族にもね。今イグジットのことを話すのは、きみが受けた被害を考えて、きみには知る権利があると思うからだ。だがそれより大事なのは、これから立ち向かおうとしているものの存在をきみにしっかりと理解してもらうことだ」恐ろしいほど静かな声で言う。

　サブリナは思わず、仕事について尋ねたことを後悔した。だけど、メイソンは正しい。わたしは、どんな敵が自分を追っているのかを知っておかなければいけないのだ。

「イグジットは非上場会社で、政府の最後の切り札的な役割を担っている。もちろん、公にはツアー会社ということになっているが、真の〝業務内容〟は、犯罪に対して政府機関が正攻法での解決に見切りをつけたときに備えて、アメリカと自国民を守るスペシャリストを養成し、派遣することだ。ほとんどは民主的な手段で解決をはかり、そして今アメリカは世界各地で紛争に巻きこまれているから、エンフォーサーはみな、数年ごとに世界を転々とする。情報を集めたり特殊部隊のサポートをしたりもするんだ」メイソンはそう言って肩をすくめた。「必要とあらばなんでもやるのさ」

「政府機関と言ったわね。それって、ＦＢＩやＣＩＡのこと？」

「ああ、ほかにもたくさんあるが。そういう組織には、エンフォーサーにはない制約がある。その範囲内のことしかできないんだ」

「制約って？」

「法律さ」

　ひとつの会社が政府から法の制約を免除されているとは驚きであり、恐怖でもあった。

「つまり、あなたはエンフォーサーとして、国を守るという名目で、公にはできないような政府の汚れ仕事をしているというわけね？」

メイソンがにやりとした。「そういうふうに言われたことはないが、的確な表現だと思う。より厳密に言うと、最大の違いは、ほかの組織は犯罪が起きるまで待たなければいけないという点だ。おれたちは先手を打っていく。命の損失を防ぐために、先制攻撃を仕掛けるんだ」

サブリナの顔から血の気が引いた。けれどいったいどうして、こんなときにまでメイソンに触れられたいと……抱きしめられたいと思うのだろう？　今もそうだ。彼が笑いながら、先手を打って人を殺すと話しているときに、口づけをしてほしいと思ってしまう。

「イグジットの使命に賛同しているように聞こえるわ。イグジットが正しいことをしていると思っているみたいよ」

「実際にそう思っている。もし社内に、偽の指令をくだす腐った林檎《りんご》があるなら、そいつを消して会社の主たる使命を維持しなければならない。だが、事態はそこまで単純ではないだろう。なにしろ、CEOのシプリアン・カルデナスが偽の抹殺指令に関与しているかどうかもまだわからないのだから」

「それじゃあ、イグジットの業務自体については問題ないと思っているのね。それがおかしいってことがわからないの？　メイソン、あなたは他人に危害を加えるかもしれないというだけで、人を殺しているのよ。でも、どうしてその人が危害を加えるとわかるの？　未来は誰にもわからないじゃない。わたしは無実だから、イグジットがわたしをねらうのは間違っていると、あなたは言ったわ。でも、あなたが殺しているほかの人たちも無実なのよ。罪を犯す可能性があるというだけで。もしその人の気が変わったら？　自分たちのやろうとしていることが誤りだと気づいたら？　その人たちが何をするか、本当にはわからないのよ」

メイソンから、先ほどまでのにこやかな様子が消えた。「きみの場合はまったく状況が違う。テロリスト組織に資金援助をしたことはないのだから。それが、イグジットがきみになすりつけた罪名だ。おれが殺害するのは、通常、それまでの人生でずっと悪事を働きつづけてきたやつらで、今後の行動も容易に想像できる。もちろん、自分がしていることを軽く考えてはいないよ。ほかの人たちの脅威になるとわかっている人間しか殺さない。だがエンフォーサーは、ターゲットが先に人を殺すのを指をくわえて待つということはしない。ターゲットの命を奪うことで、ほかの人々の命を守るんだ」

「でも、確証を得るのは簡単なことではないはずよ」

メイソンが重々しい表情でサブリナを見た。「人を殺しかねないターゲット相手に、確証を得られるまで待つというのは理想にすぎない。それでは無実の人が殺されてしまうんだ」

サブリナはその断定的な口調に目を丸くした。メイソンはどうやら、独自の倫理観を持っているらしい。法を犯し、自分が〝悪〟だと思った人を殺すことで、正しいことをしていると本気で思っているのだ。だが、彼女にはどうしてもその考えが理解できなかった。

イグジットのような会社で職権濫用が横行したら、大惨事になる。そして実際、最悪の事態はすでに起こってしまった。誰かが権力を悪用し、個人的な恨みを晴らす手段としてイグジットを利用したのだ。そんなことはやめさせなければならない。ひとつの会社、ひとりの人間が、何が善で何が悪か、誰を生かし誰を殺すかを決める権限を持つのは、あまりにも危険だ。

サブリナはメイソンをなだめるように両手を前にさしだした。「理解しようとはしているの。ただ、あなたのやり方が本当に正しいか、どうしてもわからないの。何か別の方法があるはずだわ」

長いあいだ彼女を見つめてから、メイソンが口を開いた。「そうか。じゃあ、仮の話をしよう。きみが警官か、ＦＢＩの捜査官だったとする。きみのところに、過激派が学校を爆破しようとしているという情報が入ってきたとしよう。だが証拠がない。少なくとも、法廷に持っていけるようなものはないんだ。さあ、サブリナ、教えてくれ。学校が爆破されるかもしれないが、どの学校かはわからない。わかっているのは、事情を知っている可能性がある男の名前と住所だけだ。きみならどうする？」

サブリナは両手を合わせた。「そうね……わたしならたぶん……もっと詳しい情報を探して、捜査令状をとると思うわ」

メイソンはこの返答にがっかりしたようだった。「殺されるかもしれない生徒のなかに、きみの子供がいたらどうだ？　とれるかどうかもわからない捜査令状を待っているうちに、子供が殺されるかもしれない。さあ、どうする？」

サブリナはごくりと唾をのみこんだ。「その質問は反則よ。そんなこと起こりっこないもの」

メイソンが眉をつりあげた。「こういう事態は、きみが思っているよりも多く起こっている。きみは座って道徳を語るだけで、現実を見ようとしていないんだ」

「わかったわ。わたしが親だったとしましょう。わたしは気持ちを強く持って、正しい行動をとりたい。そして、メイソン、正しいのは、法律の範囲内で活動することよ。そうでないと人権が保障されないもの。たしかに、この国の法律には問題もある。わたしだって、その問題の被害者だわ。でもだからといって、すべてを無視していいということにはならない。少しずつ手直ししていくのよ。私的に制裁を加えるのは間違ってる」

メイソンは部屋の反対側にある大きなガラス窓に目を向け、とうもろこしの穂が風でたわむのを見ていた。「悪が勝利する唯一の条件は、善人が行動しないことだ」

「今、なんて？」

メイソンがため息をついてサブリナを振り返った。「イギリスの政治家、エドマンド・バークの言葉だ。これはおれにとっては、誰かを救う力がありながら何もしないのは最悪の罪だ、という意味なんだ」

そう言って何かを探すように彼女の目を見つめたが、その表情から察するに、期待していたものは見つけられなかったようだ。

メイソンは立ちあがって、乱暴にポケットに手を突っこんだ。

「この仮定できみが出した答えでは、四百人の子供が死ぬだろう。すべて、犯罪が起きるまで待ったせいだ。実は、これは仮定の話じゃない。一カ月前に実際にあったことだ。おれは行動することにした。犯罪が起きるまで待ちはしなかった。男の家に押し入って爆弾の材料を見つけたが、爆弾そのものはなかった。男がつくった爆弾をどこに設置したのか、手がかりはなかった。男がおれの目の前で笑い、弁護士を要求したとき、おれは警察も呼ばなかったし、適切な手続きも踏まなかった。おれは男が悶絶し、爆弾を仕掛けた場所を白状するまで、頬を熱いストーブに押しつけた。爆弾が設置されていたのは、アッシュヴィル郊外の中学校だったよ。男から情報を引きだして、爆発物処理班が爆弾を確認したらすぐ、男の頭に弾丸を撃ちこんだ」

恐怖のあまりサブリナは息をつまらせ、手で口を覆った。

メイソンが悲しげにほほえんだ。「おれのことを化け物だと思っただろう？　そうかもしれない。でもおれが必要なことをしたから……獣のように行動し、慈悲を見せなかったからこそ、四百人の無実の子供たちを救えたんだ。犠牲になった命はひとつ、狂気に駆られたテロリストだけだ。決断をくだすまでに、おれは一瞬たりともためらわなかった。また同じ状況になっても、ためらわずに同じことをするだろう。この件については、サブリナ、おれは謝らない」

メイソンはふたたびポーチに出た。彼の後ろで、ドアが大きな音をたてて閉まった。

10

三日目――午前七時

シプリアンは秘密のオフィスに続く廊下へ向かいながら、満足げな笑みを浮かべた。いつもながらストライカーは有能だ。憤慨した様子のエースをデスクの前に連れてきて、ビショップの隣に座らせた。これから、エースとメイソンとサブリナ・ハイタワーのあいだで何があったか、話してもらうことになっている。

秘密のオフィスに入ろうとしたとき、後方でイグジットの公式の電話が鳴った。

「ミスター・カルデナス?」スピーカーから秘書の声が響いた。

「なんだね、ミス・エヴァンズ?」

「警察の方がいらしています。ドノヴァン刑事です」

シプリアンはいらだたしげにため息をついた。サブリナ・ハイタワーが警察に駆けこんだと聞いて、いつかは警察が、ツアーでの彼女の両親の死や、その後の裁判などについて確認しにやってくるだろうとは思っていた。だが、今はあまりいいタイミングとは言えない。

シプリアンは廊下の向こう側にいるストライカーに合図をすると、隠し扉を閉め、もうひとつのオフィスを視界から隠した。それからデスクにつき、コンピュータのモニターの電源を入れると、ドアのロックを解除するボタンを押した。「通してくれ」

ドアが開き、恰幅《かっぷく》のいい、禿《は》げた男がなかに入ってきた。シプリアンがコンピュータから顔をあげ、くたびれたスーツに目をとめると同時に、エヴァンズが悲鳴に近い声で謝罪しながら駆けこんできた。

「申し訳ありません、ミスター・カルデナス」エヴァンズは少し息をはずませ、不快そうに顔をしかめながら、今やデスクから一メートルほどのところまで迫っていた刑事を一瞥した。「ドノヴァン刑事には、わたくしがご案内するまでお待ちくださいと申しあげたのですが」

「アッシュヴィル警察の刑事、ハリー・ドノヴァンです」ドノヴァンがシプリアンに手をさしだした。「お忙しいところ失礼します。ここに来るまで時間がかかったうえに、ラッシュの時間にまた移動して、朝のミーティングに間に合うよう帰らなくてはいけないものですから、少々急いでおりまして」

シプリアンはにっこりほほえみ、ドノヴァンと握手した。「お越しになることをお知らせいただければ、次回はクロワッサンやマフィン、ベーグルを用意して歓迎しますよ。ご希望であれば、ミス・エヴァンズがコーヒーをお持ちしますが」

「いえ、それには及びません。すぐに終わります。少しお尋ねしたいことがあるだけですから」ドノヴァンは促される前に、シプリアンのデスクの前の椅子に腰をおろした。「サブリナ・ハイタワーのことをうかがいにまいりました」

刑事の鋭い視線がシプリアンに注がれる。どうやら、事故の経緯だけをききに来たわけではないようだ。金のかかる裁判を避けるために、わたしがハイタワーの誘拐を指示したのか探っているのだろうか？　シプリアンは考えをめぐらした。あるいは、何かもっと決定的なことをつかんでいるのか？

いずれにせよ、何か反応を見ようとするつもりなら、期待はずれに終わるだろう。もう何年もこの会社を経営し、秘密を守り抜いてきたのだ。素人とはわけが違う。

「アッシュヴィル警察の精鋭とお話しするのは、いつでも大歓迎です。もっとも、ミス・ハイタワーのことについてどこまでお話しできるかはわかりません。裁判に関してコメントすると、弁護士にいやな顔をされますから」シプリアンは秘書にうなずいてみせた。「ミス・エヴァンズ、ドアを閉めてくれるかい？」

エヴァンズの顔には好奇心がありありと浮かんでいる。彼女はしぶしぶ部屋を出て、後ろ手でゆっくりとドアを閉めた。

「裁判のことではありません。ミス・ハイタワーが誘拐された可能性があるのです」

シプリアンはためらいを見せた。「誘拐？　それは心配ですね。可能性があるとおっしゃいましたが、どういうことでしょう？」

「ミス・ハイタワーは昨日警察署に来て、男が家に侵入したと言い、共犯者についてもその特徴をあげていきました。ただ、これが少々奇妙な話でしてね。なんでも主犯の男は、ミス・ハイタワーが暗殺の対象になっていて、自分が彼女を殺す役目を担っていると話したそうなんですが、どうやらミス・ハイタワーが死ぬ必要はないと判断し、彼女を逃がしたらしい。それで彼女は警察署に駆けこんできたのです」

警察署？　病院ではないのか？　もしかして、銃弾は一発もあたっていないのだろうか？　メイソンを見つけることすらできなかったエースが、ハイタワーが撃たれたところを見たと話をでっちあげたのかもしれない。警察のほうで、検査のためだけに彼女を病院に連れていった可能性もある。それならば、数時間後にハイタワーが解放されたのもうなずける。

「なるほど、たしかによくわからない話ですな」シプリアンはドノヴァンに言った。

「ええ。完全には信じがたいところもあります。ですが、彼女が嘘をついているとすると、説明がつかないことがあるのです。彼女が撃たれたのはたしかですから」

シプリアンは心から困惑して目をしばたたいた。たった今、ハイタワーは撃たれていなかったと結論づけたばかりなのに。「今、なんとおっしゃいました？　彼女は撃たれたんですか？　それなら……病院にいるんでしょうな？　彼女は大丈夫ですか？」

「最後に聞いたところによると、すっかり元気になって、家にいるようです」

シプリアンは拳を握りしめた。この刑事はかまをかけている。おそらくイグジットの関与を疑っているのだろう。これもすべてビショップがツアーでサブリナ・ハイタワーの殺害に失敗し、代わりに両親を殺してしまったせいだ。最初にビショップを巻きこんだことへの罪悪感は急速に消えていった。たしかに自分もひとつミスを犯したが、ビショップのミスは状況を悪くする一方だ。

「撃たれたというのに、驚くべき回復力ですな」シプリアンはあせりを隠しながら言った。答えがほしい。そしてその答えは、ほんの一メートルほど離れたところにある秘密のオフィスで自分を待っている。「傷は浅かったんですね？　彼女はとても……運がいい」

ドノヴァンは手を振った。「いやいや、申し訳ない。誤解させてしまったようですね。わたしが念のため病院に連れていったんです。胸の下あたりにあざがあることがわかりましたが、それだけです。ほら、防弾ベストを着ていたんですよ」

「なるほど」

「ええ。しかし奇妙な話でしょう。彼女をさらった張本人が、彼女に防弾ベストを着せるなんて。彼女の命を救ったんですよ。変だと思いませんか？」

「たしかに。実に奇妙ですな」シプリアンはデスクに腕を置いた。「ドノヴァン刑事、わたしはミス・ハイタワーに対して悪意は持っておりません。なぜあなたが、彼女に起こったこと、あるいは起こらなかったことについてわたしと話す必要があると思ったのか、本当にわからないんです」

ドノヴァンが丸々とした手で椅子の肘掛けをコツコツとたたいた。「ミス・ハイタワーと話していて、彼女は本当のことを話していると感じたんですよ。長年刑事をやってきたので、嘘をついているかどうかはすぐ見抜けます」目を細めてシプリアンを見てから続ける。「数時間話をしましたが、彼女の話はぶれなかった」刑事は椅子に座ったまま前かがみになり、腕を膝の上に置いた。「あなたはお忙しいようですから、端的に言いましょう。わたしには、ミス・ハイタワーの話が嘘だとは言いきれないように思うのです」そう言ってスーツのジャケットに手をのばすと、三枚の紙をとりだし、シプリアンのデスクの上に広げた。「今回の事件で、彼女が描いた共犯者たちの似顔絵です。見覚えのある人はいますか？」

デヴリン・ブキャナンとその恋人のエミリー・オマリー、そしてエースの似顔絵が、デスクからシプリアンを見あげていた。昨日、ニュースでとりあげられていた絵と同じものだ。シプリアンが最後にサブリナ・ハイタワーが描いた似顔絵を見たときから、彼女の絵の力がみじんも衰えていないのは明らかだった。それに、細部まですべてを思いだせる恐るべき記憶力も。だが、なぜメイソンの似顔絵がない？

シプリアンは記憶を呼び起こすふりをしながら、じっと似顔絵を見つめた。頭のなかでは、刑事がどんな事実を握っているかを必死で考えていた。

エースはツアー会社側で働いたことは一度もなかった。まれに顔を合わせたときも、地下通路や秘密のオフィスでだけだ。だから、ほかの人間にふたりの関係がばれる危険はない。

エミリーについては個人的に会ったことはないから、知らないと言っても問題ないだろう。

だがデヴリン・ブキャナンは、エンフォーサーとしての顔を隠すために、何度かツアーガイドとしても働いたことがあった。ブキャナンを知らないと言えば、万が一ブキャナンがかつてツアーガイドとして働いていたことが発覚したとき、怪しまれるだろう。しかし、三人のうちのひとりでもイグジットとかかわりがあると認めれば、手のうちを明かしたも同然だ。ここはしらを切り、刑事が帰ったあとで後始末をするしかない。

シプリアンはまんなかの似顔絵を指さした。「ほかのふたりの似顔絵には見覚えがありませんが、彼はたまにうちでツアーガイドをしていた人間に酷似しているようです。今はもう働いていないと思いますが、記録を調べてみますよ」そう言うと、ふたたび似顔絵をたたいた。「名前を思いだそうとしているんですがね。ただ、この似顔絵の人物が本当にそのガイドかどうかもわかりませんし」

「デヴリン・ブキャナンという名前に心あたりは？」

シプリアンは慎重に驚きを隠した。ブキャナンは失踪した弟を捜さずに警察に行ったのだろうか？　ストライカーにオースティンをさらわせたのはすばらしい手に思えた。だが、遅すぎたのかもしれない。

「ええ、たしかそんな名前だったと思います。彼が犯罪に手を染めたのだとしたら、大変遺憾です。イグジットでは絶対にそのような行為は許しません。まだ彼がガイドをしていたら、すぐに契約打ち切りの手続きをとりますよ。もちろん彼が犯人だとしたらですが」

ドノヴァンは似顔絵を集め、ジャケットのポケットに戻した。「誘拐犯が過去にも同じような事件を起こしているかもしれないと思い、この似顔絵を南部の主要な警察署に送ったんです。こういうことを、藁《わら》にもすがる思いと言うんでしょうね。ですが、サヴァナの刑事が——タック・ジョーンズというんですが——ブキャナンとその妻を知っていました」

「妻ですって？」シプリアンは咳払いをした。しまった、うっかり口を滑らせてしまった。「ミスター・ブキャナンが結婚していたとは知らなかった」

「ごく最近の話でしょう。エミリー・オマリーは刑事で、かつてタックと一緒に働いていました。タックの話では、エミリーはブキャナンと結婚し、数カ月前からハネムーンに行っているようです。タックは、今はエミリーとは疎遠になっているようですが、ちょくちょく彼女の実家を訪ねていて、そこで結婚のことを聞いたとか。なぜ元パートナーと連絡をとりあっていないのか尋ねたところ、非常に興味深い答えが返ってきましてね。デヴリン・ブキャナンは昔、請負殺人のような容疑をかけられていたというんです。つまり、タックはブキャナンへの疑念がぬぐえず、エミリーがなぜそんな男を結婚相手に選んだのか理解できなかったんだそうです」

〝殺人〟という言葉を聞いて、シプリアンは動きをとめた。意識して、一瞬たりとも刑事から目をそらさないようにする。刑事というのは、身ぶり手ぶりや表情を読むスペシャリストだ。嘘やごまかしを見抜くときに刑事がどのような点に注目しているか、昔聞いたことがあった。

ドノヴァンが膝の上で両手を合わせた。「奇妙だと思いませんか？　かつてイグジットで働いていた男に殺人の容疑がかけられ、その数カ月後、彼がふたたび別の暗殺未遂事件に関与しているとは。それに加えて、今回の被害者はイグジットと関係がある人物です。ミス・ハイタワーは数カ月前にあなたの会社のツアーに参加し、そこで両親を亡くしています。そして、あなたの会社を訴えました。ミスター・カルデナス、あなたのことはよく存じあげませんが、見過ごすには偶然が重なりすぎているようです」

デスクを挟んで、ふたりはお互いを観察した。シプリアンは、自分が窮地に立たされていることを感じた。

「どう申しあげたらいいでしょう」シプリアンは肩をすくめた。「刑事ではありませんので、このような偶然が珍しいことかどうかもわからないのです。刑事さん、わたしは具体的にはどうすればいいのでしょうか？　イグジット・インコーポレイテッドといたしましては、警察に隠しだてすることは何もありません。提出したほうがいい記録がありますか？　ミスター・ブキャナンの人事記録とか？　時間稼ぎに捜査令状を要求したりはしません。何か必要なものがあって、わたしが提供できるものであれば、すぐにご用意します」

「デヴリン・ブキャナンはどうです？　引きわたせますか？」

「居場所を知っていればもちろんそうするんですが。先ほども申しあげたとおり、今でもわが社で働いているかどうかさえわからないのです。さっそく秘書に言って、人事部から書類を持ってこさせましょう。午前中のうちにお届けできると思います」

立ちあがったとき、ドノヴァンの顔からは疑念の色が少し消えたように見えた。シプリアンが全面的な協力を申し出たことが功を奏したのかもしれない。もちろん、それがシプリアンのねらいだった。

シプリアンは受付までドノヴァンを案内すると、そこで握手を交わした。

「お時間をいただきありがとうございます、ミスター・カルデナス。書類を待っています」

刑事が受付から離れ、廊下に出るとすぐ、シプリアンはドアを閉め、鍵をかけた。デスクまで大股に歩いていくと、隠し扉を開けるセキュリティコードを入力した。壁の一部分がずれ、廊下が現れる。シプリアンはもうひとつのオフィスへと足早に歩いていった。

ビショップ、エース、ストライカーは今もデスクの前に座っていた。シプリアンが入ると、みな立ちあがった。エースの手首につけられた手錠が、ストライカーが持っている鎖にあたり、ジャラジャラと音をたてる。エースの首には小さな白い絆創膏が貼ってあった。

エースがどう思っているかは、火を見るより明らかだった。目を細め、今にも誰かを殺しそうな表情をしている。だがそれは、シプリアンも同じだった。自分にも殺したい人間が山のようにいる。だが、大量殺人などという野蛮なまねは自分の流儀ではない。殺害は最終手段だ。もっとも、必要とあればやむをえまい。そして今は、まさに邪魔者を抹殺すべきときだった。

ビショップが口を開いたが、シプリアンは片手でそれを制した。「ドノヴァン刑事は、サブリナ・ハイタワーの誘拐についてイグジットの関与を疑っている。それから、彼女は今も自宅にいると思っているようだ。きみにハイタワーとメイソンを捜しに行かせたが、少なくともふたりは家にいなかったということでいいんだろうね？」

「ええと……その、彼女が外出したときに備え、あと、窓から一挙一動を観察できるように、家の前に監視カメラを設置しておきました。ですが、帰っているかを確認するために、家のなかに入ることはしませんでした。警察が家を見張っているかもしれないと思ったので、見つかる危険を冒したくなかったのです」

ありがたい配慮だ。ビショップの言うとおり、警察が見張っていると見て間違いないだろう。「よし。設置した監視カメラをチェックしてくれ。それから、イグジットの人間がハイタワーの家に近づかないように、そして監視カメラが見つからないように注意しろ。わかったか？」

「はい。監視カメラのチェックに徹して、家には近づかない、ですね。了解しました」

「では、なぜまだぐずぐずしている？」

ビショップはびくりとして廊下へと出ていった。この廊下の先は地下通路になっており、駐車場の先の管理棟まで続いている。これでひとまずビショップを厄介払いできた。

「すまない、おふたりさん」シプリアンはふたりのエンフォーサーに向かって言った。「仕事にとりかかる前に、一本、重要な電話をかけなければならない」先ほども使った短縮ダイヤルを押し、受話器をとる。「エディ？　ああ、シプリアンだ。何度もすまない。頼んだリストのほうはどうだ？」

「もうすぐご準備できます。それにしても、ミスター・ハントはかなりプライバシーに気をつかっているようですね。架空の会社を山のようにつくって追跡を困難にしています。実に見事ですよ。ですが、時間の問題です。どれだけ努力しても、記録を残さずに不動産を所有することは不可能ですから。必ず突きとめてみせます」

「一刻も早く頼む」

シプリアンは勢いよく通話終了のボタンを押した。「リストを手に入れたら、三人でメイソンが隠れていそうな場所を絞りこむ。おそらく、あの刑事が言っていたことは間違いで、ハイタワーは家にはいないと思う。メイソンのことだから、ハイタワーを守る必要があると思ったら、どこへでも彼女を連れていくだろう」

ふと、エースの顔の片側が腫れていることに気づいた。誰にやられたのかは尋ねるまでもない。エースは今にも殺してやりたそうな表情でストライカーをにらんでいた。もっとも、単に銃口を向けられていることに対して怒っているだけかもしれないが。

「ストライカー」シプリアンは言った。「きみに頼んだ件は指示どおりに進んでいるか？

電話で話していた、例の……トラブルの処理は？」

エースがわなわなと拳を震わせていることから、彼が何をその〝トラブル〟と考えたかは想像がついた。

「はい」ストライカーが言った。

「すばらしい。よくやった。エース、きみはそれとは反対に、とてもやんちゃな行動をしたようだね。ストライカーから聞いたところによると、彼が現場に着いたときに、きみもすでに熱傷治療センターにいたそうじゃないか。もしきみが、ストライカーが到着する前にオースティン・ブキャナンをさらっていたとしたら、計画が台なしになってしまったかもしれない。まったく、きみにはがっかりしたよ」

エースはCEOを怒らせたことなどまったく意に介していないようだった。シプリアンを絞め殺したいとでも言いたげな表情をしているし、おそらく実際にそう思っているのだろう。

シプリアンはため息をつき、かぶりを振った。どうやらケリーの死を悼む時間を与えすぎてしまったようだ。そろそろ手綱を締めなければならない。「先日の夜、きみにメイソン・ハントのバックアップを命じた」

シプリアンは、イグジットの指令が偽物であったことにも、エースにバックアップを命じたのは自分ではないことにも触れなかった。ビショップが、自分の知らないところで堂々と違反行為をしたことを明らかにするつもりはない。組織の統率がとれていないことを評議会に気づかれたら、今の地位を剝奪《はくだつ》されてしまうかもしれないのだ。それだけは絶対に避けたかった。

「きみは、メイソンの任務がイグジットの指令どおりに遂行されたかどうかを確認するはずだった。ビショップによると、きみはハイタワーが消されたと報告したそうだね」

シプリアンはデスクからリモコンをとり、ボタンを押した。スクリーンに照明があたる。

エースはスクリーンの似顔絵を見て青ざめた。

「教えてくれ、エース」シプリアンはなおも続けた。「きみの任務が成功したのなら、なぜサブリナ・ハイタワーは警察署に行って、デヴリン・ブキャナンとエミリー・ブキャナン、それにきみの似顔絵を提出することができたんだ？」

デヴリンとエミリーが結婚したと知り、エースは目を見開いて驚きをあらわにしたが、何も言わなかった。反抗するかのように、唇を真一文字に引き結んでいる。この傲慢さと反抗心をたたき直すには、懲らしめなければならない。そのためにはどのボタンを押せばいいか、シプリアンはしっかりと心得ていた。

「あの夜、任務中に何が起こったのか、そろそろきちんと説明してくれないか」シプリアンが右手をさしだすと、ストライカーがすぐさま銃を渡した。シプリアンはエースにつめ寄ると、銃を彼の額に強く押しあて、耳打ちした。「ケリーは最高の女だった。きみも同じ意見だろう？」

エースは悪態をついたが、身動きはしなかった。動けば頭を吹き飛ばされるとわかっていたからだろう。

「きみは彼女に思いを寄せていたから」シプリアンはささやき声で続けた。「しばらくのあいだ、多少のことは大目に見ていた。だが、慈悲をかけるのもここまでだ。もう一度へましたら、きみの命はない」そして銃口の跡がつくほど、いっそう強く銃を押しつけた。「わかってもらえたかな？」

エースはなおも沈黙を貫いている。

シプリアンは銃で突き飛ばすようにしてエースの頭を後ろに押したが、彼はそれでも何も言わなかった。

「ストライカー？」シプリアンはきいた。

「なんでしょう？」

「エースはマナーを忘れてしまったようだ。教えてやりなさい」シプリアンはデスクに銃を置くと、外のオフィスへ向かった。隠し扉が閉まると同時に、悲鳴が響いた。

11

三日目――午前九時

サブリナはメイソンのキングサイズのベッドで体をのばした。やわらかなロイヤルブルーのコットンのシーツは夏のそよ風のにおいがする。窓のブラインドから、太陽の光がかすかにさしこんでいた。メイソンはゲストルームで寝たのだろうか？　イグジットの話をしたあと、ベッドルームに戻る音は聞こえなかった。

後味の悪い終わり方だった。だが、ひと晩じゅう押し問答を繰り返したことで、ひとつだけわかったことがある。自分がメイソンに心を奪われてしまったということだ。いったい、どうしたというのだろう？　最初に家から担ぎだされたときから、二日か三日しかたっていないというのに。初めて会ったときの状況を考えれば、なおさら不可解だ。だが、彼のことが気になっているのは事実だ。実際、昨夜はメイソンのことが頭から離れなかった。ゆうべの言い争いをなかったことにして、もとに――サンドイッチを食べながらポーチで彼の家族の話を聞き、ふたりで笑ったときに戻りたい。

サブリナはバスルームへ行き、さっとシャワーを浴びた。ふたたびショートパンツをはき、白いブラウスを着てから廊下へ向かう。ゲストルームのドアは開いていたが、なかには誰もいなかった。ベッドで寝た形跡はないものの、今朝メイソンがベッドメイキングをしたのか、それともここでは一度も寝ていないのかはわからない。彼女は急いでリビングルームに向かったが、そこにもメイソンがいないとわかり、がっくりと肩を落とした。

キッチンのカウンターの上に、器とシリアルの箱が置いてあった。箱にメモが立てかけてある。たいしたことは書かれていなかった。自由にくつろいでかまわないということと、監視カメラの電源を入れてあるから、誰かが家に来たらメイソンにもすぐわかるということだけだ。テレビでも見てゆっくりしていろということだろう。

おなかはすいていなかったが、事件が起こって以来、きちんと食べていないので、無理にでも食べることにした。食器を洗って片づけたあと、テレビでも見ようかと考える。だが、大きな窓から見える美しい景色に誘われ、サブリナはテニスシューズをはいて裏へ出た。

太陽が遠くで何かに反射し、きらきら光っている。手を目の上にかざすと、それは納屋の横にとめてあるメイソンのダークブルーのピックアップトラックだった。今朝、移動させたのだろう。昨夜は家の隣にとめてあった。そのとき納屋のほうから笛のような音が聞こえ、続いてガタンという音がした。いったいなんの音だろう？　まったく見当がつかない。だが、あたりに誰かがいれば、メイソンが銃を手に納屋へ飛んでいくはずだ。つまり、あの音をたてたのは彼に違いない。

サブリナはポーチのステップを駆けおり、納屋へ向かった。

矢を放とうとしたまさにそのとき、五十メートルほど向こうで、サブリナが納屋のまわりをぐるぐるまわっているのが見えた。メイソンはゆっくりクロスボウをおろすと、サブリナの家で裸の彼女を見たときと同じ感動をもって眺めた。サブリナは、彼がこれまで見たなかで、もっとも美しい存在だった。朝日が黒髪に反射してきらきら光るのを、息をするのも忘れて見入る。

そのとき、彼女がメイソンを見つけて手を振った。

メイソンも手を振り返したが、今朝はなかなか笑顔がつくれなかった。昨日は納屋で夜を明かし、そのほとんどを彼女のことを考えて過ごした。エンフォーサーとして自分がしたことが、サブリナをひどく怖がらせたようだった。だが、それがなぜこうも気にかかるのだろう？　いくら考えても答えは見つからなかった。

サブリナはメイソンに近づくと、太陽の光をさえぎるように目の上に手をかざした。干し草の俵に貼りつけられた紙の的を見て、その目を好奇心に輝かせる。俵は、近くにあるとうもろこし畑の端に置いてあった。

「クロスボウを使っているのね。射るところを見たいわ」

「レディのお望みとあらば」メイソンはクロスボウを掲げると、照準器でねらいをつけ、引き金を引いた。矢は的めがけてまっすぐに飛んでいき、中心の円に命中し、俵に深く突き刺さる。

「まあ、すごいわ」

サブリナにほめられ、気分が高揚する。メイソンは彼女の足首のホルスターを指さした。

「シグでやってみるかい？」

ぱっとうなずいたときのサブリナの笑顔が彼にも伝染する。ほどなくしてメイソンは、まるで昨夜の言い争いなどなかったかのように彼女の隣で笑っていた。サブリナと代わりばんこに自分もグロックを撃つ。

三十分後、メイソンはまた一枚、俵から紙の的をはずしながらかぶりを振った。サブリナの弾はすべて、彼が撃った弾のほとんど真上と言ってもいい場所に命中していた。動く的でも動かない的と同じくらい命中するとすれば、射撃の腕は自分よりも上かもしれない。たいしたものだ。メイソンは俵に新しい紙を貼ると、柵のところでシグを片手に待っていた彼女のもとへ歩いて戻った。

「さて」サブリナは彼の手もとにある的を見ようとのぞきこんだ。「わたしの成績はどう？あなたより上でしょう？」

メイソンは紙を渡し、彼女が興奮するあまり誤って発砲しないよう、銃をとった。サブリナが歓喜の声をあげる。彼女が撃つ前に、メイソンは自分が撃った場所に赤い丸をつけていた。「一発は、あなたの弾よりいい場所に撃てているわ。そのほかはほとんど同じと言っても問題ないくらいの場所ね。わたしの勝ちよ」

射撃練習のような単純なことで大喜びするサブリナを見て、メイソンは純粋にうれしくなった。「もっとテクニックが必要なものでやってみよう」

「あの重たいグロックで撃つってこと？」いやそうな顔をしたところを見ると、グロックがあまり好きではないらしい。

「違う。クロスボウだ」メイソンは銃をしまい、弓を手にとった。「このクロスボウの名前は、ローラというんだ」

「クロスボウに名前をつけているの？」

「ともに戦ってきた仲間だからね。名前をつけるのは自然だ」

「銃にも名前をつけているの？」

「銃に名前をつけるやつがどこにいる？　そんなことをするやつは、どうかしているに決まってる」

サブリナはあきれたようにメイソンを見ると、柵に寄りかかって、彼がグローブをつけるのを眺めた。「先端に弓がついたライフルみたいね。なぜグローブをつけるの？」

「弦を引きやすくするためだ」メイソンはクロスボウを地面に立てた。

「今度は何をしているの？」

「発射の準備をしているのさ。鐙《あぶみ》に足を入れてクロスボウを固定してから、弦を握って、引く」そう言うと、クロスボウを起こし、矢をセットした。

「蜜蜂みたい」

メイソンはけげんそうに眉をつりあげた。

サブリナが矢を指さした。「後ろについている、黄色と黒の羽根よ。蜜蜂みたいだわ」

「刺されないように注意するといい」

陳腐なジョークを聞き、彼女が不満の声をあげる。

メイソンは照準を定め、引き金に指をかけた。

「あなたみたいにたくましくても、弦を後ろに引くのはひと仕事みたいね」

彼は動きをとめた。サブリナが自分の動きを見ていると思うと、集中力がそがれてしまう。彼女が銃で射撃練習をしているあいだ、たしかに自分も、緊張した筋肉やしなやかな体の動きをじっと見ていた。今、サブリナも同じことをしているだけなのだ。

メイソンは彼女のことをしばし頭から追い払い、的にねらいを定め、引き金を引いた。勢いよく放たれた矢は、残像を残しながら宙を飛んだかと思うと、的のまんなかに穴をあけ、俵に深く突き刺さった。

「まあ」サブリナが声をあげた。「速いのね。それに強力だわ。わたしもやってみていい？」

「矢をつけられたらね」

　五分後、サブリナが弦を引こうと格闘するのを充分すぎるほど楽しんでから、メイソンはピックアップトラックに戻った。

「わたしには無理だと見限ったのなら」彼女が息を切らしながら声を張りあげた。「それは間違いよ。わたしはできるんだから。てこの原理を使えば、必ずうまくいくわ」

「見限ったわけじゃない」メイソンは戻ってきて言った。「ほら、これを靴に入れて」そう言って小さなナイフを渡す。

「靴に？　どうして？」

「おれみたいにブーツをはいていないからさ。それにポケットだと落ちる可能性があるから、靴のほうが安全だ。弓矢を使うときの鉄則は、手の届くところにナイフを置いておくことだ。弦を切ったり、矢を調整したりする必要があるからね」

　サブリナが肩をすくめ、小さなナイフを靴の脇に入れる。「それから？」

　メイソンは手をさしだした。

　サブリナがけげんそうに、彼の手のなかの紐を見る。「これは何？」

「弦を軽くする道具《コック》だ」

　サブリナは目を見開いた。「まさか。冗談でしょう？」

「そのまさかさ。矢をセットするときに、弦を引く力を半分にしてくれる。グローブを使う必要もない。扱いもこっちのコックより簡単だ」メイソンは自分の下腹部を示した。「試してみるかい?」そう言って、彼は笑いをこらえるように顔をゆがめた。

サブリナが笑いだす。

メイソンは柵に寄りかかり、思わず笑みを浮かべた。サブリナは笑いがおさまると、ふたたびクロスボウをとり、鐙に足をかけた。

「さあ、矢のかけ方を教えてちょうだい。わたしとベッドをともにする気がないのなら、誘惑は禁止よ」サブリナのウインクを見て、メイソンは唾をのみこんだ。彼女と愛を交わすチャンスがあるなら、迷わず地面に転がってそうしたい。だが、サブリナの目がいたずらっぽくきらめいているところを見る限り、今の言葉は単なる冗談なのだ。彼女がおれみたいな男と体を重ねたいと思っているはずがない。まして、昨夜あんな言い争いをしたあとなのだ。

このころにはすでに、メイソンは銃からクロスボウに切り替えたことを後悔していた。結局のところ、単なる自慢にしかならない。クロスボウを使うのは、隠密《おんみつ》に行動する必要があるときだけで、接近戦では決して使用しなかった。実用的ではないからだ。しかも、矢のかけ方と発射方法を説明するためには、どうしても彼女と体を密着させなければならない。メイソンは、自らが招いた地獄に足を踏み入れようとしていた。目の前でおあずけをくらっているようなものだ。

「メイソン?」彼女の不安そうな声に、メイソンは無理に笑顔をつくった。

「達人が伝授してあげよう」

サブリナがあきれたようにメイソンを見る。「一度教えてもらったら、次はわたしに泣きつくかもしれないわよ。ロビン・フッドみたいに矢を命中させる可能性だってあるんだから」

「なんとでも言えばいいさ。さあ、矢のかけ方を見せるから、鐙から足をはずして。そのあと、自分でやってみるといい」

メイソンは足を鐙にかけると、弦にコッキング紐をつけ、ハンドルを握った。「カチッと音がするまでまっすぐ引く」弦が正しい位置にはまるまで弓を引っ張ってから、紐をはずす。

「次は弓だ」

「あなたが使っていたみたいな、蜜蜂の矢がいいわ」

「おれの矢は全部、黒と黄色の矢羽《やばね》だ」

「矢羽？」

「羽根のことさ」

「いつも黄色と黒を使っているの？　トレードマークなのかしら？」

メイソンは肩をすくめた。「まあ、そんなところだ」そう言うとクロスボウをあげ、矢をセットした。「できた。簡単だろう？」

「弦を後ろに引く力さえあれば、それほど難しくはなさそうね」

「よし。さあ、持ち方を教えよう」

「ええ、お願い」

「念のため注意しておくが」メイソンは真顔で言った。「クロスボウは殺傷力のある強力な武器だ。子供のときに遊んだ弓矢とはわけが違う。銃と同じくらい、場合によっては銃以上の威力がある」

サブリナも、急に彼と同じくらい真剣な表情になってうなずいた。これでいい。ゲーム感覚でクロスボウを手にして、けがをしてもらいたくはなかった。

メイソンは彼女にクロスボウを持たせた。少し斜め後ろに立ち、サブリナを正しい位置に立たせる。至近距離で彼女の体温を感じ、シャンプーのフローラルな香りを吸いこむのは、このうえなく甘い拷問だった。体勢を調整しようとサブリナの腰の右側に添えた手が震える。ショートパンツの下にやわらかな体を感じ、彼は凍りついたように立ちつくした。心のなかの欲望がふくれあがる。

サブリナが不思議そうな目で肩越しにメイソンを見た。

彼はやむなく手をおろし、ゆっくりと息を吐いた。「照準器を使ったことはあるかい？」

「ええ、ライフルで。クロスボウのも似ているわね」

「ああ。的に照準を合わせて、風を読んで」

「左から右に、かすかに風が吹いているわ」サブリナはそう言うと、弓をわずかに左にずらした。「これだけ？　あとは発射すればいいの？」

「そうだ。落ち着いて、ゆっくり引き金を引くんだ。それから反動に気をつけろ。ライフルほどではないが、跳ね返りがあるから」メイソンはそう言うと、後ろにさがった。

サブリナは時間をかけて微調整をしてから、引き金を引いた。矢が勢いよく放たれ、的から大きく左にはずれる。彼女は腕への反動で後ろによろめいた。メイソンはサブリナが転ばないよう、ふたたび腰をつかんだ。すると、彼の手はまるで意志を持っているかのように華奢なウエストに指を滑らせ、彼女を抱き寄せた。メイソンはもう我慢できなくなり、彼女の首筋に顔をうずめた。

脛《すね》を蹴られるか、肋骨に肘打ちをくらうかするに違いない。メイソンはそう覚悟していたが、サブリナはゆっくりとクロスボウをおろし、首をかすかに傾けた。これだけで充分だった。メイソンは左手を上に滑らせ、彼女のシャツの下に忍びこませた。あたたかくてやわらかな肌に酔いしれながら、首筋に唇をあて、軽く吸う。

悩ましげなサブリナの息づかいに、メイソンの下半身が張りつめた。まさか、こうして彼女に触れることができるとは思ってもみなかった。だが、やめろと言われない限り、自分からやめるつもりはない。

メイソンはサブリナが制止できるよう、ゆっくりと右手を下へと滑らせた。彼女はとめなかった。ショートパンツの上から下腹部に触れると、びくりと身をこわばらせ、喉から低いうめき声をもらす。彼は服の上から愛撫を続けながら、唇と舌でサブリナの首筋を味わった。

思っていたとおり、塩辛く甘い味がする。

クロスボウはすっかり忘れられ、地面に落ちていた。サブリナがメイソンの腕のなかに入り、彼に向かって口を突きだす。メイソンは手を下に滑らせて腰からサブリナを持ちあげると、彼女の唇に唇を押しあてた。キスは熱く、濃厚で、とろけるように甘美だった。だが、まだ物足りない。これだけではとうてい満足できない。サブリナの家でシャワーを浴びたあとの彼女を目にしてからずっと、彼女を押し倒してその素肌を肌で感じたい、その体に身をうずめたいという思いを募らせていた。ああ、サブリナを生まれたままの姿にしたい。今すぐに。

だがサブリナはすぐに彼を押し戻し、唇を離した。メイソンはしぶしぶ彼女をおろし、彼女がバランスを崩さないよう支えた。

「まあ、なんてこと」サブリナが声にならない声で言い、彼を見つめて目をしばたたく。

「驚くなら、自分に驚いてくれ。さあ、倉庫にクロスボウをしまおう」

メイソンはクロスボウと矢をバッグに入れ、ピックアップトラックにほうりこんでから、納屋の奥にある小部屋に彼女を連れていった。

「向こうに座っていてくれ。シグとグロックをきれいにして弾をつめ直す。数分で終わるよ」

「銃の手入れならできるわ」

「そうだろうね。だが、おれはこの仕事が嫌いじゃないんだ」メイソンが干し草の俵に腰をおろしたので、サブリナは隅にひとつだけあったデスクの椅子に座った。

彼女は引きだしを開け、なかをかきまわすと、古いコインや鉛筆、がらくたなどを手にとり、ふたたびなかに戻した。

「どのくらいここに住んでいるの？」別の引きだしを開けながら尋ねる。

メイソンはシグの手入れを終えると、サブリナの足首のホルスターに戻してから答えた。

「五年くらいだ。初めてまとまった報酬をもらったときに買った」

それを聞いてメイソンの仕事を思いだしたのか、サブリナがはじかれたように彼を見る。それから、何も言わずにまたデスクの引きだしを探りはじめた。

メイソンはグロックの手入れをしてホルスターにしまうと、外のシンクで手を洗った。

さっきの部屋に戻ったとたん、彼は凍りついた。サブリナがデスクの隣に立っている。避妊具の箱を手にして。

メイソンはごくりと唾をのみこんだ。「サブリナ……いったい何をしているんだ？」

サブリナはさっと箱を開けると、なかからひとつとりだし、美しいブルーの目で彼を見あげた。「デスクで見つけたの。ザックのよね？」

彼はゆっくりとうなずいた。息をすることすら、はばかられた。

「ひとつ使っても大丈夫かしら？」

メイソンは思わず駆けだしそうになった。「サブリナ」

サブリナは彼のもとへ行くと、片手で撫でるようにシャツに触れた。メイソンには、その感触が心臓まで伝わってくるように思われた。彼女のもう片方の手には、避妊具が握られている。サブリナはそれで彼の胸をぽんとたたいた。

「メイソン、わたし、干し草のベッドに寝るのはいやよ」そう言って、顔をしかめる。「だって、ザックがよく使っているんでしょう？　でも、とうもろこし畑ならいいわ。今まで試したことはないけれど」彼女がいたずらっぽく目を輝かせる。

「肋骨の痛みはどうだ？」メイソンは尋ねた。

「今朝、鎮痛剤をのんだわ」

彼はふたたび唾をのみこんだ。「腕の傷のほうは？」

「ちっとも痛くない」

「よし」メイソンは彼女をすくいあげ、胸に抱きかかえた。「とうもろこし畑を旅しよう」

サブリナがくすくす笑い、彼の首に腕をまわす。メイソンは壁にかかっていたブランケットをとった。だが、納屋から出るのではなく、彼女を腕に抱きかかえたままデスクに行き、避妊具を箱ごとつかんだ。

シプリアンはメイン・コンピュータがある部屋のドアを閉め、隣にあるパネルに暗証番号を打ちこんだ。ガチャリと電子ロックがかかる音がし、鉄製の扉が閉まる。せっぱつまった状況だったので、コンピュータ室のセキュリティが無事であること、そして入るべきでない人間が入室できないようになっていることを自分の目で確認しておきたかったのだ。三十分かけて監視カメラの映像をチェックし、不法侵入者がいないことを確認して胸を撫でおろした。

そのとき、電話が鳴った。シプリアンは廊下に向かう途中で電話に出た。この廊下は、公式のオフィスにつながっている。

「エディ、まだ何かあるのか？」エディはメイソンの不動産リストをすでに提出していた。そして今、コンピュータのアクセスログの解析結果も出たようだ。ビショップが何にアクセスし、どんな行動をとったのか聞いて、ふつふつと怒りがわきあがってくる。エディはなおも詳細を話しつづけていたが、シプリアンはこれ以上聞く気はなかった。今すぐ五人のエンフォーサーに連絡し、下手な言い訳をして抹殺指令をとり消さなければならない。メイソンのときと同様、ビショップがでっちあげた偽の指令だ。残念ながら、一部の指令はすでに実行されてしまっていた。無実の人が死んだのだ。

これがもし、今年になって自分の監督下で起きた唯一の事件だとしたら、すぐにでも評議会に報告しただろう。だが、すべてが明るみに出れば、墓穴《いんぺい》を掘ることになりかねない。今自分にできるのは、少なくとも事態を収拾するまで証拠を隠蔽するまでことだ。すべてが解決したあとならば、たとえ評議会にビショップの行為がばれたとしても、ハイタワーの件もすべてまとめてビショップのせいにして、難を逃れることができるかもしれない。もちろん、評議会にばれないのがいちばんだが。シプリアンは、次から次へと起こる問題にほとほと嫌気がさしていた。イグジットの目的は無実の人間を守ることなのに、自分が偽善者になった気がして後味が悪かった。

シプリアンはもはや、ビショップを待ち受ける運命に罪悪感を覚えはしなかった。その運命は、エディが口を開いた瞬間に決定した。だがまずは、メイソンとサブリナ・ハイタワーの問題に注力したかった。今のところ、ビショップは空き家を監視するので手いっぱいのようだ。ハイタワーの家に誰もいないことは、すでにストライカーが確認ずみだった。エースに制裁を加えてからすぐ、ハイタワーの家に裏口から侵入したのだ。

「わかった、エディ。恩に着る。もう少し突っこんで、なぜビショップが偽の抹殺指令を出したか調べてくれるとありがたい。今度も慎重に頼む」電話を切ると同時に、エースとストライカーが地下通路に入ってきた。

「駆けつけてくれてありがとう」シプリアンはふたりに言った。エースの顔と腕は、わずか数時間前にストライカーが打ち据えたせいで腫れあがっている。「エース、何か言いたいことはあるか？」

エースが首を横に振った。「いいえ、ありません」

「すばらしい。わたしのほうでメイソンの所有する不動産を調べておいた。国内の拠点になりそうなところにいくつか家がある。アッシュヴィルとその近郊に四カ所土地を持っているが、家が立っているのはそのうちの二カ所だけだ。まずは近隣の土地からあたろう」シプリアンはポケットから紙を二枚とりだし、一枚をエースに、もう一枚をストライカーに手わたした。「きみたちふたりで分担できるよう、リストをふたつに分けておいた。何も出てこなかった場合は、次に可能性が高いところを調べてくれ。いいか、ふたりとも。わたしはもう二度と、メイソン・ハントという名前も、サブリナ・ハイタワーという名も聞きたくない。頼んだぞ。では始めてくれ」

メイソンはブランケットの上にサブリナを押し倒した。互いの手足が絡まりあう。ふたりは無我夢中で、熱く情熱的なキスを交わした。鼻を鳴らす音が聞こえる。自分がたてた音だろうか？　彼はサブリナを腕に抱えたまま転がり、もっと彼女に近づこうと、ブラウスに手をかけた。

こちらを見あげるサブリナの目がかすかにうるんでいる。自分の目も同じようにうるんでいるのだろうか、とメイソンは思った。ブラウスの小さいボタンをはずそうとして指が震える。なぜか、今は精神的にこの作業に耐えられそうもなかった。彼はブラウスを引き裂いた。ブランケットや地面にボタンが飛び散る。

サブリナは笑い声をあげたが、メイソンの手が華奢なウエストにのび、胸の下のあたたかくやわらかな肌に触れると、はっと息をのんだ。完璧だ、とメイソンは思った。これほどまでしっくりくる女性は初めてだ。ホックがこんなに頑丈でなければ、ブラジャーもはぎとってしまうのだが。ほどなくしてブラジャーをとり去ると、薔薇色《ばらいろ》の頂があらわになった。まるで彼の視線をひとり占めしようとするかのように、太陽の光を浴びて輝いている。

「メイソン、この先を続けるなら、ラストネームを教えてくれないかしら？」

「知らないほうがいい」

「でも……」

「これからキスをする。全身にだ」

サブリナが目を見開き、じれったそうなため息をもらす。そのとたん、メイソンの体はいっそう燃えあがった。ふたりとも一糸まとわぬ姿になり、腕と足を絡ませる。やがて彼はサブリナの体を包みこんだ。彼女の日焼けした肌はやわらかく、あたたかで、まるで家に帰ってきたような気がした。メイソンは身をかがめ、サブリナの胸の先端を口に含んだ。彼女がかすれた声でうめき、体を弓なりにする。

サブリナの体はこのうえなくやわらかくて甘美だったが、メイソンはそれだけでは満足できなかった。ああ、もっと彼女がほしい。これ以上、一瞬たりとも待てない。彼は下のほうへと移動していき、サブリナのなかに舌をうずめた。

サブリナは身をのけぞらせ、ぎゅっとブランケットを握りしめた。舌先で与えられる悦《よろこ》びに、いてもたってもいられなくなる。メイソンに指や舌でこのうえなく優しく愛撫され、彼女はわれを忘れた。

耳のなかで鼓動が響き、下腹部が張りつめる。もう限界だと思った瞬間、サブリナは官能の渦に襲われ、体のなかに衝撃が走った。歓喜の波が押し寄せて、メイソンのたくましい肩にすがりながら、彼の名前を叫ぶ。

メイソンが彼女にキスを浴びせながら、上へと体を移動させた。サブリナの体は、彼のキスとたくみな愛撫で火のように熱くなっている。彼女はメイソンの腕や胸に手を這わせ、筋肉の感触を味わった。

うなじに口づけされ、荒い息に髪をくすぐられたと思うと、ふたたびむさぼるようにキスされる。サブリナは彼の肩にしがみつき、激しく舌を絡ませた。メイソンが彼女のめがねをとり、脇に置く。わたしったら、まだめがねをかけていたのね、とサブリナは思った。彼以外のことはすべて色あせていくようだった。今やメイソンは世界の中心であり、生きる源だ。彼がこのふくれあがった欲望をなんとかしてくれなければ、死んでしまうだろう。

サブリナの思いを感じとったのか、メイソンが唇を離し、じっと彼女の目を見つめた。そして、サブリナのなかに身をうずめた。彼の腰が円を描くように動き、サブリナは息をのんだ。メイソンが絶妙な力加減で甘美な衝撃を加えていく。やがて耳もとでうめくと、彼女を抱きかかえ、さらに速く激しく腰を打ちつけた。魔法のような感触と完璧なまでの一体感があまりに美しく特別に感じられ、サブリナは感動で喉が締めつけられた。

もっと近くに引き寄せようと彼にしがみつく。指をメイソンの背中に這わせると、無数の傷跡があるのがわかった。サブリナははっと息をのんだ。いったいどうしてこんなひどい傷ができたのだろう？　やけど？　それとも切り傷？　サブリナは彼が受けた残酷な仕打ちにおののきながら、震える手でそっと傷跡を撫でた。こうすることで、メイソンの傷を癒すことができればいいのだけれど。

　メイソンが凍りつき、悪態をついて、彼女の手をぐっとつかむ。そして自分の指に指を絡め、彼女の頭の上で押さえつけた。

　メイソンの目に浮かんだ警戒の色と、彼が受けたであろう恐ろしい仕打ちを思い、サブリナは胸がざわついた。

「メイソン、その傷はどうしたの？　何があったの？」

「きくな」

　かすれたひと言のなかに、サブリナはすべてを聞きとった。痛み、怒り、そして裏切りを。いったいどんなひどいことをされたのか、打ち明けてほしかった。メイソンを抱きしめ、いまだに彼の奥深くに根を張っている痛みをとり除いてあげたい。だが、メイソンは自らの口で彼女の口をふさぎ、ふたたび動きはじめた。ゆっくりと腰を動かし、絶妙な力加減でサブリナをたきつける。やがて彼女はすべてを忘れ、愛されているという感覚に浸った。

メイソンの手と腰に導かれるように、サブリナも彼を愛撫した。ふたりの体が完全にひとつになると、ふたたび彼女は歓喜の渦にのまれた。体じゅうの神経がこのうえない悦びに脈打っている。

二度目の絶頂は突然訪れた。衝撃のあまり背中をそらす。悦びが体を駆けめぐると同時に、メイソンが彼女の腰を持ちあげ、激しく貫いた。メイソンが腰を動かすと、ふたたび官能の波に襲われ、サブリナはあえいだ。彼がさらに一回、二回と腰を打ちつける。メイソンは体を震わせながら、片手をサブリナの腰に、もう片方の手を背中に添えて彼女を抱きかかえ、そのなかに深く身をうずめたまま、転がるようにしてブランケットの上に崩れ落ちた。

ふたりはブランケットにくるまって、長いあいだそのままでいた。明るい日の光がふたりの上に降り注ぐ。鼓動がゆっくりになり、徐々に呼吸がもとに戻ると、ふたたびまわりの世界が視界に入ってきた。

とうもろこしの緑の葉が風でぶつかりあい、さらさらと音をたてる。穏やかに揺れ、首を垂れる様子は、植物にしか聞こえない音楽に合わせてダンスする、大自然の踊り子のようだった。どこかでこおろぎが鳴いている。近くの木から、烏《からす》のしわがれた声が響く。そして、はるか遠くから、トラクターのエンジン音が聞こえた。

メイソンはゆっくり身を離すと、サブリナの体をくるりと回転させた。けだるげにウインクしたときの彼の笑顔は、眠たげで、満ち足りていて、傲慢なほど男らしかった。それからまたしてもセクシーなほほえみを浮かべると、メイソンはそっとキスをした。

「それで、とうもろこし畑で愛を交わした感想は？」

サブリナは笑って彼の胸をたたいた。「まったく自信満々なのね？　もちろん最高だったわ。本当よ」地面に横たわったまま彼の肩にもたれる。「でも、そろそろ疲れてきたかも」

メイソンが眉をひそめた。「ああ、そろそろね」そう言って、彼女に体を寄せる。

その意味を理解して、サブリナは驚きに目をしばたたいた。

「もう？」

彼が避妊具の箱を持ちあげ、振ってみせる。

「納屋の裏に屋外シャワーがある。シャワーを浴びながらセックスをするのはどうだい？」

サブリナは声をあげて笑い、メイソンを抱き寄せてキスをした。

12

三日目——午前十一時

エースは双眼鏡をおろし、首に貼った小さな絆創膏をけだるげに撫でた。大きな白いガーゼから、ようやくこの絆創膏に切り替えたばかりだ。興奮を覚えるたび、傷が痙攣《けいれん》するような気がした。

ついに復讐のときがきた。

エースは農場を臨む丘に駆け戻った。ずきずきと痛む肩を撫でる。ストライカーには、この傷の代償を払ってもらわなければならない。それ以外はシプリアンに払わせよう。だが、それはまだ先のことだ。今はメイソン・ハントとサブリナ・ハイタワーに復讐するのが先だった。

ライフルを持ってこなかったのが残念でならない。ライフルさえあれば、ふたりが裸でとうもろこし畑から納屋の裏に駆けこむあいだに二発撃つだけで片がついたのに。まあ、いい。武器ならほかにもたくさんある。近寄ればいいだけの話だ。

エースは立ちあがると、誰からも注目を浴びることのない、くたびれたシボレーへと走っていった。この車は、今回のような任務にはうってつけだった。メイソンとハイタワーを殺すのは、あっけないほど簡単に終わりそうだ。だが、満足度は非常に高い。エースは双眼鏡を助手席にほうり投げると、エンジンをかけ、道をくだっていった。

シャワーを浴びながらのセックスは、とうもろこし畑でのそれと同じくらいすばらしかった。メイソンとなら、場所は関係ないのかもしれない。

サブリナは破れたブラウスの裾を結ぶと、納屋の隣にある古い樽《たる》に座り、靴をはいた。向かい側では、メイソンが頭からシャツをかぶっている。彼はつい先ほど、『クロコダイル・ダンディー』のものまねを披露し終えたところだった。

メイソンがユーモアにあふれていて映画好きであることを知っている人がどれほどいるだろうか? 彼はSF、特に『スター・ウォーズ』がお気に入りのようだった。サブリナは『スター・ウォーズ』があまり好きではなかったし、どちらかというと『ギャラクシー・クエスト』やコミカルな『ガーディアンズ・オブ・ギャラクシー』のほうが好きだったが、黙っておくことにした。

サブリナは小さなナイフをふたたび靴にしまった。持っておくのもばからしい気がしたが、メイソンがくれたものだから思い出の品のように思え、ここに置いていく気になれなかったのだ。サブリナにとって、今朝彼と一緒に過ごした時間は特別なものだった。三十分ほど、それぞれの家族の笑い話や、ときには感傷的な話をし、ほんの少しのあいだとはいえ、彼女は恐怖を忘れることができた。だが、どれほどメイソンが魅力的で、ユーモアがあり、すてきだったとしても、彼の背中にある多くの傷跡から目をそらしつづけることはできない。

「メイソン、何があったのか話してちょうだい。お願いよ」なんのことについて言っているのか、わざわざ口にする必要はなかった。メイソンの目を見れば、笑顔が消えたのを見ればわかる。

「軍隊にいたときのことだ」彼は静かな口調で言った。「シートベルトをつけることができないのも、そのせいだ。どんな形であれ、身動きを制限されることに耐えられない」

つまり、メイソンは縛られたんだわ。ロープが体にくいこんだのかしら？　想像するだけで心が張り裂けそうだったが、それを顔に出す勇気はなかった。彼は今、おそらくめったに口にしないことを話している。悲しい顔なんかしたら、せっかく打ち明けてくれようとしているのに、口を閉ざしてしまうかもしれない。「軍隊にいたのね？　いつ？」

メイソンはとうもろこし畑に目をやった。「ずっと昔だ。ノースカロライナ大学を卒業してすぐに入隊した。専攻は物理学と天文学だったが、簡単だったから専攻しただけで、その業界で働く気にはなれなかった。研究室や窓のないオフィスに缶詰めになって働くのは、おれにとっては拷問みたいなものなんだ。だからといって、具体的にどうすればいいのか、まったく思い浮かばなかった。そんなとき、ラムゼイに出会ったんだ」

サブリナには、物理学と天文学がどうして簡単なのかまったく理解できなかった。自分は経営学の学位をとるだけでせいいっぱいだったのだ。「ラムゼイというのは、わたしが無実だとあなたに知らせてくれたエンフォーサーね？　同じ大学に通っていたの？」

メイソンが首を横に振った。「いや、おれはラムゼイの弟とルームメイトだったんだ。ラムゼイは当時、陸軍の特殊部隊で働いていた。ラムゼイが弟のところに来たとき、軍での生活について聞いて、興味を抱いたんだ。だから入隊した」

「きっとご両親もとても喜ばれたでしょうね」

彼の顔に一瞬、笑みが戻った。「いや、まったく喜んでなどいなかった。まして、おれの学費を捻出《ねんしゅつ》するために家を担保に入れていたからね」そう言ってサブリナのほうを振り返る。「だけど、何年も前につけはすべて返した」ふたたび笑顔が消える。「ひとつを除いては。そしてそれは、もう決して返せない。その相手は、おれが見つけだす前に死んでしまったんだ」

樽の上に置いていたサブリナの指に力が入る。「あなたの背中に傷をつけた人のことね？」

メイソンがうなずいた。「その男はジャッカルと呼ばれていた。だが、自分にされたことの仕返しをしようと思っていたわけではない。おれの部下に……そして部隊の仲間にしたことに対して、代償を払わせてやるつもりだった」嘲《あざけ》るように唇をゆがめる。「だが、軍はおれがやつを追うことを許さなかった。当時、何か政治的ないざこざか紛争のようなものがあって、ジャッカルを殺すと一部の部族の族長との交渉が決裂するかもしれなかったんだ。服務期間が終わるとすぐに、おれは軍をやめた。国を出て、自力でやつを捜しだすつもりだった」

「ジャッカルを」

「そうだ。だが、おれが外国に行く前に、やつは殺された。そんなとき、シプリアンに会ったんだ。いやむしろ、シプリアンがおれに会いに来たと言うべきかもしれない。シプリアンは、おそらくおれの経歴を見て、おれのことを捜していたんだろう。おれが、自力で正義を貫くことができない人の代わりに、正義を追求したいと思っていることを知っていた。おれはシプリアンに、ラムゼイのことと、彼もこの仕事を気に入るだろうということを伝えた。あとは、だいたい想像どおりだ」

サブリナはじっとうつむいたままのメイソンを見つめた。厳密には、彼はまだ、どのようにして傷を負ったのか話していない。いつか話してくれますように。わたしたちに〝いつか〟が来ればの話だけど。わたしに未来があればだけど。背筋が震え、何か不吉な予感がした。

「さあ」

つい先ほどまでの暗さが嘘のように、メイソンが彼女に手をさしのべた。

「簡単な朝食をつくろう」彼が言った。南部訛りが耳に心地いい。

「もう朝食はとったと思っていたわ。わたしはシリアルを食べたの」

「エネルギーを使い果たした。また腹が減ったんだ」メイソンがウインクする。どうやってエネルギーを使い果たしたのかを思いださせる、セクシーなウインクだった。

サブリナは咳払いをした。「それに、料理はできないんじゃなかったかしら」

メイソンが大げさなため息をつく。「手のこんだものはね。ふたりで力を合わせればなんとかなるさ」

家に向かう途中にあるピックアップトラックの前を過ぎようとしたとき、メイソンが彼女の手から自分の手を引っこめた。「待って。納屋に時計を忘れた」

シャワーを浴びながらセックスをするためにはずしていたのだ。サブリナはうっとりとため息をついた。ため息をついた理由を察したのだろう、メイソンがウインクをして、彼女にキスをしようと身をかがめた。

バン！

低い銃声が朝の静けさを破った。納屋の脇から木片がシャワーのように降り注ぐ。ほんの一瞬前、メイソンがサブリナにキスをしようと体を傾けるまで、彼の頭があった場所だ。

メイソンは悪態をつくと、彼女をつかんで地面に押し倒した。さらに銃声が響く。

「どこから発砲しているの？」サブリナは声を張りあげた。メイソンが彼女を連れて納屋の後ろに隠れる。

「家だ」納屋のなかからアラームが響いた。「敷地内に設置しておいた警報装置が作動した音だ。まったく、なんてこった。失敗した。警戒を怠るんじゃなかった」

「わたしと体を重ねたことが〝失敗〟なんでしょうけど、その発言は責めないであげる」

メイソンが眉根を寄せた。納屋めがけて発砲する銃声が聞こえる。彼はさらに遠くへとサブリナを引っ張った。「すまない」銃を手にして言う。「そういうつもりで言ったんじゃないんだ」

サブリナは足をあげ、足首のホルスターにあるシグをつかんだ。「ここから生きて逃がしてくれたら、許してあげるわ」そのとき弾丸が、彼女のすぐ右隣にあった木の壁を突き破って飛んできた。

メイソンはサブリナをつかみ、地面に伏せさせた。「ここから逃げるぞ」

弾丸がまたひとつ、うなりをあげて近くを通りすぎる。

メイソンはあたりを見わたしたが、サブリナにはなぜ彼がそんなことをするのかわからなかった。この納屋以外に隠れる場所はない。木は遠すぎる。彼女はシグの弾を確認した。

「干し草の俵は弾丸を防いでくれるかしら?」

「確かめるのはごめんだ。それに、納屋のなかに入ったらもう逃げられない。あの男はドアをふさいで、火をつけるだろう」

ふいに喉がつかえたようになり、サブリナは唾をのみこんだ。焼死するのはいやだ。

「男？　誰が撃っているか見えた？」

メイソンがうなずいた。「エースだ。あのくそ野郎がおれの家のポーチにいる」

「まあ、なんてずうずうしい」

メイソンはにやりと笑ったが、弾丸が二、三十センチ先の壁を突き抜けると、悪態をついた。「もう充分だ。おれはトラックに行く。バックアップを頼む」

「なんですって？　防弾ベストも着ていないのに？」

「ああ、着ていなくて残念だ」彼がグロックをかまえた。「準備はいいか？」

「撃たれないでね、メイソン」

「努力する。きみもな」

サブリナは銃口を地面に向け、両手でシグをかまえた。

次の瞬間、メイソンがピックアップトラックめがけて駆けだした。走りながら、家に向けてグロックを発砲する。

サブリナは納屋の角に身をかがめ、ポーチに向かって立てつづけに発砲した。もっとも、人影は見えない。身を守るために陰に隠れたのだろうか？　それとも移動したの？

ピックアップトラックのドアがバタンと閉まり、エンジンがかかる。

彼女は静まり返った家を不審に思いながら、銃をかまえていた。

メイソンがアクセルを踏んだ。ピックアップトラックのタイヤが粉塵《ふんじん》を巻きあげながら納屋へ向かって走っていく。やがてトラックは納屋の裏でキキーッという音をたてて急停止した。運転席側のドアが開く。

「乗れ」彼が叫んだ。

ほかにもエンジン音が聞こえ、サブリナは思わず納屋の反対側の角を振り返った。

「乗るんだ、サブリナ。早く！」

さし迫った声を聞き、彼女は前に飛びだした。サブリナが駆け寄ると、メイソンは彼女を引きあげて助手席に押しこみ、ふたたび急発進した。ハンドルを切り、とうもろこし畑のなかを猛進するうちに、ドアはひとりでに勢いよく閉まった。

なぜこんなことをしたのか尋ねようとしたとき、答えがわかった。シボレーがものすごい勢いで向かってきたのだ。サブリナはとっさに身をかがめた。ハンドルを握っているのはエースだ。窓から銃をかまえている。

メイソンが開け放った窓からグロックを発砲すると、エースの車がガタンと音をたてた。フロントガラスに蜘蛛の巣のようなひびが入り、車体がこちらの左後方ぎりぎりのところを勢いよく滑り抜けていく。

「伏せろ」メイソンが命じた。それと同時に、足を思いきり踏みこみ、車を発進させる。バサバサバサッ。とうもろこしの茎がピックアップトラックの両側にぶつかり、下側をこすった。

サブリナはメイソンの命令を無視して、座席に座ったまま後ろを振り返った。リアウィンドウを開け、そこから腕を出すと、猛スピードで追ってくるエースの車めがけて発砲する。バン！　バン！　バン！　運転席側のひび割れたガラスをねらう。

ガラスが砕け散り、破片が車の内側に落ちた。エースは悪態をつくと同時に急ブレーキをかけ、左に向きを変えた。エースが発砲した弾がガラスを突き破り、サブリナのすぐ近くに命中する。

「伏せろ」メイソンが叫んだ。

「いいから運転して。ここはわたしに任せてちょうだい」彼女はシグをかまえ、リアガラスからさらに身をのりだした。

次の瞬間、驚いて悲鳴をあげた。メイソンが彼女のシャツをつかみ、車のなかに引き戻したのだ。革張りの座席を滑り、助手席側の足もとにどすんと落ちる。

メイソンがサブリナをにらんだ。「おとなしくしっかりつかまっていろ！」

サブリナはにらみ返し、彼のどこが好きだったのかと考えた。命令されるのは嫌いだ。しかも、得意の射撃で自分たちを守ることができたはずなのに。

ピックアップトラックはぐんぐんスピードをあげていく。車体の両側にあたるとうもろこしが、緑と金色にかすんだ。

メイソンが左を見てにやりと笑った。「もうすぐだ」

「もうすぐどこなの？」サブリナは銃をつかんだ。メイソンが助けを求めようと求めまいと、参戦する準備はできている。

彼は返事をしなかった。ふたたび左を見て、顎を引く。「受け身をとれ。接近戦になりそうだ」

メイソンの計画はわからないけれど、いいことが起こるはずはない。サブリナは銃を足首のホルスターにしまい、体を丸めた。すぐ近くで別のエンジン音がする。メイソンは窓から手をのばし、ハンドルをさばきながら何度も発砲した。ピックアップトラックが百八十度旋回し、粉塵を巻きあげる。サブリナは、体が前後にぶつかるのをぐっとこらえることしかできなかった。

「いたっ」頭をダッシュボードにぶつけ、思わず声をあげる。

銃声が鳴り響いたのに続き、近くでけたたましい金属音が聞こえた。エースがどこかに衝突したのだろうか？　でも、とうもろこし畑のまんなかで何にぶつかるというの？

メイソンはふたたびアクセルを踏み、二十メートルほど進むと、ブレーキを踏んでピックアップトラックをとめた。

「大丈夫か？」やっとサブリナのほうを見てきく。

彼女は後頭部を撫でた。「絶好調よ」

「ここで待ってろ」メイソンがドアを開け、外に飛びだした。

「あなたこそ、ちょっと待ってよ。わたしも一緒に行くわ」サブリナはシグをつかんだが、座席の下から這いでてきたときには、すでに彼の姿はなかった。まったく、メイソンは聞く耳を持っていないのだろうか。

彼がどこへ行ったのかわからないまま外に出たら、かえって邪魔になるかもしれない。そう思い、サブリナは待つことにした。床に膝をつけ、座席に肘をのせて、開け放った運転席側のドアから、折れたとうもろこしの茎を見つめる。あたりは低いエンジンのうなりが聞こえるだけで、ふたたび静寂が訪れていた。だが今回は、こおろぎすら鳴いていない。

「いったいどうなっているの？」サブリナは小さな声で言った。一分が経過した。そして二分。これまでだ。もうこれ以上待つことはできない。メイソンは助けを必要としているに違いない。そうでなければ、もう帰ってきているはずだ。それにわたしは、もともとじっとうずくまっているタイプではない。どうせ倒れるのなら、戦って倒れたい。

サブリナは車の床から這いだして、運転手席側の座席に滑りこんだ。シグをかまえると、ピックアップトラックから飛びだし、いちばん近くのとうもろこしの茂みに向かう。そのとき突然、手から銃が奪われた。彼女はぱっと振り返り、相手の膝をねらってキックを繰りだした。

メイソンが脇に飛びすさり、なんとか直撃を逃れると、彼女をにらみつけた。「待ってろと言ったはずだぞ」

「わたしだって待ってと言ったでしょう。エースを捜すのを手伝うわ」

メイソンはうなり声をあげてサブリナのウエストあたりをつかむと、彼女を持ちあげ、車内に押しこんだ。サブリナが助手席に滑りこむやいなや、彼が運転席にどすんと腰をおろす。そしてバタンとドアを閉めると、アクセルを踏み、もと来たほうへとピックアップトラックを走らせた。

「何が起きたの？　エースはどこ？」サブリナは銃をかまえ、リアガラスから外を見た。

メイソンはサブリナをつかみ、彼女の頭を自分の膝にのせるようにして、座席に伏せさせた。「殺されたいのか？」

「忘れたの？　わたしは嚙むのよ」ぴしゃりと言った。

メイソンは目を見開き、賢明にも彼女を放した。

「何が起きたの？」サブリナは繰り返した。「衝突音が聞こえたわ」

「やつの短気を利用したんだ。畑の端におびき寄せ、あとを追わせて木に激突させた。だが車内を確認したら、エースはいなかった。しばらく足跡を追ってみたが、林のなかに入っていったようだ。木陰からねらい撃ちされたらたまらないから、逃げ帰ってきた」

「じゃあ、エースはどこにいてもおかしくないのね」

「そういうことだ」ピックアップトラックはとうもろこし畑を過ぎ、家の脇にある裏庭を走っていた。メイソンはポーチの横に車をとめた。「すぐに戻る」トラックから飛びおりると、ステップを駆けのぼり、なかへ消えていく。

しばらくして、メイソンはふたりの荷物を持って出てきたが、そのうちのひとつには、前よりもだいぶ中身がつまっているようだった。彼が荷物をトラックの後ろに投げ入れる。なかに銃や弾をつめこんだのだろうか？

ピックアップトラックに飛び乗り、メイソンが道路へ車を走らせた。タイヤをきしませながら二車線の田舎道を疾走し、南へ向かう。

サブリナは背筋をのばして座席に座り、家を振り返りながらシートベルトを締めた。太陽の光はどこか金属的な輝きを帯びていた。そのとき、彼女ははっと息をのんだ。エースがとうもろこし畑のそばに膝立ちになり、こちらに銃口を向けている。

「伏せて！」サブリナは叫んだ。

メイソンが彼女の上から覆いかぶさるようにして座席に伏せる。それと同時に助手席の窓が割れた。彼は悪態をついて起きあがると、車が道をはずれないようハンドルを直した。

窓の外にシグをかまえ、サブリナが数発発砲した。エースがとうもろこし畑のなかに入って身を隠し、彼女は満足げな声をもらした。だが残念なことに、エースに命中していないのは明らかだった。

ピックアップトラックは音をたてて角を曲がった。そして、家ととうもろこし畑が視界から消えた。

「本当にこれが名案なの？」サブリナはコンクリートのポーチから、周囲にあるごく普通の家々を見わたした。メイソンが鍵をピッキングしているのを隠すように、彼に背中を向けて立っている。体の後ろで銃を握りしめ、いつでも発砲できるよう準備してあった。

「ラムゼイがおれやブキャナンと結託していることにシプリアンが気づかなければ、おそらく大丈夫だ。しかも、ラムゼイが所有している不動産を突きとめなければいけないからね。ただし、あくまで仮定の話だ。注意を怠ってはいけない」メイソンはドアをこじ開け、急いでなかに入った。

サブリナもあとに続き、ドアを閉め、鍵をかけてメイソンを見やった。「アラームが鳴っているわ。これは……」

「警報装置だ」メイソンはまっすぐ警報装置のパネルに向かい、暗証番号を打ちこんだ。アラームがとまった。

サブリナは、飛びかかってくる人がいないことを確認してから銃口をさげた。「ここはラムゼイの家なの？」

「そうだ」

「それで堂々とピッキングしたのね。でも、どうしてアラームの暗証番号がわかったの？」

「ラムゼイは数字を覚えるのがあまり得意ではなくてね。必ず、住所の下四桁を暗証番号に設定するんだ」

「なるほど。考えたこともなかったわ」

「プロの泥棒には間違いなくばれるはずだ。だがラムゼイは眠りが浅いから、あまり気にもしていないのだろう。そもそも、なぜ警報装置を設置しているのかも謎だ。ここに泊まることになったら、番号は変えるつもりだよ」メイソンは銃を手に、部屋から部屋へ移動していく。

彼がなぜわざわざそんなことをするのか、サブリナにはわからなかった。彼女が立っているリビングルームから、ほとんど家全体が見わたせた。彼女はシグを足首のホルスターにおさめた。

「ここって、あの町なかにあったあなたのモダンな家みたいなもの？　単なる拠点で、ラムゼイが実際に住んでいる場所ではないのね？」

メイソンが銃をしまいながら部屋に戻ってきた。

「きみはおれの別荘がよほど気に入らなかったようだな」

「そうは言ってないわ」

「言われなくてもわかるさ。あそこにいたとき、顔じゅうから嫌悪感がにじみでていた。この場所についてだが、なんと、はずれだ。拠点じゃない。ここはラムゼイが育った家だ。出張しているとき以外は、ほとんどここに住んでいる。不自然な音が聞こえないか注意しておいてくれ。これからラムゼイに電話して、ブキャナンのほうの進捗《しんちょく》状況をきく」

「わかったわ。わたしは……ちょっと家のなかを見てまわっているわね」

メイソンが顎を少しあげ、にやりと笑った。「詮索好きの図書館員め」

サブリナは顔をしかめた。「図書館員？」

「なんでもない」メイソンは彼女にキスをすると、携帯電話をつかみ、番号を押した。

サブリナはため息をついた。唇がまたずきずきする。エースがメイソンの農場まで追いかけてこなければ、今ごろ自分たちが何をしていたかは言うまでもなかった。心底、エースが恨めしい。

ラムゼイの家の壁には写真がたくさん貼ってあり、祖父の書斎を思わせた。祖父も壁一面に所狭しと孫たちの写真を飾っていた。それから、わたしが描いた絵も。わたしの絵は、祖父の自慢だったのだ。

胸のあたりがうずいた。どうしようもなく、兄と祖父に会いたかった。だが、感傷に浸ったり感情的になったりしている暇はない。メイソンに言われたとおり、しっかりと聞き耳を立てておかなければ。

車が一台、家の前を通りすぎる音がする。耳を澄ませて車がとまらなかったことを確認してから、サブリナはふたたび写真を見た。二、三枚の写真に、シプリアンが写っているのがわかった。イグジットのパンフレットを飾っていたのと同じ、にこやかな笑みをたたえている。シプリアンはラムゼイの上司だから、写真に写っているのは当然だろう。だがそれでも、怒りがわきあがってきた。この人がわたしの家族を、わたしとメイソンを殺す命令をくだしているのだろうか？　真実はわからない。けれども、これほどの権力を持った人が、自分の会社がわたしたちをねらっていることを知らないなんて、とても信じられない。

一枚は夕食会のような場面の写真だった。近寄ってみて、足をとめる。彼女は目を丸くした。壁から写真をはぎとり、近くで確かめる。

「ラムゼイは電話に出ない。あとでかけ直すことにするよ」

サブリナは、いつのまにか隣に来ていたメイソンを見あげた。「この女の人は誰？」そう言って写真を突きだす。

彼が肩をすくめた。「交際相手が誰かわかるほど、シプリアンに会う機会はないんだ。それにしても、燃えるような赤いドレスだな」

サブリナは眉をひそめて写真に目を落とした。「違うわ。腕を組んでいるほうの女性じゃないの」端のほうにいる、黒いドレスを着た黒髪の女性を指さす。「この人よ。いったい誰なの？」

メイソンが真剣な様子でじっとサブリナを見つめた。「なぜ知りたいんだ？」

「見たことがあるの」

「どこで？」

「兄の葬儀で。兄の友人はほとんど知っているんだけど、彼女のことはわからなかった。義理の姉が射るような目でにらんでいたから、もしかして……」

「トーマスは浮気をしていたのか？」

サブリナはうなずいた。「前にもそういうことがあったの。ええ、そうよ。ありうることだわ。わたしは面と向かって彼女にお引きとり願うよう言うつもりだったの。でも、話をしたり名前をきいたりする前にいなくなってしまったのよ。わたしは、トーマスがまたアンジェラを傷つけたことに怒っていたんでしょうね。この人のことが頭から離れなかった。だから家に帰って、彼女の似顔絵を描いたの。この人は誰なの？　どうしてシプリアンと一緒にいるのかしら？」

「彼女はシプリアンの娘のメリッサだ」メイソンがサブリナの肩に手をのせた。「きみはメリッサの絵を描いたんだね？　その似顔絵を誰かに見せたかい？」

サブリナは目を見開いた。血の気が引き、顔がまっ青になる。「ああ、なんてこと……」

「サブリナ？　誰に見せたんだ？」

「祖父よ。祖父に似顔絵を見せて、トーマスが浮気をしていたかもしれないということを話したの。祖父も怒っていたわ。そして絵を持っていった。チャリティーイベントや教会でこの女性に会ったときのために持ち歩くと言ってたわ。それ以来……すっかり忘れていたけれど」

「いつだ？　いつ見せたんだ？」

「失踪とは無関係よ。あなたが考えているのはそういうことでしょう？」

「いつなんだ、サブリナ？」

「葬儀のすぐあと、祖父が姿を消す三カ月前よ。もし……もしこの似顔絵が失踪と関係があるのなら、犯人はどうして三カ月も待ったの？」サブリナは写真をサイドテーブルに置き、ぎゅっと両手を握りあわせた。

メイソンがサブリナをソファに連れていき、彼女の隣に座った。「きみのおじいさんがメリッサと顔を合わせるまでに三カ月かかったんだろう。そしてメリッサに会ったとき、おじいさんは彼女に面と向かってトーマスのことをきいたんだ」

サブリナは両手でこめかみを押さえた。「できるだけ客観的に状況を考えても、どうしてこのことが関係するのかがわからないわ。兄がシプリアンの娘と不倫していたとして、だからなんなの？　似顔絵を見た祖父がメリッサに気づいて、パーティーで彼女を問いつめたというの？　そこにシプリアンもいて、怒り狂った？　それだけでは、怒って祖父を……誘拐する理由にはならないわ」祖父が殺されている可能性については努めて考えないようにしていた。

メイソンが彼女の両手を握った。「あらゆる関係を洗いだして、どういうふうにつながっているかを考えよう。そのためには、パズルの最初のピースに立ち返る必要がある。トーマスの葬儀だ。ブキャナンからもらった資料では、きみのお兄さんは強盗に殺されたと書いてあった。犯人はつかまったのか？」

体をこわばらせながらサブリナが言った。「お願いだから、そんなことはきかないで」

「きかなければいけないんだ」メイソンが彼女の手を握りしめた。「イグジットは、必ずしも凝った殺し方をするわけではない。誰かを殺害するには、事件や事故を装うのがいちばんいいんだ。強盗殺人は簡単だし、そこらじゅうで起きているから、メディアからもあまり注目されないし」

サブリナはかぶりを振った。「いいえ、それにはあてはまらないわ。兄の事件はテレビでも新聞でも報道されたから。うちの家はボルダーでは名家なの。兄が強盗に襲われた事件についてはみんなが知っていた。トーマスの写真がしょっちゅうテレビに映ったから、テレビをつけるのが怖かったくらいよ」

「サブリナ」

彼女はメイソンの手を振り払った。「いやよ。あの事件のことは誰とも話したくない。トーマスは強盗に殺された。無差別殺人よ。兄が浮気していたといっても、不倫なんてどこにでもある話でしょう。殺されるほどのことじゃないわ」

「父親の立場から見たら、どうだ？」

サブリナは顔をしかめた。「どういう意味？」

「シプリアンはメリッサを溺愛《できあい》していた。きみのお兄さんがメリッサを傷つけたのだとしたらどうだ？　もしかしたら、お兄さんは結婚していることを隠していたのかもしれない。メリッサがそれに気づいて父親に話したとしたら？　シプリアンは古風な倫理観を持っている。トーマスがメリッサをだましていたのなら、激怒するだろう。トーマスに直談判《じかだんぱん》して、勢いのあまり誤って殺してしまうこともあるかもしれない。あるいは、誰かほかの人間を使って殺そうとするかもしれない。実際に起こったこととは違うかもしれないが、可能性はある。選択肢のひとつだ」

「いやよ」サブリナはなおも言った。「わたしは信じない」

メイソンがしばらく彼女を見つめた。「きみのおじいさんは、強盗殺人についてなんと言っていた？」

「それはもう、ありとあらゆることを言っていたわ。警察がなんの手がかりも見つけていないことに激怒していた。調査を続けろ、トーマスを殺した犯人を見つけろと、いつも圧力をかけていたものよ。絶対にあきらめなかったわ」サブリナははっと息をのんだ。

メイソンが彼女の頭をあげさせた。「おじいさんは絶対にあきらめなかった。そして、いなくなった」

サブリナは真実を探すように彼の目を見た。「シプリアンが、あるいはイグジットが、トーマスを殺したと思っているのね。祖父が捜査を続けるよう圧力をかけると……祖父も殺害した。そして、わたしが祖父の行方を捜しはじめたら、わたしを殺そうとした。途中でわたしの両親を殺してしまったことも意に介さず。そして今もまだ、その目的を果たそうとしている……これがあなたの仮説なのね？　そういうことが起きたと考えているんでしょう？」

「きみのおじいさんが死んでいると言った覚えはない」

サブリナはがっくりと肩を落とした。

メイソンが彼女を自分の膝の上に引き寄せ、抱きかかえる。わたしは弱くない、とサブリナは自分に言い聞かせた。抱いてもらう必要はない。だが、彼女は抱きしめてほしかった。ほんの数分間だけ、メイソンに肩の荷を背負ってもらいたい。恐怖と悲しみにのみこまれないように、メイソンにすがりつき、思う存分甘えるのだ。

「イグジットがわたしの家族を壊したんだわ」ようやく、サブリナは声をつまらせながら言った。

「ああ、おれはそう思っている」

「それなら、わたしもイグジットを壊してやる。手伝ってくれるわよね？」

メイソンがけげんな表情をした。サブリナを膝から抱きあげ、隣に座らせる。「何をするつもりだ？」

「イグジットに侵入するのよ。アッシュヴィルにある支社に入るの」

彼は笑ったが、すぐ真顔になった。「本気なんだな」

「大まじめよ。考えてもみて。エースにしろ、シプリアンが別の人を使ってわたしたちを捜しているにしろ、あそこを探そうとは思わないわ」

「たしかに。だが、侵入してどうするんだ？」

「シプリアンが有罪だという証拠を見つけるのよ。コンピュータのデータでも、ファイルでも。もしかすると写真かもしれないわ。何かはわからない。でも、見ればわかるはずよ。必ず何か彼を有罪にできるものがあるわ。あの建物のなかに、シプリアンを破滅させる極秘書類があるはずよ」

「たしかにあるだろう。ボルダーのオフィスと同じように、あのオフィスからも指令が出されている。だからセキュリティが強固なんだ。コンピュータには何重ものセキュリティが施されている。それから警備員もいるし、監視カメラや警報装置もある」

「そこであなたの出番よ。監視カメラと警報放置を破壊して、警備員に薬を盛る」サブリナは指を立てた。「でも殺しは禁止よ」

「まったく。殺しを禁止したら、楽しみが半減じゃないか」

「冗談はやめて。本気で言っているのよ」

メイソンがため息をついた。「わかった。まじめに答えよう。たしかにおもしろい案ではある。攻撃に打って出るというのは、なかなかいい発想だ。特に、ラムゼイと連絡がとれず、彼とブキャナンがいつ戻ってくるか読めない状況においてはね。だが、きみの案を実行するには、何週間もかけて綿密な調査をし、計画をたてる必要がある。残念ながら、おれたちにはそんな時間はない。エースが失敗したことに気づいたら、シプリアンはほかの人間をよこすだろう。そいつが失敗したら、また次が来る。おれの家に行くような危険は冒せないから、どこか落ち着ける場所が見つかるか、ほとぼりが冷めるまで、安いモーテルを泊まり歩くことになるだろう」

「ほとぼりが冷めるって……それっていったい、いつになるの？　待っているあいだに何が起きるわけ？　わたしを殺せというイグジットの指令は偽物だったんでしょう？　シプリアンがわたしの家族をねらっているという仮説が間違っていたとしたら？　彼がほかの人もねらっていて、さらなる偽の指令を出していたとしたら？　ただ座って待っているだけでは、無実の人が死んでしまうのよ」

メイソンが顔をしかめたのを見て、サブリナは彼を動かす唯一の方法がわかった。メイソンの正義感、無実の人を守りたいという気持ちをあおるのだ。彼は誇り高い人だ。メイソンの考え方には賛同できないものの、高潔さについては彼を尊敬している。メイソンがどんな思いであのような仕事をしているのかを聞いて、ゆうべはなかなか寝つけなかった。頭のなかで何度も彼の言葉を反芻《はんすう》したので、手にとるように思いだせる。彼女はその言葉を容赦なく利用した。

「〝悪が勝利する唯一の条件は、善人が行動を起こさないことだ〟エドマンド・バークの言葉よ。昨日、博識の人が教えてくれたの」

メイソンが目を細めた。「卑怯だぞ」

「その博識の人は、ほかにも教えてくれたわ。誰かを救う力がありながら何もしないのは最悪の罪だって」

「サブリナ」

「ごめんなさい。でもあなたの助けが必要なの。そのためにはあなたの罪悪感を利用するのもいとわない」

メイソンが決意したように言った。「わかった。きみの勝ちだ。イグジットに侵入して、何か手がかりを探してみよう。だが、きみは連れていかない。危険すぎる」

「絶対に一緒に行くわ。そしてあなたをサポートする。さっきエースがピックアップトラックを撃つのを教えてあげたみたいにね」

「サブリナ――」

「アッシュヴィルにあるイグジットの支社が完成したとき、見学ツアーに行ったの」

「それで？」

「エンフォーサーとミーティングをするための、秘密のオフィスがあると考えるのが妥当じゃないかしら？ ツアー会社としてのオフィスのほかに、政府関係の仕事専用のオフィスがあるはずよ。知らない？」

「可能性はある。いや、あるに違いない」

「もう一度言っておくけど、わたしには映像記憶能力があるの。建設中の様子や、オフィスの見取り図は頭のなかにしっかり入っている。秘密のオフィスがあっても、あなたなら気づかずに通りすぎてしまうかもしれない。でもわたしは、廊下を歩きながら、頭のなかの見取り図と比べることができるわ。新しく壁ができていたり、ドアの位置が変わっていたりしたら、裏に何か隠されているかもしれないということよ、そうでしょう？　秘密のオフィスを見つける糸口になるわ。パンフレットに載っているオフィスじゃなくて、ほしい情報が隠された本物のオフィスよ」

サブリナの言葉を聞いて、メイソンは不服そうに顔をしかめた。だが、一理あることを否定はしなかった。

「わたしが必要なはずよ、メイソン。認めて」彼が答えないので、サブリナは次の手を試した。「あなたなしではイグジットに侵入することはできないわ。手伝ってくれないんだったら、コロラドに帰るしかない」

「きみならそうするだろうね。だけど、なぜコロラドに帰りたいんだ？」

「コロラドがすべての発端だからよ。シプリアンがまだ祖父を殺していないとしたら、祖父はコロラドにいる可能性が高いわ。もしかすると、わたしと両親が参加したツアーのガイドを捜しだせるかもしれない。ガイドは、自分でもそうと知らないまま情報を握っているかも。祖父がつかまっている場所を探すヒントになるかもしれないわ」サブリナは両手をあげた。「あまりいい案とは言えないけれど、それ以外にどんな手があるというの？　雇った探偵がすでにガイドに話を聞いているかもしれないけど、探偵はイグジットの裏の顔を知らなかった。エースのこともね。だから適切な質問ができなかったのよ。祖父を見つけられるかどうかはわからないけれど、手がかりがある限り、どこかに隠れてじっと待つなんてことはしないわ」

メイソンが目を細めて彼女を見た。「そのコロラドの話で、おれを脅迫しているんだろう」

「効果のほどは？」

彼は悪態をついてドアへ向かった。「ラムゼイと連絡がとれないから、最悪の事態を想定したほうがいいだろう。もしかしたら、ラムゼイが加担していることがばれたかもしれない。いずれにしろここにはいられないんだ。郊外のモーテルを探して、少し身をひそめよう」

サブリナは、ドアを開けて待っているメイソンのもとへと急いだ。

「一緒にイグジットに侵入する？　それとも、わたしひとりでコロラドに行くべきかしら？」

「コロラドには行かせない。だが、調子にのるな」彼が言った。「命がけの作戦になるぞ」

13

三日目——午後九時

メイソンは、隣で腹這いになっているサブリナに目をやった。ふたりはイグジットの支社が見おろせる丘の上にいた。サブリナは彼の指示どおり、イグジットのビルから姿が見えないよう、低い姿勢を保っている。メイソンはもう一度後ろを振り返り、ピックアップトラックが木と茂みにまぎれ、完全に隠れていることを確認した。従業員が駐車場のほうを見ても、メイソンやサブリナ、ピックアップトラックには気づかないだろう。

メイソンも地面に肘をつけてしゃがみこみ、完成したばかりの三階建てのビルを赤外線双眼鏡で眺めた。窓の明かりはほとんど消えているし、ブラインドもさがっていないから、なかがよく見える。熱センサーで定期的に見える人影は警備員だろう。

そのうちのひとりは四十五分おきに通用口から出てきて、懐中電灯でビル付近の木や茂みを照らしながら、駐車場をぐるりとまわる。一周十五分だった。その後、建物のなかに入り、ひとつ上の階へ向かう。建物の反対側では、別の警備員が階段をおり、一階をまわったあと、最初の警備員が建物に入ってからきっかり三十分後、通用口から外に出る。三時間ずっと、まるで時計仕掛けのように動いていた。そういうルーティンなのだろう。

「何が見える？」サブリナがメイソンの横でささやいた。

「赤外線で見える三人の人影以外は誰もいないようだ。気になるのは、管理棟の横にとまっている三台の車だな」

「どうして気になるの？　警備員が三人に、車が三台よ。警備員以外は誰もいないということじゃない」

「おそらくね。だがこの会社は、勤務時間が終了すると、バスで次の警備員を連れてきて、勤務を終えた警備員を町まで連れて帰るんだ。町からはすごく離れているからね」

「そんなことをする会社、聞いたことないわ」

「おれはある」

サブリナがしびれを切らしたようにため息をつく。「でも、赤外線でもそれ以外の人は確認できないんでしょう？」

「ああ、見えない」

「それなら……」

「車がとまっているからといって、計画を中止するほどのことではない。きみが言いたいのはそういうことだろう？　もう夜も遅い。シプリアンのような仕事人間も家に帰っていると思う」

「よかった。それで、警備員はどうする？」

サブリナの心配そうな声を聞き、メイソンは双眼鏡をおろした。「きみの指示どおりに」おどけて言う。「殺しは禁止されているからな。なかに入るとき、ひとりには薬を使う。ほかのふたりには、できるだけ見つからないようにする。だが見つかってしまった場合は、おれがなんとかしよう」

サブリナが彼に身を寄せてキスをした。軽いキスではなく、ベッドに連れていきたくなるような情熱的なキスだった。彼女が唇を離したとき、メイソンの体はうずいていた。

「今のはなんなんだ？」彼は嚙みつくように言った。何もできない場所でこんなことをされても、ありがた迷惑だ。

「お礼よ」

「なるほど。どういたしまして」メイソンはうなるような声で答えると、脚を動かし、サブリナとのセックスがどれほどすばらしかったかを思いだすまいとした。

気をそらすな。集中しろ。

メイソンは双眼鏡をジャケットのポケットに入れた。寒くはなかったが、計画遂行に必要なものを入れておくためにポケットが必要だった。郊外のモーテルで作成した、一階部分の見取り図をとりだす。サブリナが描いた役員室は、明らかに一階の半分を占めていた。大がかりな捜索になりそうだ。

不確定要素が多かったため、捜索するのは一階のみにすることに決めた。実行するのは、この一回きりだ。それで何も見つからなければ、サブリナをどこかへ——必要とあらば外国にでも連れていくつもりだった。そうすれば、ここへ戻ってきてひとりでイグジットに乗りこむことはできない。

持参した警報装置の解除装置で稼げる時間は、長くても四十五分というところだろう。これは、警備員のひとりが外を見まわりに行ってから、次の警備員が通用口に来るまでの時間だ。警備員がルーティン外の行動をとれば、それよりも短くなる。

警備員の誰かひとりでも通用口に近づき、警報装置のランプが消えているのに気づけば、会社に連絡が行き、厳戒態勢に入るだろう。メイソンはそうなる前にビルを脱出し、高速道路に車を走らせて遠くまで行っておきたかった。だから、捜索にかける時間は三十分までと決めていた。

「解除装置を使うことで、警報装置につながっている監視カメラの映像をとめることができる」彼は説明した。「強風でもない限り、気づかれないはずだ。警備員は、木が揺れるのを見ているわけではないからね」

「もう何度もやっているみたいな言い方ね」

「数回だけだ。普通は事前にもっとちゃんと準備をする。本当に一緒に来るつもりか？　ここで待っていてもいいんだぞ」

サブリナが首を横に振った。「いいえ、一緒に行くわ、メイソン。部屋のレイアウトが頭のなかの見取り図と違う場合は、そう伝えなくちゃならないし」

ため息をつき、メイソンは今度は普通の双眼鏡で駐車場をチェックした。まだ誰もいない。だが、シプリアンはやや異常なほど会社のセキュリティにうるさい。もしもここからは見えない出入口があったとしたら？　たとえば地下通路があるとか。侵入を実行する前に数日から数週間はかけて、調べておきたかった。情報がないまま侵入するのは非常に不安だ。

メイソンはサブリナに目をやった。彼と同じように全身黒い服に身を包み、渡してあった双眼鏡で、どんな小さなことも見逃すまいというように建物を見ている。まるで、彼女の命がこの任務の成功にかかっているとでもいうように。ある意味では、たしかにそうかもしれない。もしおれに何か起きて、サブリナがひとりになったら？　ブキャナンとラムゼイは、エースやほかのエンフォーサーより先に彼女を見つけてくれるだろうか？　ピックアップトラックに乗る前にふたりに連絡をとろうとしたが、どちらも電話に出なかった。暗号化したメールでも計画を知らせたが、まだ返信はない。

サブリナが双眼鏡をおろした。「警備員が出てきたらすぐに行動に移せるよう、通用口の近くに行っておくべきじゃないかしら？」

メイソンはため息をついた。「ああ、そのとおりだ。そうしよう」

サブリナが双眼鏡をポケットに入れた。

数分後、ふたりは持ち場についていた。警備員が出てきたらすぐに、メイソンが解除装置を押し、監視カメラの映像をとめることになっていた。

「サブリナ?」

彼女は通用口をじっと見つめている。メイソンの声が聞こえていないようだ。

「サブリナ?」

サブリナが顔をしかめた。「何?」

「ハントだ」

彼女が困惑したように眉をひそめる。「なんのこと?」

「おれのラストネームさ。ハントというんだ」

するとサブリナは、メイソンがこれまで見たことがないほど美しい笑みを浮かべた。

ああ、なんて厄介なんだ。

そのとき通用口のドアが開き、警備員が外に出てきた。

「行こう」メイソンはささやいた。「おれが警備員を片づけてから、なかに駆けこんでくれ」

サブリナがやけに興奮した様子でうなずいた。なんだかわくわくしているようだ。まるでクリスマスのときの子供みたいに。メイソンは今ごろになって、作戦の危険性を充分に伝えきれていなかったのではないかという不安に襲われた。

「いったい何をもたもたしているの?」彼女が小声で言う。

「知るもんか」メイソンはリモコンを押して監視カメラを停止させると、液体をつめた注射器をとりだした。

「わたしを眠らせたときは布だったじゃない」

「そしてきみは、予想よりはるかに長いあいだ気を失っていた。こっちのほうが用量を調整しやすい。準備はいいか？」

「ええ。気をつけて」

「きみもな」メイソンは身を隠していた布をはぎとり、警備員のところへ向かった。

サブリナはメイソンに続いて次の部屋に入り、彼の肩をたたいた。五本指を立て、約束の三十分まであと五分しかないことを知らせる。メイソンは親指を立てると、デスクへ行き、座って引きだしを漁《あさ》った。

最初の部屋で捜索したときの手順どおり、サブリナはまっすぐファイルキャビネットへ向かった。これまでのところ、見つけた書類はすべて完全に合法なもので、実際のイグジットのツアーに関するものばかりだった。さまざまな法律関係の書類を保管している部屋もあったが、土地の払いさげや使用許可に関するものだけだ。私有地や国立公園でのツアーの催行を許可する内容で、その土地の所有者や、さらには政府とのあいだでとり交わしたものまである。

サブリナはファイルキャビネットの最後の引きだしを漁ったが、似たようなものしか見つからなかった。会社の裏の顔に関する情報はいっさいない。ツアー会社以外の業務内容を示唆するものは何ひとつ見つからなかった。シプリアン個人に関するものも皆無だ。彼女はがっくり肩を落として引きだしを閉めると、メイソンが何か見つけてはいないかとデスクに向かった。だが、何か違和感を抱き、立ちどまってあたりを見わたした。

ドアから頭を出し、廊下に出る前に、警備員がいないか確認する。そしてその場でぐるりとまわり、見学ツアーに参加した日のことを思い起こした。やがて、そのときの建物の様子が見えてきた。ドアから外に出ると、目の前にある石膏ボードの壁に、工事中のむきだしの木材が重なって見えた。長い廊下に並ぶドアを数えながら、心のなかで部屋と部屋のあいだの距離をはかる。

間違いない、ひと部屋足りないわ。

サブリナは最初に調べた部屋の前まで廊下を走っていくと、今度は見学ツアーのときと同じように、ゆっくりと歩いた。立ちどまった場所には、先ほどは調べずに飛ばした清掃用具入れのドアがあった。これだわ。最後の部屋まで走っていくと、ちょうどメイソンがしぶい顔をしてドアから出てくるところだった。

「何をしている?」彼が強い口調で言った。「おれから離れない約束だろう」

「わかったの。清掃用具入れにからくりがあるわ。スペースをとりすぎている。両隣の部屋はもっと広いはずよ。さもなければ……」

「清掃用具入れの奥にもうひとつ部屋があるのか。そして、どこかに秘密のドアがあるんだな」

「そのとおり！」そう言ってから声が大きすぎたことに気づき、手で口を押さえた。

メイソンは廊下に警備員がいないか確認し、彼女を部屋に引っ張りこんだ。ふたりは右奥にある壁へ向かった。

「この壁がここにあるのはおかしいわ」サブリナは声をひそめて言った。「本来の場所より、数メートルこちら側にある」

メイソンも喜ぶと思ったのに、彼は首を横に振った。時計を見て心配そうな表情を浮かべている。

「もう行かないと。予定より一分も長く建物のなかにいる」彼はサブリナの肘をつかみ、ドアのほうへ引っ張った。

「待って、少し余裕があるんじゃない？」サブリナはそう言って、メイソンを引っ張り返した。「警備員が一周するのに四十五分かかると言ったわね。あと五分、この壁の裏に何があるか調べてからでも、次の警備員が外へ出る前に脱出できるわ」

メイソンは部屋のまんなかで、正面から彼女を見据えた。「サブリナ」真剣な口調で言う。

「これはゲームじゃない。これ以上ここにいるのは危険だ。時間切れなんだ」

「そのとおり」ドアのほうから声が聞こえた。

頭上の電気がつくと同時に、メイソンはサブリナを自分の後ろに押しやった。さっとグロックを手にとり、すばやく二発撃ちこむ。小さな部屋のなかで、銃声は気味が悪いほど大きく響いた。

サブリナが銃に触れるよりも早く、誰かが後ろから彼女をつかんだ。

メイソンはあたりを見まわしている。

「気をつけて!」彼女は叫んだ。

メイソンはさっと振り返ったが、すでに遅かった。メイソンの後ろにいた男が、銃で彼の頭を殴る。メイソンは床にくずおれた。

サブリナはメイソンに駆け寄ろうとしたが、背後の男に引き戻され、動けなかった。ああ、どうかメイソンが無事でありますように。

メイソンの近くで、別の男が床に横たわり、もがき苦しんでいる。メイソンが撃った男だろう。その向こうでは、高級なダークグレーのスーツに身を包んだ男が、顔をしかめて床を見おろしていた。

「ビショップ、大げさなまねはやめるんだ。防弾ベストを着ているだろう。今にも死にそうな演技をする必要はない」

濃い色の目が上を向き、サブリナを見た。男の口もとに、まるで夕食会で会ったかのような笑みが浮かぶ。

「ミス・ハイタワー、こうして直にお目にかかれるとは光栄です。シプリアン・カルデナスです」

14

三日目——午後十時

　サブリナは部屋の隅で、自分と椅子を縛りつけているロープをほどこうともがいた。ここは、つかまる直前にふたりが見つけた、壁の裏に隠されたシプリアンの秘密のオフィスだ。彼女を縛った男——ビショップ——に思いきり腕を引っ張られ、抜けだせる見込みはまるでない。猿ぐつわをはめられているため、犯人たちに文句を言うことすらできなかった。左右の手のロープをもう一度引っ張ってみたものの、びくともしない。彼女は椅子に倒れこみ、メイソンが半分引きずられるようにしてシプリアンのデスクの前に連れてこられるのを眺めることしかできなかった。

　片面の壁がひと目で偽物とわかる窓になっていて、ロッキー山脈に沈む太陽のような映像が流れている。シプリアンはさながら王のように鎮座し、部下のストライカーとビショップが両側からメイソンに銃を突きつけていた。メイソンは手錠をかけられている。まるで裁判所のようだ。

　先ほど目を覚ましたとき、メイソンはまるでどうかしてしまったかのように、必死で手錠をはずそうとした。ストライカーが蹴ったり殴ったりしておとなしくさせようとすると、メイソンは手錠をされているにもかかわらず、果敢に抵抗した。だがどれほど彼が強靭《きょうじん》で意志が強くても、頭から血を流し、手錠をかけられている状態では、それ以上抗《あらが》うことはできなかった。ひどいわ。その残酷な仕打ちを見て、サブリナはシプリアンとその部下への怒りをいっそう募らせた。

シプリアンは先ほど、メイソンに下着一枚になるよう命じていた。防弾ベストと隠し持っている武器をとりあげるためだ。メイソンがシャツを脱いだ。サブリナは、初めて彼の背中にある蜘蛛の巣のような傷跡を目にし、心が張り裂けそうになった。指で触れたときに想像したよりも、はるかにひどい。なぜ彼があんなに必死に手錠をはずそうとするのか、その理由がわかった。ジャッカルに縛られたとき、ロープが体にくいこんでいたのだろう。想像を絶する痛みだったに違いない。メイソンが生きているということ自体が、彼の忍耐力と意志の力の証明なのだ。その彼がまたしてもこんなひどい仕打ちを受けるなんて、あんまりだ。

立ち向かおうとすら思えなければ、どれほど意志が強くても無意味だ。頭から大量に流れた血が、首や肩のあたりで乾いている。意識を失うのは時間の問題だろう。メイソンが足もとをふらつかせながら、シプリアンに焦点を合わせようとするかのように頭を振る。あんな暴行を受けたあとでは、まっすぐに立っているだけでもひと苦労に違いない。

唯一の慰めは、ビショップと呼ばれた男がメイソンと同じくらい痛みに身もだえていることだった。防弾ベストを着ていたとはいえ、撃たれたときの痛みは身をもって知っている。このまま死ぬのだろうと思ったほどだ。動いたり息をしたりするだけで、熱い針で体じゅうを刺されたような激痛が走った。だがビショップがやったことを考えれば、それでも軽すぎるくらいの報いだ。

シプリアンが指を鳴らした。「メイソン」そう言って両手をたたく。「メイソン、やっと来てくれたな。目を開けてくれ。きみたちふたりの処遇を聞くまでは、意識を失うわけにはいかないだろう？」

部屋の隅にいるサブリナからも、メイソンが無理やり頭をあげさせられ、背筋をまっすぐにさせられたのが見えた。メイソンはひどいめまいを感じているはずなのに。彼に対する仕打ちを見て、サブリナはシプリアンを軽蔑した。

「さあ、これでいい」シプリアンが満足げに言った。「ひとつ伝えておかなければいけないことがある。メイソン、きみには大変がっかりしたよ。わが社を裏切った元エンフォーサー――デヴリン・ブキャナンと共謀しているようだね。なぜきみのように忠実な男が、何年もの訓練をふいにして、あのような男と結託したんだ？」

メイソンのぼそぼそした返答は遠すぎて聞こえなかった。彼はすっかりうなだれ、足もともふたたびふらついている。

ストライカーが腹部を殴り、メイソンが腹を押さえた。サブリナは猿ぐつわに向かって声にならない叫び声をあげ、ふたたびロープをはずそうともがきはじめた。

メイソンはなんとかストライカーを押し返し、ふたたび体を起こした。やり返そうとするストライカーを、シプリアンが手で制止する。

「もういい。意識を失われると困る。さあ、教えてくれ、メイソン。なぜブキャナンと結託している？　きみたちはいったい何をたくらんでいるんだ？　いや、それより、誰かほかに協力者はいるのか？」

ふたたび頭をあげたメイソンが吐き捨てるように言った。「失せろ」

シプリアンが鼻をひくつかせた。ストライカーを見て、うなずく。

ストライカーがメイソンの脇腹にパンチを見舞った。

メイソンがビショップのほうによろめく。サブリナは猿ぐつわ越しに怒りの叫びをあげた。ビショップが痛みにうめく。

シプリアンがあきれたように目をむいた。「もういい。銃で殴ったときの力が強すぎたようだな、ストライカー。今の状態ではどうしようもない。地下通路に閉じこめておいて、あとで仕切り直そう。ビショップ、おまえも後ろからついていきなさい。メイソンがおかしな動きをしたら、殺してかまわない」

「かしこまりました」ビショップが肋骨のあたりを押さえながら、声を絞りだすようにして言う。

「メイソン」シプリアンがつけ加えた。「ストライカーとビショップがきみを連れていくあいだに変な気を起こすなよ。わたしのところにミス・ハイタワーがいることを覚えておくんだ。十分以内にストライカーからきみを地下通路に閉じこめたという電話がなければ、ミス・ハイタワーの命はない。わかったね？」

メイソンは動かなかった。

ストライカーがメイソンの髪をつかんで頭を後ろに引っ張り、シプリアンのほうを向かせる。「返事をしろ」

「サブリナに手を出したら」メイソンが嚙みつくように言った。「きさまを殺す」

シプリアンの顔がまだらに赤くなる。「連れていけ」

サブリナは、ストライカーがメイソンの肩をつかみ、部屋の反対側にある廊下へ連れていくのをパニック状態で見送った。ストライカーが壁のある場所を押すと、頭上に一直線に並んだ赤いライトが点灯し、扉がスライドして、コンクリートのスロープが現れた。シプリアンが言っていた地下通路だろう。いったいメイソンに何をするつもりなの？　彼女は肌がすりむける痛みをこらえながら、ふたたびロープと格闘した。

地下通路に続く扉が閉まり、サブリナはシプリアンとふたりでとり残された。シプリアンはまるで獲物に襲いかかる蛇のようにじっとりした目でこちらを見ている。

彼女は必死でロープを引っ張った。ゆるんできたように感じるのは、気のせいだろうか？

「さてさて」シプリアンがジャケットを直しながらデスクをまわりこんだ。「きみとわたしのふたりだけになったね、ミス・ハイタワー。名前は、サブリナといったかな？　サブリナと呼んでもかまわないかね？　おや、失敬。これはとんだ失礼を。きみが話せなくては、ちゃんとした会話をすることはできないな。これでどうだ？」シプリアンは彼女の口に貼ってあった粘着テープをはがし、猿ぐつわをはずした。

勢いよく粘着テープをはがされたせいで顔が燃えるように痛い。だが、シプリアンに弱さを見せたくない一心で、虚勢を張った。

「おや？　特に非難や批判はないのかね？　先ほどこちらをにらみつけていたから、メイソンの処遇について、少なくとも大声でまくしたてるくらいのことはすると思ったのだが」

「この人でなし。こう言えば満足かしら？」

シプリアンがため息をついた。「そんな言葉はきみには似合わない。だが、口を開いてくれたね」椅子をつかみ、手前に引き寄せてから腰をおろす。「今回の件ではきみを引っ張りまわし、本当に申し訳ないと思っている。きみや、きみの家族を傷つけるつもりはまったくなかった。今回のことは……遺憾だ」

「遺憾？　兄や両親、それに祖父を殺したくせに。これからわたしも殺されるわ。インテリぶってスーツなんか着て、〝今回のことは遺憾〟ですって？　吐き気がするわ」

彼が美しく整えた眉をひそめた。「おやおや。実に奇妙な言われようだ。教えてくれ。そんな話はどこから出てきたんだ？　いったい誰の話をしているのかね？」

「否定はしないのね」

シプリアンが肩をすくめた。「認めもしないし、否定もしない。どちらも意味がないからだ。わたしが知りたいのは、メイソンときみが誰と共謀していて、何をたくらんでいるかだ。ブキャナンのことはわかっている。だが、ほかにもいるだろう？　名前が知りたい」

「知らないわ」

「なるほど。だが、本当かな？　顔を見たが名前は知らないということもありうる。きみの似顔絵の腕は折り紙付きだ。鉛筆と紙を渡して、どんな顔が出てくるか試してみよう」シプリアンはそう言って立ちあがった。

「メリッサの似顔絵のことを言っているの？　祖父があなたに見せたんでしょう？」

振り返ってサブリナを直視すると、シプリアンはふたたびゆっくりと腰をおろした。サブリナはすぐに、彼を挑発したことを後悔した。シプリアンが何をしたのか、兄の死と祖父の失踪にどう関与したのかをききだしたかったのだ。だが、シプリアンを怒らせてしまったかもしれない。

「ミス・ハイタワー、きみはわたしが思っているよりずいぶん事情に詳しそうだ」

「何も知らないわ」サブリナは言葉をにごした。「あなたが言ったのと同じで、ただの仮説よ」

「だろうね。だがときに、仮説は驚くほどあたる。きみの想像どおり、わたしは今、ミスの後処理をしているんだ。だが詳細を知らないままでは、すべてをカバーできたか確証が持てない。イグジットとわたしについてきみが知っていること、あるいは仮説でもかまわない、すべて教えてくれないか」

「もし拒否したら？」

舌を鳴らし、シプリアンが言った。「それは……残念だ。そしてわたしは、残念な思いをさせられるのが嫌いでね」彼は優雅な身のこなしで椅子から立ちあがったが、デスクのいちばん下の引きだしからとりだしたものは、優雅さとは無縁のものだった。

シプリアンが近づいてくるあいだ、サブリナは泣き言を言うまいと、ぎゅっと顎をこわばらせていた。

「本当に拒否していいのかね、ミス・ハイタワー？」

シプリアンはふたたびサブリナの前に座り、彼女の隣にある美しいテーブルを引っ張ってきた。「きみはただ、イグジットについて知っていることをすべて話して、きみやメイソン、ブキャナン夫婦と協力している人のことを描くだけでいいんだ」

サブリナは返事をしようとしたが、喉がつかえ、かすれた声しか出てこなかった。

「すまないが、もう一度言ってくれるかい？」

「くたばれ」彼女は声を絞りだすようにして言った。

シプリアンが不愉快そうに目を細め、後ろにさがる。「先ほども言ったが、きみの言葉は攻撃的すぎる。きみもすぐに自分の過ちに気づくだろう」

彼は大きなバッテリーをテーブルの上に置き、電極の片側を椅子の近くに垂らしたまま、もう片方をバッテリーにつないだ。サブリナは手に汗をかいているせいで、座っている木製の椅子の肘掛けをつかむことすらままならなかった。

「きみに痛い思いをさせるのは気が進まないが」シプリアンが言った。「いたしかたない」ふたたび立ちあがる。「少し時間をあげるから考えてくれ。わたしが戻ってくるまでに、きみが賢明な選択をして、この不快な事態を避けられるといいんだが」

シプリアンが公のオフィスに続く廊下を歩いていくのを見て、サブリナの体に安堵の波が広がった。彼の後ろで扉が閉まる。まさかシプリアンが猶予をくれるとは。この時間を、絶対に無駄にはしない。

懸命に引っ張ったりつついたりしているうちに、ロープがゆるんだのは間違いなかった。片手だけでも自由になれば、足をあげて、靴のなかに忍ばせていたナイフをとることができる。

もし、ロープをほどいて逃げられなかったら？　サブリナはバッテリーを見て震えあがった。いや、失敗する可能性を考えるのはやめよう。もし失敗したら、誰がメイソンを助けるの？

彼女は歯をくいしばりながら、ふたたびロープと格闘した。

メイソンは耳鳴りを振り払うように首を横に振った。あたりはまっ暗で、自分がどこにいるのかもわからない。はっきりと覚えているのは、サブリナにもうビルを出なければいけないと注意したところまでだった。それ以降で思いだせるのは、ぼんやりとした映像と痛みだけだ。だが、そこから起こったことを想像するだけで、恐怖におののいた。

サブリナがシプリアンにとらわれている。彼女がまだ生きているとすればだが。

いや、死んでいるはずはない。サブリナは勇敢な戦士だ。生きのびるためなら、どんなことでもするだろう。おれが助けに行くまで生きのびるのが自分の責務だとわかっているはずだ。

戦え、サブリナ。やつらに負けるな。

メイソンは手錠のあいだからのびた鎖をたどった。それはコンクリートの壁に埋まっている金属のリングとつながっており、重たい錠がかけられている。この金属のリングこそ、サブリナのところへ行くことを妨げる、唯一の敵だった。彼は両足を広げて壁に踏んばり、腕に鎖を抱え手首で押さえこむようにして、体じゅうの怒りと憎しみを金属のリングに集中させた。

短く二回息を吐いてから、深く息を吸いこみ、鎖を引っ張る。同時に足で壁を押し、体じゅうの筋肉を使って、小さな輪に力をかけた。あまりに力を出したせいで、頭ががんがんする。手に汗がにじみ、鎖が滑りやすくなったが、あきらめることはできなかった。筋肉が燃えるように痛む。メイソンはなおも鎖を引きつづけた。腕と脚が震えだし、ついに、のびきった麺みたいに力つきる。彼は尻もちをついた。鎖が手から滑り落ちる。メイソンは冷たいコンクリートの床に横たわってあえいだ。

もう一回だ。もう一度挑戦しなければならない。あきらめるわけにはいかない。サブリナがおれを信じて待っているのだ。

腕と脚の震えがおさまると、メイソンは起きあがり、ボクサーパンツでてのひらの汗をぬぐってから、ふたたび腕で鎖を抱えこんだ。腕に触れる鎖の感覚に、一瞬、心の奥深くでパニックが起きる。ワイヤーが体にくいこむ感覚、ぱっくりと開いた傷口に塩水をかけられたときの痛みがまざまざとよみがえった。

違う、あれはもうずっと前のことだ。今はイグジットにいるのだ。サブリナがおれを必要としている。パニックに陥ってはいけない。

もう一度やってみようと手首に鎖を巻きつけた。冷たい鋼が皮膚にくいこむ。違う、おれは今、地下通路にいるんだ。メイソンは鎖を引っ張った。

〝本気でそんなに簡単に逃げられると思っていたのかい、兵隊さん？〟

〝人間の姿で勝負しろ〟メイソンは暗闇に向かって叫んだ。ジャッカルが笑い声をあげる。

メイソンは笑い声のしたほうにくってかかったが、鎖に引っ張られた反動で体が飛びあがり、コンクリートの床に倒れこんだ。

鞭《むち》が飛んできて皮膚を切り裂く。

灼熱《しゃくねつ》の太陽がじりじりと体を焼いた。沈黙を貫こうと、メイソンは舌を噛んだ。悲鳴をあげてなるものか。

ふたたびジャッカルが笑い声をあげた。鞭がうなりをあげて襲いかかってくる。

憤怒と激痛がうめき声となってメイソンの口からもれ、暗い空に響いた。


サブリナは顔をあげ、地下通路に続く廊下を見あげた。獣の悲鳴にも似た声が聞こえ、全身に鳥肌がたつ。

メイソンはいったい何をされているの？

彼女は、右手首を椅子にくくりつけている太いロープをナイフで懸命にこすった。シプリアンが帰ってくるまでに、あとどれくらい時間があるだろう？　部下たちはどこにいるの？メイソンと一緒に、まだ地下通路のなかにいるのだろうか？　それとも、シプリアンに指示されたほかの仕事をするべく、地下通路をあとにしたの？

やっとロープが切れ、地面に落ちた。やったわ！　サブリナはナイフを閉じ、ポケットにしまうと、飛びあがってメイソンの服と、デスクの横に落ちていた防弾ベストをとりに走った。腕に抱えこむようにして拾いあげると、できるだけ音をたてないようにしてデスクの引きだしを漁り、鍵を探す。メイソンは鎖につながれていた。ナイフはたいして役にたたないだろう。

あった！　引きだしのまんなかに鍵束がある。サブリナは鍵束をつかみ、地下通路のほうへ走っていった。扉は閉まっていたが、ストライカーたちが去っていったときのことを頭のなかで再現する。そして壁に手をのばし、ストライカーたちがさわっていたまさにその場所に触れた。カチッという音がする。すると頭上で赤いライトがまたたき、扉がスライドした。奥から、またしてもうめき声が聞こえる。

今行くわ。がんばって。

サブリナはメイソンの持ち物を持ってスロープを走った。シプリアンが銃を置いていってくれたら完璧だったのだが、もちろん置いていくはずがなかった。銃のことは、メイソンを見つけてから考えればいい。今はとにかく、シプリアンの部下と会わないよう祈るしかない。

彼女は地下通路の角を曲がって立ちどまった。通路はまだ続いているが、左側の壁にドアが三つあった。鋼でできたドアには頑丈な南京錠《なんきんじょう》がかけられている。ガチャガチャと鍵束を鳴らしながら、鍵穴に合う鍵を探す。メイソンがどの部屋にいるかわからないから、ひとつひとつ部屋を探していくしかない。

サブリナはあたりを見まわした。とはいえ、誰かがいたらどうするべきかはわからなかった。隠れる場所はない。

ついに、ぴったりと鍵穴に合う鍵を見つけた。鍵をまわそうとしたちょうどそのとき、メイソンの苦しげな叫びが聞こえた。

いちばん奥にあるドアからだ。

サブリナは鍵穴から鍵を抜くと、そのドアに駆け寄った。「ちょっと待って」小声で言う。「今出してあげるわ、メイソン」今度は、運がサブリナに味方した。一回試しただけで、合う鍵が見つかった。鍵をまわすと、大きな音が壁にこだまし、彼女は縮みあがった。錠をはずし、床に投げ捨てる。

サブリナは片手に鍵とメイソンの服を握りしめたままドアを開け、すばやく電気をつけて、なかに駆けこんだ。コンクリートの床で、靴がきしむような音をたてる。彼女は、メイソンがのばした手から数センチのところで足をとめた。銀色の手錠からのびている、長く重い鎖が、メイソンの体に巻きついている。鎖は、コンクリートの壁に埋めこまれた大きな金属のリングにつながっていた。

メイソンがサブリナを見あげた。息づかいは荒く、髪は血にまみれている。

「なんてことなの、メイソン」サブリナはすべてを投げだし、シプリアンのデスクからとってきた鍵束だけを手に、メイソンの横にひざまずいた。「さあ、これで……きゃあ！」

メイソンは手で彼女の口をふさぐと、ぐいと体をつかみ、床に押し倒した。サブリナの頭がコンクリートにたたきつけられる。

彼女はメイソンの手のなかで叫び声をあげた。彼が全身でサブリナを押さえこみ、のしかかるようにして顔を近づける。

「やっとつかまえたぞ、ジャッカル」メイソンが吐き捨てるように言った。脅すように白い歯をむきだす。「もう二度と、誰かを傷つけさせはしない」

彼の目に宿った狂気に、サブリナは身をすくめた。その目はこちらに向けられているものの、サブリナを見てはいなかった。彼女のことを敵だと思っているのだ。

メイソンがまるで刺すように彼女の肋骨を手で突く。防弾ベストが衝撃をやわらげてくれたが、それでも胸がつまりそうになり、息を吸いこむのもつらかった。彼がふたたびサブリナを突いた。

そのとたん、燃えるような激痛が走った。どうしよう。

逃げなければ殺されてしまう。

「メイソン」サブリナは彼の手のなかで言った。

「黙れ」メイソンがうなり、彼女の口を手で押さえつける。

サブリナはメイソンの指に嚙みつき、股間にひざ蹴りを繰りだした。彼が手を引っこめ、体をよじり、腹を抱えてうめく。サブリナが這って逃げようとすると、彼は雄叫《おたけ》びをあげ、彼女の脚をつかんだ。そして体の下に引っ張りこんで、拳で殴ろうとするかのように腕をあげる。

「メイソン、やめて！　わたしよ、サブリナよ！」殴られることを覚悟し、頭の上に両手をあげ、目を閉じた。

「サブリナ？」苦悩に満ちたあえぎ声が聞こえた。

彼女はゆっくりと腕をおろし、メイソンを見あげた。

メイソンが恐怖におののきながら彼女を見おろす。殴ろうと掲げた手はまだ宙に浮いていた。「サブリナ」震える声で言った。「なんてことだ。おれはいったい何をしたんだ？」メイソンは両手をサブリナの体の下にさしこみ、彼女を抱き寄せると、優しく包みこむように揺すった。そしてサブリナの髪を後ろに撫でつけ、頭に頬を押しつける。「すまなかった」彼はそっとささやいた。「本当に、本当にすまなかった」

メイソンが服を着るあいだ、サブリナはドアのところで耳を澄ませていた。メイソンを鎖につないだあとビショップとストライカーがどこへ行ったのかはわからないが、また戻ってくるかもしれない。メイソンは、自分がもう少しでサブリナを殴ろうとしていたことがいまだに信じられなかった。一撃でサブリナの華奢な顎を粉々にしてしまったかもしれないのだ。いや、もっとひどいことになる可能性もあった。それなのに、彼女は怒るどころか、おれの頭のけがを心配し、地下通路を抜けだせるだけの気力があるか尋ねてくれた。

みじめだった。この問題……拘束されると理性を失ってしまうことについては、もうずっと前からわかっていた。だが、それが誰かほかの人を危険にさらすことになるとは考えたこともなかったのだ。いつかこの埋めあわせができるかどうかもわからないが、まずはサブリナをこのビルからできるだけ遠くに連れだそう。それにしても、視界がぼやけ、すべてがふたつに見えるのは本当に困る。

彼は頭を振り、視界をはっきりさせようとしたが、頭痛がひどくなるだけだった。

「メイソン?」ふいにサブリナが隣に来て、手を彼の胸にあてて心配そうに見あげた。「少し座って休む?」

「大丈夫だ。早くここから出なければ」

「銃をとってこられなくてごめんなさい」シプリアンがどこに置いたかわからなかったの」

メイソンは彼女の顎をあげた。「謝らないでくれ。きみはおれがこれまで出会ったなかで、いちばん勇敢な女性……いや、いちばん勇敢な人間だ。シプリアンに立ち向かい、おれを捜しに地下通路までやってきた。ごめんなさいなんて言わないでくれ」の手をとる。「行こう。何か起きたら、そのときに考えればいい。ここにいても危険からは逃れられない」

彼女の手を引いて、メイソンはドアのところまで大股で歩いていった。足がもつれないようにするのさえ大変だった。頭を殴られたせいでぼんやりする。おそらく脳震盪《のうしんとう》も起こしているのだろう。シプリアンのオフィスで何が起きたかすら覚えていないので、この数時間の記憶をつなげるために、サブリナの説明を聞かなければならなかった。

メイソンは地下通路をじっと見つめた。「わかったぞ」声をひそめたまま言う。「このスロープを左にくだろう。地下通路はおそらく、駐車場の下を通っている。運がよければ、ピックアップトラックを隠してある茂みのすぐ近くに出るはずだ」

「運任せはいやよ」隣で走りながらサブリナが言った。「わたし、運とは相性がよくないの」

メイソンは目を細めた。何度も視界をはっきりさせようと試みるが、うまくいかない。ポケットから車のキーをとりだし、彼女に手わたした。「きみが運転してくれ。おれは今、よく目が見えないんだ」

サブリナが心配そうに彼を見て、つないでいた手に力をこめた。メイソンは生まれて初めて、恥ずかしさで顔が熱くなった。サブリナの身を守るために強くなければならないのに、彼女に自分のことを心配させるなんて、こんなみじめなことはない。

数秒後、くだりのスロープが終わり、通路が平坦《へいたん》になった。ライトはここまでしか届いていない。ふたりはまっ暗な空間に足を踏み入れた。

「これはなんなの?」サブリナが小声で言った。

彼女を自分の後ろにかくまい、メイソンは立ちどまって焦点を合わせた。すべてがぼやけているが、シャベルや熊手などの道具が木の壁に立てかけてあるのはわかる。

「茂みから見えた管理棟だ。地下通路の入口を管理棟に見せかけたんだろう。向こう側にドアがあるはずだ」

メイソンはサブリナの手を放し、木の板や袋をかき分けながら、数メートル先にある管理棟へと急いだ。やはり、地下通路のなかにあったのと同じような鋼鉄のドアが、入口を――この場合は出口を――守っていた。彼はノブをまわし、少しだけドアを開けて外をのぞいた。

三メートルほど向こうで、ビショップとストライカーとエースが言い争っている。いちばん口数が多く、わめき散らしているのはエースだ。自分の名前が何度も出てきたので、メイソンにもエースがどうして怒り狂っているのかわかった。だが、メイソンが必死で自制しなければならなかったのは、ストライカーがサブリナに何をしたいか、下世話な話をしたときだった。ストライカーのところへ飛びだしていって、顎めがけて拳をお見舞いしなかったのは、三人の男がみな銃を携帯していたからだ。もちろん不意を突けば、ひとつなら銃を奪えるかもしれない。だが、ほかのふたりを丸腰にする前に、間違いなく撃たれてしまうだろう。

メイソンは静かにドアを閉めた。

「何が見えた?」サブリナが小声できいた。

メイソンは、ドアを開いても相手からは見えない位置まで彼女を引っ張った。「ビショップとストライカーが外で話をしている。エースはちょうど今、ここに着いたところのようだ。なぜおれたちをつかまえたことをもっと早く教えてくれなかったのかとわめき散らしている。

この数時間おれたちを捜していて、ここでの〝お楽しみ〟を逃したことに激怒しているらしい。それから、おれを尋問したあと、誰がおれの頭に銃弾を撃ちこむかでもめている」

サブリナがはっと息をのむ。メイソンは彼女の手をぎゅっと握った。ふたりはとらわれの身で、選択肢は限られている。地下通路のなかへ逃げたとして、秘密のオフィスに戻る前に三人がなかに入ってきたら、隠れる場所はない。それにおそらく、向こうには銃を持ったシプリアンがいる。どちらにしてもうまくいくとは思えない。

唯一うまくいく可能性があるのは、やはり、三人の不意を突くことだろう。自分が三人の気を引き、サブリナを逃がすのだ。

「ドアの後ろにしゃがんでくれ。おれがやつらを攻撃したらすぐ、ここから出て、ピックアップトラックのある茂みに行くんだ。キーはまだ持っているな？」

「ポケットに入っているわ。でも……」

ドアのすぐ向こうから声が聞こえた。メイソンはサブリナを自分の後ろに隠した。足がふらつき、壁に手をついてめまいをこらえる。

「メイソン」彼女が絞りだすような声を出すと同時に、ドアノブがまわった。

メイソンはサブリナを無視し、拳をあげて飛びだそうとした。

サブリナが彼をつかみ、ドアの後ろの壁へと引き戻す。メイソンは彼女の手を振り払い、よろめきながらドアのほうへ向かった。サブリナが防水布を持ちあげてメイソンの頭からかぶせ、ふたたび彼を壁のほうに引き戻したとき、ドアが開いた。彼女はメイソンの腕を引っ張り、床に引きおろすと、すぐに自分も防水布の下にもぐりこんだ。

メイソンはサブリナをにらみつけたが、それが彼女に見えているかは疑わしかった。重い布の下はまっ暗だった。今、自分にできるのは、ただじっと身をひそめ、物音をたてないようにして、防水布の下にふたりが隠れていることに気づかれないよう祈ることだけだ。

足音がコンクリートの床に響き、すぐに聞こえなくなった。なんと、エースもストライカーもビショップも、こちらに気づかなかった。言い争いに気をとられていたからかもしれない。

メイソンは防水布をはぎ、サブリナの肩をつかんだ。「何を考えている？　殺されるところだったんだぞ」

サブリナが彼の腕を振り払った。「ハリー・ポッターの透明マントの応用よ」

メイソンは少しもおもしろくないというように目を細めた。

彼女がため息をつく。「あなたは立っているだけでせいいっぱいだし、ふたりとも隠れる場所があった。戦っても無意味だと思ったの。それに、戦わないといけない状況になったら、わたしだって一緒に戦うわよ」ぴしゃりと言った。「逃げも隠れもしないわ」

言い争っても時間の無駄だ。メイソンとしては、サブリナが逃げるチャンスがあるなら、戦いを挑んだほうがよほどよかった。防水布の下にいるところを見つかっていたら、彼女も一緒に殺されてしまったかもしれない。そう考えると胃がむかむかした。

ふたりは急いでドアの外に出て、丘を駆けあがった。メイソンは、自分でもいやになるほどぐったりとサブリナに寄りかかった。ピックアップトラックに着くころには、今にも気を失いそうだった。だが助手席に乗りこむ前に最後の力を振り絞り、彼女が無事に車に乗りこみ、エンジンをかけたことを確認した。

丘の下から叫び声が聞こえた。

「早く行け。早く」メイソンはせかした。

サブリナがアクセルを踏みこんだ。車体が横滑りし、地面に跡をつける。彼女はアクセルを踏む足をゆるめ、速度を落とした。タイヤがしっかり地面をつかむと、ふたたびエンジンを全開にし、ピックアップトラックは全速力で走りはじめた。


約五時間後、サブリナは、安くてこぎれいなモーテルで、壁にいちばん近いベッドに腰かけ、ドア側のベッドで眠っているメイソンを見ていた。体を癒せるよう、ぐっすり眠れているといいのだが、彼は痛みにうなされているかのように額にしわを寄せている。たびたび譫《うわ》言《ごと》を言うが、内容はよくわからなかった。

モーテルに着いたあと、ふたりはシャワーを浴びた。サブリナはピックアップトラックに入れてあったバッグのなかの救急用品を使って彼の傷口を洗った。幸いなことに、縫うほどではなかった。だがメイソンは動きが鈍ることを案じ、二、三時間寝れば治ると言い張って、鎮痛剤をいっさい口にしなかった。

メイソンは元気になるだろうか？　きっと元気になってくれるはずだ。でも、それは表面的なものにすぎない。ジャッカルだと勘違いされたとき、目のあたりにしたメイソンの心の闇に、サブリナは恐怖を覚えた。

両手で腕をさすりながら、メイソンが自分に向かって拳を振りあげたときのことを思い返す。彼の目に浮かんでいた底なしの怒りを思いだし、サブリナは身を震わせた。その目はわたしのほうを向いてはいても、わたしを見てはいなかった。もし彼をわれに返らせることができなかったら、何が起きただろう？　一発だけで殴るのをやめただろうか？　それとも、殴りつづけてわたしを……。サブリナはそんな考えを振り払った。

テレビの横にあるテーブルに、バッグからとりだした彼女の財布があった。そしてその隣に、メイソンのプリペイド式の携帯電話が置いてある。数分前、サブリナはひとりで行動しようと決意した。イグジットに侵入するという昨夜の試みが見事に失敗した以上、残る手段はコロラドへ行ってツアーガイドと話をすることだけだ。だから、コロラド行きの便を予約した。ひとり分だけ。

ああ、メイソンの目に宿っていた激しい憎悪と、振りあげられた拳のことばかり考えてしまう。あんなことがあったあとで、ふたたび彼を信じることができるだろうか？　正気でいる限り、メイソンは決してわたしを傷つけはしない。その点については疑っていなかった。だけどもしふたたび縛られたら、彼は何をするだろう？　そしてそうなったとき、わたしたちはどうなってしまうの？

わずか数日。ふたりが出会ってから、まだ片手で数えられるほどの日数しかたっていない。それなのに、メイソンと一緒ではなく、ひとりで行くのだと考えると胸が痛んだ。なぜ彼に対してこれほどの絆《きずな》を感じるのだろう？　なぜこうもあっという間に、メイソンに依存することができるの？　彼に二度と会えないのは、ここに残るのと同じくらい怖い。そのくらいメイソンのことを好きになってしまったのはどうして？　ほんの短いあいだだったけれど、いろいろな感情を分かちあい、生きるか死ぬかという修羅場をともにくぐり抜けてきたから、これまでの人生までもともに生きてきた気がする。だけど、それならなぜ彼と離れようとしているのかしら？

「今の世界が抱えている問題を解こうとでもいう顔をしているね」からかうような声とは裏腹に、メイソンの目は鋭く光っていた。自信がないような……心配しているような……不安そうな表情だった。まるで、サブリナの心の葛藤を見透かしているようだ。

「わたし、怖いの」彼女はぽつりと言った。

「おれのことだね」それは質問ではなかった。声はうつろで、力がない。

「正直に言うと、そうよ。さっき地下通路で起こったかもしれないこと、これから起こってしまうかもしれないことが怖いの」

「本当にすまなかった」メイソンの顔にはみじめさがにじみでていた。

「わかってるわ。謝るのはやめて。わざとやったわけではないでしょうし」

メイソンは何も言わなかった。言う必要がなかったのだ。ふたりとも、何が起きたか、なぜそうなったのか、理解していた。そして、また同じことが起こるかもしれないということもわかっている。

サブリナはベッドの枠を握りしめた。「これ以上ここで祖父の手がかりを探すことはできそうにないから、別の方法を試すことにするわ。コロラドへ行って、両親が事故にあったときガイドをしていたリック・スタンフォードと話をするの。事故が意図的なものだとしたら、ツアーを企画したのはエンフォーサーのはずよ。備品にさわることができた人は誰かきくことができれば、きっと教えて——」

「きみをコロラドには行かせない」

彼女は表情をこわばらせた。

「いいえ、行くわ」

「リック・スタンフォードはコロラドにはいないよ。シプリアンはアッシュヴィルの支社を開設するにあたって、ツアーガイドを何人か呼び寄せている。スタンフォードもそのひとりだ」

サブリナは目をしばたたいた。「どうやってそんな情報を手に入れたの?」

「アッシュヴィルに住んでいて、ニュースを見ているからだ。イグジットはあらゆる媒体を使ってここの支社を宣伝している。そのなかにスタンフォードが映っているものがあった」

「なるほど。好都合だわ。それならわたしは……その……わたしたちは……」

「おれに一緒に来てほしいか、来てほしくないか、わからなくなったんだろう?」

「ええ……わからないわ。でもたぶん……きっと……」サブリナは頭を振った。

「あと数週間で正式にツアーが始まったら、スタンフォードはラフティングとジップラインのガイドを担当することになっている」メイソンが沈黙を破って言った。「これもテレビコマーシャルで知った。今ごろはもう現地で装備をチェックしたりしていると思う。あるいは、単に事務作業をしているかもしれない」

「そこまで……連れていってくれる?」サブリナはすでに、先ほど答えをためらったことを後悔していた。メイソンを傷つけてしまった。彼の暗い目を見ればわかる。メイソンを傷つけた自分がいやになった。ついさっきまで悩んでいた問題の答えは、もう明らかだ。「助けてほしいわ。あなたの体調がよくて、まだわたしを助けてくれる気があるなら」

「もちろん助けるさ」疲れた、あきらめたような声だった。地下通路での出来事で、ふたりのあいだには大きな距離ができてしまった。「だが、おれのやり方にしたがってもらう。行動を起こす前に、丸一日……場合によっては二日かけてターゲットを監視する」

サブリナは顔をしかめた。「今度はわたしが謝る番のようね。あのビルに入るのを早まったわ。あなたは、本当はじっくり調査したかったのよね。そうすればビショップとストライカーがなかにいるってわかったかもしれないもの」

「そして今度は、おれがきみに謝るなと言う番だ。おれは大人だ、サブリナ。おれがしたくないことをやらせることは、誰にもできない。ゆうべは状況を見て、なかに入ってもリスクは少ないと判断した。昨日起きたことは誰のせいでもない。ただ……そうなってしまっただけだ」

「そういうことにしましょう。そうそう、コロラドに行かないのだとしたら、電話して飛行機をキャンセルしなきゃ」

「飛行機を予約したのか？」

「そうよ。でも、プリペイド式の携帯を使わせてもらったわ」

「誰の名前で予約したんだ？　どのクレジットカードを使った？」

「わたしのよ。でも、飛行機を予約したことがばれるはずはないわ。空港を監視しているわけじゃあるまいし」

メイソンが眉をひそめ、疲れた表情を見せる。「イグジットは空港だけじゃなく、たぶんレンタカー会社もバス停も、すべて監視しているはずだ。きみはイグジットの力をちゃんと理解していないようだな。あらゆるところにコネがあるんだ」彼は肩を落とした。「コロラ

配して、一緒に行けたかもしれないのに」

「一緒に？」サブリナは小声で言った。

「きみひとりで行かせると思ったのか？　危険すぎる」メイソンは彼女の顔を探るように見て一瞬目を閉じ、傷ついた表情をした。「おれのほうが危険だと思っているんだな」

「そんなことないわ」サブリナは彼の手を握り、力強く言った。「そんなこと思ってない。大丈夫よ……ああいう状態にされなければ。信じているわ」

メイソンは彼女の手を引き寄せ、指に優しくキスをした。「本当にすまない……」

「やめて。もう謝らないでと言ったはずよ」

「どれだけ謝っても謝り足りないよ。ラムゼイかブキャナンからもうすぐ電話が入るはずだ。そうしたら、きみの安全を確保するために、ふたりにきみを引きわたそうと思う。きみが常に背後を警戒しなくてすむような、もっとしっかりした方法が見つかるまでね。イグジットがきみをほうっておいてくれる方法が必ずあるはずだ。そうなるまで、おれはあきらめない。頼むから、もっといいやり方できみの身の安全を確保するまで、もう少しだけおれと一緒にいてくれ」

わたしは無力じゃない、ふたりはいいコンビだと言ってメイソンを安心させたかった。次に彼が縛られたとき――そんなことがあればだが――何が起きても怖くはないと言いたかった。だが、サブリナは怖かった。それにメイソンに嘘をつきたくはない。

サブリナはショートパンツでてのひらをこすり、ふたつのベッドのあいだにある時計に目をやった。あと四時間ほどで太陽がのぼる。明日は何が待っているだろう？　ツアーガイドは、祖父を見つける手がかりになるようなことを教えてくれるだろうか？　生きて、元気な祖父を見つけることができるかしら？　それとも、もうずっと前に殺されていたことがわかるだけなの？　彼女は体を震わせ、ふたたび両手で腕をさすった。

「リナ？」

「わたし、その……明日のことを考えていただけ。あなたのバッグのなかに予備のグロックが一丁ずつあるのは知ってるの。エースに追われていたときに、家から予備の銃と弾倉を持ってきてくれていたのね。でもわたしはシグが好きだったから、シプリアンにとられてしまって、それで……」

「サブリナ」

「グロックは反動が強くて好きじゃないのよ。大きすぎるし、それに……」

「サブリナ」

彼女は不安で体が震えるのを抑えようと唇を嚙みしめた。

「おれが守る」メイソンが言った。

「わかってるわ。そのせいじゃないの……わかってる」彼女はぎこちない笑みを浮かべてみせた。「飛行機を予約してよかったかもしれないわ。乗らないんだもの。スタンフォードと話をしているころ、シプリアンはコロラドに部下を派遣しているかもね」

「そうかもしれない。さあ、もう遅い……いや、早いと言うべきかな。今日は長い一日になる。睡眠をとったほうがいい」

サブリナはうなずき、もうひとつのベッドに入ろうと立ちあがった。だが、そこでメイソンを振り返った。明日がふたりで過ごす最後の一日になるかもしれないと思うと、気が変わった。サブリナは彼のベッドに戻った。

「端に寄ってちょうだい」

メイソンは驚いたように眉をつりあげたが、端にずれて上掛けを持ちあげた。サブリナはベッドに横になると、背中を彼の胸につけ、腕に頭をのせた。メイソンがもう一方の腕を彼女にまわし、ぎゅっと抱き寄せた。

15

四日目——午前九時

シプリアンはビショップが借りている一軒家の裏庭でグローブをつけた。ストライカーとエースが警報装置を解除し、ドアの鍵をこじ開ける。ビショップの家は、シプリアンの好みから言えばやや派手で仰々しかったが、隣家とのあいだに木立があるので、今朝の目的には好都合だった。

メイソンとサブリナ・ハイタワーをみすみす逃してしまうという昨夜の……失態で、シプリアンは重大なミスに気がついた。殺せるときにふたりを殺さなかったということだ。ブキャナンがイグジットに対して何をたくらんでいるかという情報を引きだすまで、ふたりを生かしておきたかったのだ。それは正当な理由ではあるかもしれないが、結果としてふたりを逃してしまった。もうひとつのミスは、ビショップにハイタワーを縛らせたことだ。ビショップはこれまでのたび重なる失敗に加えて、またしてもミスをした。もうこれ以上、容認することはできない。

ドアがぱっと開いた。ストライカーとエースが静かに家に入る。少し間を置いてから、シプリアンも続いた。足を踏み入れたキッチンはきれいに片づいていた。下品な人魚の裸像がある巨大な屋外プールよりもはるかにいい。

キッチンを通りすぎてダイニングルームに入ると、その先に、これ見よがしに大きいリビングルームがあった。輝く大理石の床の中央に、エースとストライカーに挟まれたビショップがいた。顔はまっ青で、不安そうに目を見開いている。これでいい。恐怖を感じていれば、すぐにすべてを白状するだろう。エディは見つけた情報をすべて提供してくれているはずだが、見落としがないとも限らない。念のため、本人を問いつめておいたほうがいい。証拠を抹消し、物事を軌道にのせるためには、ビショップがしたことをすべて知っておく必要がある。

ブキャナンの家族は、数カ月前、評議会に波紋を投げかけた。ブキャナンは有力者を通じて、ブキャナンの兄弟はFBIを通じて、シプリアンが職権を濫用していると訴えたのだ。だが評議会はシプリアンの釈明を受け入れ、干渉してはこなかった。ブキャナンたちは、今回の偽の指令を盾に、再び評議会に訴えを起こすかもしれない。そのような事態はどうしても避けたかった。いつかは評議会に打ち明けなければならないだろう。さもなければ、報告を怠ったと見なされ、立場が悪くなる。被害者としての立場をとるためにも、自ら評議会に報告を入れたほうがいい。

「おはよう、ビショップ。週末の朝にお邪魔して申し訳ない。だが、今回のメイソンとハイタワーの件は、とり返しがつかなくなる前に対処しておく必要がある」

ビショップが用心深く両側のふたりを見てから返事をした。「ええ……もちろんです。ただ、今日出勤したほうがいいとは気づかず……。もし気づいていたら、もちろん出社していました。どんなことでも喜んでやらせてもらいます」彼はソファやリクライニングチェアが並んでいる方向に手を振った。「三人とも、座ったらどうです？」

「それには及ばない。すぐに終わる」シプリアンはビショップの数メートル手前で立ちどまった。「今回の……一件で、メイソンが相手方に加担し、抹殺の対象になってしまったことは大変遺憾だ。彼は、部下としてはまさに理想的だからね」

ビショップが不安げに目をしばたたく。

「メイソンは弱者を助けるのが好きなんだ」シプリアンは続けた。「サブリナ・ハイタワーを抹殺する指令を与えられたことで、逆に今は彼女を守る必要を感じている。彼女が、誰に、なぜねらわれているのか、それを明らかにしようとするだろう。論理に飛躍があるが、わたしは昨夜ふたりが侵入した理由はここにあると考えている。つまり、ふたりはハイタワーを抹殺する指令を出したのは誰かを示す証拠を探していたんだ。もちろん、きみもわたしも、その答えを知っている」

シプリアンはビショップを見つめた。彼の額には汗がにじんでいる。

「教えてくれ、ビショップ。きみがメイソンだったら、次に何をする？」

ビショップは身じろぎし、汗をぬぐうために頭をかくふりをした。「わたしだったら……ええと……おそらく原点に戻るでしょう。彼女の両親が亡くなったツアーに」

「すばらしい。わたしもまったく同じ意見だ。ふたりはツアーガイドのリック・スタンフォードと話をしたいと思っているはずだ。スタンフォードはここアッシュヴィルにいる。メイソンとハイタワーが何か動きを見せたら、簡単にわかるだろう。エース、ストライカー、きみたちはスタンフォードを見張る計画を練ってくれ。サポートが必要な場合は、現地の下っ端の人間を使うといい」

「わかりました」ふたりは口をそろえて言った。

「わたしも現場に行ったほうがいいですか？　それとも本社でサポートしますか？」ビショップが尋ねた。

「実のところ、わたしは情報がほしいんだ」

先ほどまでの不安げな様子が消え、ビショップは孔雀《くじゃく》のように得意げに胸を張った。

「ボルダーのオフィスにいるエディと話をしていたんだが」シプリアンは続けた。「エディはシステムセキュリティ部門の責任者だ。知っていたかね？」

「いえ、知りませんでした」

「彼はコンピュータのアクセスログを解析してくれていた。知ってのとおり、会社のシステム上でファイルを作成したりアップロードしたりすると、毎回、その動作を行なった人物の

IDが記録される。ミス・ハイタワーに関する指令にアクセスした者のリストを依頼したんだが……ええと、この話は以前にもしたことがあるね？」

「その……大変申し訳ありません。間違った行動でした。もう二度といたしません」

「もちろん、そのとおりだ。だが、それ以外のアクセスログを解析した際、エディは何を見つけたと思う？」

「あの……その……ええと……」

「きみはギャンブル癖があるようだね、ビショップ？」

話題が急に変わり、ビショップは動揺したようだった。懇願するように仲間を見たが、助けてはもらえなかった。これから助けてくれそうな様子もない。

「もういい」シプリアンはうんざりしたように言った。「きみはオークションで〝業務〟を売り、わたしのエンフォーサーにその仕事をさせていた。そうだろう？」

ビショップが汗だくになる。シプリアンは眉根を寄せ、エースとストライカーに合図をした。

ふたりは銃をとりだし、ビショップに突きつけた。

ビショップがすすり泣くような声を出す。

「きみは高利貸しに多額の借金があったはずだ。教えてくれ、どうしたらこんなにも長いあいだ、借金のとりたてから免れることができるんだ？」

「借金は指令をこなすことで返済していました。でも、それだけでは足りなくて……。追いつめられていたんです。コロラドの家は借金の担保に入っていました。二カ月以内に返済しなければ、すべてを失ってしまう。偽りの指令を出したのは一回だけ……たった一回なんです。お願いです、もう一度チャンスをください」

シプリアンは怒ったようにうなると、ビショップの顎を拳で殴った。後ろに吹っ飛び、大理石を滑ってソファにたたきつけられたビショップが悲鳴をあげ、頰についた傷に手をあてる。このせいでシナリオが少し……狂うかもしれない、とシプリアンは思った。だが、なんとかなるだろう。

本来、シプリアンはもっと冷静な人間だった。だが、自分のアシスタントに嘘をつかれることには耐えられなかった。シプリアンはビショップの前に立ちはだかると、軽蔑をあらわにして言った。「本当のことを言えば自由にしてやろう、ビショップ。きみはわたしのアシスタントになって以来ずっと、偽の指令を出しつづけている。この二カ月に稼いだ金は、ギャンブルの借金の二倍はあるだろう。家を守るというレベルの話ではない。プールや、下品な人魚の像はどうやって手に入れた？　二度とわたしに嘘をつくな。いったい何回、偽の指令を出した？」

「わかりません」ビショップが泣きじゃくりながら答えた。「五回……いや、十回かもしれません」

「二十三回だ」シプリアンは吐き捨てるように言った。「これには抹殺指令も含まれている。

評議会にばれれば、わたしは身の破滅だ、この愚か者め」深呼吸をして心を落ち着かせると、スーツのジャケットを正す。「起きなさい、ビショップ」

ビショップがすすり泣きながら、なんとか立ちあがる。

「エース、ストライカー、しばらくふたりにしてくれないか」

彼らは即座に部屋の向こうへ行き、ダイニングルームの入口で控えた。

「ビショップ、きみには礼を言わなければならない」

「な……なんのことでしょう?」

「メリッサからトーマス・ウォージントンとつきあっていると告白されたが、スケジュールの調整がつかず、わたしは彼に会うことができなかった。それで、きみに調査を依頼したんだ。きみはちゃんと仕事をしてくれた。そのことについて礼を言いたい。きみでなければ、メリッサの恋人の名前が実はトーマス・ハイタワーだということにも、彼が既婚者で浮気をしていることにも、彼がメリッサを利用していることにも気づかなかっただろう。わたしは怒りに駆られ、きみにトーマスを殺すように命令した。この過ちが、一連の問題を引き起こす発端となってしまった。だが、きみは単に仕事として〝強盗〟を手配したにすぎない。メリッサが新聞でトーマスの死亡記事を目にしたのも、葬儀に出てサブリナ・ハイタワーに目撃されてしまったのも、もちろんきみの過失ではない」

シプリアンは力なくほほえんだ。

「サブリナ・ハイタワーが怪しんでメリッサの似顔絵を描いたこと、それを祖父に渡したことも、きみのせいではない。さらに老ハイタワーが独自にわたしを調べ、トーマスの殺害を計画したことをとがめたのも、きみのせいではない。そして、わたしがトーマスの死に関与している証拠を握っていると老ハイタワーに言われたとき、わたしは衝動に任せて彼を誘拐したが、これもきみのせいではない。老ハイタワーは、わたしの身を破滅させる証拠がいつか明るみに出ると言っているが、きみとエースが拷問をしているにもかかわらず、彼はいまだにその証拠のありかを吐かない。これも、きみのせいではない。わたしが言いたいのは、いろいろなことが起きたが、そのすべてにおいて自分の責任を自覚しているということだ。きみがわたしのために働いてくれたということは理解しているし、感謝もしている。ありがとう」シプリアンはそう言うと、エースとストライカーが待っている廊下に向かった。

ビショップがシプリアンの背後から声をかけた。「それはつまり、許していただけるということですか？」

シプリアンはくるりと振り返った。「もちろん違う。いったいどうしてそういうことになるんだね？」彼は嫌気がさしたというようにかぶりを振り、廊下を歩いた。「エース、ストライカー、ここのストーブはガスストーブだな。ガスストーブには事故がつきものだ。それから、検死官にビショップの顔の切り傷やあざを見せるわけにはいかない。よろしく頼む」

「そんな！」ビショップが叫んだ。

シプリアンは、キッチンのシンクでグローブについたビショップの汗を洗い流しながら、その叫びが耳に入らないよう鼻歌を歌った。

シプリアンは、ビショップの自宅から数ブロック先にとめたリムジンの後部座席でヘネシーをすすった。ここからでも、広い芝生や丘、高い木々のおかげでビショップの家は見えない。ボルダーからアッシュヴィルに移住するのであれば、今借りているようなアパートメントではなく、こういうところに家を借りたいものだ。緑あふれるノースカロライナには、生まれ育ったアッシュヴィルとは異なる、すばらしい魅力がある。だがメリッサは、これまでずっと住んできた場所から引っ越したくないと言うかもしれない。娘はロッキー山脈の荒涼とした美しさを愛している。シプリアンは、遺《のこ》された唯一の家族から離れて過ごすことには耐えられなかった。

二十年以上前、シプリアンは愛する妻と息子たちをハイジャックで失い、悲しみに打ちひしがれた。心に負った傷は深く、何カ月もそのショックから立ち直れなかった。メリッサがいなければ、自ら命を絶ってしまいたいという衝動に屈していたかもしれない。だがメリッサが太陽となり、笑顔の源となってくれた。自分はメリッサに救われ、彼女から勇気とふたたび働く意欲をもらったのだ。そして、ハイジャックの数年前に妻とふたりで立ちあげたツアー会社に復帰した。

イグジットがテロリズムに対抗する戦力となれば、シプリアンのように家族を失い、喪失感にさいなまれる人を減らすことができる――このアイディアは、とある陸軍将官から持ちかけられたものだった。彼はイグジットのツアー客のひとりで、ツアーのあとすぐ、シプリアンに面会を希望した。そこで、シプリアンが採用していたすぐれた人材は軍のエリート集団に勝るとも劣らないと絶賛し、絶対に口外しないことを約束させたうえで、政府の極秘計画を説明したのだ。そしてそのわずか一カ月後、イグジットの裏の組織が発足した。

イグジットの任務によって無実の人が巻き添えになり、犠牲になったことはないのかときかれれば、答えはノーだ。だが、どんな戦争にも犠牲はつきものだし、イグジットがしていることはまぎれもなく戦争なのだ。自分自身に家族を失ったつらい経験があったからこそ、部下たちを厳しく管理し、無実の人を守ろうと最善をつくしてきた。業績にも誇りを持っている。相手がブキャナンだろうと、メイソンだろうと、あるいはサブリナ・ハイタワーであろうと、自分が懸命に築きあげてきたものを破壊させるつもりはない。

シプリアンは、十年以上にわたる業務のなかでわずか数人の犠牲者が出たからといって、この仕事をやめるわけにはいかないと考えていた。ここでやめたりしたら、テロリストによって数百、いや、数千もの人々が殺されることになってしまう。だがケリー・パーカーにうつつを抜かしたために、自分は彼女が陰で何をしていたかに気づけなかった。そしてブキャナンがケリーの罠にはまっていただけだとわかったときには、もう手遅れだった。ブキャナンはイグジットの敵として、抹殺しなければならなくなった。だが、ブキャナンは姿を消した。エディがブキャナンを捜そうとしたが、失敗に終わった。もちろんシプリアンは、エディにシステムの改善を指示した。それが今回、メイソンの所有する不動産探しで功を奏したのだ。

そして今、ブキャナンがふたたび前に立ちはだかった。急場しのぎにオースティンを誘拐した。しかし、この時間稼ぎも長くはもたないだろう。それにブキャナンは、自分の代わりにメイソン・ハントを派遣し、イグジットを崩壊させようとしている。そろそろすべての敵を消してもいいころかもしれない。それから二度とこのようなことを繰り返さないよう組織を再編成し、イグジットをよりよい、強固で統率のとれた会社にする。大切なのは、わたしが何をするかだ。

メリッサと、彼女の将来の家族のために、そして世界平和のために全力をつくさなければならない。シプリアンは、妻のために、娘のために、息子たちのために、イグジットをテロリストに対抗する組織として維持する義務があった。

たとえ、どのような犠牲を払うことになっても。

エースは、スモークがかかったリムジンのウィンドウをたたいた。ウィンドウがさがり、豪華な革張りの座席にもたれたシプリアンの姿が現れる。シプリアンは静かにヘネシーをすすりながら、またしても己の招いた混乱を部下が処理するのを待っていた。ストライカーがたった今遂行してきた任務について詳細に説明するあいだ、エースは嫌悪感を顔に出さないようにするだけでせいいっぱいだった。

シプリアンにケリーを奪われて以来、エースは報復の機会をじっとうかがっていた。床が大理石のビショップの家は、コンサートホール以上に音がよく響いた。そのおかげで、シプリアンを葬り去ることができるかもしれない情報を手に入れた。偽の指令だと？　評議会がそのようなことを黙認するはずはない。まして、シプリアンがそれをとりつくろおうとしたのならなおさらだ。今は、この情報は心のなかにしまっておこう。しかしときが来たら、この情報を武器に事を有利に運ぶつもりだった。

奇跡的にシプリアンが評議会の追及を免れたとしても、エースはもうひとつ、絶対に評議会が見過ごすことはできない彼の秘密を握っていた。シプリアンを破滅させるには、老ハイタワーを助けだし、評議会に突きだすだけでいい。そうすればシプリアンの独裁は終わる。

「キッチンはあと十分か十五分で爆破されます」ストライカーが報告を終えた。

「すばらしい仕事だった」シプリアンが飲み物をドアのホルダーに置いた。「ストライカー、きみはメイソンとサブリナ・ハイタワーを消す任務の指揮をとってくれ」

ストライカーがうなずいた。自分がシプリアンのお気に入りであることを意識し、エースがそれに対してショックを受けたか確認するかのように、ちらりとこちらを見る。

エースは努めて無表情を保った。つけあがらせておけばいい。ストライカーも数少ない復讐の対象だった。今週中にはストライカーの喉をかき切ってやるつもりだ。

シプリアンがポケットから紙をとりだし、ストライカーに手わたした。エースは堂々と肩越しに紙をのぞきこんだ。それはメイソン・ハントの心的外傷後ストレス障害《PTSD》を詳細につづった軍の報告書で、縛られることで発症することや、ＰＴＳＤを負うにいたった拷問についても説明されていた。エースはジャッカルという人物の発想力を尊敬せずにはいられなかった。傷口に塩水をかけるというのは試したことがないが、非常に便利な方法に思える。簡単かつ効果的だ。

ストライカーは報告書を読み終えると、シプリアンに紙を返した。

「メイソンとハイタワーを消すためなら、どんな手を使ってもかまわない」シプリアンはそう指示を出し、報告書をちらつかせた。「メイソンの弱点は伝えた。必要なら、この弱点を突けばいい。この情報が役にたつことを祈っている」さらに紙を二枚とりだし、ふたりに一枚ずつ手わたす。「これは現地のツアーガイドに渡している地図だ。ジップライン、倉庫、このあたりの丘に掘った地下通路がすべて網羅されている。電子ロックの暗証番号もすべて書いてあるはずだ」

「ありがとうございます」ストライカーが言った。

エースはわざわざ礼を言ったりはせず、黙ったままジャケットに地図を押しこんだ。

シプリアンはこの非礼に気づいたようだった。だが今は、人に媚《こ》びへつらう気分ではない。エースは、なぜ怒っているのかわからないというようにまっすぐシプリアンを見返した。

「ストライカーの任務は必ず成功すると思っているが」とうとうシプリアンが口を開いた。「何か……予想外のことが起こった場合に備え、準備をしておかなければならない。メイソンを手なずけるためのバックアッププラン、つまり保険が必要だ。エース、きみにはそのバックアップをしてもらう」

指令を受けたときはいつもそうなるように、エースは興奮で体じゅうの血が騒いだ。「ふたりを殺すサポートをするということですか？」

「ストライカーがきみに助けを求めればな」

エースはいらだったようにため息をもらした。

「もちろん、ふたりがいる場所を突きとめるのが大前提だ」シプリアンが言った。「スタンフォードと接触してくれればいいんだが。しかし、サブリナ・ハイタワーがコロラド行きの飛行機を予約したという情報も入っている」エースに一枚の紙を手わたした。「フライトの情報だ。ハイタワーが乗っていないことを確認してくれ」

16

四日目——午後五時

サブリナはメイソンのピックアップトラックのダッシュボードからとりだした紙で顔をあおぎ、座席の背もたれに頭をもたせかけた。ピックアップトラックがとまっているのは道路から三メートルほど離れた大きなオークの木陰だったが、それでもじっとりと蒸し暑い。しかも退屈きわまりなかった。

不快な汗が胸のあいだを伝うのを感じながら、サブリナはトラックの外に飛びだした。グロックの重みに顔をしかめる。だがシプリアンにシグを奪われたから、これを使うしかない。ショートパンツの右の前ポケットに銃を押しこんだが、あまりに大きいので、落ちないようにずっと手をポケットに添えていなければならなかった。トラックの荷台にあるバッグに、予備のホルスターが入っていなかったのが残念だ。

先ほどメイソンに忠告されたとおり、誰にも聞こえないようそっとドアを閉める。もっとも、周囲には誰もいない。近づいてくる人もいないほど孤立した場所だった。

「上出来だ」サブリナが合流すると、メイソンが言った。小高くなっている場所にうつぶせになり、双眼鏡をのぞいている。「今度はドアの音は聞こえなかった」

「でしょう。思いきり閉める以外の方法も心得ているのよ」サブリナは彼の隣であおむけになり、木の枝のあいだから垣間見える、雲のほとんどない青空を見あげた。できることなら、道の反対側へ行ってうつぶせになり、崖の下にある美しく澄んだ川を眺めていたかった。水のことを考えるだけで、少し涼しく感じた。もちろん絶対に水に入ることはできない。でも、川岸に座って、爪先を水につけるところを想像することはできる。「スタンフォードと話をするんだと思っていたわ。これじゃあ、まるでのぞきね」

「これは監視というんだ。おれはのぞき屋じゃない」

「ものは言いようね」サブリナはそう言ってからかい、メイソンを笑わせようとした。退屈そうにあたりの草をちぎっては近くにほうる。「ところで、スタンフォードは何をしているの？　カヌーはまだ岸につながっているわ。最初のツアーまでにカヌーのチェックなりなんなりをするつもりなら、とっくに川からあげているはずじゃない？」

「わからない。スタンフォードの姿は見ていないんだ」

サブリナは顔を横に向けた。「どのくらい見ていないの？」

「まったく」

彼女は目を見開いた。「一日じゅう？　一度も？」

「ああ」

サブリナは警戒心を抱いた。うつぶせになろうとして、いらだたしげにため息をつき、ポケットのグロックが腰骨にあたらないよう調整する。小屋ははるか遠く、丘の下にある。目を細めてもよく見えない。双眼鏡がなくて残念だ。楽しいものはすべて——そしてホルスターも——メイソンが持っていってしまったから、自分の出る幕はどんどんなくなっていく。

「スタンフォードがなかにいるかどうかはわかる?」サブリナは尋ねた。

「おれの予定どおり、もっと早く着いて、やつが到着するところを見ていたらわかったはずなんだが」

「体を休めて体力を回復させる必要があったのよ」

「眠る前に目覚まし時計をかけたのは、疲れていて、目覚ましなしには起きられないからだ。勝手に解除されたら困る」

サブリナは肩をすくめた。メイソンを思ってやったことなのだから、謝るつもりは毛頭ない。ふたりとも休めてよかったのだ。笑顔こそ見せないものの、そのほかはいつものメイソンに戻っている。彼女は頬杖をついた。

メイソンがふたたび双眼鏡をのぞきこむ。「おれが言いたいのは、スタンフォードはなかにいるかもしれないし、いないかもしれないということだ。崖があるから、場所を移動して小屋の反対側にある駐車場を見ることもできない。もしなかにいるなら、あと一時間で出てくると思う」

サブリナは彼の肩に手を置いた。「ありがとう。あなたがここに来たくなかったことはわかっていたの。でも、本当にありがたいと思っているわ。祖父を見つけるのをあきらめるとしても、その前にできることはすべてしておかないと、自分を許せないから」手をおろして、じっと丘を見おろす。「ねえ……シプリアンがスタンフォードを消すなんてしないわよね？自分の会社のツアーガイドだもの」

「一週間前なら、そんなことはありえないと答えたと思う。だが今は……」メイソンが肩をすくめた。「何を信じていいか、かつてのおれの上司が何をするか、もうわからない」彼はサブリナに目をやり、眉根を寄せた。「なぜ今朝着ていた暗い色のシャツを着ていない？その白のタンクトップは光を反射する。監視には不向きだ」眉間のしわが深くなる。「それに防弾ベストも着ていないな？」

「あなたこそ防弾ベストを着ているの？」

メイソンは襟に指をかけ、下に引っ張ってみせた。「もう一度言うぞ。なぜ防弾ベストを着ていない？」

「気温が三十度近くあるからよ。防弾ベストはピックアップトラックのなかに置いて、涼しいトップスに着替えたの。今日一日ここにいるけど、人ひとり見ていない。防弾ベストがいるような状況じゃないわ」

彼が顔をしかめる。

「わかったわよ。一分たったら着るから」サブリナはそう約束した。メイソンが防弾ベストを着て汗だくで外にいるのに、自分は暑いからといって着ていないことが申し訳なくなった。

「今すぐ着るんだ」

「わかったわ。いつからそんなふうに命令するようになったの?」

「寝坊してからだ」メイソンはそう言うと、ふたたび双眼鏡をのぞいた。

地面から体を起こそうとした瞬間、腰のあたりで何かが震えた。サブリナが飛びあがると、彼がすぐに銃をかまえ、半分彼女に覆いかぶさるようにしてあたりを見わたした。

「何か聞こえたか?」メイソンがささやいた。

サブリナは彼の驚いた表情を見てにやりとし、腰をあげてみせた。後ろのポケットから携帯電話をとりだし、メイソンに手わたす。「あなたに用がある人がいるみたい。わたし以外にね」

メイソンはじろりと彼女をにらんでから、銃をしまい、座って携帯電話の画面をチェックした。ボタンを押し、電話に出る。「メイソンだ」

サブリナも上体を起こし、めがねの埃《ほこり》を払うと、そのままめがねをかけずにいた。さっき彼の携帯電話を借りてゲームをしていたのだ。ポケットのなかに携帯電話を入れていたことも忘れていた。

メイソンはしばらく話をしていたが、ほとんど聞くばかりで、ひと言かふた言返事をするだけだった。電話の相手が誰にしろ、いい内容に違いない。彼はゆったりとした特徴あるセクシーな笑みを見せていた。

サブリナの心臓が早鐘を打つ。ふいに彼女は気づいた。わたしは昨日までのメイソンに会いたくてしかたがないのだ。

「わかった」彼が言った。「一時間後、結果を聞くためにまた電話する。いや、スタンフォードの姿は見えない。ああ。わかった。じゃあ、あとで」メイソンは通話を切ると、ジーンズのポケットに携帯電話を滑りこませた。「ラムゼイからだ。オースティンは無事だった。偽名で別の熱傷治療センターに運ばれていた。ブキャナンを遠ざけるための罠だということがわかったから、すぐにこっちへ戻ってくるそうだ。しばらくは、父親と兄弟のひとりがオースティンに付き添って、厳重に警備するらしい。ラムゼイとブキャナンと一緒に、そのほかの兄弟とローガンという友人もこちらに合流する。一緒にイグジットと戦いたいそうだ」

「まあ、心強いわ」

メイソンがうなずいた。「彼らは一連の出来事を傍観していたわけではない。緊急会議を開いてシプリアンを処分するよう、評議会に働きかけていた。ラムゼイによれば、評議会は今、その方向で合意したようだ。シプリアンから権力を剝奪してくれるといいんだが」

「そんなことができるの？　会社のＣＥＯはシプリアンだと思っていたわ」

「そのとおりだ。だが政府との契約に、評議会の決定にしたがうという文言が盛りこまれている。シプリアンを解任することもできるんだ。シプリアンは会社を所有したままだが、決定権はなくなる」

「そんなことが法的に許されるの？　でも、告発する先もなさそうね」

「今日はここまでだ。朝になったら、町でラムゼイとブキャナンと落ちあう。作戦を練り直そう」メイソンがそっとサブリナの前髪を払った。「大丈夫だ。勝機はある。きみのおじいさんを見つけだすまで、おれはあきらめない。きみもあきらめるんじゃない」

サブリナは彼の手をとり、支えてもらいながら立ちあがった。「ありがとう、メイソン。あなたがいなかったら、とてもここまで来られなかったわ」

メイソンが両手で彼女の顔を包みこんだ。「根拠はないが、きみならきっとなんとかしたはずだ。きみは驚くほどたくましい女性だからな。それに危険なほどセクシーだ」ウインクをしてサブリナの唇にそっとキスをする。だがすぐに身を引いた。「急に、あの安っぽいモーテルに飛んで帰りたくなったよ」嘆くように言う。

「わたしも急にそんな気がしてきたわ」

メイソンが双眼鏡をつかみ、ふたりはそろってピックアップトラックに向かった。

そのとき、木立の向こうから轟音《ごうおん》が響いた。助手席側のドアに小さな穴があく。サブリナが立ちどまったところから、わずか数センチのところだ。

メイソンは悪態をつくと、彼女を地面に押し倒した。木立の向こうから、またしても銃声が響く。サブリナは面くらいながらも、徐々に、どうやら襲撃されているらしいということを理解した。遠く離れた高地にいれば絶対に安全だと思っていたのに、まさか見つかってしまうとは。

「早く！」メイソンはサブリナのウエストをつかみ、ほとんど担ぐようにしてピックアップトラックから彼女を引っ張った。その瞬間、次の銃声が響く。弾はメイソンの脚のすぐ右にあるフロントバンパーに命中した。同時に、別の弾がボンネットにあたり音をたてる。

「襲撃者はひとりじゃない」メイソンはピックアップトラックの反対側に彼女を引きこみ、そこで身をかがませた。フロントガラスが砕け散り、頭から降り注ぐ。

彼は自分の体でサブリナを守りながら、グロックで応戦した。バン、バン、バン！　そしてサブリナを地面に伏せさせてから、飛びだした。

サブリナは自分の銃をつかみ、転がるようにしてメイソンから離れると、ピックアップトラックの下から、弾が飛んでくるほうにねらいを定めた。同じ方向をねらい撃ちしているメイソンの責めるような視線を無視し、続けざまに発砲する。

メイソンはピックアップトラックの荷台に近づき、黒いバッグをひとつつかんで地面に落とした。もうひとつもとろうと手をのばしたが、さっと身をかがめる。弾が荷台の側面を突き破った。

サブリナは、最後に銃口が見えたところめがけてさらに二発撃った。ふたりをねらっている臆病者はずっと姿を隠している。これでは弾が命中したかどうかもわからない。

　メイソンはもうひとつのバッグをとるのをあきらめた。「相手が多すぎる」轟音とともに前輪に穴があき、空気が抜けた。そのはずみで車体が跳ね、奇妙な角度に傾いた。メイソンは最初にとったバッグをつかむと、リュックのように背負った。「行こう。走るんだ」サブリナの手をつかんで彼女を起こす。

「走る？」サブリナは声を張りあげた。「でも、どこへ？」

　メイソンには聞こえなかったようだ。あるいは、応戦するので手いっぱいだったのかもしれない。彼は弾倉をとりだし、次の弾をつめると、サブリナを道へと追いやった。「さあ、走って。おれもすぐ後ろから行く」

　サブリナは飛びだした。メイソンの援護射撃をしようと後ろを振り返ったが、彼があまりに近くにいるので怖くて発砲できなかった。メイソンはサブリナにぴたりと張りつき、彼女をせきたてながら、できるだけ速く引き金を引きつづけている。

　そのとき崖が目に入り、サブリナは彼が何をしようとしているか悟った。必死でとめるものの、彼は両腕でサブリナを抱えこみ、前へ突き進んでいく。

「メイソン、やめて！　わたし、泳げないの！」

　メイソンは驚いて目を見開いたが、時すでに遅く、勢いをゆるめることはできなかった。

足が宙に浮き、下にある川に向かって落ちていく。サブリナは悲鳴をあげた。

川底を力いっぱい蹴り、メイソンは全速力で上に向かって泳いだ。体の前で銃をかまえ、水しぶきとともに水面から顔を出す。だが、さっとあたりを見わたしても、彼女の気配はなかった。

〝わたし、泳げないの！〟恐怖に満ちたサブリナの声が頭から離れない。

銃声が聞こえ、弾が近くの水面に当たった。メイソンはさっと振り返った。銃を振って、なかに水が入っていないことを確認してから、崖の上にねらいを定める。そして空をバックにした襲撃者の人影に向かって、すばやく三発撃ちこんだ。そのうちの一発が首に命中し、男が悲鳴をあげる。血が飛び散り、男は糸が切れた操り人形のごとく水に落ちたかと思うと、ふたたび浮きあがった。死んだ魚みたいに、顔を下にして体を丸めている。

銃声はさらに聞こえたが、メイソンは応戦しなかった。サブリナを捜さなければ。いったいどのくらい水のなかにいるのだろう？　三十秒？　泳げないとすると、水に入る前に肺に空気を吸いこむという発想もないかもしれない。彼はホルスターに銃を押しこむと、深く息を吸いこみ、水中にもぐった。

メイソンはサブリナの白いタンクトップを探しながら、力強く水をかき分けていった。水は冷たく、澄んでいる。近くに水源があるのだろう。何か見えてもいいはずなのに、何も見えない。見えるのは、岩と川底に生える植物だけだ。彼はあたりを見まわして必死でサブリナを捜しながら、崖のほうに戻った。

やはり彼女の姿はない。

そのとき、すぐ近くで銃弾が水を貫いた。メイソンは、息継ぎのため浮上するところを見られないよう、張りだした崖のすぐ下まで泳いだ。視界がかすむ。早く空気を吸わなければ気絶してしまいそうだ。

上へ上へと泳ぎ、水面に顔を出し、思いきり息を吸いこんだ。もうひと息吸ってまたもぐろうとしたとき、白いものがきらりと光った。三メートルほど向こう——ごつごつした崖の近くの、水辺に生えた背の高い草のなかだ。

まずい！

メイソンは足を蹴り、水のなかを前に進んだ。白いきらめきは、サブリナのタンクトップに反射した光だった。草の上から少し体が見える。

彼女の顔は水につかっていた。

メイソンは近づくと、サブリナを上に向け、後ろの草に彼女の頭をのせた。サブリナは目を見開き、宙を見ている。息はしていない。ああ、だめだ、リナ。彼は気道を確保すると、サブリナの鼻をつまみ、すばやく三回、彼女の肺に息を送りこんだ。指で頸動脈《けいどうみゃく》に触れる。よし。脈は弱いが、心臓はまだ動いている。メイソンはふたたび彼女の鼻をつまみ、唇を重ねて肺に空気を送りこんだ。

「お願いだ、リナ。息をしてくれ」繰り返し空気を送り、脈をチェックする。彼女の目はただ呆然と宙を見つめていた。

　そのとき、向こう岸から声がした。メイソンは一日じゅう監視していた小屋のほうを見た。肩にライフルを背負った男がふたり、川とその周辺の林を指さして何か話している。これだけ遠く離れていても、ひとりはストライカーだとわかった。もうひとりは知らないやつだ。メイソンはサブリナの口と鼻を水面上に保ちながら、ぐったりした彼女の体を抱え、首あたりまで水につかった。

　草の陰に隠れるようにして、サブリナの肺に息を送りつづけながら、水面下で足を蹴って後ろにさがる。しばらくすると頭をあげ、草のあいだから男たちを捜した。いた。彼らは川岸でカヌーに乗るところだった。

　サブリナに三回息を送りこんでから、間を置き、呼吸を確かめる。頼む！　息をしてくれ。お願いだ。そのとき突然、彼女の体がそり返った。サブリナの体を横に傾けた瞬間、肺に入っていた水が口からあふれでた。彼女は咳《せ》きこみ、メイソンにもたれかかった。パニックを起こして目を見開き、本能的に彼の腕を振りほどこうとする。

「しっ、静かに。大丈夫。おれだ。メイソンだ」水しぶきをあげて、ストライカーたちに気づかれては大変だ。「大丈夫。心配ない」メイソンはなだめるようにサブリナに言葉をかけてから、下流の暗殺者たちに意識を向けた。本当はサブリナを抱きしめたかった。彼女は危うく死ぬところだったのだ。もう少しでサブリナを失うところだった。

彼女が暴れるのをやめ、ようやくメイソンを見つめた。「メイソン?」かすれた声で言う。

「ああ、おれだ。大丈夫だ」

サブリナは激しく咳きこみ、嗚咽《おえつ》をもらした。メイソンがもう一度彼女の体を傾けると、またしても肺から水があふれでた。下流のほうを見なくてもわかる。今度は間違いなく、ストライカーたちにも聞こえたはずだ。案の定、ふたりはまっすぐにこちらを見ていた。ストライカーが肩に背負ったライフルに手をのばし、もうひとりの男がカヌーに飛び乗る。

ああ、くそっ。「思いきり息を吸って」説明する時間はない。サブリナが空気を吸いこんだのを確認すると同時に、メイソンは彼女の鼻と口を押さえ、水中に引きずりこんだ。

水中にもぐったときにサブリナの顔に浮かんだ恐怖を見て、メイソンの心は揺らいだ。だが、もうどうすることもできない。彼女はこちらをにらみながら必死に空気を求めている。彼は川底を蹴り、先ほどサブリナを水に引きずりこんだところから六メートルほど先の川岸をめざした。そこまで行けば、ストライカーに見つかる前に彼女を水から出してやれるかもしれない。そのくらいの距離なら、溺《おぼ》れ死ぬこともないだろう。

そのとき、サブリナの歯がメイソンの手にくいこんだ。しまった、うっかりしていた。彼は手を引っこめ、サブリナの鼻をしっかりと押さえたまま、すぐに自分の口で彼女の口をふさいだ。サブリナの肺に息を送りこむと、彼女はすぐさま空気を求めてメイソンにすがりついた。だがメイソンにも、彼女にあげられるだけの空気は残っていなかった。彼自身も肺いっぱいに空気を吸いこみたいという衝動と闘っていたのだ。

メイソンはふたたび手でサブリナの口をふさいだ。だが彼女の暴れ方を見て、また肺に水を吸いこんだことを悟った。川岸まで、あと二メートル、一メートル……。彼はサブリナを腕に抱え、水から飛びだした。彼女を胸に抱き寄せながら、茂みの陰に駆けこむ。空中で体をひねり、自分の体をマットにして、サブリナが地面に落ちる衝撃をやわらげた。

バッグのなかに入っていた、かたいものが背中にあたった。メイソンはうめき声をあげて体をのけぞらせた。クロスボウだ。つまり、残念ながら予備の銃弾が入ったほうのバッグは、ピックアップトラックの荷台にあるということだ。

サブリナが咳きこんでメイソンを押しやった。メイソンは彼女を放し、振り返って灌木《かんぼく》のあいだから向こう側をのぞいた。カヌーは対岸、すなわちサブリナとメイソンと同じ側まで来ていた。カヌーには誰も乗っていない。

メイソンはあたりを見わたしてから、頭からシャツを脱ぎ捨てた。

サブリナはまだ目の焦点が定まらず、胸の前で腕を組んでいた。メイソンが防弾ベストを脱ぐのを見て、けげんそうに眉をひそめる。そして彼がサブリナの頭からベストをかぶせようとすると、身をかわしてベストを押し返した。

「リナ、やめるんだ。防弾ベストを着ろ——」

「防弾ベストを着るのはあなたよ、メイソン」サブリナは激しく咳をし、口もとをふいた。「わたしの防弾ベストがピックアップトラックのなかにあるのは自業自得なの。あなたのを着るわけにはいかないわ。サイズも大きすぎるし」

メイソンは肩越しに言った。「何も着ないよりはいい。言い争っている時間はないんだ。少なくとも男がふたり、こちらに向かっている」彼はもう一度サブリナに防弾ベストを着せようとしたが、彼女は背中を曲げて全力で抵抗した。

サブリナは這うようにして逃げると、木につかまって立ちあがった。「時間の無駄よ」そう言うと、メイソンを待たずに藪《やぶ》のなかを駆けていく。

まったく、なんて頑固なんだ。メイソンはバッグを腕にかけ、シャツと防弾ベストを着ながら彼女を追った。追いかけはじめてすぐ、彼は気づいた。サブリナがどの方向へ向かったかを見ていなければ、どこへ行っていいかわからなかっただろう。彼女は地面がかたいところを選び、できるだけ足跡をつけないようにしていた。小枝を踏みつけてもいない。

メイソンはサブリナに追いつくと、しぶしぶといった様子でうなずいた。「野外戦に慣れているようだな。通った痕跡がほとんどなかった」

「家族でロッキー山脈へキャンプに行ったときに、兄とよくかくれんぼをしたの。いつもわたしが勝ったわ」

「そうだろうね」

後ろでライフルの音が響いた。

ふたりは振り返って川のほうを見たが、この場所からはもう川は見えなかった。

「姿を見られたかしら？」サブリナが目を細めて後ろの木々を見た。

今まで気づかなかったが、彼女はめがねをなくしていた。おそらく、崖から飛びおりたときに落としたのだろう。サブリナが溺れ死にかけたとはいえ、後悔はしていない。ピックアップトラックのところにとどまっていたら、今ごろはふたりとも死んでいたはずだ。

「今のは試し撃ちだ」メイソンは答えた。「おれたちが近くにいたら、おびきだせるかもしれないから」

「どうしてわかるの？」

彼は肩をすくめた。「おれならそうするからさ。きみの銃はどこだ？」

サブリナは反射的にポケットに手をのばしてから、かぶりを振った。「崖から投げ落とされたとき、手に持っていたの。きっと落としたんだわ」

メイソンは自分の銃を彼女の手に押しつけた。「崖に向かって引っ張っただけだ。投げ落としてはいない」

「同じようなものよ。銃はいらないわ。それに、あなたはどうするの？」サブリナは銃を返そうとしたが、メイソンはかぶりを振って背中のバッグを引っ張った。

ファスナーを開き、クロスボウと矢筒をとりだして肩にかける。「どうしても撃たなければいけないとき以外、撃ってはだめだ。弾を節約しないとね。さあ、行こう」

五十メートルほど進んだところで、ふたたび銃声が響いた。近い。近すぎる。メイソンはサブリナを木の後ろに隠した。そして唇に指をあて、静かにするよう合図する。彼女もわかったというようにうなずいた。あたりの木々を見わたすサブリナは、怖がっているというよりも怒っているように見える。

「視力はどのくらいなんだ?」メイソンはそう言いながら、頭を少しだけ動かし、耳を澄ませて彼女の背後に目を凝らした。

「十メートル以内は問題なく見えるわ。それより先はぼやけちゃうけど」サブリナが小声で言った。

メイソンはクロスボウを手にとると、三十メートルほど先の木を見たまま、矢筒にしまってあった矢をつがえた。

彼女が目を丸くした。「わたしの後ろに誰かいるのね、そうでしょう? 銃を使って」

首を横に振り、メイソンはクロスボウを前におろした。「退避と言ったら、すぐによけてくれ」

「本当に銃はいらないの? あるいは、どこをねらうか言ってくれればわたしが……」

「退避」

サブリナが地面に伏せた。メイソンはクロスボウを持ちあげ、引き金を引いた。矢はターゲットの喉に突き刺さった。男は木にたたきつけられ、地面にくずおれる。メイソンの手は、弦があたったために腫れていたが、彼はかまわず、すぐに次の矢をつがえた。「あまり音がしないから、クロスボウを使っているんだ」メイソンはささやいた。「まだおれたちのことを捜しているやつらがいても不思議はない。おれを追うのに、ストライカーがたったひとりしか手下を連れてこないとは考えにくいからな。今ごろは応援も要請しているだろう」

「あなたはそんなにやり手なの？　いったい何人いたら、メイソン・ハントを倒せるかしら？」サブリナがからかった。

メイソンは力強く彼女にキスをした。サブリナは、危険にさらされたからといって、落ちこんだり怯えたりするタイプではない。美しいだけでなく勇敢なのだ。メイソンはもう一度彼女にキスをしてから、死んだ男に駆け寄った。

矢は見事に命中し、男の気管をつぶし、骨の奥深くまで達していた。即死だ。サブリナをねらっていたコルトをそのまま手に握っている。ストライカーではなかった。見たことのない男だ。肩にタトゥーが入っているところを見ると、おそらく前科者だろう。ストライカーが地元で雇った男に違いない。

サブリナが死体の隣に膝をついた。ショックを受けている。メイソンが慰めようとしたとき、彼女は男の手から銃をとった。弾倉をとりだし、弾を確認してから、ふたたび銃に弾を戻す。そしてプロ顔負けの手つきでポケットを探り、予備の弾倉を見つけると、自分のポケットに入れた。「グロックは返すわ」そう言って、メイソンにグロックをさしだす。

ふたりの後ろで小枝が音をたてた。メイソンは振り返り、音がしたほうをめがけてクロスボウの引き金を引いた。苦痛に満ちたうめき声が聞こえ、どさりと倒れる音がした。二十メートルほど向こうで、矢の先についた黒と黄色の羽がまっすぐ上を向いている。死体を見に行くまでもない。運よくターゲットを仕留めたのは明らかだった。だが、わずか数分のあいだにふたりの追っ手に見つかったことを考えると、運はつきかけているようだ。もっと守りに適した場所に移動しなければ。

メイソンは肩からクロスボウをさげ、グロックを受けとった。クロスボウを持って走るのは大変だ。ほかの追っ手に遭遇したら、撃つしかないだろう。そして銃声を聞いたやつがやってくれば、そいつも射殺する。

じっと耳を澄ましながら、メイソンはあたりの木々を観察した。虫の音も、鳥の声も、物音ひとつしない。不吉だ。

「何か策があるのなら、今決行するといいわ」サブリナが言った。

「策はある」

「どんな？」

「必死で走るんだ」メイソンは彼女の手をつかみ、全速力で木々のなかを駆け抜けた。

背後で何かがぶつかる音がした。五十メートルほど後ろだろうか。左右から叫び声が聞こえる。もう少しで挟み撃ちされるところだった。

ふたりは一目散に茂みへ駆けこんだ。低い木に隠れながら、音がしたほうへ発砲する。それに応じるように銃声が響いた。銃弾がふたりの右を通りすぎる。メイソンはサブリナを引っ張り、ふたりはほとんどしゃがんだ状態で走りつづけた。

「おれの前に行ってかがむんだ」彼は背後からの攻撃の盾になるつもりで声を張りあげた。「とまるな。向こうにある木のあいだに向かって走れ」

メイソンは背後の男たちを牽制《けんせい》しようと、弾を数発撃ちこんだ。轟音が聞こえる。彼にはすぐに、それがなんの音かわかった。ホルスターに銃をしまうと、ちょうどサブリナも足をとめ、あたりを見まわしているところだった。音の正体がわかったのだろう、恐怖で青ざめている。これからとるべき行動を思い、メイソンは心がくじけそうになった。

「こっちはだめ！　戻らなきゃ！」サブリナが彼の横を通り抜け、襲撃者のほうへ戻ろうとする。

メイソンは足をゆるめることなく彼女の腰をつかんだ。そしてサブリナの叫び声を無視して彼女を抱え、滝に向かって突き進んだ。

17

四日目――午後六時

　サブリナはオークの木の根元にうずくまり、咳きこみながら水を吐いた。そばではメイソンが追っ手を警戒しながら滝のてっぺんに銃口を向けている。とはいえ、すでに日が沈みかけていて、敵があの高さから捜そうとしても、まず見つかる恐れはなかった。

　しかし、今となってはもう、殺し屋が総力をあげて追ってきてもかまわなかった。もうあのいまいましい川に入らなくてすむのなら、喜んで降伏する。今度は意識を失わず、死にかけることもなかっただけましだろう。飛びこんだとき、メイソンにしっかり抱えられていたからだ。というより、自分からしがみついていたから。水中にいたのは束《つか》の間で、すぐ彼に引きあげられていた。

　メイソンは、よほど勇敢かばかでない限りあの滝をくだって追ってくる者はいないと判断したらしく、銃をホルスターにおさめて彼女のそばにやってきた。

「サブリナ――」

「すまないって言うんでしょう。わかるわよ。耳にたこができるほど聞いたもの。わたしは生きているわ。だから許してあげる。もう二度とこんなことはしないと誓ってくれれば、だけど」

「もう二度としないよ」

本当かしら。疑わしかったが、サブリナは心底うれしそうにしてみせた。もう溺れそうな目にあうのはごめんだ。彼女は濡れた髪を顔から払いのけると、コルトに手をのばしたが、そこにはなかった。なんてこと。「コルトをなくしちゃったわ」

「どうせきみには標的も満足に見えないじゃないか」メイソンが言う。

「見えないのはめがねがないからよ。それも、あなたに崖から突き落とされたせいでなくしたんですからね」

「まだ根に持っているんだな？」

「あたり前でしょう」

メイソンがため息をついて川をじっと見ている。流れがゆるやかで澄んでいるのは、もっと上流だけだった。ここは岩がごろごろして落差も大きいから流れも急だ。もしかしてまた、自分を川に投げこもうと考えている？　サブリナは思わずあとずさりした。

「ちょっと、やめて。わたしがなんとか助かったのは、流れがゆるかったからよ。こんなところに落とされたらたまらないわ」

「落としたりしないさ。イグジットは川沿いにあちこち拠点を設けて、ゴムボートやライフジャケットを備えているはずだ。それが手に入れば——」

「川岸を歩いて進みましょう」

「いいかい、サブリナ。冷静に考えよう。いったい何人の殺し屋に追われているのかわからないんだぞ。ここを抜けだすには川がいちばんの近道だ」

「いやよ」

「おれの携帯電話は最初に水につかったときに壊れた。ほかに助けを呼ぶ手だてはない」

「いやだってば」

「ラムゼイは、おれから連絡がないのを案じて捜しに来るかもしれない。だが間に合わないだろう。おまけに日が暮れてきた。ストライカーたちが赤外線双眼鏡を持っていたら、こっちはかなり不利だ」

「わたしはもう二度と川に入る気はありませんからね。別の作戦にしてちょうだい」サブリナは腕を組んであたりを見まわした。そこはブルーリッジ山脈のふもとだった。川以外に目に入るものといえば、木々や鬱蒼とした茂みばかりだ。メイソンが川に入って逃げようと考えるのももっともだが、もう一度水にもぐるなんてできない。絶対に無理だ。ほかの方法を探さなくては。

サブリナは夕日に手をかざしながらあたりを見まわした。「追っ手は何人だと思う?」

「叫び声とさっきの銃声の方角から察するに、四人はいるだろう。だが、ストライカーがおれたちの居場所を把握すれば、それよりもっと増やすに違いない。きっともう増員しているはずだ」

武装した男が四人もいるのに、こちらはメイソンがクロスボウと銃を一丁持っているだけで、わたしは丸腰だ。滝に引っ張りこまれたとき、メイソンにしがみつくのに必死でまたコルトを落としてしまったのだ。サブリナはがっくりと肩を落とした。「川に入るのはいや」

メイソンは彼女を抱き寄せると、頭の上に頬をあずけた。「わかっているよ」

彼のウエストに両腕をまわしたサブリナは、そのたくましさと強靭な精神力を頼もしく感じた。メイソンが少しでもうろたえたりひるんだりしていたら、とっくにくじけていただろう。

「サブリナ、ほら」彼が体をずらして空を指さした。「あれが見えるかい?」

彼女はあたたかな胸からしぶしぶ顔をあげた。「何かしら……」さらに目を細める。「待って、まっすぐな線みたいなものがある。木の上のほうに」そう言うと息をのんで、あとずさりしながらかぶりを振った。「嘘でしょう。川よりひどいわ。やめて、メイソン。まさかそんな……。両親はあれで亡くなったの。わたしはその場で見ていたのよ」

メイソンがサブリナの顔を両手で包んで言った。「いいかい、おれたちは向こう岸へ渡って時間を稼がなくちゃならない。その方法はふたつだけだ。川を渡るか、ジップラインを使うか。きみが選んでくれ」

「決めるのは少し歩いてからじゃだめ？」

彼が首を振る。「時間がない」

「それはここでぐずぐずしていたからじゃない。進まなくちゃ」サブリナはメイソンの脇をすり抜けようとしたが、肩をつかまれて彼のほうに向き直らされた。

「歩いてやつらから逃げきるのは無理だ。助かるには、向こう岸へ渡ってどこかへ隠れるしかないんだよ」

「どうしてこっち側にいちゃだめなの？」

メイソンが深いため息をつく。「地形を考えてくれ。何が見える？」

サブリナはまわりの木々やなだらかにうねる丘に目を凝らした。次に、向こう岸を見わたした。森はこちら側よりずっと深い。崖や洞窟《どうくつ》らしきものや、峡谷のような深い谷さえ見える。山の地形をよく知っている彼女には、なぜメイソンが今すぐ川を渡ることにこだわるのかわかった。認めたくないけれど、彼の言うとおりだ。

「こちら側には身を隠す場所がないし、土地も低いわ。でもあっちなら、隠れる場所を探しやすい。藪や茂みが多いし、岩場は弾よけになるわね」

メイソンはうなずいて、彼女の返事を待った。

「いいわ。わかったわよ」

彼が片方の眉をつりあげて、さらに言葉を待つ。

「ジップラインよ。ジップラインで川を渡りましょう」サブリナは努めて平気そうな口調で答えたが、メイソンの同情のこもった顔つきから、ごまかしても無駄だということはわかっていた。

脇腹が急に痛み、サブリナはジップラインの発着場の下まで来ると地面に座りこんだ。苦しくて息をするのもやっとだ。メイソンの計画に同意するとすぐ、一緒に全速力で木立のなかを走らされた。発着場までたっぷり四百メートルはあり、彼女はスタート直後から息を切らし、泣きついて勘弁してもらおうと考えつづけていた。まったく、正気とは思えない走り方だ。だが、彼の緊張した面持ちやホルスターに置かれたままの左手を見て、追っ手が間近に迫っているのだと悟った。

きっと警戒するだけのことを見たか聞いたかしたのだろう。だから文句も言わずに耐えたけれど、途中で倒れもせずに走り抜いたことは、自分でもちょっとした驚きだった。もちろん、メイソンは息ひとつ乱れていない。それが癪にさわって、彼を川に突き落としたくなる。わたしは二度もほうりこまれたんだから、仕返しをしたっていいわよね。でも、脇腹が痛くてそれどころではない。

鈍い音がしたので、サブリナは振り返ってメイソンが何をしているのか確かめようとした。ジップラインに向かって走っているあいだに日は沈んでしまっていた。月明かりで、かろうじてメイソンのナイフがぼんやりと光るのが見える。何かを切りとっているらしく、また鈍い音がした。

サブリナはようやく立ちあがると、脇腹を押さえて足を引きずりながら彼に近づいた。物置小屋ほどの小さな建物のドアには、太い南京錠がひとつかかっているだけだ。ひとつだけとはいえ、新品の錠をはずすのは至難の業だ。それでも小屋に入らなければ、ジップラインの装具は手に入らない。

メイソンなら錠など撃ち砕けるはずなのにと思ったが、音をたてれば敵に居場所を教えることになる。それに彼は錠を壊そうとはしていなかった。ナイフを使って、錠のかかったドアから木の枠をはずそうとしている。さらに何かをこじ開ける鈍い音がしたかと思うと、ふいに錠のかかった木部がはずれた。ドアがたわんで開くと、メイソンはすばやくなかに入った。

サブリナは、月明かりがさしこんで少しでも彼の視界が明るくなるようにドアを押さえていた。まわりに木立もないところに立って、岩場を激しく流れる川の音を聞いているのは薄気味が悪かった。エースがあちらでわたしたちを捜しているのだろうか？　それともストライカーが？　あるいはビショップ？　シプリアンは何人をさし向けたのだろう？　いや、それよりも、夜は追跡をやめるのだろうか？　わたしとメイソンを一瞬たりとも休ませまいと、なおも追ってくるの？

ハーネスやグローブを何組かと、ヘルメットをふたつ抱えてメイソンが出てきた。地面にしゃがみながら荷物をより分けると、サブリナに手を振った。

彼に任せておけば大丈夫。両親と同じ目にあうようなことはないわ。

心からそう信じたかった。

メイソンがヘルメットをかぶりながら、もうひとつを彼女に手わたす。彼は自分の顎紐を締め終えると、サブリナのヘルメットの紐も調節した。

「きつくないか？」

「いいえ。ぴったりよ」

メイソンが顎紐をさらに締める。「これならどうだ？」

サブリナは彼の手を払いのけた。「今度はきつすぎるわ」

彼女が紐をゆるめようとすると、メイソンがその手をさっと払いのけた。「いや、これぐらいが安全だ。向こう岸ですぐにとまれて、発着場の壁に衝突しないと言いきれるならね。とにかくゆるめてはだめだ」

そのあとメイソンはハーネスを選びはじめた。ちょうどよさそうなものを見つけたらしく、サブリナに向かって持ちあげてみせる。

「これならちょうどいいはずだ。さあ、立って」

「立っているじゃない」

彼がにやりと笑った。背が低い彼女をからかっているのだ。「おれの肩につかまって、ハーネスに脚を通すんだ。パンツをはくみたいにね」

「つけ方ならわかるわよ。やったことがあるもの」思わず言い返したとたん、墜落する両親の姿が目に浮かんで息がとまりそうになった。体が震えだす。

メイソンが両手で彼女の頰を包み、体を引き寄せて優しくキスをした。「大丈夫だ。おれに任せてくれ」

「ジップラインをしたことがあるの?」そう問いかけたサブリナは、声がうわずっているのを恥ずかしく感じた。

「何度もやっているよ。信用してくれ」

サブリナは両親の面影を振り払い、メイソンにすべてをゆだねた。命じられたとおり足をあげて、ハーネスをきっちり締めてもらうあいだも、じっとしていた。メイソンはふたたびヘルメットを確認すると、彼女にグローブを渡した。

「これはなんのためなの?」サブリナは尋ねた。「前にやったときは、グローブを使わなかったけど」

「万が一ケーブルに触れた場合に感電しないためだ。発着場に親切なガイドがいるとも思えないから、用心するに越したことはない」

サブリナはふたたびパニックに陥りかけたが、ごくりと唾をのみこんでグローブをはめた。

だがサイズが大きすぎたので、メイソンにもっと小さいものととり換えてもらう。メイソンは自分もハーネスをつけると、余ったハーネスや備品をナイフで切り刻んだ。理由は尋ねるまでもない。誰かが追いついてもハーネスがなければジップラインを使えないというわけだ。

ナイフをブーツにおさめたメイソンは、クロスボウと矢筒を肩にかけた。それからサブリナを発着場にのぼる梯子《はしご》まで連れていく。

「きみが先に行くんだ。おれはすぐ後ろにつく」

サブリナは身を震わせながら梯子をのぼりはじめた。梯子は太く頑丈なつくりだった。足をかけてもぐらつきもしないので、だいぶ気持ちも落ち着いてきた。とりわけ、暗くてほとんど下が見えないのがありがたい。だが発着場に立ち、目の前の暗闇とはるか下の急流を目にすると、また体が震えはじめた。

発着場にのぼってきたメイソンが、背後からたくましい腕に彼女を引き寄せる。そしてサブリナの頬に、次いで首筋にキスしながら抱きしめた。

「ふたりのことを聞かせてくれ」メイソンはそうささやくと、ふたたび彼女の頬にキスをした。

彼の唇が頬を伝っておりるのを感じて、サブリナはぞくりとした。

「リナ、きみのご両親のことだよ。どんな人たちだった？」

耳たぶに鼻をすり寄せられると、みぞおちが熱くうずく。

サブリナはメイソンの質問を思いだそうとした。両親はどんな人たちだったかって？　ひと言では答えられない。彼にひどい人たちだったと思われないような説明をしなくては。両親はわたしをほうっていて、わたしはそれをずっと恨んでいたけど、ある程度は受け入れてもいたというふうに。でも、メイソンの両手がみぞおちを撫でながらヒップにおりてくるいまは、話をまとめることに集中できない。

「両親は……わたしを愛してくれたわ。あの人たちなりの愛し方で。あまり会う機会はなかったの。ふたりとも自由奔放で、旅ばかりしていたから。でも、いつかは帰ってきて落ち着いてくれるって信じてた」

メイソンはサブリナをいたわるように自分のほうへ向き直らせると、唇に優しくキスをした。ついばむような甘いキスに、喉の奥からうめき声がもれる。だがサブリナの答えを聞いたメイソンは、すかさず体を引いた。

「ご両親は旅ばかりしていたのかい？」サブリナをそっと発着場に戻す。

「ええ。両親の留守中は祖父が面倒を見てくれたの」サブリナは彼の胸に寄り添い、木の床を進んだ。「両親が帰ってくるのはクリスマスや感謝祭の休暇のときだけ。たまにはわたしの誕生日に帰るときもあったけれど。いつもいろいろな国のお土産を買ってきてくれたわ。帰ってくると、いつだってお祭り騒ぎだった」

メイソンが足をとめた。ふいにストラップがわずかに引っ張られたかと思うと、ガチャリという音が響いた。彼女は戸惑いながら顔をあげた。だが、そこに彼の姿はなかった。目の前にあるのはぽっかりあいた空間と川だけ。水が音をたてて勢いよく流れ、白い泡が月明かりにきらめいている。

サブリナははっと息をのんであとずさりしようとしたが、背後に立ちはだかるメイソンが彼女の両腕をつかんで胸を押しつけてきた。

「やめて。やっぱりできな――」

「いや、できるとも。きみはお兄さんの死をのり越えた。ご両親の死だって。おじいさんの失踪にも耐えてきたじゃないか。次々に襲ってくる悲劇をのり越え、強くしっかり生きるなんて、ほとんどの人間にはできないことだ。だが、きみはやりとげた。すばらしい女性だよ、サブリナ。きみはずっと大変な目にあってきたが、決してあきらめなかっただろう？　今だってあきらめちゃいない。きみは強くて、絶対にくじけないし、決断力もある。必ずできるさ」メイソンは彼女の肩越しに顔を近づけた。「トーマスなら、きみにあきらめてほしくないはずだ。ご両親もそんなことは望まないだろう。ご家族のためにやるんだ。ハーネスは安全だよ。きみの頭の上の滑車も、新しくて頑丈だ。カラビナ（ハーネスを滑車にとめるクリップ）もスチールでできている。どこもかしこも二回、いや三回チェックしたから大丈夫だ」

彼はサブリナの両手をそっと持ちあげ、頭上のストラップに置いた。それはケーブルの滑車につながっていた。

「おれはすぐ後ろにいる」メイソンの頼もしくあたたかい声のおかげで、サブリナは恐怖を忘れた。「十秒か、長くて十五秒だ。ケーブルは向こう岸の近くで降下してからまた上昇する。あっちの発着場に着く前には速度が落ちるようにできているんだ。ここからは見えないが、大丈夫だ。向こうに着いたらすぐに両手を前に突きだして、壁で体をとめろ。とまったらカラビナをケーブルからはずして、脇によけてくれ。ケーブルがたわめばきみが離れたのがわかるから、すぐに追いかけるよ。あとは一歩前に踏みだすだけでいい。それと、おれを信じるんだ」

「信じるわ」サブリナは頭上のストラップを握りしめて、空中に踏みだした。

メイソンはふたつ目の滑車にすばやくカラビナをつけると、片手をケーブルにあてて、たわむのを待った。サブリナをひとりで送りだしたくはなかったが、しかたがない。ケーブルはふたり分の重みにも充分耐えられるものの、彼女がケーブルから離れるのが遅れたら、すぐ後ろにいる自分と猛スピードで衝突しかねない。

自分の番をいらいらと待ちながら、あせりが募っていく。サブリナをなだめつづけているあいだ、謎めいた音が聞こえていた。そばの藪にひそんで獲物をねらう夜行性の動物だろうか？　発着場の木材がきしむ音かもしれない。暑い昼間からぐっと気温がさがったため、木が収縮したのだ。

あるいは、シプリアンの部下が下から迫ってきているのかも。

サブリナが出発してからどれぐらいたっただろう？　二十秒？　二十五秒？　ケーブルがそれほど長いとは思えない。ここのジップラインはせいぜい六メートルくらいのはずだ。なのに、なぜまだケーブルの張りはゆるまない？

そのとき、ケーブルがバウンドしてたわんだ。メイソンはふうっと息を吐いた。安堵のあまり肩の力が抜ける。サブリナは向こう岸へ渡って、ちゃんとケーブルからカラビナをはずしたらしい。ここまでは順調だ。メイソンは頭上のストラップをつかむと、発着場を飛びだした。

ケーブルがまだ新しいせいか、スムーズに進んでいく。サブリナをはるかにうわまわる体重のおかげで彼女よりずっと速く進み、たちまち発着場に到着した。

発着場におり立つや、カラビナをはずす。メイソンはサブリナを捜して闇のなかを見まわした。

だが、そこには誰もいなかった。

18

四日目——午後八時

　サブリナは頭上の蛍光灯に目をしばたたくと、ありったけの怒りをこめて部屋の向こうにいる男をにらみつけた。ジップラインの発着場で待ち伏せしていた男だ。彼はサブリナに猿ぐつわを嚙ませて縛りあげてから、ハーネスを切ってケーブルから引き離した。そして彼女を肩に担ぎ、森へ駆けこんだのだ。

　サブリナは男の背中の上で必死に抗ったが、両腕を後ろ手に縛られているせいで、もがくたびに激痛が走った。男は彼女をここへ運ぶと、口をふさいで体を縛ったまま、冷たい石のような感触の床に座らせた。目が光に慣れるにつれ、やはり石の上にいることがわかった。そこは山の岩肌に掘られた大きな洞窟だった。明かりが外にもれないように鉄製の扉で遮断されている。

　どうやらここはイグジット・インコーポレイテッドの倉庫として使われているようだった。洞窟内の三分の一ほどを、水のペットボトルやヘルメットやゴムボートなどの備品が占めている。

洞窟内にいるのは、サブリナと男――エースだけだった。彼は迷彩服を着ていた。ズボンの裾は軍の支給品の黒いコンバットブーツにたくしこまれている。腰の左右のホルスターには銃が、背中にはライフルがあり、右手には大きくて恐ろしげなナイフを持っていた。彼はナイフをかまえながらサブリナの前につかつかと歩みでた。

「痛むか？」そう尋ねて、彼女のきつく縛られた両腕をナイフで示す。「だが、メイソンが味わった痛みに比べればたいしたことはない。おまえたちは恋人同士なんだろう？　あいつは背中の傷の話をしたか？　陸軍にいたころのことだ。聞いていないのか？」

エースはサブリナと向かいあわせにしゃがんだ。

「あいつは砂漠で何週間も捕虜になっていたらしい。拷問にかけられ、ワイヤーが背中にくいこむほど縛りあげられた。ジャッカルと呼ばれた男のしわざだ。やつはメイソンの傷口に毎日塩水をかけ、部隊の情報を吐かせようとした。だが、メイソンは口を割らなかったそうだ」エースは肩をすくめた。「まったく、骨折り損さ。あいつの部隊は全滅したんだから。ジャッカルはほかの手を使って情報を得たんだ。そして皮肉にもメイソンだけが生き残った」そう言うと、彼女の顎の下にナイフの刃を走らせた。「人事ファイルによると、あんたの恋人は今でも縛られると理性を失ってしまうらしいな。ジャッカルの拷問が原因のＰＴＳＤとやらだ。知っていたか？」

サブリナは顔をそむけた。エースをはねつけたくても、こうするのがせいいっぱいだ。メイソンが受けた地獄のような苦しみを考えると胸が張り裂けそうだった。でも、弱みを――メイソンへの思いを見抜かれてエースを喜ばせるのはまっぴらだ。

ナイフの鋭い刃が頰に押しつけられ、彼女は無理やりエースのほうを向かされた。

彼の細められた目は殺気をはらんでいる。「おれが話しているときに目をそらすな。おれを怒らせないほうがいいぜ。あんたを少しずつ切り刻むこともできるんだからな」エースは首を傾けてサブリナの喉にナイフの刃を這わせ、頭を後ろにそらさせた。「もっと時間があれば、メイソンを骨抜きにした魅力とやらを探りたいが。だがまずは、おまえがあのはさみでつけてくれたちっぽけな傷のお礼をしてやる」言うが早いかエースはサブリナの肌を切りつける。そして彼女がびくっと身を引いて猿ぐつわの下でくぐもったうめき声をあげると、声をたてて笑った。サブリナの首に鋭い痛みが走り、生あたたかい血が伝う。

「心配するな」エースがささやきかけた。「かすり傷だ。たいした出血じゃない。今のところはな」彼がナイフを引っこめたので、サブリナはやっと首から力を抜くことができた。エースの冷酷な言葉に鼓動が激しくなる。耳のなかはがんがんするし、まるでマラソンを走り終えたばかりのように息苦しかった。

「過呼吸になっているぜ」エースが笑い声をあげる。「おれにもまだ、レディをぞくぞくさせる力があるようだな」そう言うと、彼はナイフを手にしたまま、サブリナに覆いかぶさるように身をかがめた。

しまった。

サブリナは身をよじってよけようとしたが、上体をそらしすぎて肩が脱臼しそうになって

猿ぐつわがほどける。

エースはふたたびサブリナの正面にしゃがむと、ナイフを持った右手で、彼女の口のなかにつめこまれた布を引き抜いた。

サブリナは咳きこんで乾いた口を舌で湿らせ、とらわれてから初めて深く息を吸いこんだ。焼けつくような肩の痛みがやわらいで呼吸が正常に戻ると、壁を背にしてまっすぐ体を起こす。

「わたしを殺す前に、せめて祖父が生きているかどうか教えて」

エースが片眉をつりあげた。「結果を聞く前に、どうしてこんなことになったか知りたくないか？」そう言って肩をすくめる。「おれはたまたま、シプリアンがあんたの家族のことをビショップと話しているのを小耳に挟んだんだ。そしてその直後に、ビショップの頭をガスストーブに突っこんでやった」サブリナがたじろぐと、彼は笑い声をあげた。「コロラドでは、シプリアンがビショップをうまく手なずけて使っていたらしい。シプリアンの娘をもてあそんだおまえの兄貴を消すためにな」

サブリナは激しく息を吸いこんだ。やはりメイソンの言うとおりだった。

「あとは雪だるま式に闇の仕事がふくらんでいったんだろう。じいさんはあんたが描いたメ

リッサ・カルデナスの似顔絵を見て、何があったかを知った。そして浅はかにも、シプリアンを脅したんだ。いや、それほど浅はかではないかもしれん。あの老いぼれときたら、シプリアンがあんたの兄貴を殺したという証拠をどこかへ隠したらしい。少なくとも、そう言い張っている」

エースはサブリナの頬に息がかかるほど身をのりだしたが、彼女はひるんだり顔をそむけたりしなかった。

「おれも少しはいきさつを知っていた。なにしろ、じいさんの面倒を見たのも痛めつけたのも、ビショップとおれだからな。だが、すべてわかったのは今日だ。どうやら、ひどい目にあわせりゃ吐かせることができるというものでもないらしい」

サブリナは胸が締めつけられた。祖父は生きている。生きているのだ。ああ、でも、拷問を受けているなんて……。

「祖父はどこ?」彼女は問いただした。「どこにいるの?」

「会いたいのか? 喜んで会わせてやるぜ。家族の再会は感動的だからな」エースはウエストのホルダーから携帯電話をとりだすと、画面を数回タップして彼女の目の前にかざした。

「さあ、じいさんに挨拶しろ」

サブリナの目に涙があふれた。ライブカメラの映像らしく、今の祖父の姿が映っていた。壁に鎖でつながれ、ベッドに腰かけている。両腕とも傷だらけだが、生きている。生きていてくれた……。彼女はふと眉をひそめた。この映像には見覚えがあるわ。なぜかしら？

「祖父はどこにいるの？」サブリナは尋ねた。

エースが画面をオフにして携帯電話をしまった。「ここからそう遠くないところだ」

「コロラドじゃないの？」

「〝ここからそう遠くない〟と言っただろう」彼が皮肉っぽい口調で答える。「そんな遠くにいたら拷問するのもままならない。新しい支社をつくるためにここへ移るときに、連れてきたのさ」

サブリナは〝拷問〟という言葉に身をすくめた。「なぜ祖父を閉じこめているの？　年寄りをひどい目にあわせてどうしようっていうのよ？」

「命令にしたがっただけだ」エースが吐き捨てるように言う。「じいさんは、シプリアンを破滅に追いこめるようなやばい証拠を隠し持っているなどというつくり話をして、シプリアンに信じこませたのさ」そして、目をぐるりとまわした。「つくり話に決まってる。じいさんが本当に何かネタをつかんでいるなら、おれがとっくにきだしているさ。シプリアンはかつがれてるんだ」彼は肩をすくめた。「だが、じいさんのくせにたいした度胸だ。頭も切れる。まことしやかな話をでっちあげてシプリアンをだまし、信じこませた。でなきゃとっくにあの世行きだったはずだ」

いかにも祖父らしい、とサブリナは思った。安心したら全身が震えだした。まだ助けるチャンスがある。

エースはナイフの刃先を床に突きたてて駒《こま》のようにまわした。「シプリアンは今、身辺整理をしているところだ。おれは微妙な立場だが、裏の業務について知りつくしているから、向こうも下手に切り捨てちゃまずいと考えているはずだ。だから切り札を使って様子を見るのさ」

「それがわたしとどう関係があるのよ」

「あんたはその切り札のひとつだ。外ではストライカーがあんたを捜しまわっている。おれがここであんたを始末したら、やつはおもしろくないだろうな。だが、手柄を譲ってやるもんか。あいつはしっぽを巻いてシプリアンのもとに逃げ帰りゃいい。そうしたら、シプリアンの前におまえを連れていって、やつの目の前で殺すのはおれだ。うまい手だろう？　おまえを餌にしてメイソンをつかまえることができれば、もっといい」エースは肩をすくめた。「もっとも、ここであんたらを殺しちまって、シプリアンには渡さないという手もあるがな」

エースがサブリナの目にかかった前髪を払った。彼の指先が肌をかすめただけで吐きそうになり、サブリナはとっさに身を引いた。だけど今この男を敵にまわしたら、生きのびることはできない。メイソンを捜しだすこともかなわなくなる。

ふたたびナイフをくるくるまわしながら、エースが言った。「ところで、女を相手にこんなにしゃべったのは一年ぶりぐらいだ。あんたは話しやすい」

サブリナは彼の言葉をどう受けとめればいいのかわからなかった。「ストライカーは今どこにいるの？」

エースが肩をすくめる。「ここからそう遠くないところだ。あんたらをつかまえるために、川の両岸に手下を配置して装備も万全だ。今のところ、ストライカーはシプリアンに気に入られているから、楽しいおもちゃが使い放題なのさ」彼の口もとが不気味にゆがむ。「おれは一日じゅう空港で張っている予定だった。だが、メイソンがおまえだけコロラドに帰すわけがない。そいつは罠に決まっている。そこで、あんたらはスタンフォードを捜すだろうと踏んで、こっちに戻ったのさ」エースは秘密を明かすように身をのりだした。「そうそう、もう捜さなくてもいいぞ。昼飯の前におれがやつの喉を切り裂いてやったからな」

今度は吐き気を抑えられなかった。サブリナは肩に顔をうずめた。

エースがふたたび彼女の髪を払った。「吐きそうか？　あんたが発着場に着いたときにストライカーが目と鼻の先にいたことは言ったっけ？　あんたらがあのへんで川を渡るとにらんで待ち伏せしていたのさ。おれのおかげでラッキーにも、ストライカーにつかまらずにすんだんだぜ」そう言うと、肩をすくめた。「あとから着いたメイソンにとっては、ラッキーじゃなかったがな。だが、メイソンならきっと勇敢に戦うさ。やつは最強だ。そしてストライカーを倒したら、おれたちを捜しだすだろう。それを待っているんだ。実のところ、メイソンがストライカーをぶっ殺して、おれがあんたらふたりを始末したら、またシプリアンの覚えがよくなる。虫唾《むしず》が走る野郎だが、気に入られておけば何かと都合がいいからな」ナイフをサブリナの顎に這わせる。「本当は、大事な親友のためにスペシャル・プランをたてていたんだが。デヴリン・ブキャナンのことさ。超豪華スペクタクルってところだ。それでやつを引き寄せようとしたが、失敗した。そこで新しいプランを用意したよ。メイソンを使ってブキャナンをいただく。あんたを使ってメイソンをいただいたあとでな」

サブリナは憎しみをこめてエースをにらみつけた。もしこの男を撃つチャンスがあれば、一瞬たりともためらわないだろう。

メイソンは左手にナイフを握り、すばやく移動しながら、敵の動きをうかがっていた。発着場の下に死体がいくつも転がっている。もう何人倒したかわからないが、敵は次から次へと現れた。弾がなくなったら、残る武器はナイフと素手だけだ。一対一なら問題ないが、大勢が相手となると厳しいだろう。

ストライカーは手下たちの後ろに控えているので近づけない。メイソンはサブリナをどこへさらったのか問いつめたかったが、彼女もこちら側に渡っていることを悟られたくなかった。サブリナが危険を察知して、ストライカーたちが発着場を襲う前に森に隠れた可能性もある。

彼女が無事でいても——無事だと信じよう——まだ危険にさらされていることに変わりは

ない。早く見つけて守ってやらなくては。だが、その前にこいつらを倒さなければならない。今はやつらが発砲してこないだけ、こちらが有利だ。ストライカーはおれを生け捕りにしたくて銃を使わせないらしい。ということはたぶん、サブリナはまだとらえられていない。だからおれをつかまえて、彼女がどこへ逃げたのか吐かせたいのだろう。それならば、サブリナの居場所を知りながらとぼけているような芝居を打って、拷問にも耐えてやる。それで彼女が無事に逃げられるのなら。

銃を使わせてもらえないせいで、ストライカーの手下は犠牲者が増えるばかりだった。それにつれて、メイソンに臆せず向かってくる者も減ってきた。

ひとりの巨漢が前に飛びだして、メイソンの首めがけてナイフを振りかざした。メイソンは後ろに宙返りをしてかわしながら、相手の顎を蹴りあげた。男が地面に倒れると、その腹にナイフをずぶりと刺してひねり、とどめを刺す。男は悲鳴をあげてごぼごぼと血を吐き、やがて静かになった。メイソンは男のズボンでゆっくりとナイフの血をぬぐいながら、残りの敵を見やった。

「お次はどいつだ?」嘲りをこめて呼びかける。「ひと晩じゅうでも相手になるぜ」

ストライカーは、新米の下っ端を失っても痛くもかゆくもないというように肩をすくめた。

それからちらりと目をあげると、白目の部分が月光を受けて光った。

メイソンが危機を察して振り返ったとたん、重いロープネットが発着場から頭上へ落ちてきた。敵がにわかに勢いづく。メイソンはやみくもにロープネットを切った。何者かがその腕を蹴り、ナイフが背後の藪に飛ばされる。もがけばもがくほどロープネットが絡みついた。やめろ、思いだしたくない。やめろ。メイソンは襲いかかってくる何本もの腕をはねのけながらロープネットを引っ張った、だが、衣服との摩擦で皮膚が焼かれ、胸が圧迫されて息がつまっただけだった。

男たちの重みとロープネットがくいこむ痛みに、思わず膝をつく。

「柱に縛りつけろ」誰かの叫び声がした。ストライカーだろうか？

メイソンは押さえつけようとする敵たちを蹴り飛ばし、あおむけに引きずられながらも必死に抵抗した。そのうちのひとりの顎にキックをもろにくらわせると、首の骨が折れる音がした。男は地面にぐったりとくずおれたものの、すぐに新たな敵が現れる。これだけの数の男どもに容赦なく縛りあげられては、なすすべもなかった。

発着場の支柱にくくりつけられたメイソンは、怒号をあげた。

「まったく、手強いやつだ」誰かが叫んだ。「足を押さえろ。そこだ。縛りつけろ」

うなり声や悪態が徐々に小さくなって、耳鳴りのような音に変わっていく。メイソンは身をよじって暴れ、ロープネットが体にくいこむ痛みにうめきながら、垂れこめる暗闇を振り払おうとした。背中の柱も燃えているのか、触れている部分が火にあぶられているように感じられる。骨にまで達する激しい痛みに、小さく悲鳴をあげて上体を前に折った。

彼は首を振った。これは現実じゃない。ロープネットは燃えていない。しっかりしろ。負けるな！

そのときロープネットがきつく締まり、両腕が頭の上に引きあげられた。蹴ろうにも両脚が後ろに引っ張られていて動かせない。鋭い痛みが体じゅうを走る。まるで千匹もの蜂に刺されているようだ。ふたたび闇がおりてきたが、今度は振り払えなかった。

〝メイソン〟

誰かが暗闇のなかで呼びかけてくる。苦痛は感じなかった。

〝メイソン〟

彼は眉根を寄せて首を振った。いやだ。目覚めたくない。目を開けるたびに状況が悪くなる。

〝メイソン！〟

ぱっと目を開けた。そばの燭台《しょくだい》に立てられた蠟燭《ろうそく》の黄色い光に目をしばたたく。彼は裸で、折り畳み式ベッドにうつぶせに寝ていた。外では風が砂塵を巻きあげて、ぶ厚いテントにたたきつけている。フラップをいくらきっちりと閉めても砂は絶えず入りこみ、何もかもを覆いつくした。

目の前に誰かが現れ、ベッドの脇に膝をついた。砂まみれの床をローブがかすめる。

ジャッカル！　まさか！

メイソンは跳ね起きかけたが、ベッドに縛りつけられているため、ワイヤーが背中にくいこんだだけだった。砂が、まだふさがっていない傷口を焼く。ジャッカルは旧友に再会したような笑みを浮かべ、塩水を入れたカップに手を浸すと、メイソンの肌にしたたらせた。喉の奥から絞りだすような叫び声が響く。声の主がほかでもない自分だとわかると、メイソンは恥辱の念に襲われた。歯をくいしばって唇を強く嚙む。血の味が口のなかに広がった。

〝三週間ぶりだな〟ジャッカルが声をかけた。〝つまり、きさまをとらえてから、二十一日たったということだ。いくらきさまでも、もう限界だろう。部隊がどこにひそんでいるのか教えたら、命は助けてやる〟

おれの命を助けるというのか。隊員すべての命ではなく。ふざけるな。

メイソンは顔をそむけ、心のうちでつぶやいた。

ジャッカルがメイソンの上にさらにかがみこむ。メイソンは相手の顔に血のまじった唾を吐きかけた。

ジャッカルが飛びすさり、母国語でメイソンをののしりながら顔をふく。その目がきらりと光ったかと思うと、ジャッカルはカップをつかみ、塩水をすべてメイソンの背中にぶちまけた。

激しい痛みが神経を末端まで焼きつくす。メイソンは体をこわばらせて、血が出るほど唇を嚙み、悲鳴を押し殺した。目の前が暗くなる。

しばらく朦朧《もうろう》としていたようだ。意識が戻って明るみへ浮上しようとするたびに痛みに打ちのめされ、息ができなくなった。そのため光を避け、闇のなかに逃げこんでいた。

〝おい、目を覚ませ〟

耳もとで手をたたく音がする。

〝目を覚ませ、ハント。命令だ!〟

メイソンは砂でざらつくまぶたを無理やり開けた。相変わらずうつぶせだったが、まわりは本物の壁で囲まれていた。砂はない。ジャッカルもいない。かたわらには部隊長が軍医や知らない男たちをしたがえて立っていた。

〝隊長〟メイソンはくぐもった声を出した。〝わたしの隊は?〟

部隊長はかぶりを振った。〝残念だ。全員……やられた〟

まさか! 十二人の部下は……いいやつばかりだ。彼らには恋人や妻、息子や娘もいるのに! そんな!

〝砂漠のジャッカルのしわざですか?〟メイソンは歯をくいしばった。

〝そうに違いないが、証拠がない〟

〝皆殺しなら、やつが首謀者に決まっています〟

〝証拠がなくてはどうしようもないのだ〟

メイソンは背中の激痛に耐えながら身を起こした。〝隊長、ジャッカルを殺すべきです。

やつがわたしの部下を殺したのは間違いありません。やつの息の根をとめなくては。これ以上殺戮《さつりく》を許してはいけません〟

軍医がメイソンの肩をそっと押した。〝横になってください。また出血してしまいますから〟

メイソンは軍医の手を振り払った。どうしても部隊長を説得しなくては。〝ジャッカルは危険です。殺すべきです〟

〝わたしだって、やつの頭に弾丸をぶちこんでやりたい。だが、われわれは出動できない。証拠がない限り手を出せないのだ。今後も犠牲者が出る恐れがあるという理由だけで、殺人鬼どもを相手に戦うわけにはいかない。そういう決まりなのだよ〟部隊長がメイソンの肩を優しくたたいた。〝ご苦労だった。国民に代わって礼を言おう。国のために貴い犠牲を払ってくれた。こうなったのはきみの責任ではない。よく生き抜いたな。名誉負傷章にふさわしい、目覚ましい働きだった。ゆっくり休みたまえ。治療に専念するんだぞ。きみは幸運だ。国に帰れるんだからな〟

〝しかし、隊長。ジャッカルは——〟

〝証拠さえ握れば、ただちに仕留めてやる。もう考えるな。きみにできるのはそれだけだ〟

ふたたび闇がおりた。次に目に入ったのは、帰国後の病室だった。部屋の隅に、新聞を手にしたスーツ姿の男がいた。

今度はメイソンはあおむけに寝ていた。傷の痛みはもうやわらいでいた。〝誰だ？〟

男はその場でスーツを直すと、ベッドに近づいた。〝きみの新たな相棒だ〟そう言って、新聞をメイソンの膝にぽんと置いた。

新聞をとったメイソンは一面に目を走らせるなり、怒りのあまり唇を強く引き結んだ。

『アメリカ大使館を襲撃した自爆テロにより、二百名以上の兵士が死亡したと見られる。実行犯はジャッカルの一味』

スーツの男が手をさしだした。〝メイソン・ハント、会えてうれしいよ。わたしはシプリアン・カルデナスだ〟


外で砂利や石を踏む音がした。エースは、壁に立てかけたゴムボートの裏側に身を隠し、サブリナをかたわらに立たせていた。喉もとにナイフを押しつけながら、もう片方の腕を彼女の体にまわして自由を奪っている。

「音をたてるな。切られたくなければな」

洞窟の扉が大きく開いて、壁にたたきつけられた。

「こいつを向こうへやれ」重い足どりとともに何かが床を引きずられてきた。

サブリナにはストライカーの声だとわかった。〝こいつ〟が誰のことかもわかり、いても立ってもいられなくなる。ゴムボートの陰から確かめようとすると、後ろからエースに引っ張られ、ナイフを突きつけられた。ナイフの刃が首をかすめ、思わず息を吸いこむ。

「死んだのか？」聞き覚えのない声がした。

「いや。だが、もうじき死んでもらう」ストライカーが歯嚙みした。「こいつのせいで手下が半分やられた。目が覚めたら、サブリナ・ハイタワーの居場所を吐かせる。殺すのはそのあとだ。油断するなよ。逃がすわけにはいかん。もうひとり、ばかな男がこのあたりをかぎまわっているからな。エースといって、こいつに劣らずクレイジーだ。森をこそこそ通っていくのが、川を渡るときにたしかに見えた」

「見つけたらどうします？　縛りあげてここに連れ戻すんですか？」手下のひとりが尋ねる。

「いや。雑魚《ざこ》一匹、生かしておくこともない。以前、ボスの命令で爆破した教会のなかにエースがいなくて惜しいことをした。そのためにやつを起用するよう進言したというのに」

「教会？」

「なんでもない。やつはつかまえなくていい。見つけしだい殺せ」

サブリナはエースの体がこわばるのを感じた。彼の息づかいが荒い。首を後ろにそらして、ナイフの刃があたらないようにしなければ。教会という言葉に、エースの全身の筋肉が張りつめた。

男たちは足音も荒く、ぞろぞろと出ていった。扉が乱暴に閉められる音が響き、続いて電子錠の音がした。

エースの腕の力がゆるんだ。「ちくしょうめ。あいつのしわざだったのか」

サブリナは体をずらしてエースから離れたが、意外にも引き戻されはしなかった。彼の両腕が力なく垂れ、ナイフが床に落ちる。まさか。きっと罠か何かだわ。だがエースの瞳には目の前のゴムボートも映っていないようで、その顔は憎悪と悲しみをたたえていた。

サブリナはナイフを拾うと、両手を縛っていたロープを切った。さらに両脚のロープも切る。そして、もう一度だけエースをちらりと見たあと、ゴムボートの陰から飛びだした。

「大変!」彼女は息をのんだ。メイソンが床に横たわっていた。ロープネットにすっぽり包まれたうえに、ロープで縛られている。彼は目を閉じ、その顔には血の気がなかった。

サブリナはかたわらに膝をついてロープを切りはじめた。


メイソンは幾重にも重なる深い闇をどうにか通り抜けた。背中はワイヤーがくいこんでいるためまだ焼けるように痛んだが、頭の隅でそれが現実ではないとわかっていた。それに、もっと重要なことがある。

サブリナ。

彼はうめき声をあげた。胸を圧迫されているせいで激痛がよみがえる。ネット。ロープ。ワイヤー……。やめろ。ワイヤーで縛られていたのはずっと昔のことだ。

サブリナのために戦わなくては。彼女を救わなくては。

メイソンは何度か深く息を吸いこんで、意識を集中させた。においは……かびくさく、湿っぽい。空気……冷たいが風はない。すると洞窟のなかか？　まぶたを閉じていても明るい光を感じるが、太陽の光ではない。

じっと横たわったまま深呼吸を繰り返して、自らを過去の恐怖に引き戻そうとする心と闘う。ふいに右腕を縛っていたロープがほどけた。メイソンが跳ね起きようとすると、左腕の縛めもゆるんではずれた。汗が頬を伝って流れる。まだ胸と脚を縛られているが、闇と闘い、なんとか現実にとどまろうと集中する。深くゆっくりと呼吸するんだ。

体が自由になった瞬間、メイソンは目を開けて、すぐ上の二本の手をつかんだ。その一方の手には大きなナイフが握られている。

「メイソン、やめて」サブリナがあわてて言ったときには、もう彼の手は離れていた。

彼女のほっとした表情に、メイソンはきまりが悪くなった。よかった、サブリナを傷つけずにすんだ。今回は。だが、彼女の首筋に赤い血がついているのを見て、どきりとした。おれはまたやってしまったのか？

「どうしたんだ？　大丈夫か？　おれが……おれが傷つけたのか？」彼は震える手をサブリナにさしのべた。彼女がぱっと後ろにさがる。

その手からナイフが奪いとられ、サブリナの喉もとに突きつけられた。メイソンは前に飛びだしたものの、彼女の一歩手前で凍りついたように動けなくなった。銃身が見える。

エースがサブリナの背後で目を細めた。「さがれ、メイソン」

ゆっくり両手をあげると、メイソンは立て膝の体勢でじりじりとさがった。「彼女を放せ。おまえのねらいはおれだろう？」

「そのとおり。おまえらはふたりとも抹殺予定リストにあがっているが、一番じゃない。今のところはな。さがれ。立て」エースはサブリナが首をのけぞらせるほどナイフを強く押しあてた。

メイソンはすぐにさがったものの、膝はついたまま反撃する隙をうかがった。

「わたしを切ったのはあなたじゃないわよ、メイソン」サブリナがエースに切りつけられる危険を冒して叫ぶ。

それを聞いてメイソンはほっとした。おれはサブリナを傷つけていなかった。だが、燃えあがる怒りの炎がたちまち安堵感を焼き払った。彼女の首の赤い傷を見て、エースの首を絞めてやりたい衝動に駆られる。今度は容赦しない。サブリナの喉もとにナイフを突きつけた瞬間に、エースの運命は決まったのだ。

「電話しろ」エースが言った。

「携帯は持っていない。川に飛びこんだときに壊れた」

エースが不満げに眉根を寄せた。「おれの携帯がベルトにとめてある。左側だ」サブリナに向かって言う。「とって、メイソンにほうれ。おかしなまねをしたらやつを撃つぞ。メイソンもおとなしくしていないと女を切り刻むからな」

緊張感が漂うなか、メイソンは携帯電話を受けとった。

「次はどうしろと？」

「ブキャナンに電話して、ひとりで助けに来てくれと頼め」エースは自分たちのいる場所を告げた。

「ブキャナンが来たらどうするつもりだ？　殺すのか？」

「ご名答。断ってみろ。女の命はないぞ」

「電話するさ。だがその前にナイフを引っこめてくれ」

だが、エースはナイフを引っこめるどころか、サブリナの頬に押しあてた。「偉そうに注文をつけるな。さっさとかけろ」

メイソンはラムゼイの番号にかけた。

「スピーカーを使え」

言うとおりに、メイソンはスピーカーボタンを押した。

「ラムゼイだ」スピーカーから声が聞こえてきた。

エースの目が見開かれたと思うと、彼はサブリナの髪を後ろからつかんで引っ張り、ふたたび喉もとにナイフを突きつけた。サブリナが身をよじって顔をそむけようともがく。

メイソンは両手をあげてエースをなだめにかかった。「ラム、メイソンだ」急いで電話の相手に告げる。「ブキャナンと連絡をとりたいんだが、番号がわからない。至急教えてくれ」

「了解、ちょっと待て。ちょうどここにいる。待っていろ」

混線するような音がしたあと、応答があった。「メイソンか？　ブキャナンだ。どうした？」

エースがサブリナの首筋からわずかにナイフを離し、髪からも手を離した。これほど緊迫した状況でなければ、メイソンは彼女の怒りに燃えた顔つきに笑い声をあげただろう。今にもエースにつかみかかって目玉をえぐりとらんばかりの形相だ。メイソンはブキャナンと話しながら、周囲に目を走らせた。

「サブリナとおれは山裾の丘で足どめをくってるんだ。ストライカーが手下を引き連れておれたちを捜しまわっている。すぐに助けに来てくれないか。おまえとは長いつきあいだろう。何度か危ないところを助けてやったこともある」メイソンはブキャナンに現在地を伝えた。

「ああ、いいとも。おれたちはフロリダから車で向かう。弟の友達のローガン・リチャードを拾うために、北西部《パンハンドル》まで行ったんだ。そこに着くのは明け方になるかもしれない。厳しい状況なのか？　もちこたえられそうか？」

メイソンはエースに向かって片眉をつりあげた。

エースは不満そうだったものの、うなずいた。

「ねばるしかないだろうな。感謝するぜ。待っているよ」

「おう。夜明けまでがんばれ。必ず助けに行くからな」

電話が切れた。「次はなんだ?」メイソンが問いかける。

「次は、抹殺予定リストからふたりを削除する」

次の瞬間、メイソンがエースのナイフを持つ手に飛びついてサブリナの首から引き離すと同時に、エースが発砲した。弾が防弾ベストにあたり、メイソンはその衝撃に息をつまらせた。サブリナはエースの腕をかいくぐって逃げようとするものの、相手も簡単には放さない。メイソンはエースに突進して銃を奪おうとしたが、思いがけず彼女が妨げになってしまった。

三人は手足をばたつかせて絡みあった。メイソンはなんとか息をしようとしながら、銃を握るエースの手に拳をたたきつけた。銃は宙を飛んで壁にあたり、二発目の銃声がとどろき、弾が壁にあたる。ナイフが落ちて床を滑った。

メイソンが銃に飛びついて拾いあげるやいなや、扉を乱暴に開けてエースが外に駆けだした。メイソンは床に座りこんでいるサブリナに駆け寄り、彼女の顔から髪を払いのけながら荒く息をついた。

「大丈夫か?」

「ええ、なんともないわ。あいつを追って」

メイソンは扉を出て外を見やったが、エースの姿はなかった。だが、丘のふもとから隣の尾根を越えて洞窟へ走ってくる男たちが見えた。おそらく銃声を聞きつけたのだろう。やがて彼らはまた尾根に隠れて見えなくなった。

「すぐにここを出よう」メイソンが振り返ると、サブリナはすでに彼のクロスボウと矢筒を持って隣にいた。「どこにこれが――」

「扉の後ろにあったわ。ストライカーがあなたと一緒に運びこんだのね、きっと」

メイソンは彼女にエースの銃を渡し、クロスボウを受けとった。「エースの行方はわからないが、ストライカーどもは尾根をのぼってきている。おれたちは右手の森へ逃げて、やつらに見つからないよう、うまく隠れるしかない」

「まったく運がないわね」サブリナがぼやく。

「きみは生きている」メイソンは自分のナイフをエースのものととり換えて、ブーツにおさめた。「これ以上の幸運があるもんか」そう言って荒々しくキスをする。「さあ、行こう」

19

五日目——午前六時四十五分

サブリナは朽ちた倒木の陰に伏せて、メイソンが昨夜エースから奪った銃をしっかり握っていた。メイソンは彼女の右側で、ストライカーの手下のひとりから奪ったグロックを手にしている。クロスボウも手もとに備え、矢筒を背負って、サブリナと同じく丘のふもとの森に銃口を向けていた。

サブリナにとってはこれまでの人生でもっとも長い夜だったが、とりあえずふたりとも生きのびているのが心からうれしかった。あとは、ストライカーに見つかる前にラムゼイたちが来てくれれば、また一日寿命がのびるかもしれない。

朝日がのぼりはじめてうっすらと光がさし、やがて空が青く澄みわたった。こんなときでなければ、その美しさに感動しただろう。だが、サブリナは空よりも森に目を凝らしてストライカーたちを、そしてエースを警戒していた。

「エースの携帯電話を探さないで洞窟を出たのは失敗だったわ」彼女は言った。「ブキャナンに、エースがねらってるって警告できたのに。あの電話は罠だって」

「その必要はない。あいつはとうにお見通しさ」

「まあ。どうして？」

「電話中にぴんときたはずだ。おれがあいつと長いつきあいだとか、何度か危ないところを助けてやったとか、つくり話をしたからね」

「あなたたちは友達じゃないの？」

「ブキャナンと知りあったのは、きみに会った夜だ。だから、何かがあったと彼にもわかったはずだ。それを受けて計画をたててくれていると思う」

「どうしてそんなに自信があるの？」

「フロリダのパンハンドルにいてローガン・リチャードを拾うから、ここに着くのは明け方になると答えたからさ。昨日ラムゼイから、ローガンとはもう合流したと聞いていたんだ。だから、わざわざフロリダに行く必要はないだろう」

サブリナは銃をおろしてメイソンを見つめた。「それじゃあ、あの人たちはどこにいるの？」

「二、三時間前にはアッシュヴィルに着いて、暗いなかを殺し屋めがけてやってくるところだろう。おれたちを追跡している限り、現在地も正確につかめるはずだ。たぶんもうすぐ会えるさ」

「追跡って？」

メイソンは腕時計型の情報端末を軽くたたいた。「こいつは万能でね。防水だし、ありがたいことにGPS発信機もついている。ラムゼイは受信機でデータを収集しているはずだ」

「そういうことは、ゆうべのうちに全部教えてもらいたかったわ」サブリナが続ける。「待ち伏せされていることをブキャナンに伝えなきゃって、やきもきしていたのに」

「今でも待ち伏せされていることには変わりない。エースがどこかでねらっているんだからな。だが、ブキャナンも用心しているさ。敵がエースだとはっきりわかっていなくても」

遠くで大きな爆音がした。

「あれは……迫撃砲かしら」彼女が問いかける。

ゆっくりとうなずいて、メイソンが答えた。「そのようだな」

サブリナは自分の銃を見てかぶりを振った。「もっとストライカーの手下を見つけて銃と弾を奪わないと勝ち目はないわ。行きましょう」彼女は立ちあがって朽ち木を飛び越えようとしたが、メイソンに引き戻された。

「じっとしていろ、ちびの突撃隊員《ストーム・トルーパー》。ストライカーは迫撃砲なんか持っていない」

「本当に、スカイウォーカー？　どうしてわかるのよ？」

メイソンは片眉をつりあげた。「『スターウォーズ』に引っかけるとは、なかなかうまいじゃないか。だが、おれをスカイウォーカーと呼んだのは減点だな」

「しくじったわ。チューバッカと呼べばよかった。髪がぼさぼさで肩にかかっているところがそっくりだもの」

　彼が目を細めた。「それは聞き捨てならないな、ベイビー」

「よしてよ、こんなときにそんな呼び方をするのは。ルール違反だわ」

　メイソンが笑い声をあげると、サブリナも気持ちが明るくなった。たとえ一瞬でも、日常生活に戻ったようなたわいない会話に心が安らぐ。

　そのとき、白いものがふもとで光った。サブリナは思わず身がまえながら目を凝らした。

「ねえ、メイソン。あれは……白旗？　ストライカーが降参したの？」

　メイソンは首を振った。「そういえば、きみは目が悪いんだったな。ストライカーじゃない。ラムゼイだ。おれたちに撃たれないように、Tシャツを棒にくくりつけて振っている」

　そう言うと、指を軽くくわえて指笛を吹いた。

　サブリナはよく見えないのがいまいましくてならなかった。今すぐめがねが手に入るなら、自分の信託財産をさしだしてもいい。

「どうしてラムゼイだってわかるの？」

「ラムゼイはストックカー・レースのNASCAR《ナスカー》の大ファンなのさ。シャツに88のナンバーをつけているほどだからね」

「88？」

　メイソンが片手を胸にあてて、自分ばかりか一族すべてを侮辱されたとでもいうような目を向ける。「ジュニアのナンバーを知らないのか？」

「何それ？　誰のこと？」

彼がゆっくりとかぶりを振った。「ラムゼイの前で、88がデイル・アーンハート・ジュニアのカーナンバーだと知らなかったなんて言うなよ。口をきいてくれなくなるぞ」

サブリナは身をのりだした。「ハン・ソロって呼んだら許してくれるかしら」

「だろうね。おれは許さないが」

彼女は笑い声をあげて、山道を駆けのぼってくるラムゼイを見つめた。やがて、彼がジーンズと防弾ベストしか身につけていないことがわかった。防弾ベストには、めがねがなくても読めるほど大きな白い字で88と書かれている。Tシャツを脱いでいるので、たくましい腕や日に焼けた肌があらわになっていた。

「口を閉じろ」メイソンがぴしゃりと言った。「よだれが垂れているぞ」

「だって、すてきなんですもの」

メイソンはむっとした。ラムゼイはふたりに追いつくと、倒木を飛び越えてメイソンの隣に滑りこみ、銃口を丘の下に向けた。まるですべて計算していたかのようによどみない。

「会えてうれしいか？」ラムゼイが問いかけた。

「場合によりけりだな。弾を持ってきたか？　おれは十ミリ、サブリナは九ミリだ」

ラムゼイはポケットから弾倉を出してメイソンに渡した。「九ミリだ」

メイソンはそれをサブリナに渡した。

彼女はメイソンを脇へ押しやるようにして弾倉を振った。「ありがとう」

「どういたしまして」

「そろそろシャツを着たらどうだ」メイソンが促す。

ラムゼイが笑った。「今日はシャツ組対素肌組といこう。敵の手下どもと間違えて味方を殺しちまわないように服を脱ごうぜ。でないと見分けがつかないからな」そう言って、メイソンを押しのけるようにサブリナに手を振った。「ミス・ハイタワー、ちゃんとした自己紹介がまだだったな。おれはラムゼイ・テイトだ」

サブリナはラムゼイと握手をしようと、メイソンの前を横切るようにして手をのばした。その瞬間を待っていたとばかりにメイソンが銃を割りこませて、彼女の手を押しのける。

「まったく、なんだってこんなに時間がかかったんだ?」握手の邪魔をするつもりなどなかったというように口を挟む。

ラムゼイはメイソンのぶしつけなふるまいも意に介していないようだ。「ここまで来るのに時間がかかったし、おまえたちの足跡が見えないから、夜明けまでじっと待つしかなかったのさ」

「それで、どんな状況だ? 迫撃砲を持ちこんだのは誰だ?」

声をたててラムゼイが笑う。「ローガン・リチャードだよ。くそまじめなやつだと思って

んでいる最中だ。あいつらはストライカーたちの後ろから近づいて、動きをかき乱してやるつもりなのさ」

「リチャードっていったい誰なの？」サブリナは尋ねた。

まだ遠くで銃声が響いていたが、迫撃砲の轟音とはかけ離れている。ストライカーたちとのあいだで銃撃戦が始まったに違いない。

「フロリダのパンハンドルの小さな田舎町で警察署長をやっている。ブキャナンが行方不明の弟を捜すのを手伝っていて、きみたちの救出にも加わってくれることになった。アッシュヴィルの退役警官に頼んで、軍の払いさげ品からとっておきをいくつか借りてくれたよ」

「有能なお友達ね」サブリナはそう答えたものの、警察関係者がイグジットの情報を耳にしていたり、自分をとり巻く途方もない危険に首を突っこんだりすることに驚いていた。

また銃声がした。今度は近い。

「味方は何人だ？」メイソンが木立に目を走らせながら尋ねた。銃撃の音が大きくなるとともに、軽口をたたくのもやめていた。

ラムゼイも真顔になった。「おれとローガンに、ブキャナンとその弟のピアースだ」

「ピアースの経歴は？」メイソンが問いかける。

「元ＦＢＩ。連続殺人犯の捜査をしていた」

サブリナの期待が一気にしぼんだ。「四人だけ？　全部で六人しかいないのに、ストライカーたちに対抗できるの？」

「ゆうべ何人か倒した。待ち伏せしているのはおそらく二十人程度だろう。大丈夫だよ、お嬢さん。こっちはプロで、向こうは前科者の寄せ集めだ。きっとうまくいくさ」

「エースがどこかにひそんでいる」メイソンが言った。「やつは単独行動をしていて、ストライカーとは組んでいない。おそらく武器を大量に持ちこんで、どこかに隠しているだろう。それに、ブキャナンを執拗《しつよう》にねらっているんだ。彼に警告したほうがいいぞ」

「まったくいやな野郎だ」ラムゼイは携帯電話をとりだしてブキャナンにかけた。

「やつは絶対に許せん」メイソンが歯噛みする。

「そうそう、大変なことがあるのよ」サブリナは洞窟でのエースの言葉を思いだして口を挟んだ。「ゆうべ、エースが言ってたの。ブキャナンにスペシャル・プランを用意しているって。きっと恐ろしい計画に違いないわ」

ラムゼイはうなずき、彼女の言葉をブキャナンに伝えてから電話を切った。「みんな配置についている。いよいよおもしろくなってきたぞ」

メイソンが身をのりだしてラムゼイに何事かささやく。だが、ラムゼイは承服できないようだった。激しいやりとりになったが、結局、ラムゼイのほうが折れた。

「おれたちは服を着ていないってことを忘れるなよ」ラムゼイが言った。

メイソンは態度をやわらげ、シャツを頭から脱いで防弾ベストだけになった。サブリナは、なぜ自分がラムゼイの腕に目を奪われたのかけげんに思った。メイソンの筋骨たくましい姿には絶対にかなわないのに。メイソンの肉体はまさに生きた芸術作品だ。

「わたしはどうすればいい?」彼女は尋ねた。「ブラジャーだけで走りまわれっていうの?」

「おれはそれでもいいけどね」ラムゼイが答える。

メイソンがラムゼイをぐいと押しのけた。「連中はきみがここにいると知っている。まさか女を撃つようなまねはしないさ」

「でも、遠くからでもわたしが女だとわかるかしら?」

メイソンが誘うような目で彼女を眺めた。「心配ないよ」思わせぶりな低い声で言う。「わかるとも」

サブリナは顔がほてるのを感じた。朝日に輝く彼の肌に目が釘づけになる。彼女は、メイソンの肉体に惹かれていることを隠そうともしなかった。もしかしたら、あと数分で死ぬかもしれないのだ。それなら、思う存分眺めてから死んだほうがいい。彼と過ごした時間を思いだして、サブリナはため息をついた。

「前を見ていろ、リナ」

「なぜ?」彼女は言い返した。「いつもわたしが目が悪いことをからかってるくせに」

メイソンがサブリナを引き寄せて唇を重ねる。長くて深いキスに、彼女の全身を快感が走った。

「きみは危険だ」彼がささやく。

「あなたはすごいわ」

メイソンはほほえんで木立に目を凝らした。数分おきに銃撃の音がしたが、ストライカーの手勢の数からサブリナが予想していたほど激しくはなかった。

「いつ持ち場を離れればいいの？」彼女は戦いに加わりたくてうずうずしていた。みんながわたしのために命をかけているのに木の陰に隠れているなんて、とても耐えられない。

「合図を待つのさ」ラムゼイが答えた。

「なんの合図？」

「聞けばわかる」

数分後、すさまじい爆音にサブリナは飛びあがった。

「あれが合図だ」ラムゼイが言い添える。

突然、メイソンは木を飛び越えると銃を前方に向け、クロスボウと矢を背にして、森へと走りだした。

「待って」サブリナも飛びだそうとした。

だがそのとたん冷たい金属に手首を締めつけられて、動きを阻まれた。「悪いが、そうさせるわけにはいかないんだよ」

彼女は右手にはめられた手錠に驚いて、目をしばたたいた。鎖の片方はラムゼイの左手にはまっている。サブリナは鎖を引っ張って、彼の腕を引き寄せた。「すごい早業ね。さすがだわ。でも、今すぐ手錠をはずしてくれないと、後悔するわよ。はったりじゃないわ」

「はったりじゃないのはわかるが、おれは命令にしたがっただけでね。メイソンはきみを銃撃戦に巻きこみたくない。それに、きみを守ることに気をとられていたら、戦いに集中できなくなるだろう」

「本当にわたしのことが心配なら、彼がここに残って、あなたを戦いに行かせるはずでしょう?」

「おれもそう言った。だが、あいつは仲間が命をかけているなら自分もそうする義務があると考えてるんだ」

「まったく同感だわ。だからこそ、わたしも最前線で戦うべきなのよ」サブリナは手錠の鎖をジャラジャラと鳴らした。「ラムゼイ、これをはずして。ここでじっとしてなんかいられないわ。銃も持っているし、ちゃんと使えるのよ」

「すまない。本当に申し訳ない。だが、きみを行かせたら、あとでメイソンにどんな目にあわせられるか。きみに痛い目にあわされるよりも、そっちのほうが恐ろしいよ。おれたちはいやがおうでも、けりがつくまでここから動けないのさ」

メイソンはクロスボウをかまえて引き金を引いた。矢は一直線に木々のあいだを飛んでターゲットに命中する。撃たれた男は悲鳴をあげて倒れたが、背中に矢が刺さっているにもかかわらず、体をよじって銃を掲げた。しかし、メイソンはすでに次の矢をつがえていた。男の銃にねらいをつけて発射する。次の瞬間、男の冷たくなった手から銃が落ちた。

そのとき、背後で小枝の折れる音がした。メイソンはすばやく振り返って銃をかまえた。

「撃つな、メイソン」木の陰にかがんだ男が呼びかけた。「ブキャナンだ」

メイソンは銃をおろした。「今度からは名乗ってから近づいてくれ」

木陰から現れたブキャナンが、メイソンにつかつかと歩み寄った。「声をかけようとしたら、もう銃を抜いていたじゃないか」彼は死体に顎をしゃくってみせた。黒と黄の矢羽が風に揺れている。「お見事だ。おれもクロスボウを使いこなしたいよ」

「音をたてたくないときには便利だぞ。それで、どんな状況だ？　死傷者はいるか？」

ふたりはオークの木を背にして並んだ。ともに周囲の木立から目を離さない。

「軽いけがを負ってはいるが、今のところみな無事だ。形勢はこちらに有利になってきている。おれは三人仕留めた。あんたは？」

「四人だ」

「やるじゃないか。ここに着いたときに何人か倒したものの、そのあとは数人しか仕留めていない。なにしろ敵は腰抜けぞろいで、隠れてばかりいて真正面から戦おうとしないんだ。

すでに見切りをつけて逃げる連中もいた。仕留めたやつらは、あちこちの木に手錠でつないである」

メイソンはブキャナンのほうを向いた。「木に手錠でつないであるだと？」

ブキャナンがたじろぐ。「ピアースとローガンならそうするさ」そう言って肩をすくめた。

「警察署長と元FBI捜査官に期待するなよ。物騒な武器なんか使いたがらないぜ」

「変わった友達がいるんだな」

「ひとりはおれの兄弟だ。おれがイグジットの裏の仕事について話したら、あいつらがこのやり方を思いついたのさ。この戦いが終わったら、シプリアンは森のなかをくまなく調べなければならないだろう。イグジットに疑いの目を向けるような証拠をツアー客や現地の低軌道衛星に見つけられないようにな。そしてシプリアンの部下が仲間の救出にとりかかるころには、われわれはとっくにいなくなっているというわけだ。腰抜けどもをもう何人かつかまえられるか？」

メイソンは銃から弾倉をとりだした。「弾はあと少ししか残っていない。クロスボウとナイフを使って節約している」

「おれのほうも残り少ない。ラムゼイがいくらか持っているはずだが」

「あいつはサブリナを護衛している」

「それはよかった。彼女がどこにいるのか気になっていたんだ。ローガンが、全員に行きわたるほどたっぷり弾を持っているはずだ。用意周到の見本みたいな男だからな。あいつを見逃さないようにしないといけないぞ。もし会えなかったら、おまえはずっとロビン・フッドでいるしかない。でなきゃ、とっくみあいでもするか」

「おれはどっちでも大丈夫だ。それはそうと、エースのことは聞いたか？」

ブキャナンが口を引き結んだ。「ずっとやつを捜しているんだ。ばったり出会えればいいんだが」

「ストライカーは？　誰かもう見つけたか？」

「いや、まだだ。なかなかつかまらない。あちこちで姿を見かけたが、やつは手下を呼び集めようとしていた。少し前に真北へ向かうと言っているのを耳にしたが、真北は山の奥に入りこんで逃げ場がないから妙だと思う」

メイソンは体をこわばらせた。「北だと？　どこでそれを聞いた？　正確な位置は？」

「ここから五百メートルほど南のところだ。どうしたんだ？」

ストライカーが考えつきそうな場所を推測したメイソンは、悪態をついて走りだした。

ブキャナンもあとを追う。「いったいどうした？」

「ストライカーは洞窟に向かっている」

「なぜ洞窟だとまずいんだ？」

「ラムゼイに、そこでサブリナを守れと言ったからだ」

サブリナは壁に立てかけられて並ぶゴムボートのひとつを蹴って、洞窟の反対側にいるラムゼイをいらだたしげににらんだ。「手錠をはずしてくれたのはありがたいけど、ここから出してくれたらもっとありがたいわ。ふたりして隠れていないで、みんなと一緒に戦うべきでしょう」

「悪いな、お嬢さん」

サブリナは両手を腰にあてた。「謝るだけで、扉を開けてはくれないのね」

「ああ、それはできない、お嬢さん。メイソンの指示だ。外に出ても安全になるまで、おれはここできみを守ることになっている」

「〝お嬢さん〟って呼ぶのはやめてくれない？　たしかにわたしはあなたより五歳は若いと思うの。でも、なんだかずいぶんと年寄りっぽく感じちゃうわ」

「わかったよ、お嬢……ええと……ミス・ハイタワー」

「サブリナでいいわ。それはそうと、どうしてあなたはメイソンに指図されているの？　同じエンフォーサー同士でしょう？」

「あいつは親友だ。陸軍にいたころからの……イグジットに入るよりもずっと前からのつきあいさ。あいつのためなら、おれはなんだってする覚悟だ」

サブリナはラムゼイの気持ちに共感してうなずいた。「わたしも彼のためならなんだってするわ。もし銃を使わせてもらえれば……そして外に出て一緒に戦えれば、もっともっと役にたてるのに」

「悪いな、お嬢……サブリナ。メイソンに言われているんだ。銃をとりあげないと、きみはおれを撃ってでも逃げようとするだろうってね。それに、あいつはきみの心配をしないですむから、思う存分戦えるはずだ」ラムゼイが諭す。

サブリナはため息をついた。ラムゼイの言うとおりだ。わたしのせいでメイソンが注意散漫になったり、けがを負ったりするようなことがあってはならない。こんなに早く彼との絆が深まるとは思わなかった。しかもその先に何が待っているのか想像もつかない。望みはみんなが無事でいることだけ。そうしたら何もかもあるがままに受け入れよう。

洞窟には椅子がなかったので、サブリナは地面に腰をおろそうとした。そのとき、扉をノックする音がした。

たちまちラムゼイの様子が変わった。出会ったときから大らかで屈託がなく、ユーモアもある彼が、一変して神経を張りつめ、険しい顔つきで銃口を扉に向ける。

ラムゼイはサブリナに、洞窟の壁側にさがるよう身ぶりで示した。ノックしているのはメイソンではないということだ。あらかじめ合図のノックを決めていたのだろう。

明かりが消えた。

「伏せろ!」ラムゼイが叫んだ。

サブリナが伏せたとたん、大きな銃声が洞窟じゅうにとどろいた。ラムゼイが立っていた位置から銃で応戦し、炎が彼の緊張した顔をストロボのように照らしだす。さらなる閃光《せんこう》が洞窟の奥を照らすと、今まで壁だった場所に暗い穴があいていた。彼女は耳を覆って背後の火花から逃げた。

ラムゼイのうめき声がした。彼の体が扉にたたきつけられて地面に倒れる音と、銃声が途絶えたあとの静寂に、サブリナは身を震わせた。ラムゼイのところに行かなくては。わたしに助けられるだろうか。彼の銃を借りれば、ふたりとも生きのびられるかもしれない。でも殺し屋はどこ？

サブリナは身をかがめ、ラムゼイが倒れていると思われる場所へと急いだ。あたりはまっ暗で、墓場のように静まり返っている。いいえ、待って……かすかな呼吸音が、目の前の地面から聞こえる。ラムゼイに違いない。膝をついて這っていくと、彼の体にぶつかった。

ラムゼイの胴体に両手を走らせると、防弾ベストの下で胸が上下しているのがわかった。よかった、生きている。ベストの穴や裂け目を数発の弾が貫通したことがわかったが、体には達していないようだ。ということは、彼の意識が戻らない原因はただひとつ。頭を撃たれたのかもしれない。サブリナはその考えを打ち消して、今すべきことに集中した。助けが来るまでラムゼイを守ることに。

彼女はひたすら耳を澄まして殺し屋の位置を推しはかりながら、ラムゼイの首にそっと手をやって傷を調べた。もう片方の手で、彼の銃が落ちていないかと地面を探る。

ラムゼイの頭に触れると、べっとりと濡れていた。ああ、ラムゼイ、そんな……。サブリナはてのひらを傷口にあてて止血を試みながら、もう一方の手で彼のまわりの地面を探った。

銃はどこ？

そのとき、明かりがついた。

「探しものはこれか？」

サブリナが顔をあげると、すぐ目の前に黒い銃口があった。だが歯がガチガチ鳴るほど戦慄したのは、銃口やその後ろにある、すでに見慣れた顔のせいではなかった。

その男がもう片方の手に抱えていたもののせいだ。

20

五日目——午前八時半

メイソンは洞窟の扉にふたたび体あたりした。肩がひどく痛んだが、あきらめるわけにはいかない。鉄製の扉はびくともしないが、扉の枠のほうはたとえ強化されていても崩れるはずだ。ブキャナンはほかに通路がないか探しに行ったが、メイソンは洞窟内で別の出口を見た記憶がなかった。

以前からラムゼイと使っていた合図のノックをしても応答がないということは、何かあったに違いない。だが扉が閉ざされていては、何が起こったのか知ることもできない。とにかく一刻も早くなかに入ってサブリナの安否を確かめなくては。ラムゼイの安否は言うまでもない。

「サブリナ」メイソンはふたたび呼びかけた。「メイソンだ。サブリナ、聞こえるか?」

彼は数歩さがって、もう一度扉に体あたりしようとした。

「待て」ブキャナンが叫びながら木立から走りでて、メイソンに並んだ。「別の入口を見つけたぞ」

ふたりは駆けだした。数分後、険しい岩場をのぼって崖の裏側にまわると、洞窟への秘密の入口があった。

ブキャナンは、開け放された入口のすぐ外側に横たわる死体を手ぶりで示した。そこは岩と深い茂みになかば覆われていた。「ストライカーの白いスニーカーがのぞいていなければ、木や岩にまぎれて見落とすところだった。こいつはめった刺しにされてから顔と喉を切られたようだ。むごい殺され方だ。個人的な恨みだな。誰だか知らんが、こいつをよほど憎んでいたんだろう」

メイソンはブキャナンを押しのけると、銃をかまえながら洞窟に入っていった。正面の扉のそばに倒れ、頭から血を流しているラムゼイを見つけるや、体が凍りついた気がした。胸を引き裂かれそうな悲しみと後悔を必死でこらえて、泣きながらラムゼイに駆け寄る。だが、友の死を嘆くのはもっとあとだ。感情に流されている場合ではない。サブリナを捜さなくては。見わたしたところ洞窟内に彼女の遺体はなく、メイソンは安堵したが、それも一瞬にすぎなかった。ストライカーとラムゼイを殺したやつが、今度はサブリナを手にかけるに違いない。

うめき声がしたので、メイソンはラムゼイのほうを振り返った。なんと、ラムゼイが目をしばたたいて起きあがろうとしている。メイソンは銃をホルスターに押しこむと、ラムゼイの脇を支えて上体を起こし、壁に寄りかからせた。それから頭の傷が深いかどうか慎重に調べた。

ラムゼイが浅い息をしながらメイソンの手を払いのけた。「拷問は悪党どもにとっておけよ」

メイソンはラムゼイの前にしゃがんで、ごくりと唾をのみこんだ。友の肩をがっしりとつかんだまま、しばし言葉につまる。「運がよかったな」声がかすれた。「弾は頭をかすめただけだ」メイソンはラムゼイのあちこち穴があいたり裂けたりしている防弾ベストを軽くたたいた。「猛烈な銃撃戦だったんだな。何があった？　サブリナはどこだ？」

ブキャナンも入ってきて、小さく毒づいてから洞窟の片側に積まれた箱や器材に向かう。

「サブリナが見つからないんだ」メイソンはラムゼイを少し揺さぶった。「何があったのか教えてくれ」

ラムゼイは目をしばたたいて顔をしかめた。「わからない。おれたちはおまえを待っていた。彼女の手錠をはずしてやったあと、扉を開けてほしいと頼まれたが、おれは断った。あとは……あとは覚えていない」そう言うと、あたりを見まわした。「銃がない。おれの銃はどこだ？」

ブキャナンが、鮮やかなグリーンのイグジットのTシャツを何枚か手にして戻ってきた。

「ツアー客に配る品だ。こんなものは使いたくないだろうが、ほかに傷を縛るようなものがなくてね」ブキャナンはナイフを出すと、シャツを細く切り裂きはじめた。

「意識を失っていて、覚えていないんだ」ラムゼイが自力で立ちあがると、メイソンは友が無事であったことへの感謝の祈りをそっとつぶやいた。「サブリナを連れ去ったやつが誰であろうと、東へ行って川の下流に戻るしかない。ここは岩場だらけで奥に進めない。どの方角に向かっても、われわれと鉢あわせしたはずだ」

「エースしかいない」ブキャナンが言った。「敵のなかにストライカーより腕がたつやつなどいるとは思えない。ストライカーを殺すほど敵対しているやつもいないだろう。おれはストライカーは一匹狼《いっぴきおおかみ》のタイプだと思っていた。ほかのエンフォーサーとはまったくつきあわないからな。だが、エースとストライカーならどうだ？」

「おれにはよくわからない。ただ、エースは誰かにぶちのめされたらしく、傷だらけだった。シプリアンがエースはたたき直す必要があると考えて、ストライカーにその仕事をさせたのかもしれない。だが、そんなことはどうでもいい。おれはサブリナを見つけたいんだ」

ブキャナンは細長く引き裂いた布をラムゼイの頭に巻きつけてきつく縛った。ラムゼイが痛みに小さくうめき声をあげた。

「すまない」ブキャナンが二枚目のTシャツに手をのばした。

「ここでぐずぐずしてはいられない。サブリナを捜さなくては」銃を持ちあげたメイソンは、弾がつきかけていることを思いだした。ふとラムゼイの銃に気づいて、ポケットのなかの予備の弾倉とともに手にとった。携帯電話も借りよう。メイソンはくるりと向きを変えて裏の出口へ向かった。

「待てよ」ブキャナンが呼びかけた。「ほかの連中にも彼女を捜すのを手伝ってもらおう。ひとりで突っ走るな。罠かもしれないぞ」

メイソンは出口で立ちどまった。「罠に決まっている。だが、サブリナがエースみたいな男と一緒にいるのに、ここでじっと待っていられるもんか」

「彼女がまだ生きていると思うのか？」

メイソンはぎくりとした。サブリナが死んでいるかもしれないなんて考えたくなかった。

「エースの目的が彼女を殺すことだけだったら、とっくに殺して死体をラムゼイと一緒に洞窟にほうったまま、すぐ逃げたはずだ。やつにはきっとほかにねらいがある。やつがねじれた欲望を満たす前に見つけなくてはならない。どこかにもぐりこんでしまう前に見つけなくては」メイソンはふたたび出口のほうを向いたが、しばしためらった。「もし手がかりがなかったら川へ向かう。ほかの連中にもそうするよう伝えてくれ。それならサブリナが見つからなくても落ちあえるだろう。ただ、あんたはここにラムゼイと残ってくれ」

「おれは赤ん坊じゃないぞ」ラムゼイがぼそっと言った。「銃をよこせ。おれだって役にたてる」そして起きあがろうとしたが、ブキャナンに押し戻された。

「ヒーローになるのは女性の前だけにしておけ」ブキャナンが口を挟んだ。「おれたちにかっこつけたってしようがないだろう。そんな体じゃどこにも行けやしないぜ」そしてメイソンに顔を向けた。「エースがおれをつけねらっているのを心配してるんだな」

「やつがあんたを見つけたら最後、恨みを晴らすチャンスを逃すわけがない。だからここにいろ」

ブキャナンは腹だたしげにかぶりを振った。「あんたは、おれがエースにやられるのを心配しているんじゃない。おれがやつを痛めつけやしないかと心配なんだろう？　自分の手でやつを始末したいから」

メイソンは目を細めた。「その両方を心配しちゃいけないのか？　おれはサブリナを助ける。だが、それで終わりじゃない」そう言って顎を引きしめた。「エースに明日の日の出は拝ませないぞ」メイソンはブキャナンの〝戻れ〟という声を無視して、洞窟の奥から外に向かった。

サブリナは、エースが洞窟に保管していた、何か仕掛けが施されているらしいベストを着せられて、ジップラインの発着場に立っていた。しかもハーネスをつけて、ケーブルからさがっている滑車につながれている。粘着テープで両手を巻かれ口をふさがれていなければ、ごく普通のツアー客の格好だ。口をふさがれたのが、大声で助けを求めさせないためか、これ以上悪態をつかせないためなのかはわからない。たしかにありったけの侮蔑と憎しみをこめてエースをののしった。卑怯なやり方も、ラムゼイにしたことも許せない。だが、大声を出す気などなかった。

だって、メイソンや味方の人たちをエースの毒牙にかけるわけにはいかないもの。

エースはサブリナから二、三歩離れた手すりの上に立ってリュックから何かをとりだし、ひさしの下に押しこんだ。そのあいだもサブリナに逃げるチャンスはなかった。ベストを着ているせいだ。怖くて動くことすらできない。

汗が頰を伝って流れ落ちる。湿度と夏の暑さのせいだと思いたかった。強くなりたい。エースの仕掛けなどにひるまず堂々と立ち向かえるくらいに。内心はこれからどうなるのか怖くてたまらないけれど、それを見抜かれて彼を喜ばせるのはいやだ。

お願いだからさっさと死なせて。そしてどうか、どうかメイソンが間に合いませんように。彼を近づけないで。彼を守って。

エースは手すりから発着場に飛びおりると、サブリナを先端近くまで進ませた。触れるのは彼女の肩だけで、自ら着せたベストにも触れようとしない。サブリナはその場でエースに体あたりして、すべて終わらせてしまいたくなった。彼を道連れにできることはたしかだ。だがその気持ちを読みとったのか、エースはすばやく身を引いて彼女から離れ、警告するように目を細めた。

サブリナを後ろから突き落としてケーブルにつりさげるのかと思いきや、エースは彼女の正面にまわって、もうひとつ、彼女がつながれているものとは似ても似つかない滑車をケーブルにとめた。次に、ふたつの滑車のあいだに一定の間隔を保つためのスペーサー・バーをケーブルにとりつける。滑走中にサブリナの体が彼にぶつからないようにするためなのは明らかだ。この男は本当に自分の安全しか考えていない。サブリナは怒りをこめてエースをにらみつけたが、無駄に終わった。相手は作業に集中していて気づかない。

最後にエースは自らのハーネスも滑車につなぐと、ポケットから両端にカラビナのついたストラップをとりだした。そしてカラビナの片方を自分のハーネスに、もう片方をサブリナのハーネスにつけて、ふたりの体をつなぐ。なぜそんなことをするのか、彼女には見当がつかなかった。というより、なぜ一緒にジップラインを使うのだろう？　わたしだけを反対側の発着場へ送るほうが簡単なのに。どうせこんなに縛られていては、逃げようがないのだから。

「さあ、楽しもうぜ」エースが笑い声をあげて発着場を離れた。グローブをはめた手の片方は頭上の滑車に、もう片方はケーブルに添えている。

ふたりをつなぐストラップに引っ張られて、サブリナもエースのあとから発着場を離れ、滑降しはじめた。だが、彼女が思っていたよりスピードがあがらない。むしろかなり遅めに操作されている。彼女はきしむような音をたてているエースの滑車に目をやって、ようやくその理由がわかった。見慣れない形だったのも無理はない。それは手動のブレーキだった。

そしてケーブルのなかほどに来るや、エースは自分もサブリナも停止させた。

サブリナは思わず息をのみ、ゆらゆら揺れながら、エースに着せられたベストに視線を落とした。続いて、十メートルほど下の急峻《きゅうしゅん》な岩場と、岩場を洗う激流、そして間近で見たなかでは最大の滝を見おろす。

わたしはもう死ぬのだ。

もはやどうすることもできない。あっという間に終わりますように。あまり苦しみませんように。

「気をつけろ。嵐に振り落とされる木の葉みたいだぞ。あまり揺れたら……」エースが体を近づける。「ドカーンだ」

サブリナはすかさず身を引いてエースの熱い息をよけたが、その動きにエースがびくっとして不安げな顔つきになったのが、怖いけれど小気味よかった。彼は顔を赤らめたが、それがきまりの悪さからか怒りからか、サブリナにはわからなかった。だがエースは急に真顔になり、お遊びはこれまでとばかりに仕事に集中しはじめ、ポケットから出したペンチで彼女の滑車をいじりはじめた。

サブリナは恐怖のあまり胃が飛びだしそうになった。真下の岩場に落とされるのだろうか?

「ところで」エースが砕けた口調で話しかけた。「そのベストは、昔なじみのブキャナンに着てもらうつもりだった。だが、あのくそ野郎はこざかしく逃げまわって、どうにもつかまらない。でも考えてみたら、もっといい使い道があるじゃないか。おまえを餌にすれば、やつら全員をおびき寄せられる。最高の計画だ」彼はディナーパーティーでジョークでも交わしているかのように声をたてて笑った。

サブリナは、ののしりの言葉を思いつく限り並べたててエースをなじった。けれど粘着テープのせいで、ひと言も相手の耳に届かない。

すばやく体の向きを変えたエースは、サブリナの滑車を動かしてケーブルからスペーサー・バーをはずした。本来なら重力にしたがって向こう岸の発着場へ進むはずだが、彼女の体はその場にとまったままだ。見ると、滑車の側面がつぶされ、ケーブルに固定されていた。

「さて、名残惜しいがここでお別れだ」エースはポケットにペンチをねじこむと、ふたりをつないでいたストラップをはずした。ストラップがサブリナのウエストからだらりとさがる。「できれば花火見物といきたいがね。わくわくするだろうな」彼はまた笑い声をあげて自分の滑車の手動ブレーキを解除するや、サブリナを残して反対側の発着場へ滑降していった。

サブリナの体は枝にさがった繭のように、岩と激流を眼下に見ながらケーブルにぶらさがっていた。はるか先の発着場では、エースがケーブルから離れて滑車とハーネスを川に投げ捨てている。それから背中のリュックをおろすと、またしても何かをとりだして、最初の発着場と同じくひさしの下にはめこんだ。彼は完璧主義らしい。数分後に地面におりると、倉庫に置かれていたハーネスや滑車もすべて川に捨ててしまった。

エースがホルスターから銃をとりだして頭上に持ちあげたとき、サブリナはほっと息をついて目を閉じた。きっと気が変わって、わたしを餌にするのをやめたんだわ。今すぐ殺すつもりなのだろう。この苦しみもじきに終わる。メイソンも無事でいられるわ。

銃声がとどろいて川岸の岩肌にこだました。

サブリナは目を見開いた。まだ生きている。エースが撃ったのはわたしではない。じゃあ、何をねらったの？

そのとき、遠くで叫ぶ声が聞こえた。川の向こう岸の木立を大勢が駆け抜ける音もする。続いてまた銃声がした。

だめ。だめよ！

エースは銃を持った手をサブリナに向けて軽くあげてみせてから、森へと走り去った。

洞窟からここへ連れてこられて初めて、涙がサブリナの頬を伝った。

お願いよ、メイソン。来ないでちょうだい。わたしのためにあなたが死んだりしたら、悔やんでも悔やみきれない。

だがその祈りもむなしく、少し前までサブリナが立っていた発着場のそばの森から男たちの一団が飛びだした。彼らのまんなかで指揮をとっているのはメイソンだ。

サブリナは頭を大きく振って、来てはいけないと伝えようとした。ところが恐ろしいことに、メイソンは大声で呼びかけてくる。

「がんばれよ、サブリナ。今助けに行くぞ」

発着場にのぼる梯子に駆け寄ったメイソンは、何者かに体あたりされ、もんどり打って倒れた。彼は怒号をあげて相手の脚に飛びつき、銃をかまえた。だが、体あたりしてきたのはエースでもストライカーの手先でもなかった。ブキャナンだ。

「何をする」メイソンは銃をホルスターにおさめて発着場に向かいながら問いつめた。ブキャナンがふたたびメイソンを突き飛ばして梯子の前に立ちはだかる。「ばかなまねはやめろ。むやみにケーブルをおりて、どうするっていうんだ？」

メイソンがブキャナンを押しのけようとしたそのとき、ピアースとローガンがブキャナンの両脇に現れ、メイソンの前に立ちふさがった。

「どうしても邪魔する気なら三人とも撃つ。本気だぞ。サブリナがあそこで怯えきっているんだ。縛られてどうすることもできないでいるんだぞ」

「どうすることもできないのは理由があるからだ」ブキャナンが言い返す。

「彼女はおとりだ。それが見抜けないのなら、彼女を思うあまりに冷静な判断ができていないってことだ」

「大きなお世話だ。おれは冷静このうえないよ。どけ」メイソンは声を荒らげた。

「待て。彼女をあんなところにつるしたのはエースだ。あんたがあそこに行ったら、やつはどうすると思う？　たぶん向こう岸からあんたを撃つだろう。いや、おれをねらっているかもしれん。あるいは全員かも。頭を冷やして作戦を練らないと犠牲者が出るぞ。サブリナも含めてだ」

メイソンはどうにか後ろへさがり、気持ちを抑えた。ブキャナンの言うとおりだ。判断力が鈍っていた。これまで積んだ経験を生かさなければ、サブリナが犠牲になる。「わかった。作戦を練ろう。おれにはジップラインの装備が必要だ。滑車やハーネスやグローブが。発着場の下の倉庫にあるはずだ」

「とってこよう」ピアースが倉庫へ急ぐ。

「ローガン、エースが待ち伏せできないようにしなくてはならない。少し上流で急カーブしているところを渡ったよな。流れが急なのは一カ所か二カ所だけだった。あそこを渡って戻ってほしい。エースを捜して向こうの発着場へ向かってくれ」

ピアースが両手にグローブをひと組ずつ手にして戻ってきた。「これしかなかった。グローブとヘルメットしか。やつがハーネスも滑車も根こそぎ持っていったか、川に捨ててしまったかしたようだ」

メイソンはグローブを手にとると、念のためにあとひと組を防弾ベストの胸もとに押しこんだ。そして、まだ梯子の前をふさいでいるブキャナンを見つめた。「もうケーブルを伝いおりて彼女の滑車が動くようにするという方法以外、考えつかない。あんたが魔法でハーネスと滑車を出してくれるなら別だが」

「あんたを縛っておくロープも必要かな」

「かもしれん。ポケットに持ってないか？」メイソンは皮肉に対する返事を待たずにブキャナンを乱暴に押しのけた。そしてすばやく梯子をのぼって発着場へと急いだ。

ブキャナンが梯子の下から毒づき、呼びかける。「待て」「とめても無駄だ」

メイソンは手すり越しにブキャナンを見おろした。

「まずローガンに確認させてくれ」ブキャナンは携帯電話で連絡をとりはじめた。

発着場の先に目をやりながらメイソンはグローブをはめた。サブリナのもとにたどり着けるかどうかわからない。ここからでは彼女の顔に浮かんでいるはずの恐怖が見てとれなかった。サブリナはメイソンのいるほうを見つめてかぶりを振っている。なんて優しい女性なんだ。ケーブルにぶらさがっているというのに、おれの身を案じてくれている。真下はごつごつした岩場と大きな滝だけ。しかもこの川で死にそうな目にあったあとだから、生きた心地がしないだろう。

ブキャナンが手を高くあげた。「一分だけ待て」そう言ってから永遠と思えるくらいのあいだ耳を澄ませ、やがて何事か答えて電話を切った。「ローガンが川を渡って足どりをつかんでくれた。やはりエースだ。道路に向かっているが、そこに車をとめてあるんだろう。

ローガンが追跡中だ。もしやつをつかまえられなくても、追いかけるぐらいはできる。引き返してケーブルにいるおまえを狙撃するようなまねはさせない」

メイソンがうなずいて発着場を離れようとしたとき、今度はピアースが呼びとめた。「思いだした。ストライカーの手下を追っているとき、ここからそう遠くないところに橋があった。たしかロープの手すりが杭《くい》でつながっていたはずだ。必要になるかもしれないから、ロープを切ってくるよ」

「名案だ」メイソンは言った。「だが、それをのんびり待つのはごめんだ」そしてグローブをはめた手で頭上のケーブルをつかむと、両脚を引きあげてしっかりと組みついた。ケーブルをたぐりながらサブリナをめざして進む。だが、はやる気持ちを抑えて速度を落とした。なにしろサブリナがぶらさがっているのだから、ケーブルを必要以上に揺らしてはいけない。だが近づいていくほど、彼女の落ち着きが失われていくように見えた。盛んにかぶりを振って、来ないように訴えている。サブリナのもとへ着いたメイソンは、彼女のハーネスを見て安堵した。見たところ、頑丈で新しいようだ。岩と川の上に宙吊《ちゅうづ》りにされていては恐ろしいに違いないだろうが、落ちる心配はない。とにかく彼女の滑車が動くようにして、向こうの発着場に送らなくては。

メイソンは両足首をケーブルに絡め、さらに片手でケーブルをつかんで体を固定させながら、右手のグローブを口にくわえて引き抜いた。それを防弾ベストの下に押しこんでから、サブリナの口を覆う粘着テープの端をつかむ。

「すまない、スウィートハート。痛いぞ」サブリナが悲鳴をあげるのを覚悟しながら、彼はできるだけ勢いをつけて粘着テープをはがした。

「わたしにさわらないで、メイソン」サブリナは悲鳴をあげるどころか、堰《せき》を切ったようにしゃべりだした。「さわっちゃだめ。エースが爆弾か何かを仕掛けて——」

「わかってる」さらに身をのりだして彼女のベストを見つめたメイソンは、血が凍りつきそうになった。「なんてこった。動くなよ」声をひそめる。「ベストの内側に手榴弾《しゆりゆうだん》がたぶん八個、テープでとめられている」そう言って、さらに間近で調べた。「しかも安全ピンが全部釣り糸で複雑につなぎあわされている。うっかりひとつを引っ張ればいっぺんに爆発するぞ」

サブリナがごくりと唾をのみこむ。「滑車も動かないの。エースがペンチで壊したのよ」

メイソンは上体を引きあげて滑車を調べた。たしかにこの滑車で滑降するのは無理だ。

「サブリナ、エースはきみを発着場へ連れてきたときに何をした？　ひとつ残らず教えてくれ」

サブリナの話を聞きながら、メイソンは発着場を振り返った。ブキャナンが発着場の先端でこちらを見守っている。サブリナが詳しく話し終えると、メイソンはラムゼイから借りた携帯電話を出して、ブキャナンの短縮ダイヤルを押した。

「エースは発着場のひさしの下に何かを入れていたらしい」メイソンはブキャナンに伝えた。

「サブリナはベストに手榴弾を仕込まれている。そっちも注意して見てくれ」

「了解。ちょっと待て」ブキャナンが電話を保留にして手すりの上にのり、ひさしを見あげた。携帯電話がなくとも、メイソンにはブキャナンが手すりをおりながら毒づいている声が聞きとれた。ブキャナンは電話をとると、ケーブルのふたりに目を凝らした。「いいニュースと悪いニュースがある。いいニュースは、ひさしを調べたが手榴弾はなかった」

「悪いニュースは？」

「代わりに爆弾を置いていったようだ」

21

五日目——午前十時半

サブリナはハーネスと滑車をつないでいるストラップにしがみついた。手首に巻かれていた粘着テープをメイソンがはがしてくれたものの、自由に動かす勇気が出ない。ベストの下に小さな爆弾をいくつもくくりつけられているばかりか、さらに大きな爆弾が発着場に仕掛けられていて、そこで支えているケーブルにはメイソンと自分がぶらさがっているのだから。

今のところ、発着場に仕掛けられた爆弾については、ブキャナンが爆発を引き起こさずに解除する方法を考えている。単純にそこからはずして川に投げ捨てることができれば問題ないが、エースもそんなことは計算ずみだ。爆弾は強力な接着剤で木部にくっつけられていてとてもはずれそうにないし、はずそうとすれば爆発する仕組みになっているのだろう。

メイソンはサブリナのベストの内側から手榴弾をふたつ慎重に切り離して、三つ目にとりかかっている。最初にとり除いたふたつは、安全ピンを抜いて滝にほうり投げた。爆発音は滝の轟音にかき消されたが、彼女の不安は消えなかった。次は安全ピンを抜くタイミングを誤って、メイソンもろとも吹き飛ばされるかもしれない。

サブリナはメイソンから、爆弾処理にとりくんでいるブキャナンへと視線を移した。そのとき突然、梯子のてっぺんに人影が現れた。銃をかまえた男がひとり、ブキャナンに向かって発着場を駆けてくる。ブキャナンも銃に手をかけたが、彼女はすでにメイソンのホルスターからグロックを抜いていた。すばやく二発続けて撃つ。男が悲鳴をあげて血に染まった手から銃を落とし、発着場の下の岩場に落下した。急に静まり返ったのでサブリナが顔をあげると、メイソンが目を大きく見開いて口をぽかんと開けていた。

「射撃は得意だって言ったでしょう」彼女は言った。

「そんなことはもちろん知っている」メイソンは手に持っている手榴弾をあげてみせた。

「きみが銃をとる寸前に安全ピンを抜かないで幸運だったよ」

「まあ」サブリナは顔から血の気が引くのを感じた。

メイソンが安全ピンを抜いた手榴弾を川に投げ落とす。爆発音に肝をつぶしたサブリナは銃を返すと、ホルスターにおさめた。

「あ、あの、もう急に動いたりしないようにするわ」

メイソンは慎重に彼女を引き寄せてそっとキスをした。「よくやった。きみはブキャナンの命の恩人だ。爆弾処理が終わったら、きっと礼を言ってくるさ」

間一髪で助かって冷や汗が出たものの、彼女の機転をねぎらい、すぐに次なる手榴弾にとりかかる。サブリナには信じられなかった。メイソンが命の危険を冒してまでわたしを救おうとしているなんて。だけど、とても助かりっこない。

「お願い、メイソン。わたしにかまわないで。危険すぎるわ」

「きみを置いていけるわけがないだろう。何も言うな」

ぶっきらぼうだがあたたかみのある口調だった。お互いを大切に思っていることがわかって、サブリナはうれしくなった。でも、むしろ無関心でいてほしいと心から思う。それならわたしのために命をかけたりしないはずだ。メイソンは膝をケーブルにかけて逆さ吊りになっているので、ちょっと風に揺れるたびにどきっとする。

風の強い日だったら、とっくに落ちていただろう。なのに、そんな危険な体勢でも平気な顔でベストを慎重に開いては、手榴弾を安全ピンのついたままとりだし、投げ捨てる。

滝壺《たきつぼ》から爆発音が聞こえた。

「メイソン」ブキャナンが呼びかけると同時に、ピアースがロープを手にして発着場の先端に立った。「爆弾のカバーをはずしたらタイマーが作動していた。タイマーの時間が正確だとすると、あと十五分でサブリナを助けてここから逃げないと全員吹っ飛ぶぞ。急げ」

「急いでやってるさ」メイソンが不平がましくつぶやいた。

「もういいから――」サブリナは口を開いた。

「いやだ」わたしにかまわないでと繰り返そうとする彼女をメイソンがさえぎる。

サブリナは深いため息をついた。「せめて何か手伝わせて」

「じゃあ、動かないでくれ」

かすかな風でケーブルが揺れ、サブリナの体も少し動いた。メイソンはいらだたしげに彼女の肩をつかみ、次の手榴弾にとりかかった。

激しい鼓動を鎮め、サブリナはハーネスをつかんで、言われたとおりにぴくりとも動かないよう意識を集中させた。

逆さ吊りになっているせいでメイソンの顔はまっ赤になっている。頭も割れそうに痛いはずなのに、一度もぼやいたり作業を中断したりしていない。

「ブキャナンによると、まだ十五分はあるのよね？」サブリナは体が動かないよう、できるだけ声を落として言った。

メイソンは一瞬手をとめたが、すぐ作業に戻った。「ブキャナンはタイマーを見たが、それが起爆剤とつながっているとは限らない。ただの見せかけで、おれたちに時間があると思わせる罠という可能性もある」

「なんてこと。ロープを持っているのはピアースだけ？」

「そうだ」

「なぜ持っているの？」

「万が一に備えてさ」

サブリナはごくりと唾をのみこみ、思いきって下に目を走らせた。ここにはロープを使ってのぼれるような場所などない。おりるならともかく。おりるにしても切りたった岩場だ。おまけに激流が押し寄せている。岩でずたずたになるよりは爆死するほうがましだ。少なくとも即死だから苦しまずにすむだろう。

メイソンはベストの縫い目を切ってもう少しだけ脱がせ、手榴弾ごと処理しようとしていた。そして、ふたりで向こう岸の発着場におりようと考えているのだ。そこまで行けばローガンが助けてくれるだろう。だけど、あと十五分しかないのなら、手榴弾を始末するのにせいいっぱいで、ケーブルを滑降する時間などない。しかも滑車は動かないときている。たとえ今すぐケーブルを渡りはじめても、自分には発着場にたどり着いて爆発を免れるところまで逃げる体力もスピードもない。でもメイソンは違う。彼を逃がさなくては。今すぐに。手遅れにならないうちに。

「メイソン、十五分……いいえ、タイマーが正しければあと十三分ぐらいあっという間よ」

「いいから黙ってろ」メイソンがサブリナの後ろのほうを見やったので、彼女もそちらに視線を向けた。

向こう岸の発着場の先端に男性が立っていた。エースが彼女をケーブルに残したままあとにした場所だ。彼は手すりの上にのってひさしの下を調べはじめた。

「ローガン」メイソンが呼びかける。「エースをつかまえたのか?」

「いや、もう少しのところで逃げられてしまった。近くの側道にとめてあったピックアップトラックで逃げるところを見つけて、リアウィンドウに数発撃ったが、カーブでとり逃がしちまった」

メイソンはベストの縫い目をさらに数センチ切った。「そっちには使えそうな滑車はないか？」

「何もない。向こうの発着場と同じだ。それに、こっちにも爆弾があるぞ」

「だろうと思った」

ローガンがひさしの下で背のびをして携帯電話で写真を撮った。

「どうして写真を撮っているのかしら？」サブリナは尋ねた。

「たぶん爆弾処理の方法がわからないんだろう。ブキャナンに写真をメールで送って教わるつもりだな」

「同じタイプの爆弾だ」ブキャナンは自分の携帯電話を見るや、反対側の発着場から大声で呼びかけた。手すりの上に立って片手でひさしにつかまったまま、もう片方の手の親指で画面を操作しながら写真を見つめている。彼はさっと顔をあげた。「メイソン、ぐずぐずしないで逃げろ。向こうはあと五分で爆発するぞ」

サブリナははっと息をのんだ。

メイソンが動きをとめ、片手にナイフを持ったままローガンへ顔を向ける。続いてブキャナンを振り返った。「そっちの爆弾を解除できる見込みはあるか、ブキャナン？」

「道具があって、あと十分よけいにあればな」ブキャナンは悲観的な返事をしておきながら、まだ爆弾のワイヤーをいじっていた。

メイソンは顎を引きしめ、あらゆる可能性を考えているようだ。

サブリナはケーブルとハーネスをつないで自分を吊っているストラップから手を離した。もうつかまっていても無駄だ。ハーネスが椅子代わりになって体をまっすぐに支えている。今までは怖くてしがみつくばかりだった。でも、あきらめたら恐怖感が消えた。そして、すべてが始まって以来初めて、自分のすべきことがはっきりとわかった。

サブリナはメイソンの顔を両手で包むと、慎重に身をのりだして、彼の唇に唇を押しつけた。束の間のキスだった。ふたりにはもう時間がなかったから。

彼女はメイソンから体を離した。「すぐに発着場へ戻ってちょうだい。あなたは全力をつくしてくれたわ。ありがとう。だけどわかっているでしょう。わたしがケーブルをおりて、発着場から無事に逃げきることはできない。でもあなたひとりなら大丈夫。だから行って、メイソン。わたしのために死んだりしないで」

「あと四分だ」ローガンが声を荒らげる。「そこを離れろ、メイソン。ほかに手段はない」

「ほら」サブリナは言った。「お友達も知っているわ。わたしはもう助からないって。あなたは生きのびて」

メイソンが目を細め、さっと手をのばした。そしてサブリナが見とがめる間もなく、彼女のウエストについていたストラップを自分につなげる。

「何をするのよ」サブリナも手をのばしてストラップをはずそうとした。

メイソンがその手をつかんで阻む。「別れようったって無駄だ。ここであきらめるな。おれを信じろ。一緒に立ち向かうんだ」そう言うと、サブリナのてのひらにキスをしてから放した。「ローガン、そっちの発着場が爆発する前に逃げろ」

ローガンは最後にもう一度メイソンに向かって発着場へ戻るように叫ぶと、梯子を滑るようにして地面におりた。

メイソンはふたたびサブリナのベストにとりくみはじめた。何かにとりつかれたように切り、布を裂く。

「手榴弾はあとふたつだけだ。ベストももうほとんどバラせた。これで爆発する前に処分できるだろう」

「だろう？」サブリナは言葉がつまった。

「できる。できるとも。おれを信じろ。おれが三つ数えたら、両腕をあげてくれ。そのとたん安全ピンが抜けるから、数秒でベストをとり払う。いいか？」

「そんな。無理よ」

「リナ」メイソンがサブリナの顎をつかむ。「きみならできる」

サブリナはうなずいた。「わかったわ」

「ワン、ツー、スリー！」

両腕をあげると、何かが背中で折れたのを感じた。おそらく糸が引っ張られて安全ピンが抜けたのだろう。メイソンがベストをぐいっと引いた。だが脱げない。彼は舌打ちして、ナイフでさらに生地を切り裂いた。もう一度引っ張ると、今度は彼女の頭上まで脱げた。メイソンが残りの縫い目を裂いてサブリナの体からベストをはがし、滝へほうり投げる。同時に彼女をつかんで胸に引き寄せ、両腕で体を包んだ。

二重の爆音が耳をつんざかんばかりにとどろく。水柱がふたりのところまで立ちのぼったが、土砂は飛んでこなかった。

「向こうの発着場はあと三分だ」ブキャナンが自分のいる発着場からふたりに叫んだ。「発着場がつぶれたらケーブルも落ちるぞ」

メイソンは片腕をのばして頭上のケーブルにかけた。「ロープを投げてくれ、ピアース！」

まさに三度目の正直だった。ピアースは明らかにロデオも投げ縄の経験もなかったが、ようやくロープの端がメイソンの手の届くところに落ちた。それを引き寄せながら、メイソンは発着場の先端に残っているふたりの仲間に叫んだ。「逃げろ！」

彼らは時間を無駄にしたりはしなかった。メイソンの声を聞くが早いか、梯子へと急ぐ。

「何をしてるのよ」サブリナはせかした。「行って！　あなたならあっちの発着場が爆発する前に着いて森に逃げられるわ」

メイソンはかぶりを振りながらケーブルにロープを結びつけ、端にもかたい結び目をつくってから川の上に垂らした。「黙っておれの言うとおりにしてくれ。言い争っている時間はない」彼は両手にグローブをはめてロープにつかまった。靴を使って両脚にロープを巻きつけ、ブレーキ代わりにする。サブリナのもとへケーブルを伝ってきてから初めて頭を上にしたが、顔はまだ赤かった。

「おれの首につかまれ」

サブリナはわけがわからず眉根を寄せた。わたしを抱いて一緒に死のうっていうの？　すてきな申し出だけれどばかげているわ。「いやよ。わたしの道連れになっちゃだめ。行って。発着場に戻るのよ」

「あと二分だ」ブキャナンが川上の離れた場所から叫ぶ声がかろうじて聞きとれる。

「さあ、リナ。両腕をおれの首に巻きつけろ。早く」

メイソンの声には有無を言わせぬ響きがあった。サブリナは両腕を彼の首にまわした。

「もっとしっかりつかまるんだ」

サブリナは頭を彼の肩にあずけてしがみつき、ついにすべてをあきらめた。「ごめんなさい、メイソン」

「脚をおれの腰に巻きつけろ」

彼女はすぐに応じた。メイソンに抱かれて死ぬのなら、あまりつらくはない。最後にやっと求めていたところに行きついた。思えば、ここそわたしが求めてやまない場所だったのだ。もっと早く気づいていればよかった。

「あと一分」ブキャナンが声を張りあげる。

「絶対に離れるなよ」メイソンがサブリナにささやく。

「絶対に離れない。愛しているわ、メイソン・ハント」サブリナは頭を引いて彼を見つめた。

「愛している」

メイソンが目を見開き、続いて細めた。「あきらめるな、サブリナ・ハイタワー。頭をさげてしがみつけ」

「わかったわ」サブリナは彼にぎゅっとしがみついた。

メイソンの両手は彼女の頭上のロープをつかみ、脚もロープの下の部分に絡ませていた。その手がさらに上にのびて肩が大きく動くと、ストラップでつながっていた彼女のハーネスがゆるんだ。

サブリナは息を吸いこんで、さらに強く彼にしがみついた。「メイソン？」

「しっかりつかまるんだ」サブリナはメイソンが両脚をずらし、ロープの上のほうで腕を動かすのを感じた。突然ふたりはロープを滑り落ち、末端近くまでさがってしまった。サブリナが下を見ると、メイソンがそれ以上さがらないようにロープの末端に足を絡めている。

彼がロープを握った手をふたたび動かした。

「あと三十秒」ブキャナンが叫んだ。

メイソンが体を縮めてロープを押した。ロープが前後に揺れはじめる。

「何をしているの？」サブリナは尋ねた。

メイソンがロープをぶらんこのように動かす。ふたりはごつごつした岩場の上を前後に揺れながら、徐々に滝へ向かっていった。

「リナ？覚えているか？　もう二度ときみを水に入れたりしないと約束したのを」

サブリナは一瞬にして彼の考えを読みとり、思わずあえいだ。「いや、いやよ、無理だわ。お願い。わたしを放して。岩場に落としてちょうだい。こんなことはやめて」

「あと十秒！」

「滝に突っこむ寸前に大きく息を吸って、そのままとめるんだ」メイソンが彼女の耳もとで言う。「おれたちはつながっているだろう？　きみが手を離しても大丈夫だ。おれが水面に引きあげてやる」

サブリナは涙がこみあげてくるのを感じた。恐ろしさのあまり返事もできない。

「リナ、もう一度言ってくれ」

「五秒！」ブキャナンとピアースが同時にわめいた。

「頼む」メイソンが繰り返す。

なんのことか尋ねる必要などなかった。もちろんわかっている。

「愛しているわ」

ロープが揺れて、ふたたび滝に近づいた。サブリナが目を閉じると同時に、メイソンが手をのばして命綱をすっぱりと切る。ふたりはどんなジェットコースターよりもすさまじいスピードで落下した。

「息をとめろ」メイソンが叫ぶ。

サブリナが息をとめた瞬間、上からすさまじい爆発音がとどろいた。火のついた木片が降り注ぐなか、ふたりは滝に突っこんだ。

22

五日目——午後八時

アッシュヴィルのはずれに立つ邸宅の広大な玄関ホールで、サブリナはピアースとローガンに両脇を守られて木のベンチに座っていた。ブキャナン家がかなり圧力をかけたため、イグジットの極秘任務が全国に知れわたることを恐れた評議会は緊急会議を開いて、シプリアンに対する証言を聞くことに同意した。今、玄関ホールの突きあたりにある両開きのドアの向こうでその会議が開かれている。

ほんの九時間前、ジップラインの発着場が爆破される直前にメイソンとふたりで滝に突っこんだのが夢みたいだ。彼は約束どおり、サブリナが息ができなくなる前に水から引きあげてくれた。

そして今、これ見よがしに腰に銃をさしたピアースとローガンに守られて、ここに座っている。一方、メイソンとブキャナン、頭に包帯を巻いたラムゼイは、ドアのなかでイグジットの悪事をただしていた。評議会はエンフォーサー以外の人間をなかに入れず、サブリナさえも、事件のほぼすべてが彼女をめぐって起こったというのに同席を拒まれた。

シプリアン・カルデナスもまた、会議に出席していた。サブリナは、シプリアンが清潔なスーツ姿でのうのうと座っていると思うと、腹だたしくてならなかった。彼がこれまでにしてきたことを考えれば、刑務所の独房こそふさわしいのに。

「エースはまだ見つからないの？」サブリナは尋ねた。

ピアースがうなずく。「ああ、まだだ」

「評議会はエースについても裁定をくだすつもりかしら。本人がいないのに」

「どうかな」ピアースの顔が不安げにこわばった。おそらく、あの閉ざされたドアの向こうで兄が邪悪な連中を前にしているからだろう。

ベンチのへりにかけたサブリナの手に力が入った。エースは憎いけれど、この場にいてほしかった。祖父の身に何が起こったか知っているのはエースだけのはずだ。まだ祖父が生きていればだけれど。メイソンは追及すると請けあってくれた。評議会に要求して、祖父に何をしたかシプリアンからききだすと。だが、会議がどんな結果になるかはわからない。

そのとき、足音が木の床にうつろに響いた。ひとりの男が武装したふたりの警備員に案内されてサブリナたちの前を通りすぎ、メイソンたちが一時間前に吸いこまれていった両開きのドアに向かっていく。その人物を見て、サブリナは驚きのあまり目をしばたたいた。ドノヴァン刑事だ。彼もサブリナを見て驚き、声をかけようとしたのか足をとめたが、警備員に促されて前進した。まるで合図でもあったかのように両開きのドアが開いて、ドノヴァン刑事がなかに入る。サブリナはその隙に室内の様子をのぞこうとしたが、ドアはすぐに閉じられてしまった。

ローガンが家からめがねをとってきてくれていたので、はっきり見えたはずなのに。

「なぜ彼が部屋に入ったのかしら？　彼は刑事よ。あの晩、わたしが彼に話をして……すべてそこから始まったのよ」

答えたのはまたもピアースで、ローガンは相変わらず黙っていた。ピアースのほうが兄のブキャナンからいろいろ聞いて、イグジットやその任務についてよく知っているのかもしれない。

「たぶん、会社のイメージを悪くしないための対策だろう」ピアースが答えた。「評議会はイグジットの秘密の特権の監督をするが、法の網をかいくぐる手だても考える。おおかたあの刑事を脅して、これまでの捜査をすべて打ち切らせる腹に違いない」

「そんなことができるの？」

「できるとも。強引にやるのさ」

「あなたは会議の結果に期待していないのね？」

「残念だが、そのとおりだ。楽観視はしていない。おれたちが変えない限り、何も変わらないと思うね」

「シプリアンが罪を免れるなんて、間違っているわ。死者は途方もない数にのぼっているのよ。今日だって、山でわたしたちを殺そうとして何人死んだことか。こんなことが見逃されていいわけないわよ」

ピアースの口もとが苦々しげにゆがんだ。「殺し屋。前科者。イグジットと同じような仕事を手がける会社がそういう連中を使うのはなぜだと思う？　証拠を残さないためだ。今日の事件にしても、誰にも知られることはないのさ」

サブリナはベンチの背もたれに体をもたせかけた。ピアースが間違っていますようにと願う。メイソンは、評議会はイグジット内部で権力が濫用されるのを防ぐための組織だと言っていた。シプリアンを追及しないなんてことはありえない、と。

一時間が過ぎた。両開きのドアの向こう側から、椅子を引く音と人の声が聞こえてくる。ピアースとローガンが立ちあがった。サブリナも腰を浮かせかけたが、ふたりに肩を押さえられてベンチに戻された。ふたりが彼女を守る盾となるべく同時に前に踏みだしたとき、ドアが開いて室内にいた人々が出てきた。

彼らは木の床に足音を響かせながら、玄関に向かって歩いていく。サブリナは彼らの顔を見ようとしたが、ピアースとローガンが前をふさいで動かない。ふたりがようやく脇に寄ったのは、ざわめきが静まったあとだった。

メイソンが両脇にラムゼイとブキャナンを伴って彼女の前に来た。サブリナはメイソンの胸に飛びこんで、ぴったりと抱きついた。メイソンも彼女を抱きしめる。抱擁のあまりの強さに息がつまり、肋骨が悲鳴をあげるほどだった。でもかまわない。元気で生きているメイソンに会えて、本当にうれしかった。彼は評議会の緊急会議に出席するにあたって、大丈夫だと繰り返し約束してくれたけれど、あのドアから戻ってこないかもしれないと考えると不安で胸が押しつぶされそうだったのだ。

メイソンがサブリナの両腕をそっとはずして一歩さがると、ピアースとローガンがやってきた。

「どうだった?」ピアースが問いかける。

「期待したような裁決はくだされなかった」

サブリナは無表情の男たちを見まわした。「待ってよ、どういうこと?」

メイソンの手が彼女の手を包む。「評議会はおれたちの話を信用したが、すべての事件にシプリアンが大きくかかわっていることは認めなかった。数カ月前にオースティンをはじめブキャナン家に起こった事件については、死んだエンフォーサー――ケリー・パーカーに責任を負わせた。ビショップも都合よく自殺したことになっていて、きみの家族ときみに犯した罪を着せられた。さらに、エースまでビショップの共謀者に仕立てあげた。エースは前から危険人物と見なされていたからな。見つかりしだい処分されるだろう。だがシプリアンは……」

サブリナにまわしたメイソンの両腕に力がこもる。そのこわばった体から怒りが伝わってきた。

「シプリアンは監督不行き届きを責められ、処分保留というところだ。評議会は無期限でシプリアンを監視する人間を選任して、彼の業務をすべて、それこそ発注から書類のサインまでチェックすることに決めた。毎月その監督官の報告書に目を通しながら、イグジットが良心的な会社に戻る日を待つという方針だ。だが、シプリアンもただではすまないだろうな。近いうちになんらかの責めは負わされるはずだ。とりあえず、イグジットは本来あるべき姿の組織に戻って、無実の人間に害が及ぶことはないよ」

「そんなの一時的なものだわ。あなたもわかっているくせに」

メイソンがうなずく。「わかっている。イグジットがこのまま、ひとりの人間が権力を振るう形で続くことなど許されないことも。誰にとっても危険すぎる。きみがそれを教えてくれた」

「シプリアンはわたしの祖父についてなんと言ったの？　祖父はどこにいるのかしら？」

メイソンが口を引き結んだ。「シプリアンはきみのおじいさんの失跡については何も言わなかった」

サブリナはベンチにくずおれた。脚から力が抜けて立っていられない。「それで……ドノヴァン刑事は？」消え入りそうな声で尋ねる。途方もない悲しみに打ちのめされる前に、すべて聞いておかなくては。「彼も部屋に入っていったわ。どんな用件だったの？」

「彼はきみが誘拐されたことにイグジットやシプリアンがかかわっているのではないかと考えて、捜査を続けていた。だが、イグジットの息のかかった警察の上層部の鶴の一声で、捜査は打ち切られることになった。彼は不服を唱えたが、定年後の年金に響くと脅されたら引っこんだよ。特に、ここできみと会って無事だとわかったからね」

サブリナは床に目を落とし、メイソンの話について考えをめぐらせた。話し声やつぶやきや足音、玄関ドアが開く音がおぼろげに聞こえる。けれど改めてすべてを思いだし、ひとつひとつの事実に注意を向けるうちに、いっさいの雑音が消えていった。何かほかの手だては……まだ探っていない道はないだろうか？

「まだおじいさんのことが心配なのか？」メイソンはあたたかい手でサブリナの手をとると、彼女の前にひざまずいた。

目をしばたたいてサブリナはまわりを見た。「みんなはどこ？」

「五分前に出ていったよ。そろそろ行かないか？」

「いいえ、行かないわ。だっておかしいでしょう。なぜ評議会は何もしないの？」

「評議会に訴えるのは、初めから大きな賭けだったんだ。しかし、まだこれからだ。ブキャナンやラムゼイと力を合わせて戦いつづけると約束するよ。シプリアンにはしばらく厳しい監視がつくだろう。やつも、あえて評議会の機嫌を損ねるようなまねはしないさ。だからきみは安全だ。もう追われることはない。きみを追いまわしてもやつは損をするばかりで、メリットはひとつもないからね」メイソンはサブリナの目からそっと前髪を払った。「心配しないで家に帰るんだ。いつかコロラドに戻れるといいんだが。それをきみが望んでいるならの話だけどね。いずれにしても幸せになってくれ。きみは幸せになるべきだ」そこで咳払いする。「さて、家まで送るよ。さっきも言ったが、恐れる必要はない。もうイグジットは何も仕掛けてこない。今、きみに何かあったら、まずシプリアンが疑われるからね。やつだって——」

「いったい何を言ってるの?」サブリナは眉根を寄せた。

「きみが安全で、おれは喜んで家まで送ると言ってるのさ。これまでの出来事はきれいさっぱり忘れて、自分の人生を歩むんだ」メイソンはまた咳払いをした。

「本気なの? 全部なかったことにするつもり? それで幸せになれっていうの? わたしの人生を歩めって?」

メイソンが目をそらした。「きみはすばらしい女性だよ。幸せになって当然だ。そう言ってどこがいけない?」膝をついたまま手をさしだす。「さあ、行こう。疲れているだろうし、きみの家までは長いドライブになる」

サブリナは彼の手をぴしゃりとたたいた。メイソンの目が驚きに見開かれる。

「人をいきなり赤の他人みたいに扱ってはぐらかさないでよ」彼女は嚙みつくように言った。

「わたしたち、ほんの何時間か前はケーブルにぶらさがって、吹き飛ばされる寸前だったわ。

あなたはわたしに、もう一度〝愛している〟って言わせた。失敗したらふたりとも死んじゃうから、最後に聞いておきたかったんでしょう。わたしを愛していなければ、そんなこと言わなかったわよね。何もなかったふりなんかしないでちょうだい」

メイソンは頭をかくと、しかたなく打ち明けるとでもいうように彼女の手をとった。「きみはすばらしい女性だよ、リナ。きみの言葉やしぐさ、おれに捧《ささ》げてくれたもの、ひとつ残らずずっと胸にしまっておくつもりだ。きみは本当に美しくて完璧だった。きみのような女性には会ったことが――」

サブリナはあきれたように天井をあおいで、彼の手を振り払った。「ああ、もうやめて。黙ってよ」

「サブリナ？」

「そんな言葉、聞きたくないわ」

「おれがしたいのは――」

「あなたが何をしたいのかはわかってる。でも、認めませんからね。わたしはあなたを愛しているのよ、メイソン。あなただって、わたしを愛している。どうしてわかるかって？　あなたはさっさと安全な場所へ逃げられたのに、最後までわたしのそばにいてくれた。ローガンやピアースやブキャナンは、そんなことはしなかったわ」サブリナはメイソンの胸を指でつつき、ひと言ずつはっきりと口に出した。「わたしを愛しているんでしょう、メイソン・

ハント。否定しないで。ごまかしてもだめ。あなたにはもったいないほどいい女がここにいるのよ」

「そうだ。きみにはもっといい男が必ず現れる。そして、きみの言うとおりだ。愛しているよ、サブリナ。自分が誰かを愛せるとは思わなかった。きみの気の強さも、セクシーなめがねも愛している」メイソンは束の間、苦しそうに目を閉じた。「だが生涯の伴侶《はんりょ》を選ぶなら、きみを決して傷つけたりしない男にするんだ。シートベルトを締めてもパニックを起こさない男、悪夢にさいなまれて夜中にきみをたたき起こしたあげく、首を絞めるようなまねをしない男がいい」体を震わせて立ちあがる。「きみを愛しているからこそ、そばにはいられない。地下通路のときのように、またきみを傷つけるのが怖いんだ。あのときは獣みたいに鎖でつながれ、本当の獣になりさがってしまった。またあんなことがあったら――」

「そうよ！」サブリナはぱっと目を見開くと、彼を押しのけた。「そこだわ！　地下通路よ。そこに閉じこめられているんだわ」脳裏に浮かんだ光景の恐ろしさに耐えるように、喉もとに手を押しあてる。「あなたを助けるためにドアを開けたとき、あとふたつドアがあったわ。わたしは鍵を持っていたけど、開けなかった」

メイソンがけげんな顔つきをした。「なんの話だ？」

「祖父のことよ。エースに見せられた画像では、祖父はベッドに座って壁に鎖でつながれていたの。隅々まで思い浮かべられるわ。どこかで見たような気がしたけど、なぜだかわかった。あなたが地下通路でつながれていたのとそっくりの鎖に、そっくりの金属のリング、そっくり同じコンクリートの壁だったのよ。床も同じコンクリートだった。メイソン、祖父はあの部屋のどこかにいるわ。あなたがつかまっていたのと同じ、イグジットの地下通路のなかに!」

23

五日目——午後九時半

メイソンは借りもののピックアップトラックを全速力で走らせ、またひとつ丘を越えようとしていた。彼自身のトラックはめちゃくちゃになっていた。

後ろを、ブキャナンとラムゼイの車がぴったりと遅れずについてくる。サブリナが祖父の監禁されている場所を突きとめてすぐ彼らに電話したところ、ありがたいことにふたりともまだ近くにいて、すぐに引き返してきてくれた。

サブリナはそわそわと足を踏み鳴らした。「もっとスピードを出せないの？」

「これ以上飛ばしたら溝に転落するぞ。あせるな。もうすぐだ」

メイソンがカーブでハンドルを切り、ピックアップトラックのタイヤが鋭い音をたててきしむ。トラックは最後の坂をのぼりきると、イグジットの駐車場の入口へ向かった。

サブリナはシートをつかんだ。「大変よ、メイソン。消防車が――」

「わかってる」

メイソンは急ブレーキをかけて一気にスピードを落とすと、パトカーの列を避けながら駐車場の突きあたりまで進んだ。できるだけ管理棟のそばに車をとめようとしたが、消防士にとめられてしまった。

十数台のパトカーの赤色灯や消防車のオレンジ色のライトが、騒然とした空気をいっそうかきたてる。いくつかの班に分かれた警官たちが、大きな声で何やら指示しながら走りまわっていた。

「管理棟のドアが開いているわ。警官たちは地下通路に入るつもりよ」サブリナは震える声でつぶやくと、ピックアップトラックを飛びおり、地下通路に向かって駆けだした。

メイソンは悪態をついてあとを追った。サブリナのウエストをつかむと、さっと抱えあげて木の陰へ引っ張りこんだ。ブキャナンとラムゼイも駆けつける。

「放して」サブリナはわめいた。「祖父を捜さなくちゃ」

「ちょっと待て」メイソンは警官が配置されている場所を確かめ、ジーンズからTシャツの裾を引きだして、腰にさした銃を覆った。ブキャナンとラムゼイも同じようにする。

「煙が出ていない」メイソンは言った。「火事じゃないぞ。きっと誰かが警報装置を鳴らしたんだ」サブリナの張りつめた顔を見つめる。「ここにいろと言っても、どうせ聞かないんだろう?」

「あたり前よ」

メイソンは歯を嚙みしめた。「よし。じゃあ、おれから離れずにしたがってくれ。ここの従業員のふりをすれば、うまくなかに入れるだろう。警察の見張りをすり抜けたら、予備の銃を渡そう。ラムゼイ、ブキャナン、あそこにはメインの地下通路とは別の通路があるんだ。彼女のおじいさんはそのどこかにいるはずだ。なかで分かれてしらみつぶしに捜そう」

「了解」ブキャナンが応じた。

サブリナはとても落ち着いてはいられなかった。「もう待っていられないわ」

メイソンは彼女の手をとって押さえながら、なかに入るタイミングをはかった。「よし、今だ」

四人は地下通路への入口がある管理棟へ向かった。

建物の隙間から白いものが見え、メイソンは立ちどまった。彼がサブリナを背後に引っ張ったとたん、ふたりの消防士が布で覆った遺体を担架で運びだしてくる。

「いやあ！」サブリナは叫び、メイソンの手を振りほどいて走りだした。

「サブリナ、待て。あれはきみのおじいさんじゃないぞ！」メイソンは声を張りあげた。だが、サブリナの耳には入らなかった。すっかりとり乱して、死体の腰のホルスターにおさめられた銃にも気づかないまま担架を追いかけていく。

「彼女はおれに任せろ」ラムゼイが言った。「あっちがどうなっているのか確かめてくれ」

彼は地下通路の方向を顎で示した。サブリナが駆けていったあとに、またスロープを急ぎ足でのぼってくる男の一団があった。

メイソンもラムゼイに続いてサブリナを追おうとしたが、地下通路から現れた男たちが目に入ったとたん、ぴたりと足をとめた。ひとりの老人が、消防士たちに支えられながら建物の外に出てくる。その後ろから、別の消防士が空の担架を引いてきた。肩をいからせた老人の様子から察するに、彼を担架で運ぼうとしたものの拒まれたに違いない。

孫娘に劣らぬ頑固者のようだ。

「驚いたな」ブキャナンは駐車場の向こう側へ目をやった。そこには警官や消防士にまじってサブリナとラムゼイがいた。「もしかして、ハイタワーのじいさんはエースを殺したんだろうか？　さっき担架で運ばれたのは誰だ？」

そのとき評議会のメンバーに囲まれて地下通路からひとりの男が現れた。メイソンは体をこわばらせた。

シプリアンだ。

シプリアンはメイソンと目が合うと、数歩離れたところでメンバーをしたがえたまま立ちどまった。

「メイソン、ミスター・ハイタワーが無事に生きていると知って安心しただろう」シプリアンは消防士たちに支えられて救急車へ向かう老人を手ぶりで示した。「今夜の緊急会議で肝を冷やすような話を聞いて、彼の失跡にはエースが絡んでいるのではないかと心配していたんだ」評議会のメンバーを手で示す。「われわれが着いたとき、まさにエースがミスター・

ハイタワーを地下室から連れだそうとしていた。まったく、まいったよ。ミスター・ハイタワーに危害を加えさせないためとはいえ、わたしがエースを撃つことになるとはな」

「嘘つきめ」メイソンはシプリアンの顎を殴って地面に倒した。飛びかかってさらに殴ろうとしたが、後ろから誰かに両腕をつかまれ、引きとめられた。

ブキャナンだ。

「放せ」メイソンはうなり声をあげた。

「頼むから落ち着いてくれ。撃たれちまうぞ」

はっとわれに返ると、横にふたりの警官が立って銃口をこちらに向けていた。メイソンはまっすぐ立ち、両手をあげた。評議会のメンバーに助け起こされたシプリアンは礼を述べ、スーツの汚れを払っている。

「どうぞご心配なく。大丈夫ですから」シプリアンはことを荒だてないよう周囲に頼んだ。「ミスター・ハントとわたしには……ちょっとした意見の相違がありまして。きっと彼もかっとなったことを反省していますよ」

「ふざけるな」

シプリアンは小鼻をふくらませつつも、笑みを絶やさなかった。「とにかく、おまわりさんたちの手をわずらわせずに解決できますから」

警官たちは後ろにさがったが、メイソンから目を離そうとしない。

「メイソン・ハント、ちょっといいか？」シプリアンは評議会のメンバーたちから五、六メートル離れ、落ち着き払ってメイソンを呼んだ。まるで役員会議でも始めるかのように。

「おれも行くよ。あの野郎は信用できない」ブキャナンがささやく。

メイソンはうなずき、ふたりはシプリアンと向かいあった。シプリアンはブキャナンに不満げな目を向けたが、何も言わなかった。

「これはなんのゲームだ、シプリアン？」メイソンは問いかけた。

シプリアンは評議会のメンバーに背を向け、笑みを消した。「ゲームではない。もうこんな……内輪もめはやめにしたい。きみもそう思うだろう。危険なことだ」そう言ってブキャナンをちらりと見る。「われわれ全員にとって」

「内輪もめ？　これを内輪もめだと言うのか？　きさまはサブリナから家族を奪った。ビショップとストライカーこそが黒幕だとか、ミスター・ハイタワーを守るためにやむなくエースを殺したとかいう戯言《たわごと》をおれが真に受けると思ったら、大間違いだぞ。全部きさまが自分を守るためにやったことじゃないか」

「わたしがやったことはすべて、娘を守るためだった」シプリアンの目がきらりと光った。つい口を滑らせてしまったという顔で目をしばたたき、あたりをはばかるように評議会のメンバーに視線を投げる。「いつか、きみにも子供に恵まれる日が来たらわかるだろう。父親は愛するわが子を守るためならどんなことでもするということが。わたしは過ちを犯したよ、メイソン。すぐにもみ消そうとしたが、収拾がつかなくなってしまった」

「なぜトーマス・ハイタワーを殺した?」

シプリアンは背筋をまっすぐにのばした。「殺したなどとは言っていない」

「いや、間違いなく殺したはずだ。今、過ちを犯したと言ったな。すべてはそのあとに起こったんだ。あらゆる出来事がトーマスの死に起因している。おそらく、きさまが直接トーマスに手にかけたか、誰かに彼を殺すよう命じたんだろう。トーマスがきさまの娘をもてあそんだからだ。そして、トーマスを殺したことを隠蔽しようとしたばかりに、問題がどんどん大きくなった。だがどうしてもわからないのは、ミスター・ハイタワーをさらったことが発覚するのを、なぜこれほど恐れたのかということだ。彼が悩みの種なら、さっさと殺せばすむじゃないか。案外臆病者だな」

メイソンは険しく目を細めた。

獲物を生かしておく理由はふたつしかない。情報を引きだすためか、殺したことによって情報がもれるのを防ぐためだ。メイソンは首を傾けてシプリアンを見つめた。

「きさまはミスター・ハイタワーを殺せなかった。彼にトーマスを殺した張本人だと知られたからだ。今朝、エースがサブリナに話したそうだぞ。つくり話には思えなかったな。ミスター・ハイタワーは、もし自分が殺されたらなんらかの証拠が……きさまを破滅に追いやるような証拠が明るみに出ると脅しをかけた。だが、評議会が監督官を任命すると決めたからには、これ以上ミスター・ハイタワーを拘束していては自分の身が危ない。だから彼を解放して、彼の話がでまかせだったことをただ願うしかなかった。違うか？」

「あくまで突きとめる気らしいな」シプリアンが言う。「きみを説得しようとしたのが間違いだった。もう話は終わりだ」

メイソンは、自分の脇をすり抜けて歩きだしたシプリアンを引き戻した。「まだ何も終わっちゃいない」

だがシプリアンはメイソンの肩を押しのけて、評議会のメンバーのもとへ去っていった。追いかけようとするメイソンを、ブキャナンがとめた。「やつには手の打ちようがないよ。今日のところは」

メイソンはそっけなくうなずいた。「そうだな。教えてくれ、ブキャナン。サブリナの祖父が、トーマスを殺したのはシプリアンだと証明できるにしても、なぜシプリアンはこれほどまでに恐れるんだ？　イグジットの力をもってすれば、もみ消すことぐらいわけないはずだ。ドノヴァン刑事を丸めこんだように」

ブキャナンが肩をすくめる。「わからん。だがシプリアンは、すべて娘を守るためだったと言ったな」

「もともとはそうだったかもしれない」メイソンは真実が見えてきたのを感じた。「だが、まったく別のものに変わっていったんだと思う。シプリアンは娘を守っていたんじゃない。

自分自身を守っていたんだ。娘には、トーマスを殺したことを知られたくなかった。彼女はトーマスを愛していたから、事実を知ったら決して父親を許さなかっただろう」

ブキャナンが腕組みをしてメイソンと並ぶ。ふたりは、シプリアンと評議会のメンバーがリムジンに乗りこむのを見つめた。

「メリッサはやつのすべてだ。あんたの言うとおりかもしれないな」

「たぶんそうさ。それがわかったからといってどうしようもないが。状況は何も変わらない」

「たしかに変わらない。今日のところはな。でもいつか、こういう情報が役にたつときが来るさ」ブキャナンがメイソンを思いやるように見つめた。「それはそうと、今度の騒ぎからひとついいことがわかったぞ」

「本当か？　いったいなんだ？」

「あんたは彼女ばかり見ているってことだ」

メイソンはサブリナに目をやった。彼女は救急車の後部座席で祖父の手を握っている。

「何をぐずぐずしている？　救急車のドアが閉まっちまうぞ」

メイソンはかぶりを振った。「おれは一緒にいないほうがいい」

「いいか悪いか決めるのは彼女のほうだろう？　おれには、彼女はもう決めているように見えるがね」

サブリナが救急車のなかからメイソンを手招きしている。行くべきではない。必要なことはすっかり話したじゃないか。別れのときを長引かせてもろくなことはない。メイソンは両脇で拳をかため、彼女のもとへ駆けつけたいという衝動を抑えようとした。

「とっとと行けよ」ブキャナンがメイソンをぐいと前に押す。

メイソンはブキャナンを押し返すと、笑いながら救急車へ向かって駆けだした。

祖父との再会を果たしてしばし涙に暮れたあと、サブリナはメイソンとともに緊急治療室《ER》の待合室で待機させられた。そして二時間後、ふたりはようやく、医師から簡単な説明を受けた。〝ミスター・ハイタワーは脱水症状と軽い栄養失調が認められるが、数カ所の傷を除けばほぼ問題ない。だが疲労が激しいので、ベッドの用意ができしだい、病室に移して経過を見る必要がある〟とのことだった。

サブリナが祖父から聞きとったいきさつは、ふたりが推測したとおりだった。祖父はサブリナの似顔絵を見てメリッサ・カルデナスに気づいたのだ。だが、腑《ふ》に落ちない点もあった。なぜ祖父はシプリアンをトーマス殺しの犯人だと考え、わざわざおびき寄せ、まださらわれもしないうちから証拠を握っているなどと告げたのだろう？　一方、実際に祖父をさらったのはエースであり、監禁されているあいだに目にした人物は、ビショップを除けばエースだけだという。だから、シプリアンの指図で拉致されたとは断言できないとのことだった。

「まったく」メイソンは口を開いた。彼は待合室でサブリナの手を握ったまま座り、ガラスのドアに映る彼女の姿を見つめていた。「長い一日だったな」

「本当に長い長い一日だったわ」サブリナはドアに映ったメイソンと目を合わせ、前髪を払った。「そうそう、言うのを忘れていたけど、看護師さんに電話を借りて、いとこのブライアンに祖父は無事だって知らせたの」

「きみを……きみと初めて会ったときに名前を聞いた、あのブライアンか？」

サブリナは笑みを浮かべた。〝さらった〟を〝初めて会った〟と言い換えるとは、なかなかうまい。「そうよ。わたし、ブライアンは祖父の死が宣告されて遺産が手に入るのを願っていると思っていたの。だけど違ったみたい。ブライアンったら、電話口で大泣きしたのよ。ショックだったのね……いい意味で。彼は、わたしが捜索をあきらめないせいで、祖父を失ったつらさを引きずるのがいやだったようなの。祖父が無事だとわかって、わたしと同じく大喜びしていたわ」

「じゃあ、彼は重罪の判決についても考え直したのか？」

「その話はしなかった。だけどいずれ話しあうことになるかも」サブリナは肩をすくめた。「わたしとしては、判決をくつがえせなくても別にいいの。重罪犯になるのもかっこいいし。あなたみたいな危ない男たちとつきあうからにはね」

「危ない男だって？　それはほめているのか、けなしているのか、どっちだ？」

「ほめているに決まってるでしょう」サブリナは指をメイソンの指に絡ませ、そのぬくもりを味わった。「ブライアンと義理の姉のアンジェラは飛行機を予約したそうよ。明日こっちに来るわ」

メイソンの顔から笑みが消えた。「よかったな。また家族がひとつになったじゃないか。おれはそろそろ帰らないと」

サブリナは肩をすくめた。「とうもろこし畑でセックスしたりしない単調な暮らしがお望みなら、どうぞご自由に」

メイソンの口もとが引きつる。

「せっかくＰＴＳＤの治療に役だつものがあるのに」彼女は澄ました顔で続けた。

「ほう。何かな？」

「セラピーっていうの」

メイソンが笑みを浮かべた。「聞いたことがあるぞ。それを教えてくれた人物は気が強いと言われていたっけ」

「わたしには知的な女性に思えるけど」

メイソンがうなずく。「ああ。たしかに知的だ」

「それにきれいで」

「とても美人だよ」

「親切で、優しくて、それに――」

「ほめすぎだ、リナ」メイソンは彼女の手を握りしめた。

「ねえ、わたし、考えたの」サブリナは言った。「お互いをベッドに縛りつけるようなアブノーマルなセックスをしない限り、PTSDに苦しむことはないだろうって」

メイソンは危うく吹きだすところを咳でごまかしながら、待合室を見まわした。「なんだって？」

「聞こえたくせに。あなたが適切な治療を受ければ、つまりセラピストに診てもらえば、ついでに言うとセラピストは不細工な男に限るけど、そのPTSDとやらはきっと克服できるわ。だからお互いを縛ったりしなければ大丈夫。それでも心配なら、別々の部屋で寝ればいいのよ。ちょっと過激なお楽しみなら、ほかにいくらでもあるわ」

「驚いたな」メイソンはつぶやき、ふたたびあたりを見まわした。「過激なお楽しみだって？」

サブリナは笑ってから、ふいに真顔になった。「今日、いいことを聞いたの。すごく偉そうな男性から。聞きたい？」

「聞かなきゃいけないんだろう？」

「もちろん。その男性は偉そうだけど、あたたかくて心が広くて、ハンサムで……」

「セクシー？」

サブリナはほほえんだ。「その偉そうでとってもセクシーな男性が言ったの。〝別れようったって無駄だ。ここであきらめるな。おれを信じろ。一緒に立ち向かうんだ〟って」そう言うと、ゆっくりとメイソンに向き直る。「わたしはあなたをあきらめなかったわ。あなたもあきらめちゃだめ」

メイソンは彼女の顔を両手で包んだ。「怖いんだ、リナ。以前はそんなことなかったのに、きみに会ってからというもの、四六時中怖くてたまらない。きみに何かあったらと、そればかり気になるんだ。おまけに、どうしていいかわからない。ここにとどまったらきみを傷つけやしないかと不安だし、去っても傷つけやしないかと不安になる。だが、きみなしでは未来に立ち向かう勇気がない」

サブリナは彼にキスをして体を引いた。ふたりの唇が少しだけ離れる。「わたしのほうがもっと怖い思いをしているって知ってる、メイソン？」

「いや。いったい何が怖いんだ？」メイソンは悲しげに問いかけた。

「とうもろこし畑でのセックスがないまま未来に立ち向かうことよ」

メイソンが大きく目を見開く。「それがきみの計画か？　その気にさせておいて、おれの考えを変えさせるつもりなのか？」

サブリナは目をしばたたいた。「ききめはありそう？」

「あるとも」メイソンはうなり声をあげて彼女を引き寄せると、激しく熱いキスをした。

「愛しているよ、サブリナ・ハイタワー」

「わたしもあなたを愛しているわ、メイソン・ハント。絶対にわたしを放さないで」

「放すもんか」

サブリナは喜びと愛情に満ちあふれた笑みを浮かべたが、なぜか突然、メイソンが苦しげに体をずらした。

「大丈夫？」彼女は尋ねた。

メイソンは顔をしかめて座り直した。「たぶんね。きみが助けてくれれば」

「任せてちょうだい。どうすればいいの？」サブリナは心配そうに彼の目をのぞきこんだ。本当はどこかけがをしていたのに黙っていたとか？

「病院でセックスしたことはあるかい？」

サブリナは声をたてて笑い、メイソンのつらそうな様子にぴんときた。「ないわ。とうもろこし畑のセックスと同じくらいすてきかしら？」

「もっとすばらしいさ」

ふたりは手をとりあって笑いながら廊下を走っていった。

訳者あとがき

ロマンティック・サスペンスの分野で多数の作品を発表しているアメリカの作家、リナ・ディアスによる『愛の弾丸にうちぬかれて』をお届けします。

サブリナ・ハイタワーはこのところずっと不幸に見舞われてきました。半年前に兄が路上で強盗に殺され、その三カ月後に、親に代わって実質的に彼女を育ててくれた祖父が行方不明になり、さらに二カ月前には、事故で両親が亡くなっています。おまけに祖父の財産に関する問題でいとこに訴えられ、生まれ故郷のコロラドを離れざるをえなくなりました。しかし不幸はそれでもまだおさまらず、コロラドから移り住んだノースカロライナの自宅に侵入者が。その男はサブリナに、彼女を殺すために雇われたと告げます。

元陸軍の兵士だったメイソン・ハントが現在所属しているのは、イグジットという組織。表向きはアウトドア体験を提供するツアー会社ですが、公的な機関では裁ききれない犯罪者や、罪のない人々の命を奪おうとするテロリストを、秘密裏に抹殺する組織です。必ずしも正義がくだされない現実の世の中に落胆した経験のあるメイソンは、誇りを持ってその任務を遂行してきました。しかし、今度の抹殺対象であるサブリナ・ハイタワーは、とても凶悪な犯罪者とは思えません。もしも彼女が無実であるなら、彼の信念は根底からくつがえされてしまうのです。サブリナを前にためらうメイソン。そこへ追っ手が……。

リナ・ディアスは海軍勤務の父親のもとに生まれ、父の仕事の関係で十回も転校を繰り返しながら育ちました。三人きょうだいのうち、ふたりは海軍に入りましたが、彼女は小さなころから物語を書くことに夢中だったそうです。子供時代のいちばんの思い出は、おばの農場で過ごしたこと。アクション映画や、ブルーリッジ山脈の一部であるグレートスモーキー山脈をハイキングするのも好きだとか。著作にも、それらが反映されているのかもしれません。現在は夫とふたりの子供たち、そしてシェットランド・シープドッグのスパーキーとフロリダに暮らしています。

スリルあり、熱いロマンスありのディアスのロマンティック・サスペンスはデビュー以来、多くの読者の心をつかんできました。特に、本作でも活躍するブキャナン兄弟たちをヒーローに据えた〈デッドリー・ゲームズ〉シリーズでは、第一作の *He Kills Me, He Kills Me Not* が米国ロマンス作家協会のゴールデン・ハート賞ファイナリストに、第四作の *Take the Key and Lock Her Up* はブックセラーズ・ベスト賞ファイナリストに選出されるなど、高い評価を受けています。本作はその〈デッドリー・ゲームズ〉シリーズの姉妹作〈イグジット・インク〉シリーズの第一作で、本国アメリカではすでに第二作*No Exit*が今年一月に発売され、こちらは本作に登場したシプリアン・カルデナスの娘、メリッサがヒロインの物語のようです。

実は本作は、始まりからラストまで、たった五日間の出来事を描いています。ヒーローとヒロインが強烈な出会いを果たし、普通では考えられない体験をともにしながら駆け抜けたスリリングで濃密な五日間を、ぜひお楽しみください。

二〇一六年　三月

ザ・ミステリ・コレクション

愛《あい》の弾丸《だんがん》にうちぬかれて

著者 リナ・ディアス

訳者 白木《しらき》るい

発行所 株式会社 二見書房
東京都千代田区三崎町2-18-11
電話 03(3515)2311 [営業]
03(3515)2313 [編集]
振替 00170-4-2639

印刷 株式会社 堀内印刷所
製本 株式会社 関川製本所

落丁・乱丁本はお取り替えいたします。
定価は、カバーに表示してあります。

ISBN978-4-576-16062-7
http://www.futami.co.jp/

迷路
キャサリン・コールター
林 啓恵［訳］

未解決の猟奇連続殺人を追うFBI捜査官シャーロック。畳みかける謎、背筋をつたう戦慄…最後に明かされる衝撃の事実とは⁉ 全米ベストセラーの傑作ラブサスペンス

袋小路
キャサリン・コールター
林 啓恵［訳］

全米震撼の連続誘拐殺人を解決した直後、サビッチのもとに妹の自殺未遂の報せが入る…。『迷路』の名コンビが夫婦となって大活躍！ 絶賛FBIシリーズ第二弾‼

土壇場
キャサリン・コールター
林 啓恵［訳］

深夜の教会で司祭が殺された。被害者は新任捜査官デーンの双子の兄。やがて事件があるTVドラマを模した連続殺人と判明し…⁉ 待望のFBIシリーズ第三弾！

死角
キャサリン・コールター
林 啓恵［訳］

あどけない少年に執拗に忍び寄る魔手！ 事件の裏に隠された驚くべき真相とは？ 謎めく誘拐事件に夫婦FBI捜査官S&Sコンビも真相究明に乗りだすが……

追憶
キャサリン・コールター
林 啓恵［訳］

首都ワシントンを震撼させた最高裁判所判事の殺害事件。殺人者の魔手はサビッチたちの身辺にも！ 夫婦FBI捜査官サビッチ&シャーロックが難事件に挑む！

失踪
キャサリン・コールター
林 啓恵［訳］

FBI女性捜査官ルースは休暇中に洞窟で突然倒れ記憶を失ってしまう。一方、サビッチ行きつけの店の芸人が何者かに誘拐され、サビッチを名指しした脅迫電話が…！

二見文庫 ロマンス・コレクション

幻影
キャサリン・コールター
林 啓恵［訳］
有名霊媒師の夫を殺されたジュリア。何者かに命を狙われFBI捜査官チェイニーに救われる。犯人捜しに協力する同僚のサビッチは驚愕の情報を入手していた…！

眩暈
キャサリン・コールター
林 啓恵［訳］
操縦していた航空機が爆発、山中で不時着したFBI捜査官ジャック。レイチェルという女性に介抱され命を取り留めるが、彼女はある秘密を抱え、何者かに命を狙われる身で…

残響
キャサリン・コールター
林 啓恵［訳］
ジョアンナはカルト教団を運営する亡夫の親族と距離を置き、娘と静かに暮らしていた。が、娘の〝能力〟に気づいた教団は娘の誘拐を目論む。母娘は逃げ出すが……

幻惑
キャサリン・コールター
林 啓恵［訳］
大手製薬会社の陰謀をつかんだ女性探偵エリンはFBI捜査官のボウイと出会い、サビッチ夫妻とも協力して真相に迫る。次第にボウイと惹かれあうエリンだが……

閃光
キャサリン・コールター
林 啓恵［訳］
若い女性を狙った連続絞殺事件が発生し、ルーシーとクープの若手捜査官が事件解決に奔走する。DNA鑑定の結果犯人は連続殺人鬼テッド・バンディの子供だと判明し⁉

代償
キャサリン・コールター
林 啓恵［訳］
サビッチに謎のメッセージが届き、友人の連邦判事ラムジーが狙撃された。連邦保安官助手イブはFBI捜査官ハリーと組んで捜査にあたり、互いに好意を抱いていくが…

危険な夜の果てに
リサ・マリー・ライス
鈴木美朋［訳］
医師のキャサリンは、治療の鍵を握るのがマックという国からも追われる危険な男だと知る。ついに彼を見つけ、会ったとたん……。新シリーズ一作目！

黒き戦士の恋人
J・R・ウォード
安原和見［訳］
〔ブラック・ダガーシリーズ〕
NY郊外の地方新聞社に勤める女性記者ベスは、謎の男ラスに出生の秘密を告げられ、運命が一変する！　読み出したら止まらない全米ナンバーワンのパラノーマル・ロマンス

永遠なる時の恋人
J・R・ウォード
安原和見［訳］
〔ブラック・ダガーシリーズ〕
レイジは人間の女性メアリをひと目見て恋の虜に。戦士としての忠誠か愛しき者への献身か、心は引き裂かれる。困難を乗り越えてふたりは結ばれるのか？　好評第二弾

運命を告げる恋人
J・R・ウォード
安原和見［訳］
〔ブラック・ダガーシリーズ〕
貴族の娘ベラが宿敵〝レッサー〟に誘拐されて六週間。だれもが彼女の生存を絶望視するなか、ザディストだけは彼女を捜しつづけていた…。怒濤の展開の第三弾！

闇を照らす恋人
J・R・ウォード
安原和見［訳］
〔ブラック・ダガーシリーズ〕
元刑事のブッチがヴァンパイア世界に足を踏み入れて九カ月。美しきマリッサに想いを寄せるも梨の礫。贅沢だが無為な日々に焦りを感じていたところ…待望の第四弾

情熱の炎に抱かれて
J・R・ウォード
安原和見［訳］
〔ブラック・ダガーシリーズ〕
深夜のパトロール中に心臓を撃たれ、重傷を負ったヴィシャス。命を救った外科医ジェインに一目惚れすると、彼女を強引に館に連れ帰ってしまうが…急展開の第五弾